古典詩歌研究彙刊

第六輯

龔鵬程 主編

第19冊

宋代詩人之「影響的焦慮」研究（下）

陳昭吟 著

國家圖書館出版品預行編目資料

宋代詩人之「影響的焦慮」研究（下）／陳昭吟 著 — 初版
— 台北縣永和市：花木蘭文化出版社，2009〔民 98〕
目 4+278 面：17×24 公分
（古典詩歌研究彙刊 第六輯；第 19 冊）
ISBN 978-986-6449-70-3（精裝）

1. 宋詩 2. 詩評

820.9105 98013954

ISBN - 978-986-6449-70-3

9 789866 449703

古典詩歌研究彙刊
第六輯 第十九冊 ISBN：978-986-6449-70-3

宋代詩人之「影響的焦慮」研究（下）

作 者 陳昭吟
主 編 龔鵬程
總 編 輯 杜潔祥
出 版 花木蘭文化出版社
發 行 所 花木蘭文化出版社
發 行 人 高小娟
聯絡地址 台北縣永和市中正路五九五號七樓之三
電話：02-2923-1455／傳眞：02-2923-1452
網 址 http://www.huamulan.tw 信箱 sut81518@ms59.hinet.net
印 刷 普羅文化出版廣告事業
初 版 2009 年 9 月
定 價 第六輯 25 冊（精裝）新台幣 35,000 元

宋代詩人之「影響的焦慮」研究（下）

陳昭吟 著

目

次

第四章　宋代強者詩人「影響的焦慮」及其矛盾情結

　　如同之前章節所分析推論，宋代詩人確實具有較前代更爲強烈的創作者意識及企圖區隔前代影響的傳統觀。然而即使有這樣的自覺，但並不意味著每個宋代詩人都會產生布魯姆定義下的「影響的焦慮」，換言之，不是每個宋代詩人在上述意識下皆能因此而產生超越性的、創造性的表現。〔註1〕一般詩人在承受前代影響時，就算知道應有所自立，卻不見得做得到。平庸的詩人仍只能依循前人足跡行進，沒有勇氣與能力脫離既定的軌道，無法開創，遑論超越？更何況再等而下之、連創作自覺亦無的詩人呢？所以布魯姆此詩學理論的著眼點僅限於詩人中的強者（或稱強者詩人）。本章即針對宋代詩人中具備強者特質者來探討其詩作與心理層面的影響焦慮反應。在第一章設定本論文的研究範疇時，曾經就此提出定義，不過在本章的探討之前，還是必須再次釐清「強者詩人」的界定。布魯姆的相關理論中，對於「強者詩人」的說明包括了：

> 所謂詩人中的強者，就是以堅韌不拔的毅力向威名顯赫的前代巨擘進行至死不休的挑戰的詩壇主將們。……具有較

〔註1〕依據第二章的理論，布魯姆所稱的「影響的焦慮」並非焦慮徵狀的呈現而已，而是指積極超脫此焦慮的方法，是種心理防禦機制的表現。

豐富想像力者取前人之所有爲己用。〔註2〕

具有預見性是每一位強者詩人不可或缺的條件。缺少了這一點，他就會淪爲一名渺小的遲來者。〔註3〕

強者詩人們跟隨伊底帕斯的方式則是把他們對前驅的盲目性轉化成應用在他們自己作品中的修正比。〔註4〕

每一位強者詩人都是某一類約拿（Jonah，基督教《舊約聖經》中的先知），或者某一類叛教的預言家。〔註5〕

當強者詩人知道，他不是直接去看，而是通過前輩間接去看，他難於接受無能爲力。〔註6〕

強者詩人們以其創造性的生命，譜寫出嚴峻的詩。〔註7〕

每一位強者詩人的繆斯，他的索菲婭（Sophia），在唯我主義的追求激情下跳得最遠、最深了。〔註8〕

從他相關著作中對「強者詩人」的描述，我們大致可推斷其所應具備的特質：首先，一位強者詩人必須有足夠的才能、氣魄來擺落這些龐大壓頂的遺產陰影，他能有勇氣挑戰之前的詩壇巨擘，而且要有能力求變。能求變者才是大作者，也唯有大作者才敢言變，弱者只能隨波逐流而已，誠如葉燮《原詩》所云：

從來豪傑之士，未嘗不隨風會而出，而其力則常能轉風會。

故一有勇氣、有能力求變的強者詩人，他懂得「取前人之所有爲己用」，將「對前驅的盲目性轉化成應用在他們自己作品中的修正比」，在創作過程中，他們知道利用前代資源與書寫策略，來開創屬於自己

〔註2〕 布魯姆著，徐文博譯《影響的焦慮》（台北：久大文化股份有限公司，1990年），頁3。
〔註3〕 同註2，頁7。
〔註4〕 同註2，頁9。
〔註5〕 布魯姆著，朱立元、陳克明譯《比較文學影響論——誤讀圖示》（板橋：駱駝出版社，1992年），頁6~7。
〔註6〕 同註5。
〔註7〕 同註2，頁8。
〔註8〕 同註2，頁13。

的獨特性成就。再者，強者詩人所不可或缺的「預見性」，就是其不設限的發揮空間，他們具有前瞻性的大氣魄去走自己的方向，有自己的格局，而不必亦步亦趨地遵循前人。最重要的，他們呈現了強烈的競爭意識與影響的焦慮。唯我主義的自我期待使其「難於接受無能為力」；而他們所呈現的影響焦慮也更為積極，就像童慶炳《中國古代詩學心理透視》一書中的詮釋：

> 深切的焦慮不是一個旁觀者冷靜觀察時所產生的憂慮，而是一種認識自己的焦慮，它打碎了各種現存文化外在賦予的生存諾言和自我假象，在一種劇烈不安的心理過程中，直接洞見常態下難以窺見的深隱的自我本來面目，看到自身多重人格的諸側面，洞悉它們的衝突與搏鬥，而那種從文化中所習得的人格和諧完美的虛假神話喪失殆盡，詩人觸及到自己生存的真實情境，深感未來人生道路上有各種可能，只有這時，詩人才感到自己不再是被動適應外在文化規範的奴僕，而是主動掌握自己命運的主人。〔註9〕

總之，一個強者詩人應是主動的、積極的、有獨創性、有開創性、有勇氣又有能力，以強烈的自主意識與前人抗衡競爭。

　　而在本章節中，針對上述歸納的強者詩人特質，從宋代詩人中找出相符且能盡變前人，卓然自立，堪稱大家者為代表，依次分別為王安石、蘇軾、黃庭堅、陸游及楊萬里。這些詩人多屬於宋詩「創新期」與「中興期」〔註10〕的代表，歷來評價亦多為自闢蹊徑、別成一家者，其皆能自創詩法格局，「成一代之大觀」，使宋詩產生獨立於唐詩之外的風格面貌。這些詩人的詳細擇取標準於之後各節會有更清楚的說明，在此不再重複贅述。

　　然於此尚須說解的是，本章節主要是從這些宋代強者詩人的作品

〔註9〕　童慶炳等合著《中國古代詩學心理透視》（天津：百花文藝出版社，1993年），頁157～158。

〔註10〕　在此採用陳植鍔〈宋詩的分期及其標準〉的分法。引自張高評編《宋詩綜論叢編》（高雄：麗文文化，1993年）

出發，分析其作品中實際見及的前人影響（主要指詩人作品中所出現的前驅痕跡），與其在影響的焦慮下所作的變化，並由其創作歷程、思想背景一窺這些強者詩人的矛盾情結，這即是他們在求新變與影響牽制間的掙扎痕跡。而所謂受前人影響的認定，在此我們盡量避免後人推論的風格源流說，不以風格爲考量兩者互動關係的主要依據。不能只因爲他的詩在風格上與前人有相似之處，就悍然斷定他們之間的影響關係，畢竟風格源流的判定多少帶有主觀色彩，而且相同風格的可能源流也不只一端，硬加聯繫不免失之偏頗；故即使是相同風格者，亦不宜遽然連接其間的傳承關係。但是，若是相同創作手法，明顯導致類似詩風，則可納入考慮。

另外，相同文字的使用，也不應直接認定其必定是襲用前人詩句，受前人影響，這樣的關係判斷也似乎太過簡化，頗爲危險，因爲文字的運用原本就有通用性、共同性，而且文字經長時期的使用，大部分詞彙早都已被寫過，後來者很難避免重複。故在此並不指一般語彙的運用而已，而是定義在該字詞的組合，於詩意或詩境上較爲罕見少用，經特定詩家採用後，接下來的詩人有意重複運用，或者經詩話或注解評論者有所本的推斷來歷，及由客觀的句式手法分析，揣測出其受影響的可能性或使用的目的。也就是說，在所謂「語典」的使用關係上，若非引用前人完整詩句，或者「變化前人語句，引用原意」、「變化前人語句，變化語意」等手法，若只是因爲尋常詞彙，造成頻繁運用的情形，將不予列入。

基本上，我們盡量根據強者詩人們屢次自述所推崇的前代詩人，或他們承認仿作、並和作者視爲直接的詩承關係者，以之爲其作詩學詩的直接典範者，從此來驗證其所受的影響；詩評與詩的創作之間，亦以追究新詩與前詩的關係爲主，包括用典、遣詞造句及取意的出處和所本，藉由新詩與前詩之間的比較來肯定新詩創作的用心。這樣的取樣在影響區塊上更具意義，也應該更爲可靠。

當然，這表示我們所強調受影響的部分是以作者自覺爲主，若未

經本人承認，只是潛在或無意識間的影響，那麼，即使彼此眞的可能具影響關係，我們也傾向不採用。而雖然所謂的影響，原本就包括個人情志與文學表現兩方面。但在此，我們仍以文學上的表現爲主，例如字面句法、用典用意等等的借鑒（包含：增損前人字句、化用句意、襲用成句），換言之，也就是以互文性的呈現爲主。而在上一章節中，我們已經發現宋人對取法典範的誤讀多半是基於當時代風尚（例如濃厚的道德取向），所以對典範人格與創作重心的認知多屬於無意的誤讀；不過，當他們自己在接受影響之後，轉化爲創作實踐時，倒是反映了布魯姆「影響的焦慮」下的積極意義，以有意的誤讀與多重的書寫策略呈現在創作當中。因此，我們也要在這當中觀察他們書寫策略的運用，探討其用意，以利於下一章節作更完整的歸納分析。

　　至於做爲接受主體的強者詩人們，他們不可避免的焦慮除了因爲其性格特質使然外，還來自所有權、誤讀、自我防衛等創作上隱含的權力意志，簡言之，並非好詩眞的被寫完了，而是唐人建立的詩歌典範，涉及了一種文學經典的競爭，故當宋人面對時，難免出現幽微的心理情結：既推崇又貶低，既受影響又拒不承認。張高評〈南宋昭君詩之接受與誤讀〉一文中，對於接受者的矛盾心理作了這樣的說明：

> 接受主體的心理定勢不外兩種：認同，表現爲歸屬、傳承、接受。另一種爲趨異，表現爲跳脫窠臼、豪邁不羈、卓爾不群、追求新奇。〔註11〕

其實任何詩人都不能絕緣於前代的遺產影響，強者詩人在接受影響之初，必然交錯這兩種心態的掙扎，而其過程的轉變也是我們亟欲關注的部分。

第一節　王安石

　　王安石（1021～1086），字介甫，號半山老人，受封荊國公，故

〔註11〕張高評〈南宋昭君詩之接受與誤讀〉，引自《宋代文學研究叢刊》（高雄：麗文文化，1998 年）

稱王荊公；死後諡文，又稱王文公。北宋臨川人。

王安石詩向來被認為是承歐、梅之後，於宋詩極具開拓之功的代表之一。吳喬《圍爐詩話》推崇他為「宋人第一」，元劉將孫喻之為「東京之子美」，這些讚譽主要著眼於王安石在詩歌創作上的獨樹一幟，其絕句更在眾評價之冠，譬諸宋朝嚴羽云：

> 五言絕句，眾唐人是一樣，少陵是一樣，韓退之是一樣，
> 王荊公是一樣，本朝諸公是一樣。〔註12〕

宋代釋普聞也稱：

> 近世所論，東坡長於古韻，豪逸大度；魯直長於律詩，老
> 健超邁；荊公長於絕句，閑暇清癯，其各一家也。〔註13〕

在上述評論中，在在可見王安石之詩作是允為一家，和其他大家並列而獨具特色的。梁啓超更直接言明王安石在宋代詩壇的成就：

> 歐梅以沖夷淡遠之致，一洗穠纖綺冶之舊，至荊公更加以
> 一種瘦硬雄直之氣，為歐梅所未有，故歐梅僅能破壞，而
> 荊公則破壞而復能建設者也。〔註14〕

就因為他「能破能立」，下開宋詩門庭，開拓宋詩境界，皆展現強者詩人的風範，故我們按時間先後，將之置於宋代強者詩人的代表第一人。

一、接受影響之例

（一）杜　甫

宋代詩人中極力推崇杜甫，開有宋一代學杜之風的，要數王安石居功最大。他不僅注杜集，還曾編《老杜詩後集》，得杜詩不傳者二百餘篇。雖原書已佚，但《王文公集》尚存其序文，言：「予考古之詩，尤愛杜甫氏作者，其辭所從，一莫知其窮極，而病未能學也。」

〔註12〕嚴羽《滄浪詩話・詩評》，引自何文煥輯《歷代詩話》（台北：藝文印書館，1964 年），頁 45。
〔註13〕〈詩論〉收入陶宗儀編《說郛》卷六七，頁 6，新興景印本。
〔註14〕梁啓超《王安石評傳》（香港：廣智書局，1950 年），頁 204。

〔註15〕可知其對杜詩的偏好，甚至以自己未能學爲憾。而在〈杜甫畫像〉詩中更對杜甫極盡讚頌之能事：

> 吾觀少陵詩，爲與元氣侔：力能排天幹九地，狀顏毅色不可求。浩蕩八極中，生物豈不稠；醜妍巨細千萬殊，竟莫見以何雕鎪。惜哉命之窮，顛倒不見收；青衫老更斥，餓走半九州；瘦妻僵前子仆後，攘攘盜賊森戈矛。吟哦當此時，不廢朝廷憂；常願天子聖，大臣各伊周；寧令吾廬獨破受凍死，不忍四海寒颼颼。傷屯悼屈止一身，嗟時之人我所羞。所以見公畫，再拜涕泗流。惟公之心古亦少，願起公死從之游。〔註16〕

詩中看得出他對杜甫的生平與詩作技巧皆十分了解，也對杜甫的爲人與作品給予至高無上的評價，尤其對杜甫關心天下安危的偉大精神，更是衷心景仰。故胡仔《苕溪漁隱叢話》有言：

> 李杜畫像，古今詩人題詠多矣。若杜子美，其詩高妙，固不待言，要當知其平生用心處，則半山老人得之矣。〔註17〕

此外，王安石編《四家詩》，又以杜甫居首，其次第意義向來眾說紛紜，但他推崇杜甫總之是不言而喻的。在陳正敏《遯齋閒覽》中就記載了這麼一段敘述：

> 或問王荊公云：「編四家詩，以杜甫爲第一，李白爲第四，豈白之才格詞致不逮甫也？」公曰：「白之歌詩豪放飄逸，人固莫及，然其格止於此而已，不知變也。至於甫，則悲歡窮泰，發斂抑揚，疾徐縱橫，無施不可，故其詩有平淡簡易者，有綺麗精確者，有嚴重威武若三軍之帥者，有奮迅馳驟若泛駕之馬者，有淡薄閒靜若山谷隱士者，有風流蘊藉若貴介公子者。蓋其詩緒密而思深，觀者苟不能臻其

〔註15〕王安石《王文公文集》（北京：中華書局影龍舒本，1962年）卷三六，頁5。

〔註16〕王安石著，李壁注《王荊文公詩》（上海：上海古籍出版社，1993年）卷十三，頁711～718。

〔註17〕胡仔《苕溪漁隱叢話》前集卷十一（台北：台灣中華書局，1965年），頁72。

閫奧，未易識其妙處，夫豈淺近者所能窺哉？此甫所以光掩前人，而後來無繼也。」〔註18〕

這段話也載於《滹南詩話》，文字較少，由王鞏〈聞見近錄〉所記，也值得注意：

黃魯直嘗問王荊公：「世謂四家選詩，丞相以韓歐高於李太白耶？」荊公曰：「不然，陳和叔嘗問四家之詩，乘閒簽示和叔，時書史適先持杜集來，而和叔遂以其所送先後編集，初無高下也。李杜自昔齊名者也，何可下之。」魯直歸問和叔，和叔與荊公之說同。今人乃以太白下歐韓而不可破也。〔註19〕

無論如何，以杜甫爲第一的次序是不錯的：

荊公編集四家詩，其先後之序，或以爲存深意，或以爲初無意。蓋以子美爲第一，此無可議者。〔註20〕

至於這個先後順序的理由，或許有可能是按照詩集送達時間的先後排定，或王安石自身對前人自有一番評定，雖眾說紛紜，但並不左右王安石以杜甫爲首的排序方式。

在此我們更著意於王安石對杜甫詩的認同，在陳正敏《遯齋閒覽》的記載裡，正可見他以杜詩多元豐富的內容風格爲主，且深識其妙處，「光掩前者，後來無繼」之譽，更可見其尊杜之心。

王安石的《四家詩》選雖完成於元豐年間，但他著手整理杜詩卻始於慶曆：

予之令鄞，客有授予古之詩，世所不傳者二百餘篇。觀之，予知非人所能爲而爲之實甫者，其文與意之著也。然甫之詩，其完見於今日，自余得之。世之學者，至乎甫而後爲詩，不能至，要之不知詩焉爾。嗚呼，詩其難，唯有甫哉！〔註21〕

〔註18〕引自胡仔《苕溪漁隱叢話》前集卷六，同注17，頁37。

〔註19〕王鞏〈聞見近錄〉引自王若虛《滹南詩話》（台北：新文豐出版社，1985年），頁33。

〔註20〕《王直方詩話》引自胡仔《苕溪漁隱叢話》前集卷二一，同注17。

〔註21〕王安石〈老杜詩後集序〉，引自茅坤選《王荊公文鈔》卷六，（台北：

王安石令鄞，自慶曆七年至皇祐二年。皇祐五年完成編排工作，總共花了四、五年的時間，若由慶曆七年開始計算，至元豐元年完成，則王安石用了三十年光陰來研讀杜詩、整理杜詩，故其對杜詩的尊崇與其所受影響的程度可以想見。實際上，他本人對杜甫也有多方面的重視，譬如他對杜甫積學貯才的稱許，在孫宗鑑《東皋雜錄》裡就曾記載了王安石這樣的看法：

> 有問荊公：「老杜何故妙絕古今？」公曰：「老杜固嘗言之：
> 讀書破萬卷，下筆如有神。」〔註22〕

王安石本身的詩，無論語典、事典、句意，還是句型，均顯見其才高學博，鎔鑄群言；而且，無論從政、研學、寫詩他也都極重視讀書，他說過：「某自百家諸子之書，至於難經、素問、草本諸小說，無所不讀，農夫女工，無所不問，然後於經為能知其大體而無疑。」〔註23〕據說，當他在推行新法時若與人發生爭執，他就公然批評人不讀書。〔註24〕諸此種種，或許是因為當時風向使然，也或許如王晉光先生所說的：「這很可能受杜甫的影響而變本加厲。」〔註25〕但從他對杜甫詩之妙而下的結論看來，至少我們可以斷定他與杜甫確有頗為契合之處。

此外，王安石對杜甫詩中的字詞運用與佳句採擷亦多所品評，像王安石《鍾山語錄》云：

> 「無人覺來往，疏懶意何長」，下得『覺』字大好。足見吟
> 詩要一字、兩字功夫也。「暝色赴春愁」，下得『赴』字大
> 好，若下『見』字『起』字，即小兒言語〔註26〕

這便是稱讚杜詩鍊字之妙。其實王安石一向重視用字功夫，清朝王漁洋且有「不是臨川王介甫，誰知暝色赴春愁」之言，可見杜詩用字方

台灣中華書局，1970 年），頁 138。

〔註22〕孫宗鑑《東皋雜錄》引自胡仔《苕溪漁隱叢話》後集卷五，同注17，頁 29。

〔註23〕〈答曾子固書〉引自《王荊公文鈔》卷五，頁 118，同注21。

〔註24〕邵博《聞見後錄》（北京：中華書局，1983 年）卷二十，頁 154。

〔註25〕王晉光《王安石論稿》（台北：大安出版，1993 年），頁 67。

〔註26〕方深道《諸家老杜詩評》卷一（台南縣：莊嚴文化，1997 年），頁 81。

面的卓絕功夫，也確實可能帶給王安石某種啓示和影響。在佳句欣賞方面，王安石《鍾山語錄》也曾云：「杜甫固奇，就其分擇之，好句亦自有數；李白雖無深意，大體俊逸，無疏繆處。」〔註27〕這條記載說明了王安石相當注意杜詩的佳句，而且他似乎還作了一番粗略的統計，何薳《春渚紀聞》卷七云：

> 《後山詩評》云：「詩欲其好，則不能好。王介甫以工、蘇子瞻以新、黃魯直以奇，獨子美之詩奇、常、工、易、新，陳無不好者。」至荊公之論，則云：「杜詩固奇，就其中擇之，好句亦自有數。」豈後山（陳師道）以體製論，而荊公以言句求之耶。〔註28〕

照何薳所言，顯然王安石是以「言句」欣賞杜詩。另外，葉夢得《石林詩話》卷上也記載王安石讚賞杜甫詩句的話云：

> 蔡天啓云：「荊公每稱老杜『鉤簾宿鷺起，丸藥流鶯囀』之句，以爲用意高妙，五字之楷模。他日公作詩，得『青山捫虱坐，黃鳥挾書眠』，自謂不減杜語；以爲得意，然不能舉全篇。」〔註29〕

這則記載不獨說明王安石欣賞杜詩佳句，而且還記載了王安石模仿杜詩的事實。但他雖取杜聯爲楷模，實際上卻未取杜語，亦未偷杜意，所襲者其實乃杜之句法。杜甫上述詩句之妙，在於運用了倒裝句法，並以壓縮語言的方式表達，王安石仿效的正是這點「語不接而意接」的技巧，使人有倏忽而來的意外之感。〔註30〕

　　就因爲王安石如此熟悉杜甫的詩句，所以他也就能利用杜甫自己的話來評論杜詩風格：

> 荊公云：詩人各有所得。……「或看翡翠蘭苕上，未掣鯨魚碧海中」，此老杜所得也。〔註31〕

〔註27〕胡仔《苕溪漁隱叢話》前集卷十四，同注17，頁93。
〔註28〕何薳《春渚紀聞》（北京：中華書局，1983年），頁113。
〔註29〕葉夢得《石林詩話》引自何文煥輯《歷代詩話》卷上，同注12，頁406。
〔註30〕李燕新《王荊公詩探究》（台北：文津出版社，1997年），頁359。
〔註31〕胡仔《苕溪漁隱叢話》前集卷五，同注17，頁30。

這兩句詩出自杜甫自身的〈戲為六絕句〉，原指對六朝文學的學習態度，在此王安石借杜甫以詩評詩之法，反映了杜甫刻意營造詩語的風格，言杜甫不僅有尋章摘句的小巧秀麗，也有渾涵汪洋、千匯萬狀的大手筆、大才力，可以優游不迫，也能氣度恢宏。而其手法正是王安石創作的參考指標。

　　除了詞句，王安石甚至認為杜詩中所託之意才是杜甫最重要的部分，他曾言之：

　　「映階碧草自春色，隔葉黃鸝空好音」，此止詠武侯之廟，
　　而託意在其中矣。〔註32〕

也就是說，王安石對於杜甫這樣表面看來純屬詠景的詩歌，其中卻包含了深沈的寄託之意者，格外欣賞，以為這才是詩歌中最上乘的作品。王安石自己的〈雙廟〉詩就使用了這種手法，《苕溪漁隱叢話》評之曰：

　　半山老人〈題雙廟詩〉云：「北風吹樹急，西日照窗涼。」
　　細詳味之，其託意深遠，非止詠廟中景物而已。蓋巡、遠
　　守睢陽，當時安慶緒遣突厥勁兵攻之，日以危困，所謂「北
　　風吹樹急」也。是時，肅宗在靈武，號令不行於江、淮，
　　諸將觀望，莫肯救之，所謂「西日照窗涼」也。此深得老
　　杜句法。如老杜〈題蜀相廟詩〉云：「映階碧草自春色，隔
　　葉黃鸝空好音。」亦自別託意在其中矣。〔註33〕

〈雙廟〉一詩雖似寫景，但其意在憑弔唐代安祿山之亂時，張巡、許遠兩位守城名將的氣節，具有託言忠義死節之人為世所崇敬之意。這樣的寫法正與他所稱許的杜甫〈題蜀相廟詩〉是一樣的。

　　杜詩在唐末宋初原本並未著名，直至王安石從才學、字句、託意等角度切入來加以讚許推介，堅定地樹立起杜甫的卓越地位，自此確定杜詩在宋代的影響力。故歷來對王安石學杜的議論很多，認為他無論是風格、題材或造句煉字上多有襲自老杜的地方。以下便針對王安石詩中仿自杜甫之處來舉例。

〔註32〕王安石《鍾山語錄》引自《諸家老杜詩評》卷一，同注26，頁81。
〔註33〕胡仔《苕溪漁隱叢話》前集卷三六，同注17，頁242。

1. 仿杜詩語

　　王安石仿杜甫詩中詞語的例子最常見的便是〈榮上人遽欲歸以詩留之〉一詩，此乃荊公居鍾山時，欲以詩留榮上人所作。其中「肯顧北方如慧約，與公西崦劚蒼苔」句裡所用的「劚」字，〔註34〕黃徹《碧溪詩話》卷四言其出處曰：

> 舊觀《臨川集》，「肯顧北方如慧約，與公西崦劚蒼苔」，嘗愛其劚字最有力。後讀杜集「當爲劚青冥」、「藥許鄰人劚」；……雖一字之法，不無所本。〔註35〕

似乎是杜甫用了一個「劚」字，王安石也以之爲本地用「劚」字。事實上，王安石用「劚」字的例子不少，譬如：

> 但守荒畦劚荊棘（〈陶縝菜示德逢〉）
>
> 劚以遠簷溜（〈示元度〉）
>
> 欲劚比鄰成二老（〈題晏使君望雲亭〉）
>
> 一徑墻陰劚雪開（〈絕句呈陳和叔二首〉）
>
> 劚移沙水際（〈前日石上松〉）
>
> 欲劚三畝蔬（〈送董伯懿吉州〉）
>
> 買地劚荒蕪（〈張氏靜居院〉）
>
> 故畦穿劚知何日（〈和蔡樞密南都種山藥法〉）
>
> 新劚檀欒一畝陰（〈陳君式大夫恭軒〉）
>
> 恨無三畝主蓬蒿（〈寄郎侍郎〉）
>
> 欲營垣屋隨穿劚（〈藏春塢詩獻刁十四丈學士〉）

「劚」字本身的使用在他人詩集中並不多見，但王安石似乎特別偏好此字。若照此說法，模仿杜甫用字的可能性頗高。〔註36〕

〔註34〕劚，斫也，誅也。此字在唐代詩歌中確實不常用，除杜詩外，尚有白居易〈贈賣松者詩〉中有句云：「劚掘經幾日，枝葉滿塵埃。」

〔註35〕黃徹《碧溪詩話》，引自丁福保編《歷代詩話續編》（台北：藝文印書館，1983年）卷四，頁395。

〔註36〕此數例參考自王晉光《王安石論稿》，同注25。

其他以杜甫詩語為語典的例子尚有：

杜甫詩	王安石詩	說　　明
傾銀注玉驚人眼（少年行二首）	守歲夜傾銀（次韻沖卿除日立春）	按：王詩採杜詩以月光「傾銀」為形容灑落之境的寫法。
赤霄有眞骨（通泉縣署屋壁後薛少保畫鶴）	道林眞骨葬青霄（北山三詠：寶公塔）	
天子初愁思，都人慘別顏（洛陽）	相思空復慘朱顏（寄友人三首）	
冠蓋滿京華（夢李白其二）	冠蓋滿京津（別馬祕丞）	按：「冠蓋」一詞雖然常見，但王詩此句幾乎完全與杜詩相同，就別有意義了。
何年顧虎頭，滿壁寫滄州（題玄武禪師壁）	畫史雖非顧虎頭，還能滿壁寫滄州（次韻吳仲庶省中畫壁）	按：前句以翻案手法將杜詩作了否定表達，但後句則幾近相同。

　　王安石詩中所使用的字詞與杜甫原詩是很接近的，我們依評注者說法，大致列舉為證，可以看出王安石采擷杜甫詩中詞語的痕跡。

2. 仿杜句法

　　句法，有時指句型，有時指詩句的寫作手法。句型易辨，但詩句的寫作手法難析，然而我們仍可舉出數例以見之。

　　最常見的句法模仿還是前述「青山捫虱坐，黃鳥挾書眠」的例子，《石遺室詩話》就曾評之：

　　　　他人之學少陵者，王荊公〈思王逢原〉云：「廬山南墮當書案，湓水東來入酒巵」，非從「沱水流中座，岷山到此堂」來乎。「青山捫虱坐，黃鳥挾書眠」，非從「鉤簾宿鷺起，丸藥流鶯囀」來乎？但廬山一聯視沱水一聯無不及。「鉤簾」一聯何等自然，「青山」二語則無所謂是底言矣。
　　　　〔註37〕

〔註37〕陳衍《石遺室詩話》（上海：商務印書館，1929 年）卷二四，頁 2。評論中「沱水」一聯出自杜甫〈觀嚴鄭公廳事岷山沱江畫圖十韻句〉詩，「鉤簾」一聯則出自杜甫〈水閣朝霽奉簡雲安嚴明府〉詩。

兩家相似之處皆在句式，加上在記載中他自身也以逼近老杜爲傲，可以想見王安石確實是刻意模仿。只是後人對王安石的仿效評價不差，不但「無不及」，還覺得其頗爲「自然」。

又像杜甫詩中有以「汝」字第二人稱的用法，使之具有擬人的作用，這在王安石詩中亦可見，例如孫奕《履齋示兒編》卷十一所云：

> 「爾汝群物」，前此未有，倡自少陵。〈白鹽山〉詩云：『它皆任厚地爾獨近高天。』〈花鴨〉詩云：『稻粱霑汝在，作意莫先鳴。』〈落日〉云：『濁醪誰造汝，一酌散千憂。』〈檜子〉云：『無情移得汝，貴在映江波。』〈病馬〉云：『乘爾亦已久，天寒關塞深。』〈雞〉詩云：『充庖爾輩堪，問俗人情似。』〈瘦馬行〉云：『當時歷塊誤一蹶，委棄非汝能周防。』〈杜鵑行〉云：『爾豈摧殘始發憤，羞帶羽翮傷形愚。』……王荊公〈梅〉詩有『少陵爲汝添詩興，可是無心賦海棠』亦得公之遺意。

按上述的說明，這種第二人稱的擬人手法前所未有，始自杜甫，故王安石之運用，理應是受到杜甫影響。以此詩法，可以求詩之含蓄無窮的情味，又可以促其詩生動入神。

其次，像吳沆《環溪詩話》卷上曾以杜詩一句能說得多件事物的特色來檢視王安石的作品，結果發現：

> 凡人作詩，一句只說得一件事物，多說得兩件，杜詩一句能說得三件、四件、五件事物。常人作詩，但說得眼前，遠不過數十里內，杜詩一句能說數百里，能說兩軍州，能說滿天下，此其所妙。……公但按此法以求前人，即漸難爲詩。……至安石則合格者多，如「帆動川收浪，靴鳴海上潮。」「已無船舫猶聞笛，遠有樓臺只見燈。」「山月入松金破碎，江風吹水雪奔騰。」「陽浮樹外滄江水，塵漲源頭野火煙。」即每句能道三件事；以至「廟堂生荇藻，巖穴死伊周。」「和風滿樹生簧雜，霽藹包山翠黛重。」「坐見三川吞日月，杳無車馬送塵埃。」「霽分星斗風雷靜，涼入軒窗枕簟間。」即是一句能言四件事，然未有一句能言

　　　　五件事物者。信乎格物之難也。〔註38〕
據吳沆所言，王安石能夠一句言多事，這樣的句法原也是仿杜而得。

　　另外，拆開詞語，使詞語中原來作爲修飾的詞素，尤其是顏色字
突出，以增強意象效果的手法，也常是老杜的拿手好戲。在王安石詩
句中亦可見到此種句法的靈活運用，今人劉樹勳即認爲這是王安石從
杜甫那裡學來的。他舉例王安石〈壬辰寒食〉詩中「巾髮雪爭出，鏡
顏朱早凋」之句，指出是仿效自杜甫〈放船〉詩中「青惜峰巒過，黃
知橘柚來」的手法。他說：

　　　巾髮是巾幘覆蓋下的頭髮。「雪」形容白。年老了，白髮短毿
　　　毿地在巾幘下迸了出來。「鏡顏」，是在銅鏡裡照見的容顏。
　　　「朱」即紅色。年輕時紅潤的臉色，在鏡子裡再也看不到了，
　　　老早凋謝了。「雪髮」、「朱顏」本是常用詞，現在拆開使「雪」
　　　和「朱」，在詩句中發揮單獨的作用，構成鮮明的形象。這是
　　　合乎人們對事物的感覺的習慣的，因爲最先引起注意的是顏
　　　色：頭髮爲甚麼白了這麼多，注意的是「白」；臉膛爲甚麼不
　　　紅潤了，注意的是「紅」。這種句子師承老杜。〔註39〕

王安石這首詩是他自舒州回江寧掃墓時所作，當時他才三十二歲，卻
因掃墓思親及遭遇兄長新喪，所以極度悲痛而自覺早衰，故詩中以顏
色「白」、「紅」鮮明對比，突出顏色代表的意象；與杜甫〈放船〉中
的這兩句詩，皆屬同樣以顏色強調爲主要的寫法。色彩字有時候看起
來是會有質感的，例如軟硬、潮濕乾燥、透明與否等質地。就明度而
言，明度高的顏色，如黃色，便是趨於軟感；相對而言，青色就顯得
較硬較冷，有潮濕和透明感；而朱紅色則具有強烈乾燥性。於是這些
色彩的運用，除了突出的效果外，它們本身的特質也易在對偶下呈
現。尤其王安石詩句中還將一般熟悉的辭彙，拆解運用，借其色彩特
質顯示詩意，此手法較杜甫出於藍更勝於藍。

〔註38〕吳沆《環溪詩話》引自常振國、降雲編《歷代詩話論作家》（台北：
　　　　黎明文化事業公司，1991年），頁7～8。
〔註39〕劉樹勳《唐宋律詩選釋》（武漢：長江文藝出版社，1981年），頁187。

關於句型手法上的相似與仿襲，在宋時的評論已屢見不鮮，如《唐子西文錄》云：

> 王荊公五字詩，得子美句法，其詩云：「地蟠三楚大，天入五湖低。」〔註40〕

或如《雪浪齋日記》之言：

> 王荊公詩云：「紛紛易變浮雲白，落落難鐘老柏青。」山谷〈蟹詩〉云：「已標天上三辰次，未免人間五鼎烹。」此皆得老杜句法。〔註41〕

上述舉例王安石詩，以爲「得老杜句法」，主要是針對杜甫〈小寒食舟中作〉〔註42〕一詩在第三聯中「娟娟戲蝶過閑幔，片片輕鷗下急湍」的句型而言，以王詩對照杜詩，兩者在疊字的使用、詞性的安排、意境的營造皆有雷同相當之感。

除此，吉川幸次郎還提出王詩中「反其意而行」，也就是所謂「翻案」的手法來補充：

> 北宋末年的唐庚在《唐子西文錄》裡說：「王荊公五字詩，得子美句法。」並引此詩頷聯爲證。其實頸聯「看雲心共遠，步月影同孤」，學杜詩「片雲天共遠，永夜月同孤」的痕跡更爲明顯。尾聯典出《晉書》卷 92〈張翰傳〉：「翰因秋風起，乃思吳中菰菜蓴羹鱸魚膾曰：『人生貴得適志，何能羈宦數千里以要名爵乎？』遂命駕而歸。」不過王安石卻反其意而用之。〔註43〕

〔註40〕唐庚《唐子西文錄》，引自何文煥輯《歷代詩話》，同注 12，頁 445。此處言杜甫的「星垂平野闊，月湧大江流。」評者以爲脫化之功夫「才巧意精，若無脫跡。」

〔註41〕胡仔《苕溪漁隱叢話》前集卷 20，同注 17，頁 133。

〔註42〕杜甫〈小寒食舟中作〉原詩爲：「佳辰強飲食猶寒，隱几蕭條戴鶡冠。春水船如天上坐，老年花似霧中看。娟娟戲蝶過閑幔，片片輕鷗下急湍。白雲山青萬餘里，愁看直北是長安。」意云在漂泊中勉強過節，見鷗蝶往來自如之景，引發困居舟中的作者望長安的憂思。

〔註43〕吉川幸次郎著、鄭清茂譯《宋詩概說》（台北：聯經出版事業有限公司，1983 年），頁 128。

這種「翻案」手法通常是引杜甫原詩，再就詩意予以變化，其方式是「將前人的舊事舊語反過來用」，或是「將自己的意思故意推翻」，在原意的基礎上，覆疊出新意。

　　包括翻案之例在內，一般而言，王安石對杜詩句法上的仿襲，在其詩集裡幾乎俯拾即是。例如：

杜甫詩	王安石詩	說　明
白首寄人間（有嘆）	長官白首尙人間（送陳令）	
不知明月爲誰好（秋風二首）	可憐新月爲誰好（北望）	按：將杜詩的疑問句型改爲直接敘說，並予以主觀情緒性的形容。
雞蟲得失了無時（縛雞行）	雞蟲得失何須算（萬事）	按：以反詰語氣否定之。
三年笛裡關山月，萬國兵前草木風（洗兵馬）	五更縹緲千山月，萬里淒涼一笛風（松江）	按：將兩句杜詩中若干詞語化成，句法亦近似。
處處是窮塗（地隅）	無才處處是窮塗（答孫正之）	按：王詩以杜句爲基礎增添。
筆陣獨掃千人軍（醉歌行）	筆下能當萬人敵（送劉貢父赴秦州清水）	按：意同而句法相似。
岌嶪土囊口（九成宮）	紛披千障土囊開（次韻耿天騭大風）	按：「岌嶪」形容山勢高險，「千障」即千嶂，形容山多。安石詩句後五字套用杜詩語。
喧呼且覆杯中淥（醉爲馬所墜諸公相看）	佳招欲覆杯中淥（即事）	
老逐眾人行（悲秋）	一身還逐眾人行（偶成二首）	
飲如長鯨吸百川（飲中八仙歌）	一觴豈足爲公壽，願賦長鯨吸百川（謁曾魯公）	
日下四山陰（暝）	天沈四山黑（次韻張子野秋中久雨晚晴）	
浮雲連海岱（登兗州城樓）	浮雲連海氣（遊杭州聖果寺）	

抱葉寒蟬靜（泰州雜詩二十首其四）	鳴蟬更亂行人耳，正抱疏桐葉半黃（葛溪驛）	按：杜詩「寒蟬靜」，但王反其意云「亂行人耳」。
短衣匹馬隨李廣，看射猛虎終殘年（曲江三章章五句）	射虎未能隨李廣（寄朱昌叔）	按：以「未能」否定杜詩之意，反用杜意。
去馬來牛不復辨（秋雨嘆其二）	去馬來牛漫不分（酬微之梅雨暑新句）	
座對賢人酒，門聽長者車（對雨書懷走邀許主簿）	室有賢人酒，門無長者車（春日）	按：兩詩句法相同，但王詩後句顯然以「無」字翻案之。

後四例即是吉川幸次郎前述的翻案手法，不過所反者以意為主，句式上仍與杜詩相類。

杜甫還有所謂「言其用，不言其名」〔註44〕的手法，據余弁說，王安石詩「含風鴨綠鱗鱗起，弄日鵝黃嫋嫋垂」，卓絕千古，就是出於仿杜的這種手法。王安石〈南浦〉中這兩句名詩，形式上狀物精妙，對仗工整，但重點在於以「鴨綠」之深綠色言春水；以「鵝黃」之嫩黃色指新柳。如此寫法，僅以顏色言其特質，卻不直接點出所言之物的名稱，形成「以顏色代物體」的借代修辭法。

甚至杜詩中「錯綜」的句式，也為王安石所效，譬如《逸老堂詩話》云：

老杜〈秋興〉云：「紅稻啄殘鸚鵡粒，碧梧棲老鳳凰枝。」

荊公效其錯綜體，有「繰成白雪桑重綠，割盡黃雲稻正青」。

言繰成則知白雪為絲；言割盡則知黃雲為麥。〔註45〕

嚴格說來，王安石此〈木末〉詩與上述〈南浦〉詩實有異曲同工之法，皆以色彩突顯，並以「白雪」「黃雲」為借喻，來表現農作的繁忙及大自然生生不息之氣象。但在此之所以特別言其錯綜手法，主要是因為

〔註44〕惠洪《冷齋夜話》稱此種手法「用事琢句，妙在言其用而不言其名。」（北京：中華書局，1988年）即現今修辭學上所謂「借代」之法。

〔註45〕《逸老堂詩話》出自《歷代詩話論作家》，同注38，頁1304。

王安石此詩與杜甫〈秋興〉一詩同是屬於「舉果知因」的手法。〔註46〕
所謂「舉果知因」，就像沈括《夢溪筆談》解釋的：

> 韓退之集中〈羅池廟碑銘〉有春與猿吟兮，秋與鶴飛。石
> 刻乃春猿與吟兮，秋鶴與飛。古人多用此格，……蓋欲相
> 錯成文，則語勢矯健耳。杜子美詩「紅稻啄殘鸚鵡粒，碧
> 梧棲老鳳凰枝」，此亦語反而意全。〔註47〕

王杜二詩在此均以這樣倒裝的方式，相錯成文，而語意上似以結果呈
現，但原因則透顯於其間。

綜上而觀，其實不加說明，也還是看得出王安石詩句的確受到杜
甫影響，而且其中有些影響是頗清楚的。大概可析分為三種作法：第
一種是直襲照搬，例如「處處是窮塗」或「為問隨陽雁」之類；第二
種是稍予點竄一、兩個字，包括「冠蓋滿京津」、「去馬來牛漫不分」
之類；第三種是仿其句式手法，句型和杜甫詩句近似或略有出入，但
依稀可辨，例如「五更縹緲千山月，萬里淒涼一笛風」之類。

有些例子，雖不能那麼明顯看出模仿的痕跡，但是也仍有蛛絲馬
跡可循。例如王安石「柳邊新火起嚴妝」之句，顯然是合杜甫「退朝
花底散，歸院柳邊迷。」及「朝來新火起新煙」兩句為一。

3. 仿杜詩意

所謂「仿意」，即皎然之言「偷意」者，主要在於師其意而非師
其辭，模襲之跡較不明顯。如王安石詩〈北山〉云：「細數落花因坐
久，緩尋芳草得歸遲。」《珊瑚鉤詩話》卷二就評：「王臨川詩云：『細
數落花因坐久，緩尋芳草得歸遲。』此與杜詩『見輕吹鳥毳，隨意數
花鬚』，命意何異？」〔註48〕王安石這首詩主要寫山水，兼狀閒遊之
樂，對仗工整，讀起來卻很自然，「細數」、「緩尋」兩詞，既烘托了
蕭散曠逸、從容不迫的神態，且暗含了淡淡的閑愁。詩話不因字句之

〔註46〕惠洪《冷齋夜話》詞，同注44。
〔註47〕沈括著，胡道靜校注《新校夢溪筆談》（香港：中華書局，1975年）
〔註48〕張表臣《珊瑚鉤詩話》，引自何文煥輯《歷代詩話》卷二，同注12，
　　　　頁464。

相似論，而僅從閒適意態上追尋兩者相似之貌，再進言兩者之命意相同。

又如《芥隱筆記》中所舉之例：

> 荊公詩：『綠攪寒蕪出，紅爭暖樹歸。』妙甚。歸字蓋用老杜『紅入桃花嫩，青歸柳葉新』、李白『寒梅雪中盡，青風柳上歸』意。〔註49〕

文中所舉王安石的〈宿雨〉和杜甫的〈奉酬李都督表丈早春作〉的例句，皆借「攪」、「爭」、「入」、「歸」等擬人手法來表現春天生機蓬勃的景象。《芥隱筆記》特別針對「歸」字，此字帶有回返之意，「紅爭暖樹歸」指花朵紛紛點上春暖的枝頭；「青歸柳葉新」則是指初生的柳葉，都是春回大地的意象。

王安石〈陰山畫虎圖〉詩中尚有這樣的句子：「禽逃獸遁亦蕭然，豈若封疆今晏眠；契丹弋獵漢耕作，飛將自老南山邊，還能射虎隨少年。」這是一首以豐富的想像和精確的描繪為創作的題畫詩，最後的這幾句則是王安石聯繫到當時邊防不整，武備廢弛的現實，「能征慣戰的將領閑置不用，漸漸老去，怎還能和年輕人一起去射殺猛虎呢？」以反詰語氣表達他對退讓苟安政策的不滿，充滿了自己的感慨。而杜甫〈曲江〉三章五句：「自斷此生休問天，杜曲幸有桑麻田，欲將移往南山邊；短衣匹馬隨李廣，看射猛虎終殘年。」則初以窮達莫問始，並表示耕讀南山才是歸途；然卻於詩末提起懷才失意的李廣，這詩末一反，可知他仍無法釋懷自己的不遇。全詩欲表現的主題雖有不同，但「良將」、「射虎」等詞彙上的相似，也同樣道盡善戰人才不得用的困境。

或像曾緘指出王安石〈北陂杏花〉一詩中「縱被東風吹作雪，絕勝南陌輾成塵」兩句，是從杜甫〈楸樹三絕句〉裡「不如醉裡風吹盡，可忍醒時雨打稀」化出，兩者詩意看似相近，但王詩中的杏花是人格志向的象徵，寧可吹散空中，也不淪落塵陌，任人踐踏，表現的是王安石剛強耿介、孤芳自賞的托物言志之慨。而杜詩中的楸樹則是形狀

〔註49〕龔頤正《芥隱筆記》（上海：商務印書館，1935年），頁13～14。

寫景，兩者詩句境界本身有較虛與較實的不同。〔註50〕

　　王安石〈思王逢原三首〉其二有句云：「廬山南墮當書案，湓水東來入酒巵。」原述其與王逢原昔日共遊之情景。陳石遺嘗贊此聯可比肩杜甫〈奉觀嚴鄭公廳室岷山沱江畫圖十韻〉詩中之「沱水流中座，岷山到此堂。」〔註51〕細究二詩，採誇飾之語，將外景導入內室，均呈現無理而妙的趣味。

　　其他偷意之例句尚有：

杜甫詩	王安石詩	說　　明
沙暖睡鴛鴦（絕句兩首）	沙暖鷺忘眠（舟夜即事）	按：可見王詩翻案之妙。
可惜歡娛地，都非少壯時（可惜）	樂事應須委少年（同長安君鍾山望）	按：兩詩以不同說法言同一理念。
河凍未魚不易得，偏勸腹腴愧年少（受鄉姜七少府設鱠戲贈長歌）	坐說魚腴美，功名挽不來（題友人郊居水軒）	
青歸柳葉新（奉酬李都督表丈早春作）	稍見青青色，還從柳上歸（次韻景仁雪霽）	
君今起柂春江流（短歌行）	江南春起柂（短歌行）	
長為萬里客，有愧百年身（中夜）	何言萬里客，更作百身憂（江上二首）	按：「更」字使王詩詩意較杜詩增進一層次。
一簣功盈尺，三峰意出群（假山）	態足萬峰奇，功才一簣微（次韻留題僧假山）	按：杜詩言一簣之功盈尺，但王詩以「才」字言一簣之功微，用意恰為相反。
顧影驕嘶自矜寵（驄馬行）	歸嘶馬亦驕（和吳沖卿雪霽紫宸朝）	
天上浮雲如白衣，斯須改變如蒼狗（可嘆）	紛紛變易浮雲白（招呂望之使君）	
李侯有佳句，往往似陰鏗（與李十二同尋范十隱居）	不惟詩句似陰鏗（奉酬聖從待制）	按：王詩以否定手法翻杜詩詩句。

〔註50〕陳邦炎〈試論杜甫絕句的得失〉《草堂》1982 期 1982 年 4 月，頁 31。
〔註51〕見《石遺室詩話》卷二十四，同注 37，頁 2。

富貴必從勤苦得（柏學士茅屋）	行看富貴酬勤苦（鄭子憲新起西齋）	按：兩詩意同，但王詩較杜詩委婉，以「酬」來見勤苦所得。
魯門鶢鶋亦蹌蹌，聞道如今猶避風（白鳧行）	魯門未怪爰居至，鄭圃何妨禦寇來（次韻耿天騭大風）	按：「爰居」即「鶢鶋」之假借；「禦寇」即風意。
古來材大難爲用（古柏行）	材大賢於人有用（玉晨大檜鶴廟古松最爲佳樹）	按：「材大」之說，杜以爲難用，王設定在「於人」，則以爲有用。
強擬晴天理釣絲（中丞嚴公雨中垂寄見憶一絕奉答二絕）	夕陽偷理釣魚絲（金明池）	按：王將「晴天」改爲「夕陽」。
不夜月臨關（秦州雜詩二十首其七）	更邀江月夜臨關（贈長寧僧首）	
梗楠枯崢嶸（枯楠）	崢嶸空此詠枯楠（送江寧彭給事赴闕）	
聞君掃卻赤縣圖，乘興遣畫滄洲趣（奉先劉少府新畫山水障歌）	斷取滄洲趣，移來六月天（惠崇畫）	按：王詩前句句法與詩意皆斷取杜詩後句。
不意青草湖，扁舟落吾手（將適吳楚留別章使君留後兼幕府諸公）	五湖春草入扁舟（中年）	
把酒意茫然（重過何氏五首）	夕陽臨水意茫然（九日賜宴瓊林苑作）	
穿花蛺蝶深深見，點水蜻蜓款款飛（曲江）	草頭蛺蝶黃花晚，菱角蜻蜓翠蔓深（斜徑）	
野鴉無意緒（孤雁）	野鳥不知人意緒（次韻杏花三首）	按：杜詩直言物之無情，但王詩則是言物類之間情感的不相通。
苑邊高冢臥麒麟（曲江二首）	蕭蕭長草沒麒麟（破冢二首）	
明朝牽世務，揮淚各西東（酬孟雲卿）	今夜扁舟來訣汝，死生從此各西東（別鄞女）	按：兩詩皆言離情別意。
百壺那送酒如泉（城西陂泛舟）	莫負酒如泉（華藏寺會故人得泉字）	

　　上述例子，一部份屬於「不易其意而造其語」的換骨法；另一部份則屬於「規摹其意而形容之」的奪胎例，包括延伸原意而言之者。所以，王安石實可謂發山谷奪胎換骨的先聲，如曾季貍《艇齋詩話》就曾直接引述：「東湖言：荊公畫虎

　　行用老杜〈畫鶻行〉奪胎換骨。」〔註52〕宋釋惠洪也曾言：「荊公與故人詩曰：『一日君家⋯⋯』此⋯⋯奪胎法也。」〔註53〕這些評述皆以「奪胎」「換骨」論之，可知該手法的運用，王安石確爲山谷先驅。

　　但他仿前人詩意不限於句子的蹈襲，有時取其一部份，有時也有全詩襲杜詩之意者。當然他會做適當的變化。譬如《芥隱筆記》說：「荊公作〈虎圖行〉，全仿老杜。」胡仔《苕溪漁隱叢話》引《漫叟詩話》敘述此事：

　　　　荊公嘗在歐公座上賦〈虎圖〉，眾客未落筆而荊公草已就，歐公亟取讀之，爲之擊節稱嘆，客閣筆不敢作。⋯⋯乃體杜甫〈畫鶻行〉以紓急解紛耳。〔註54〕

《西清詩話》亦載此事經過：

　　　　王介甫、歐陽永叔、梅聖俞皆一時聞人，坐上分題賦虎圖，介甫先成，眾服其敏妙，永叔乃袖手。或以問余，余答曰：『此體杜甫〈畫鶻行〉耳。』問者爲然。大抵前輩多模取古人意，以紓急解紛，此其一也。〔註55〕

由上可知，歷來皆謂王安石〈虎圖〉一詩似模襲杜甫〈畫鶻行〉。就兩詩相較觀之：均首言驚畫中物爲眞，再言畫師筆法之妙，使人觀畫時疑眞疑幻；惟末段杜詩有自喻志不得伸之傷，而王詩則免掉此段，戛然而止。但兩詩轉折跌宕的樣態相似，王詩詩意大抵皆襲杜詩而來，也見相近。

〔註52〕曾季貍《艇齋詩話》引自《歷代詩話續編》，同注35，頁1。
〔註53〕見《苕溪漁隱叢話》前集卷三十五，同注17，頁232。
〔註54〕見《苕溪漁隱叢話》前集卷三十四，同注17，頁226。
〔註55〕蔡絛《西清詩話》卷中，收入郭紹虞《宋詩話輯佚》（台北：華正書局，1987年），頁115。

4. 集　句

　　集句是宋詩的獨特現象，明徐師曾列集句爲一體，並解釋道：「按集句詩者，雜集古句以成詩也。」〔註56〕明梁橋亦云：「集句者，集古人之句以成篇。」〔註57〕這兩個說明都一樣，皆謂凡是集前人詩句組合成一新作品者均可稱之。荊公集中頗多此特殊詩體，多是他集合前人詩句湊泊成篇，並非其自作。這種創作手法原本始於晉代傅咸，北宋石曼卿等人繼之，至王安石而卓然有成。故沈括《夢溪筆談》因而誤以爲「荊公始爲集句詩」。〔註58〕此集句之作雖非自創詩句，但正如徐師曾所說：

> 必博聞強識，融會貫通，如出一手，然後爲工，若牽合傅會，意不相貫，則不足以語此也。〔註59〕

王安石集句，借人詩句，發一己諸多情懷，適足可使人見其才思之快捷。所取材料也有不少是來自杜詩。《邇齋閑覽》即云：

> 荊公集句詩，雖累數十韻，皆頃刻而就，詞意相屬，如出諸己，他人極力效之，終不及也。如〈老人行〉云：「翻手爲雲覆手雨，當面輸心背面笑。」前句老杜〈貧交行〉，後句老杜〈莫相疑行〉，合兩句爲一聯，而對偶親切如此。又〈送吳顯道〉云：「欲往城南望城北，此心炯炯君應識。」〈胡笳十八拍〉云：「欲往城南望城北，三步回頭五步坐。」此皆集老杜詩句也。按杜詩〈哀江頭〉：「黃昏胡騎塵滿城，欲往城南忘南北。」荊公兩用皆以「忘南北」爲「望城北」，始疑杜詩誤，其後數善本皆作「忘南北」，或云：「荊公故易此兩字，以合己一篇之意。」然荊公集句詩，未嘗改古人句字，觀者更宜詳考。〔註60〕

〔註56〕徐師曾《文體明辯・序說》（北京：人民文學出版社，1998年），頁111。

〔註57〕梁橋《冰川詩式》卷二，（台北：廣文書局，1973年），頁97。

〔註58〕沈括著，胡道靜校注《新校正夢溪筆談》卷十四，同註47，頁156。沈括言：「荊公始爲集句詩，多者至百韻，皆集合前人之句，語意對偶，往往親切過於本詩，後人稍稍有效而爲之者。」

〔註59〕見《文體明辯・序說》，同註56，頁111。

〔註60〕杜甫〈貧交行〉原詩爲：「翻手爲雲覆手雨，紛紛輕薄何須數；君不

以這樣的方式作詩並不容易，要取適合的詞語，配合自身的情感思想，數首作品連貫爲一，不露間隙痕跡，融會自然，彷若原創，這當中的拿捏掌握，全看學養功力。有人便稱王安石如此之作不惟詩數甚夥，且工妙無比，「亦有竟勝前人原作者」。〔註61〕

（二）陶　潛

王安石在其不少詩作中都表現出對陶潛其人其詩賞慕的心意，例如〈示俞秀老〉詩云：

> 君詩何以解人愁，初日紅蕖碧水流。未怕元劉妙獨步，每思陶謝與同游。

此詩雖在盛讚俞秀老詩的高逸，但從中亦可見王安石對陶潛與謝靈運的欽慕。而在題爲〈五柳〉的詩裡則云：

> 李柳柴桑宅，三楊白下亭。往來無一事，長得見青青。

據李壁注，這是王安石把他甥婿龔原的住宅比作陶廬而作，自然是因爲他對陶潛景仰之故。或者，在其〈題致政孫學士歸來亭〉詩中，曾云：「彭澤陶潛歸去來，素風千載出塵埃。」仍得見王安石對陶潛高風亮節的尊崇。不但於詩中可感受王安石對陶潛的傾慕；他甚至還自己認爲與陶相比，並不遜色：

> 移柳當門何啻五，穿松作徑適成三。臨流遇興還能賦，自比淵明或未慚。

除了見王安石的自信外，而且也看得出王安石以模仿陶潛爲榮的自豪。

在都穆《南濠詩話》，還記載了王安石對陶潛詩的一段評語：

> 如〈飲酒〉其五云：「結廬在人境，而無車馬喧。問君何能

見管鮑貧時交，此道今人棄如土。」杜甫〈莫相疑行〉原詩爲：「男兒生無所成頭皓白，牙齒欲落真可惜，憶獻三賦蓬萊宮，自怪一日聲輝赫，集賢學士如堵牆，觀我落筆中書堂，往時文采動人主，此日飢寒趨路旁，晚將來契托年少，當面輸心背面笑，寄謝悠悠世上兒，不爭好惡莫相疑。」陳正敏《遯齋閑覽》，原書久佚，《說郛》卷三十二有節編本。

〔註61〕薛雪《一瓢詩話》引自明倫《清詩話》（北京：人民文學出版社，1998年），頁 709。

　　爾？心遠地自偏。」王荊公謂：「詩人以來，無此四句。」
　　〔註62〕

此言雖稍嫌誇大，但卻足見王安石對淵明的作品實在是推崇倍至。於是，在影響上自是不能避免，主要還是在「借詞」、「改句」以及「用典」三方面。

1. 借　詞

　　王安石詩中常可見他套用淵明語詞之處，而且借用的辭彙不只出自陶詩，還多半取自淵明的文章，尤其是〈歸去來辭〉。譬如〈歲晚懷古〉一詩：

　　　先生歲晚事田園，魯叟遺書廢討論。
　　　問訊桑麻憐已長，按行松菊喜猶存。
　　　農人調笑追尋壑，稚子歡呼出候門。
　　　遙謝載醪祛惑者，吾今欲辯已忘言。

詩中「田園」、「魯叟」、「問訊桑麻」、「已長」、「松菊喜猶存」、「尋壑」、「稚子候門」等詞語，很明顯都是出自於陶潛的〈五柳先生傳〉、〈歸去來辭〉、〈歸居田園〉等文；而「載醪祛惑」、「欲辯已忘言」之詞則出自〈飲酒〉詩二十首。

　　又如〈懷古二首〉：

　　　日密畏前境，淵明欣故園。那知飯不餬，所喜菊猶存。
　　　亦有床坐好，但無車馬喧。誰為吾侍者，稚子候桑門。（其一）
　　　長者一床室，先生三徑園。非無飯滿缽，亦有酒盈樽。
　　　不起華邊坐，常開柳際門。譓知談實相，欲辯已忘言。（其二）

除了詩中呈現的意象接近陶潛外，一如前例，許多字詞根本是直接引自陶潛詩文，毫無疑問。

　　或〈山行〉一詩：「暮嶺已佳色，寒泉仍好音。誰同此真意，倦鳥亦幽尋。」當中的「佳色」、「好音」、「真意」、「倦鳥」等詞，也分別出於陶之詩文：〈飲酒〉、〈歸鳥〉、〈歸去來兮辭〉。

〔註62〕都穆《南濠詩話》，引自丁福保《歷代詩話續編》同注35，頁1324。

2. 改　句

　　上述這些例子均可見王安石的借詞，幾乎是不予更動地移至自己的文字當中。但有時他也會利用合併、析分、翻案等不同手法，將陶潛詩作中的句子加以轉化，再援用融會於自己的創作。陸游《老學庵筆記》卷四曾指出：

> 荊公多用淵明語而意異，如「柴門雖設要常關」、「雲尚無心能出岫」。

王安石就陶潛原句「門雖設而常關」及「雲無心以出岫」而略以增字轉意，形成陸游所謂「用淵明語而意異」的情形。像此改句手法下列之例即是：

陶潛詩	王安石詩	說　　明
心遠地自偏（飲酒）	地偏人罕至，心遠境常寂（次韻約之謝惠詩）	按：將〈飲酒〉詩之句析分為二，且將意思更清楚完足地表達。
曖曖遠人村（歸園田居五首之一）	藹藹春風入水村（祈澤寺見許堅題詩）	按：王詩疊字用法雷同，但一遠一入，詩意卻似相反。
園日涉以成趣（歸去來兮辭）	中園日涉非無趣（和微之林亭）	按：改動陶之原句，但以否定句式曲折表現原意。
問君何能爾（飲酒）	問候何能爾（張氏靜居院）	按：只改了一字，故大致結構仍可見原句痕跡。

3. 用　典

　　歷來陶潛即有特定的象徵或典故，經常為詩家所引用，王安石詩中亦不乏其例。譬如〈春郊〉詩：

> 青秧漫漫出初齊，雞犬遙聞路卻迷。但見山花流出水，那
> 知不是武陵溪。

此詩即全用〈桃花源記〉的故事。其他或柳、或酒、或菊，甚或桃花源，也都是等同於陶潛的意象。

（三）韓　愈

　　王安石曾編《四家詩》，其中便包括《韓愈集》，故其襲退之詩者

亦甚多，尤其是他早年重古體，遂多學韓愈章法嚴謹、硬語奇險，又氣勢雄渾之古詩。王安石嘗有詩〈奉酬永叔見贈〉言：「欲傳道義心雖壯，強學文章力已窮。他日若能窺孟子，終身何敢望韓公？」或如〈秋懷〉詩所云：「韓公既去豈能追，孟子有來還不拒。」可見他自許以孟子、韓愈為榜樣，不只希望趕上他們在文章上的成就，還期望效法他們道義傳遞上的努力，只是文字表現上，他謙稱自己恐怕力有未逮。

在〈寄孫正之〉中又嘗自言：「少時已感韓子語，東西南北皆欲往。」而於〈寄蔡天啓〉詩中還有「揚雄尚漢儒，韓愈眞秦俠」之句；甚至在〈讀韓〉一詩裡，表示對韓愈的惋嘆：「紛紛易盡百年身，舉世無人識道眞。力去陳言誇未俗，可憐無補費精神。」王安石對韓愈學術文章及立身行事，皆有評論，由此我們至少可以確知，王安石在文學載道的實用觀上，受到韓愈頗多影響。

王安石詩語受韓愈沾溉者，不知凡幾，茲將王安石受韓愈影響之例，略舉如下：

例如：王安石詩〈次韻酬府推仲通學士雪中見寄〉有句：「為問火城將策試，何如雲屋聽窗知。」宋吳开便曾云：

> 韓退之〈喜雪獻裴尚書詩〉云：『喜深將策試，驚密仰簷窺』，
> 又云：『氣嚴當酒煖，灑密聽窗知』。荊公全用以爲一聯云：
> 『借問火城將策試，何如雲屋聽窗知』。〔註63〕

退之此詩通篇言雪事，而荊公雪中和友人詩，採退之之詩，合爲一聯，頗切雪事，雖以「何如」一句略變韓詩，但通篇而言，不僅襲意，更爲偷語，且善於點竄者也。

又如〈元豐行示德逢〉一詩有「四山翛翛映赤日，田背坼如龜兆初」之句，或如〈寄楊德逢〉詩有「遙聞青秧底，復作龜兆坼。」之句，此皆爲王安石得意之語。《後山詩話》引述黃庭堅驚其新妙，以爲「乃前人所未道」。〔註64〕但事實上，這與退之〈南山〉詩中形容

〔註63〕吳开《優古堂詩話》，引自《歷代詩話論作家》，同注38，頁12。
〔註64〕陳師道《後山詩話》，引自《歷代詩話》同注12，頁183。

山石犖确的「或如龜坼兆」之句頗爲相似。

　　另如王安石〈游土山示蔡天啓秘校〉詩有「或昏眠委翳，或妄走
超躍。或叫號而寱，或哭泣而魘。」之句，〈再用前韻寄蔡天啓〉一
詩也有「或自逸而走，或呿而不噞，或嗤元郎漫，或訕白翁囁」等句，
一再重出的「或」字以及奇峭之風格皆與退之〈南山〉一詩「或連若
相從，或蹙若相鬥」以下一大段句勢相當。「重出字」這種鍊字法，
王安石亦極愛用之，他常於一詩中一再重複某字，使節奏奇壯，翻疊
詩意也較有趣味。只是〈南山〉詩重出「或」字高達五十一次，王安
石頂多在〈再用前韻寄蔡天啓〉一詩中重出十二次，不如韓愈的翻騰
豐富，但仿襲韓詩態勢已然可知。

　　或者像王安石〈和文淑溢浦見寄〉詩中有「髮爲感傷無翠葆，眼
從瞻望有玄花」句，與退之〈次鄧州界〉詩之「心訝愁來惟貯火，眼
知別後自添花」句，兩者從句型上也可察覺相近痕跡。

　　還有，像胡仔也嘗云：

> 荊公〈春日〉絕句云：「春風過柳綠如繰，晴日蒸紅出小桃」，
> 余嘗疑蒸紅必有所據，後讀退之〈桃源圖詩〉云：「種桃處
> 處惟開花，川原遠近蒸紅霞」，蓋出此也。〔註65〕

特殊詞彙的運用，讓人很直接將兩者作連結。此外，王安石〈懷鍾山〉
詩有句：「何須更待黃粱熟，始覺人間是夢間。」本用黃粱一夢之典
故，無甚希奇，況且王安石詩中引黃粱事之處原本即多，像王直方便
載有不少相關資料：

> 舒王詩云：「投老歸來功奉班，塵埃無復見鍾山；何須更待
> 黃粱熟，始覺人間是夢間。」又云：「黃粱欲熟且流連，謾
> 道春歸莫悵然；蝴蝶豈能知夢事，蓬蓬先墮晚花前。」又
> 云：「客舍黃粱今始熟，鳥殘紅柿昔分甘。」蓋三用黃粱而
> 意義皆妙。〔註66〕

不過，按考據顯示，王安石詩中用黃粱事達十數次，雖是典出於〈枕

〔註65〕見《苕溪漁隱叢話》前集卷三十五，同註17，頁232。
〔註66〕見《王直方詩話》卷上，同註20，頁29。

中記〉，但就〈懷鍾山〉一詩的句法態勢而言，實襲用自韓愈〈遣興〉詩之語：「莫憂世事兼身事，須著人間比夢間。」

（四）李　白

　　王安石雖在《四家詩》的編排上，曾表示李白「其格止於此（豪放飄逸），不知變也。」但在《苕溪漁隱叢話》前集卷五引王安石評論李白、杜甫、韓愈詩特點時，他表示「詩人各有所得，清水出芙蓉，天然去雕飾，此李白所得也。」他重視的顯然是李白清邁脫俗、天然飄逸的優點。可見李白的風格對他來說，仍代表了唐詩不同風格之一。而且，從其作品中也曾出現點化李白詩句之例，便可見李白對他也一樣具有影響力。

1. 取詞句式

　　王安石作品中受李白影響的痕跡，大部分還是在詞語的運用、改造、吸收上。有時直接採用，有時則融化納入，還有句型樣式相似者。例如：

李白詩	王安石詩	說　　明
白髮三千丈，緣愁似個長。（秋浦歌）	繰成白髮三千丈。（示俞秀老）	
天臺四萬八千丈。（夢遊天姥吟留別）	天臺一萬八千丈。（送僧遊天臺）	
一貴復一賤，關天豈由身。（中山孺子妾歌）	侏儒戲場中，一貴復一賤（相國寺啓同天道場行香院觀戲者）	
願借羲和景，為人照覆盆。（贈宣城趙太守悅）	願回羲和借光景。（白雲）	按：王安石將李白原詩的第一句拆開，並將詞序予以調換。
蘭陵美酒鬱金香。（客中作）	鬱金香是蘭陵酒。（答雄本推官金陵寄酒）	按：此王安石採原句倒裝手法，加以改變。
四十九年非。（尋陽紫極宮感秋作）	悠悠三十九年非。（省中二首）	按：略為改易，再移為己用。

海風吹不斷，江月照還空。（望廬山瀑布二首其一）	種種春風吹不長，星星明月照還稀。（嘲白髮）	按：此詩王安石取去相當巧妙，皆去前半一二字，截取後半句型再略加變化。
兩岸青山相對出，孤帆一片日邊來。	一水護田將綠遶，兩山排闥送青來。	按：此即取相同的句型。

2. 取　意

在王安石〈即事六首〉其一中云：「我起影亦起，我留影逡巡。我意不在影，影長隨我身。」這跟李白〈月下獨酌〉中的句子：「舉杯邀明月，對影成三人。月既不解飲，影徒隨我身，……我歌月徘徊，我舞影零亂。」就十分神似。不但用字句式相近，在詩意上也接近：王安石「我起影亦起」兩句之意略近於李白「我歌月徘徊」兩句，唯用詞略有出入；而「我意不在影」兩句則倣傚李白「月既不解飲」兩句所作，特別是末句，詞語結構及詩中意境更是完全一致，所受之影響不言而喻。

此外，僅就仿其詩意或反其詩意而不用其語的部分，例證亦多：

李白詩	王安石詩	說　　明
濤落歸泥沙，翻遭螻蟻噬。（枯魚過河泣）	失身洲渚間，螻蟻乘其機。（寓言十五首）	按：取原詩「龍遊淺灘遭蝦戲」之意。
月行卻與人相隨。（把酒問月）	行隨一明月。（和仲庶夜過新開湖憶沖之仲涂共泛）	按：王安石此意正好與李詩原意相反，李意為「月隨人」；但王詩則為「人隨月」。
有時與我論三車。（僧伽歌）	不敢問三車。（送契丹使還次韻答淨因長老）	按：王安石就原詩反其意曰「不敢」。
暮從碧山下，山月隨人歸。（下終南山過斛斯山人宿置酒）	隨月出山去，尋雲相伴歸。（山中）	按：王安石此聯上句是反李詩下句之意，形同上述〈和仲庶夜過新開湖憶沖之仲涂共泛〉和〈把酒問月〉兩詩的狀況。
秋浦猿夜愁。（秋浦歌）	秋浦聞猿江上哀。（和王微之秋浦望齊山感李太白、杜牧之）	

何必兒女仁，相看淚成行。(留別賈舍人至二首其二)	自慚兒女意，失淚滴衣巾。(送孫子高)	按：全取李詩意。
苑方秦地少。(金陵三首之三)	苑方秦地皆蕪沒。(自金陵至丹陽道中有感)	按：王安石以「皆蕪沒」三字替換「少」字，但意皆同。
何如月下傾金罍。(襄陽歌)	殘樽同向月邊傾。(沖卿席上)	
吾欲覽六龍，回車掛扶桑。(短歌行)	直須去取六龍回。(次韻和甫春日登臺)	按：此爲縮李詩兩句之意爲一句。
一上玉關道，天涯去不歸。(王昭君)	一去天邊更不歸。(望夫石)	按：此亦將李詩縮爲一句意。
黃河之水天上來。(將進酒)	滄江天上落。(遊賞心亭寄虞州女弟)	按：雖一爲黃河一爲滄江，但自天而降的意象全然仿自李白。

（五）其他唐代詩人

據《風月堂詩話》記載：

> 王介甫在館閣時，僦居春明坊，與宋次道宅相鄰。次道父祖從來藏書最多，介甫借唐人詩集日閱之，過眼有會於心者，必手錄之，歲久殆遍。[註67]

王安石聰敏好學，具有過目成誦的本事，向來爲人所熟知。透過這則詩話，我們可知當時他曾經因爲借閱宋次道父祖的藏書，而接觸到不少唐代詩家的作品，相信這些作品在王安石過目不忘的能力下，必然在其創作中留下痕跡。同時，基於王安石嘗編選《唐百家詩選》之故，因此多少受其影響也不無可能。所以當我們在論其相互關係時，或許這些詩人沒有充分的資料顯示與王安石的關係，但因其詩句的相似度極爲明顯，我們也只能從詩話或王詩本身與前代作品的雷同性上斟酌。

1. 白居易

王安石與其他詩家最大的差別，在於其政治上的抱負與實際成就

[註67] 《風月堂詩話》，引自《歷代詩話論作家》，同注38，頁266。

極為接近。故在性格上，他固然如一般宋代文人是政治性的，但他更富有濃厚的社會性，這也就是他為什麼如此崇慕杜甫的原因之一。而除了杜甫，王安石詩中所反映的民間疾苦、軍事經濟思想、甚至政治改革理念，還處處可見白居易新樂府的社會寫實詩精神，如〈感事〉、〈河北民〉、〈收鹽〉和〈省兵〉等等。但王安石詩中呈現更強烈的積極性，「非特反映民間疾苦與諷諭主上而已，乃直欲居位以改革之也。」〔註68〕不過，除了內容上師法白居易寫實外，王安石詩中也可見其在語句、手法、態勢上模襲白居易之處。以下舉例見之：

白居易詩	王安石詩	說　明
中有一人字太眞，雪膚花貌參差是。（長恨歌）	肌冰綽約如姑射，膚雪參差是太眞。（次韻徐仲元詠梅二首）	按：樂天本以膚雪花貌比擬太眞之美，王安石則將之合為一句，而以太眞喻梅花之美，雖直接襲用其詞語，但意已有所變化。
東澗水流西澗水，南山雲起北山雲。（寄韜光禪師）	北澗欲通南澗水，南山正遶北山雲。（江雨）	按：兩詩在句型與詞語上皆明顯相似。
惆悵春歸留不得，紫藤花下漸黃昏。（慈恩寺）	已著單衣猶禁火，海棠花下怯黃昏。（禁中春寒）	按：王安石「海棠」一句乃略改白居易「紫藤」之句而成，兩者在句型結構，甚至詩意上皆相似。
花發眼中猶足怪，柳生肘上亦須休。（病眼花）	肘上柳生渾不管，眼前花發即欣然。（東臯）	按：白詩「眼中花」一詞原引自佛經事，意謂病眼昏花；「柳生肘上」則引用《莊子・至樂》滑介叔瘤生於左肘，以之為天地之化，不以為惡，並視死生為晝夜之事，但白居易反用為不以憂患得失攖其心意。而王安石雖翻案白詩之意，但「肘上」一句又回到《莊子》原意，表示對自然變化的開悟；且「花」意也由病眼之「昏花」轉言為實景之「花」，因此亦算是能藉翻案而出奇意者。

〔註68〕李燕新《王荊公詩探究》，同注30，頁454。

露杏紅初拆，煙楊綠未成。（有木詩八首）	雨花紅半墮，煙樹綠相依。（暮春）	按：王詩可能襲自白詩，因爲兩者均以「紅」、「綠」的顏色表現視覺意象，尤其後半句，僅更動若干字詞，結構與呈現仍十分接近。

2. 王 維

　　王安石晚年小詩向來爲人所稱道，號爲「荊公體」，較早年的作品更爲「深婉不迫」、「雅麗精絕」，〔註 69〕整體而言，也更爲「渾然天成」，〔註 70〕含不盡之餘味。其若干作品正與王維那淡遠閒靜、意境深幽的小詩有著異曲同工的妙處。試舉例如下：

　　王安石〈春晴〉詩云：「新春十日雨，雨晴門始開。靜看蒼苔紋，莫上人衣來。」與王維詩〈書事〉：「輕陰閣小雨，深院畫慵開。坐看蒼苔色，欲上人衣來。」相較，摹襲之跡甚顯，兩詩在詩意上均寫眼前景而傳心中情，在風格上也皆呈現閒適意態。明楊慎嘗云：

> 王維〈書事〉詩「輕陰……」，洪覺範《天廚禁臠》云：「此詩含不盡之意，子由所謂不帶聲色者也。」王半山亦有絕句，詩意頗相類，按半山詩云「山中十日雨……」。〔註 71〕

王維原詩乃就眼前事物抒發自己頃刻間的感受，最特別的是末兩句，都將本爲靜景的青苔予以動的幻覺，透過移情及擬人手法，化無情景爲有情物，並藉此表達獨特的感受。而王安石僅改易數字，便另成一詩，但三四句幾全用王維詩語，只是末句改「欲」爲「莫」，略有翻案意味。

　　宋吳开云：

> 荊公晚年閒居詩云：『細數落花因坐久，緩尋芳草得歸遲。』蓋本於王摩詰『興闌啼鳥換，坐久落花多』，而其辭意益工也。〔註 72〕

「細數」此聯是王安石的傳世名句，出自〈北山〉一詩，照吳开之語，

〔註 69〕黃庭堅言，見諸《苕溪漁隱叢話》前集卷三十五，同註 17，頁 231。
〔註 70〕葉夢得《石林詩話》卷上，同註 29，頁 240。
〔註 71〕楊慎《升庵詩話》卷三（台北：台灣商務印書館，1966 年）。
〔註 72〕《優古堂詩話》卷四十二，同註 63，頁 1022。

王安石此聯本轉化自王維〈過楊氏別業〉之句，但不著雕琢痕跡，且頗能狀描出閒適優游之態，故稱之「辭意益工」。

又如王安石〈白土村入北寺〉詩中二聯云：「獨尋飛鳥外，時渡亂流間。坐石偶成歇，看雲相與還。」李燕新以爲此乃就王維〈終南別業〉詩「行到水窮處，坐看雲起時」一聯規模而形容之，轉化成四句耳。〔註73〕細觀此二首，一坐一看之間，心境的悠閒明白揭示；就藝術上看，一片化機之妙，儼然皆可視爲山水佳畫。

此外，如王安石之〈定林院〉詩云：「因脫水邊屨，就敷床上衾。但留雲對宿，仍值月相尋。」此二聯與王維〈歸嵩山詩〉詩之「流水如有意，暮禽相與還」，在文辭上雖不見相似雷同之跡，但品味其中，王安石實暗襲王維之詩意，故劉辰翁評王安石此詩「有輞川幽澹之趣」，可見不只取其詩意，風格上亦頗接近。

3. 李商隱

王安石對李商隱詩歌的稱道，也曾被傳爲美談，宋人葉夢得《石林詩話》引述過這樣一段話：「王荊公亦嘗爲蔡天啓言：學詩者爲可遽學老杜，當先學商隱。」〔註74〕《蔡寬夫詩話》也提到：「王荊公晚年亦喜稱義山詩，以爲唐人知學老杜而得其藩籬者，惟義山一人而已。」〔註75〕可知王安石肯定李商隱，是著眼於他推崇老杜這一點上，近一步認爲學李可以作爲學杜的橋樑。因此，在詩歌藝術上，王安石與李商隱亦時有共鳴之處。譬如李商隱的〈襪詩〉：「嘗聞宓妃襪，渡水欲生塵。好借姮娥著，清秋躡月輪。」王安石則有〈月夕〉一詩云：「躡月看流水，水明搖蕩月。草木已華滋，山川復清發。褰裳伏檻處，綠淨數毛髮。誰能挽姮娥，俯濯凌波襪。」王詩內容書寫順序似與李詩正好相反進行，因此雖是舊題材而語意感覺俱新。〔註76〕

〔註73〕李燕新《王荊公詩探究》，同注30，頁354。
〔註74〕葉夢得《石林詩話》，同注29。
〔註75〕蔡啓《蔡寬夫詩話》，引自郭紹虞輯《宋詩話輯佚》卷下，頁377。
〔註76〕見常振國、降雲編《歷代詩話論作家》，同注38，頁300。

4. 劉威

　　王安石〈段氏園亭〉一詩有「漫漫芙蕖難覓路，蕭蕭楊柳獨知門。」之句。按照《室中語》的這段話，可知王安石的點化襲用：

> 劉威有詩云：『遙知楊柳是門處，似隔芙蕖無路通』意勝而語不勝。王介甫用其意而易其語，曰：『漫漫芙蕖難覓路，蕭蕭楊柳獨知門。』〔註77〕

《室中語》以爲劉威原詩之意佳但用語不甚好，經王安石稍改其語，反而更見其優，之所以如此，主要在於王安石把劉威詩中之虛字改爲疊字之故。黃永武就說：

> 用「漫漫」二字，才能形容出「難覓路」的景象；改用「蕭蕭」二字，才能使紙上有聲，因此，劉氏的詩，只可以畫成一幅平面的畫，而荊公的改作，卻能教人感到聲光鬱然，有畫筆所不能到的境界。〔註78〕

以「漫漫」狀出芙蕖無盡之貌；以「蕭蕭」傳出楊柳被風之聲，此爲王安石點鐵成金的代表作，向來爲人所稱誦。

5. 陸龜蒙

　　王安石〈出定力院作〉詩有句：「殷勤爲解丁香結，放出枝間自在春。」宋楊萬里嘗就此詩云：

> 陸龜蒙云：『殷勤與解丁香結，從放繁枝散誕春』，介甫云：『殷勤爲解丁香結，放出枝頭自在春』，作者不及述者。〔註79〕

從兩詩的句式顯然可見仿襲的痕跡，尤其上句幾全用其語，下句則點竄數字，而運轉自然，平淡中有深致，反較陸詩流暢，故楊萬里稱讚其「作者不及述者」。然兩句雖都寫人愁而花自開之情景，但用詞意境上也有差別，黃永武即認爲：

> 「散誕春」不如「自在春」自然，且一句中有「從放」又

〔註77〕《室中語》引自魏慶之《詩人玉屑》卷六，見《苕溪漁隱叢話》，同注17，頁134。
〔註78〕黃永武《字句鍛鍊法》（台北：洪範書店，2002年），頁88。
〔註79〕楊萬里《誠齋詩話》引自《歷代詩話續編》，同注35。

有「散誕」，辭意不免重複。〔註80〕

6. 王　駕

胡仔《苕溪漁隱叢話》嘗言：

> 王駕〈晴景〉云：「雨前初見花間蕊，雨後兼無葉底花。蛺蝶飛來過牆去，疑應春色在鄰家」，此唐百家詩選中詩也。余因閱荊公《臨川集》，亦有此詩云：「雨來未見花間蕊，雨後全無葉底花，蜂蝶紛紛過牆去，卻疑春色在鄰家」，百家詩選是荊公所選，想愛此詩，因爲改七字，使一篇語工而意足，了無鑱斧之跡，眞削鐻手也。〔註81〕

胡仔在《苕溪漁隱叢話》中引了王駕的這首詩，並認爲王安石是因爲喜愛此詩，而將之收入他所編的《唐百家詩選》裡，甚至用了否定和誇張的手法將之改爲七言詩。近人傅庚生詮釋胡仔的評語，以爲本詩意於「春色在鄰家」一句，旨在言愁人傷春。既然詩中之言已見花間蕊，表示春已到，應無所疑。故王安石改爲「未見」才算「意足」；此外，「蛺蝶」改「蜂蝶」，更見春之生機；「雨前」改爲「雨來」，時間上較緊湊；而「應疑」改成「卻疑」，則表現了語意的沉著。這些就是所謂的「語工」。〔註82〕比較值得注意的是：胡仔對王安石的點化之功，以「改正」一詞來評價，而非模擬或抄襲，其實就書寫策略的認知上是頗具意義。這表示評論者認定王安石的引用改寫，勝過原作；同時，也說明了王安石的創作手法是有目的而爲，針對前人的不足或失誤予以「改正」，就某個角度言適足以證明他比前人更好，這即是「影響的焦慮」理論裡的「苔瑟拉」修正比。

7. 杜　牧

另外，王安石也有受杜牧影響之例，像〈烏江亭〉：「百戰疲勞壯士哀，中原一敗勢難回。江東子弟今雖在，肯爲君王捲土來？」在詩

〔註80〕見《字句鍛鍊法》，同注78，頁136。
〔註81〕見《苕溪漁隱叢話》後集卷二五，同注17，頁597。
〔註82〕傅庚生《中國文學欣賞舉隅》（台北：鼎文出版社，2001年），頁190。

意上全然翻杜牧〈題烏江驛〉舊案，昔杜牧詩為：「勝負兵家事不期，包羞忍辱是男兒。江東子弟多才俊，捲土重來未可知。」表達的是勝敗乃兵家常事，強調敗不餒的積極意義；但王安石卻從現實的角度來評斷歷史，以反詰語氣來否定項羽捲土重來的可能。因為以常理而論，項羽的凶殘無道，已喪盡人心，他的失敗是必然的。王詩雖本杜牧之句脫化而出，但措辭立意截然不同，足見王安石新意。

8. 韋應物、張籍、盧綸

另有一些唐代詩家的作品，與王安石詩的互文性極高，而且也是屬於極具代表性的影響範式，例如：

韋應物詩	王安石詩	說　　明
綠陰生畫寂，孤花表春餘。（遊開元精舍）	鄰雞生午寂，幽草弄秋妍。（示無外）	按：兩詩句式接近，但在詞語上有著「晝」、「午」；「孤花」、「幽草」；「春」、「秋」等的轉化。這些轉化顯然帶有對比性，雖不確定王安石此作是否有意為之，但經此轉化，詩意不僅翻新，且呈現不同於韋應物的情趣。
張籍詩	王安石詩	說　　明
明年各自東西去，此地看花是別人。（感春）	到得明年官又滿，不知誰見此花開。（縣舍西亭）	按：張詩後句原已有感慨惆悵之嘆，而王安石此詩以疑問語氣作結，其無奈愁緒更勝張籍之作。
盧綸詩	王安石詩	說　　明
花正濃時君正愁。（春日登樓有懷）	君正忙時我正閑。（示王鐸主簿）	按：王安石襲其詩之句律而不用其句意。

（六）南北朝及五代詩人

在唐代詩人之外，王安石也受到南北朝或五代詩家的影響。譬如王安石〈自遣〉詩云：「閑戶欲推愁，愁終不肯去。底事春風來，留愁愁不住。」李注就引庾信詩表示兩者的關係：「攻許愁城終不破，盪許愁城終不開，閑戶欲推愁，愁終不肯去。深藏欲避愁，愁已知人處。」可對照出王安石一二句直接全襲庾詩的三四句。然王安石詩上

兩句雖直用其語意，不過，接著二句就翻疊新意，與庾信終篇言愁之
不去相較，詩意有所變化，亦見其創意。

　　又如王安石詩〈鍾山即事〉：「澗水無聲遶竹流，竹西花草弄春柔。
茅簷相對坐終日，一鳥不鳴山更幽。」李注引荊公語山谷之言曰：「古
稱鳥鳴山更幽，我謂不若不鳴山更幽，故今詩如此。」胡仔就此事而
云：

> 王文海云：「鳥鳴山更幽」，至介甫則曰：「茅簷相對坐終日，
> 一鳥不鳴山更幽」，……反其意而用之，蓋不欲沿襲之耳。

〔註83〕

由此觀之，可知王安石也有意翻南朝王籍「蟬噪林逾靜，鳥鳴山更幽」
的名句，兩者境界孰勝，向來有不同的見解，但王安石以此四句寫寂
靜無聲的情境，仍具有「此時無聲勝有聲」的妙意，不欲沿襲的用心
使詩歌另出新意。況且，王安石詩句融入了自身罷相之初的悲哀憤懣
情緒，託意遙深，不應只作尋常翻案竄改視之。

　　宋吳开尙云：「荊公詩云：『一水護田將綠遶，兩山排闥送青來』，
蓋本五代沈彬詩『地限一水巡城轉，天約群山附郭來』。」〔註84〕此
亦爲王安石的經典名句，出自他〈書湖陰先生壁二首〉之一，此詩寫
初夏田野景色十分傳神，也是古今傳誦的名句。惠洪《冷齋夜話》曾
引一段掌故：

> 山谷嘗見荊公於金陵，因問丞相近有何詩。荊公指壁上所
> 題兩句：「一水護田將綠遶，兩山排闥送青來。此近所作也。」

可見這也是荊公得意之作。雖是借前人境界爲己之境界，但動靜相
間，色彩鮮明，全然無害其爲佳句的價值。

二、受影響的矛盾與焦慮

　　如前所述，任何詩人都不能絕緣於前代的遺產影響，但一個強者
詩人在接受影響時，會比其他人更具有自我意識與創作自覺。他們清楚

〔註83〕魏慶之《詩人玉屑》卷八，同注77，頁189。
〔註84〕見《優古堂詩話》，同注63，頁15。

自己所受到的影響，且抗拒前人加諸的影響，在這過程中有著繼承／競爭的矛盾，也有著失去自我的焦慮，然而強者詩人往往能將這樣的矛盾焦慮化為動力，利用各種創作手法來成就自己。如此，影響的焦慮反被拿來當作對抗前驅詩人的武器，也同時證實了「影響的焦慮」的普遍性。

然在論王安石的創作焦慮時，須先說明：王安石是個以政治生命為主軸的詩人，故其作品多與其政治生涯及政治關懷緊密呼應，反之，在文學上的相關資料便相對顯得貧乏，較欠缺完整的文學理論與創作寫照或理想，但在他詩歌中的意氣風發，除了展現其對政治作為的高度期許外，我們還是可以想見其人之個性，及文學思維的可能。尤其從他詩中對古人古事的評價，更可見他看待前代的態度，可見他個人的傳統觀。

首先，王安石本身即為學養閎博的人，平日歷覽群籍，幾乎是無所不讀，無所不學，除了稱許杜甫「讀書破萬卷，下筆如有神」的積學貯才外，他也曾在詩中自述發憤讀書的情形：

> 端居感慨忽自寤，青天閃爍無停暉。男兒少壯不樹立，挾
> 此窮老將安歸？吟哦圖書謝慶弔，坐室寂寞相伊威。材疏
> 命賤不自揣，欲與稷契遐相希。（憶昨詩）

年少的王安石已能謝絕應酬玩樂，忍受孤寂，專心致力於學問的探求。但從他治學的方法與態度，便能得知其詩作絕非單純摹襲前人的理由：

> 某自百家諸子之書，至於《難經》、《素問》、《本草》諸小
> 說，無所不讀。農夫女工，無所不問。（〈答曾子固書〉）

他讀書既多，出入百家，但又不拘於書本，四十歲上下，詩法已經粲然具備。無怪乎吳德旋在《初月樓古文緒論》中稱之：「博洽而不為積書所累者，莫如王介甫。」〔註85〕

但凡為大家，無不是博觀而約取，觀王安石之作，他早年得力於杜、韓為多；及至京師任群牧判官，時與歐、梅等人唱和，則又極力摹

〔註85〕吳德旋《初月樓古文緒論》（台北：藝文印書館，1965年）

效韓、歐的詩歌風格。講求章法嚴謹、氣勢雄偉，更兼有一種疏宕與奇險傲岸；同時，亦受晚唐諸家影響，並泛入漢魏南北朝，一如上述援引各例。

年少的他，適如〈憶昨詩示諸弟〉中所云：「此時少壯自負恃，意氣與日爭光輝。」《石林詩話》也提及：

> 荊公少以意氣自許，故詩語惟其所向，不復更爲含蓄。……
> 皆直道其胸中事。後爲群牧判官，從宋次道盡假唐人詩集，
> 博觀而約取，晚年始盡深婉不迫之趣。〔註86〕

初年因以意氣自許，詩風較爲率直淺露。他也許因爲這樣自信的心態，使得王安石不僅在自身詩作上「不復含蓄」，而且，還可見其好改他人詩作之習性。例如：《西清詩話》卷上的這則故事：

> 王仲至欽臣能詩，短劇尤秀絕，初試館職，有詩云：「古木
> 陰森白玉堂，長年來此試文章。日斜奏罷長楊賦，閑拂塵
> 埃看畫牆。」王文公見之甚嘆愛，爲改爲「奏賦長楊罷」，
> 云：「詩家語如此乃健。」是知妙手斡旋，不煩繩削而自合
> 矣。〔註87〕

又例如《王直方詩話》記載著：

> 「璧門金闕倚天開，五見宮花落古槐。明日扁舟滄海去，
> 卻將雲氣望蓬萊。」此劉貢甫詩也，自館中出知曹州時作。
> 舊云「雲裡」，荊公改作「雲氣」。〔註88〕

《西江詩話》還另記一事：

> 公嘗讀杜荀鶴詩「江湖不見飛禽影，岩谷惟聞折竹聲。」
> 改云宜作「禽飛影」、「竹折聲」。〔註89〕

《誠齋詩話》卷六記：

> 蘇子卿詠梅云：「祇應花是雪，不悟有香來。」荊公改爲「遙

〔註86〕葉夢得《石林詩話》，同注29。
〔註87〕《西清詩話》，同注55。
〔註88〕《王直方詩話》，同注20。
〔註89〕清裘君弘所輯《西江詩話》卷二（台北：廣文書局，1973 年），頁
28。

　　知不是雪，爲有暗香來。」

甚或王安石自己在〈老樹〉一詩，都曾提及對改寫他人之詩的一些看
法：「古詩鳥鳴山更幽，我念不若鳴聲收。」這顯然是針對王籍而發，
也就是他後來在〈鍾山即事〉詩中改「鳥鳴山更幽」爲「一鳥不鳴山
更幽」的說辭。

　　好改他人詩作的前提，應該是自許甚高，覺得自身能力足以修正
他人不善之處，錢鍾書便說王安石：

　　以爲原句不佳，故改；以爲原句甚佳，故襲。改則非勝原
　　作不可，襲則常視原作不如。〔註90〕

在文學心理學當中，好改他人之作這種現象表示王安石對自己的詩歌
創作應該頗爲好勝而自負，且根據人格行爲模式而言，像王安石這種
心高氣傲、一意孤行的個性，往往也是逞強好勝、自視過高的類型，
俞文豹《吹劍錄》即謂：「韓文公、王荊公皆好孟子，皆好辯，三人
均之好勝。」〔註91〕像這樣自負好勝的人，也是充滿自信的，他們比
較不會顯現出焦慮或遲滯的狀態，雖然這不代表他們不會有這些情
形，只是他們更會在實際的行動中化解之。況且，從影響理論來看，
「改詩」原本也是種因焦慮產生的書寫策略。

　　此外，王安石在好改詩之餘，因爲他受到諸家之影響，故點竄前
人詩句入作品亦成常例。不過，經上述各例的說明，我們可以發現王
安石在襲用這些詩句時，並非邯鄲學步，他善於採各家之所長，推陳
出新，久之，自能銷鑄群言，自翻新意，形成自己的風格特色，可以
說是學古而不泥於古。

　　王安石這種自負的態度也表現在他看待前代詩家的方式上，譬如
他〈謝公墩二首〉詩之一道：

　　我名公字偶相同，我屋公墩在眼中。公去我來墩屬我，不
　　應墩姓尚隨公。

─────────────

〔註90〕錢鍾書《談藝錄》（香港：三聯書店，1993年），頁245。
〔註91〕轉引自《談藝錄》頁64，同注90。

這本為一時戲言的作品，明瞿佑《歸田詩話》便說：

> 或謂荊公好與人爭，在朝則與諸公爭新法，在野則與謝公
> 爭墩。亦善謔也。〔註92〕

雖稱此為「善謔」，但就從他對待前人的角度來理解，倒還頗有意思，他說：「謝安過去了，而我來了，這土墩理應屬於我，不應讓此土墩繼續隨謝姓。」詩中所言者為具象的土墩，但若以之言文化地位或傳承關係呢？這當中就有一些奧妙可以探討了。從「公去我來墩屬我」的語氣判斷，王安石想是頗為自豪的，逝者已矣，前驅者有再好的成就也已經成為歷史，現在的時代是屬於我的，是我擅揚的時候，明顯指出王安石意欲擺脫前人影響與龐大文化遺產的壓力，也回應當時一般人對王安石「好與人爭」的印象。

當然，王安石自許自負的心理，對他在襲用前人作品時產生的自我意識有直接的關係，但這也與其開通的個性有關，例如他在〈賜也〉一詩中所呈現的：

> 賜也能言未識真，誤將心許漢陰人。桔槔俯仰妨何事？抱
> 甕區區老此身。

詩中他借子貢錯誤讚許漢陰老人之事，駁斥文彥博的非議新法，批判抱殘守缺、不圖變化的保守思想，這同時也就表明了他開明、前進的、講求實效的觀點，雖是針對反對勢力及新法而作的反擊，但從此中亦見王安石個性上喜好開創新變的一面。個性如此，即使學古亦該不會拘泥。

甚者，王安石這般援古用典上的自信更來自於其面對創作時的理念。譬如《苕溪漁隱叢話》後集卷二十五引《蔡寬夫詩話》所記載了王安石的一段話：

> 荊公嘗云，詩家病使事太多，蓋皆取其與題合者類之，如
> 此乃是編事，雖工何益！若能自出己意，借事以相發明，
> 情態畢出，則用事雖多，亦何所妨。

〔註92〕瞿佑《歸田詩話》，引自《歷代詩話續編》，同注35。

這段話直可視爲他的詩歌理論之一，其中強調的部分，正與他《臨川集》卷八十四〈張邢部詩序〉引子夏「詩者，志之所之」的說法相通，均在認同詩歌創作時真實情感與思想的流露。在這段言語之中，王安石不以借事用典爲病，換言之，他不認爲借前人之事之言會對自己的創作造成負擔，只要是「自出己意」，靈活使事，而不是硬湊生搬，便可以達到「情態畢出」的效果，如此就無妨於用事的多寡了。由此表示他已能掌握運用前代資源的技巧與心態，才能泰然面對前人的影響。

王安石矛盾心態與影響焦慮的消除，還可從其〈窺園〉一詩中看出：

> 杖策窺園日數巡，攀花弄草興常新。董生只被公羊惑，肯信捐書一語真。

在詩中他反用董仲舒的典故，對其脫離實際，「三年不窺園」的治學方法不以爲然。論者以爲此當是王安石有感於司馬光一派人不識時務而發的批評，[註93] 但若放在王安石自己對於學習前代遺產的態度或方法上，也有可通之處，表示他自己不是終日死抱書本，亦非亦步亦趨，依樣畫葫蘆的仿傚模擬。因爲他有這樣的認知與自信，所以在上述諸例受各家影響的情況下，仍可見王安石變動的企圖，這些不同手法的更改變化，正展現了王安石受影響時的心理機制。

另外，王安石在〈染雲〉詩中也傳達了他對創作的看法：

> 染雲爲柳葉，剪水作梨花。不是春風巧，何緣有歲華？

此詩表面上是以春風擬人，以雲、水喻柳葉和梨花的一首寫景詩，單從手法的運用上來看已見巧思。但若只從末兩句加以闡釋：要不是有春風這一雙巧手，怎會有這如畫的春色？這樣的思維發揮在創作上亦然，若非有巧思巧手，怎會有出色的作品呈現呢？易言之，王安石肯定詩歌的創作是需要積極運用書寫技巧，還應用心經營，才能有所創新。

[註93] 例如周錫複選註《王安石詩選》（台北：遠流出版事業股份有限公司，2004年），頁138。

　　我們從一些詩話評論家的論述，就可見王安石在「影響的焦慮」
下所使用的積極手段，例如錢鍾書所說：

　　　　荊公每遇他人佳句，必巧取豪奪，脫胎換骨，百計臨摹，
　　　　以爲己有；或襲其句，或改其字，或反其意。集中作賊，
　　　　唐宋大家無如公之明目張膽者。〔註94〕

錢鍾書原文之意雖是在譏斥王安石剽竊的行爲，但文中敘述到王安石
的種種手法，或脫胎換骨，或百計臨摹，或襲句改字，甚至反意翻案，
我們從上文的舉證，也多可見這些手法技巧的運用，這些都可謂創作
時的書寫策略。之所以稱之爲「策略」，就是因爲這些變化的技巧是
王安石有意爲之，而且是刻意設計的，他想藉此區別前人與自己的創
作，更想藉更改前人作品來證明自己勝於前人之處。這就可以視之爲
王安石潛在的影響焦慮。

　　因爲王安石的仿襲，不是表面上一般定義的仿襲，所以我們可以
由一些稱許其詩歌成就的評論中，看到他所展現的強者詩人特質。譬
如吳喬《圍爐詩話》卷五就說：

　　　　宋人先學樂天、无可，繼學義山，故失之輕淺綺靡。梅都
　　　　官倡爲平淡，六一附之，僅在皮毛，未究神理，遂流爲粗
　　　　直。間雜長硬，下險字湊韻，如山麋野㹨，不復可耐。……
　　　　唯介甫詩能令人尋繹於言語之外，當其絕詣，實自可興可
　　　　觀，特推爲宋人第一。〔註95〕

王安石詩即使也學韓、杜、義山等人，但卻能究其神理，予人言外之
意、絃外之音的精妙之感，詩風之獨特，讓人讚其絕詣，並推爲宋人
第一。又像錢鍾書《宋詩選註》中云：

　　　　他的詩往往是搬弄詞彙和典故測驗學問的考題：借典故來

─────────────

〔註94〕錢評原文：「荊公每遇他人佳句，必巧取豪奪，脫胎換骨，百計臨摹，
　　　　以爲己有；或襲其句，或改其字，或反其意。集中作賊，唐宋大家
　　　　無如公之明目張膽者。本爲偶得天成之高妙，遂著斧鑿拆補之痕跡。」
　　　　主要在批評王安石的創作手法近於偷竊。見《宋詩選註》（台北：書
　　　　林出版有限公司，1990年）
〔註95〕吳喬《圍爐詩話》，引自《歷代詩話》，同注12。

> 講當前的情事，把不經見而有出處的，或者看來新鮮而其
> 實古舊的詞藻來代替常用的語言。典故詞藻來頭愈大，……
> 或者出處愈僻，就愈見工夫。〔註96〕

運用「看來新鮮而其實古舊的詞藻」，這就是王安石書寫策略成功之
處，也很能詮釋王安石「以才學爲詩」的特色，故根據現存詩話資料
看來，王安石論詩頗多側重在修辭方面。在吳开論王安石詩與王維詩
關係之相近時，還另外引了一段故事：

> 徐師川自謂公暮年金陵絕句之妙傳天下，其前兩句，與渠
> 所作云：「細落李花那可數，偶行芳草步因遲」偶似之邪？
> 竊取之邪？喜作詩者不可不辨。予嘗以爲王因於唐詩，而
> 徐又因於荊公，無可疑者。但荊公之詩熟味之，可以見其
> 閒適優游之意，至於師川，則反是矣。〔註97〕

徐師川因喜王安石〈北山〉一詩中的語句，進而仿作，但吳开評述的
結論竟是「荊公之詩熟味之，可以見其閒適優游之意」，而徐詩卻可
見摹襲痕跡，了無自身情味。故吳开將王安石之襲和徐師川之襲區分
爲「偶似」與「竊取」兩種。換言之，王安石的詩雖脫胎於前驅，卻
無生搬硬套的不適，反而詩味熟練，詩意優游自然以至於評者亦以爲
兩者僅是偶然相似而已。這樣境界的呈現可見王安石的手法已經爐火
純青至不爲人所察覺。

　　一般來說，王安石雖經常憑藉他自己廣博的知識，方便地化用前
人語彙；但他並不總是在搬弄學問，所以他不把這些經過仔細揣摩、
推敲的個別典故或詞語，用得很顯眼，而是把這些精巧的語言同全詩
意脈自然流動地融爲一體。且通常還透過他個人細膩的觀察，捕捉生
動的意象，再以平易的語言呈現內心的情緒感受，遂有葉夢得《石林
詩話》所謂：王安石詩看上去「見舒閑容與之態」，但如「字字細考
之，若經隱括權衡者，其用意亦深刻矣。」〔註98〕

〔註96〕錢鍾書《宋詩選註》，同注94。
〔註97〕見《優古堂詩話》，同注63。
〔註98〕此原爲葉夢得評論王安石〈北山〉一詩，但用以廣泛論其創作亦頗

就因為王安石在運用前代資源時，是如此自然流暢，融合無間，故邵博《聞見後錄》卷十八也不以「竊取摹襲」看待：

> 古今詩人多以記境熟語或相類。……杜子美云：『昔如縱壑魚，今如喪家狗』；王荊公云：『昔如下擊三鶻拳，今如倒曳九牛尾。』……杜子美云：『座對賢人酒，門聽長者車』；荊公云：『室有賢人酒，門無長者車。』……諸名下之士，豈相剽竊邪？〔註99〕

邵博不認為王安石的詩作是剽竊，而以為這只是所謂「記境熟語」，他覺得應是前人詩語潛存於王安石心中，而於創作時衝口而出。這是學習論的解釋，但他為王安石開解的同時，我們可知王安石的詩境應已高過尋常的抄襲仿作，才會讓邵博如此為他辯釋。

　　這種種創作上的理念認知與手法運用，就是王安石之所以在前輩詩人的影響下仍能如此自負自信的主要原因。儘管在作品裡和行為態度上，王安石的自我認可如此強烈，但其實他也曾在詩中透露創作過程的辛苦。王安石〈題張司業詩〉一詩中言：

> 蘇州司業詩名老，樂府皆言妙入神。看似尋常最奇崛，成如容易卻艱辛。

這首以張籍為稱讚對象的作品，後兩句原是在讚揚張籍的詩看來似乎平常無異，但實際上卻是深入淺出、奇崛特出、耐人尋味，但這也可看成是王安石自道創作甘苦之言。我們見其或點竄前人之作，或集前人之句而成篇，好像寫得毫不費力，作品又自然熟練，能自抒己懷；但事實上卻是必須經過艱苦構思而得，而王安石也從不否認自己的確花費心思在創作的建構上。

　　王安石晚年因新法不便於民，舉國騷動，成為眾矢之的，怨謗叢集，甚至最後黯然罷相而去。王安石當時飽受流言，內心苦悶抑鬱、紛擾不已。在他詩作中就曾經表達這樣的情緒，例如〈雜詠〉一詩有：

適合。見《石林詩話》，同注29。
〔註99〕邵博《聞見後錄》卷十八，同註24，頁142。

「投老安能長忍垢，會當歸此濯寒泉」之句，或〈示元度〉詩中有：
「老來厭世語，深臥塞門竇」之語，皆表現出王安石晚年自我封閉、
不問世事，卻又忍不住心繫政局的情境。

　　而且退居金陵後，故交索絕，門生故吏多不再來訪，王安石僅與
蔡天啓、楊德逢、王微之及一些僧侶道人往來，顯得落寞孤單。在他
〈謝微之見過〉一詩中曾有這樣的描述：

> 此身已是一枯株，所記交朋八九無。惟有微之來訪舊，天
> 寒幾夕擁山爐。

年老力衰，不再能有所施爲，爲了排遣內心的痛苦失意和寂寞，王安
石又如早年那般閉戶寫詩讀書，蒔花弄草。但這時的心境與早年蓄勢
待發的昂揚已經不同了；作品中壯年豪放雄奇之氣，也轉趨淡泊，擺
脫心中的激憤不平，情感更爲深沉蘊蓄，於是晚年詩風爲之丕變，故
有〈半山春晚即事〉、〈露坐〉之作，也才有所謂「晚年始盡深婉不迫
之趣」的說法。

　　這時王安石不再強調文學的政治功能，只是消極的主張在內容上
維持一個道德的標準。袁枚《隨園詩話》卷二便引述曰：

> 王荊公作〈字說〉云：「詩者，寺言也。寺爲九卿所居，非
> 禮法之言不入，故曰『思無邪』。」

可見他已跳脫韓歐影響，脫離了經世致用的目的，大大突破實用理論
的藩籬，不再堅持早年「文章合用世」（送董傳詩），或「務爲有補於
世而已矣」（上人書）的文學主張。原本大多用以揭露時弊、反應社
會矛盾、書寫自己政治理想和用世抱負的詩歌創作，一變而爲他抒發
苦悶、轉化心靈的寄託。

　　正由於王安石晚年在生活上、心境上的巨變，加以文學觀念的逐
步修正，促使王安石詩樹立起個人精深華妙的藝術風格，也就是號稱
「荊公體」的小詩成就。也因爲王安石在創作手法與書寫策略方面，
表現出強者詩人的能力與企圖，故《艇齋詩話》將之與唐代詩家並列：

> 絕句之妙，唐則杜牧之，本朝則荊公，此二人而已。

而清代薛雪還有此結論：

> 王荊公好將前人詩竄點字句爲己詩，亦有竟勝前人原作
> 者。〔註100〕

「竟勝前人原作」，是明顯的競爭成績，強者詩人藉由超越前人，肯定自己，在影響的焦慮之前，開創屬於自己的一條大道。

第二節　蘇　軾

　　蘇軾（1037～1101），字子瞻，號東坡居士，諡文忠，北宋眉州眉山人。

　　蘇軾是中國文學史上少見的全才，詩、詞、文章、書畫……樣樣精通，他馳騁於這各個領域，表現了不凡的創作才華。在詩歌方面，他以其曠世才情，創作了兩千七百餘首的作品，四言、五言、六言、七言、雜言、古體、今體皆備，〔註101〕可謂是繼唐詩以來，宋詩數量最多的大家，堪稱爲李白、杜甫之後最傑出的詩人。但蘇軾之所以被視爲強者詩人，最主要並不在於其創作量之大，而是因爲他以其獨特的天才妙悟，爲宋詩開闢了新的境界，特別受人稱頌。像嚴羽《滄浪詩話》就說：

> 國初之詩尚沿襲唐人……至東坡、山谷始出己意以爲詩，
> 唐人之風變矣。〔註102〕

而此所謂「變」唐人之風，葉燮《原詩》內篇有更深入的說明：

> 蘇軾之詩，其境界皆開闢古今所未有。天地萬物，嘻笑怒
> 罵，無不鼓舞於筆端，而適如其意之所欲出。此韓愈後之
> 一大變也，而勝極矣。〔註103〕

評者將蘇軾當作韓愈之後的一變，表示蘇軾並非僅跟隨前人步伐，而

〔註100〕《一瓢詩話》，同注61，頁709。

〔註101〕參見曾棗莊譯註《蘇軾詩文詞選譯》前言（成都：巴蜀出版社，1990年），頁6。

〔註102〕嚴羽《滄浪詩話》，同注12。

〔註103〕葉燮著、霍松林校注《原詩》（北京：人民文學出版社，1998年）

是不爲任何一家所羈縻，既能依前人所有，又可別開生面，使自己成
爲一變，甚至還更勝之。故趙翼《甌北詩話》卷五針對此也云：

> 以文爲詩，自昌黎始；至東坡益大放厥辭，別開生面，成
> 一代之大觀。

宋初除了西崑體是屬於李商隱的範疇外，其餘便多是籠罩在歐陽脩所
提倡的韓愈文風之中，上述兩段詩話就是在論蘇軾以他特殊的創作手
法與風格，使宋詩跳脫韓愈範圍之事，而這「成一代之大觀」的結論，
更可見蘇軾「隨風會出而能轉風會」的強者成就。

從整體視野來看，胡應麟《詩藪》稱讚東坡：

> 體格創變，而筆力縱橫，天眞爛漫……自是宋歌行第一手。

蘇軾的「出己意以爲詩」、「體格創變」，也是強者詩人重要的特質之
一，蘇軾正因爲建立他自己獨特的藝術成就，從而展現了宋詩新風
貌，所以才能在詩史上卓然爲一代大家。葉慶炳即稱道：「宋詩發展
至蘇軾，如日中天，光芒萬丈，誠爲一代奇觀。」〔註104〕基於上述
結論，我們即將蘇軾列爲宋代「影響的焦慮」下的強者詩家代表。

至於前人論蘇詩的淵源，包括了蘇轍撰蘇軾之墓誌銘時所曾說過
的：

> 公詩本似李、杜，晚喜陶淵明，追和之者幾遍。〔註105〕

或陳師道《後山詩話》所稱：

> 蘇詩始學劉禹錫，故多怨刺；學不可不愼也。晚學太白，
> 至其得意，則似之矣；然失於粗，以其得之易也。〔註106〕

《歲寒堂詩話》卷上也有類似的說法：

> 蘇子瞻學劉夢得，學白樂天、太白，晚而學淵明。〔註107〕

以上言及蘇軾接受前代影響的對象，只是大概的提點，我們仍須以蘇
軾作品中的自我論述爲研究主要的方向。若實在沒有直接證明，於其

〔註104〕葉慶炳《中國文學史》（台北：台灣學生書局，1987 年），頁 124。
〔註105〕蘇轍《欒城集》後集卷二十二（北京：中華書局，1990 年）
〔註106〕陳師道《後山詩話》，同註 64。
〔註107〕張戒《歲寒堂詩話》，引自《歷代詩話續編》，同註 35。

詩歌創作中又無明顯仿擬痕跡，則不予討論。

一、接受影響之例

（一）陶　潛

　　蘇軾早年在文壇、政壇上意氣風發，作品風格宏闊外放，雄肆勁健；幾經大起大落的生命波折，整個人終於達到了「明亮而不刺眼」〔註108〕的成熟格局，將熱情外露的才華轉爲沉穩內斂的睿智。在這轉變的過程，與其生命律動極其契合的陶潛，便是影響他最鉅的人了。

　　蘇軾後期之作趨於平淡自然，講求清遠曠達之韻味，除了風格思想接近陶潛外，他本身確實是有意識地以陶淵明爲師。例如他在〈與子由書〉中就曾透露其對陶潛的企慕之情：

　　　　吾於詩人，無所甚好，獨好淵明之詩。淵明作詩不多，然
　　　　其詩質而實綺，癯而實腴，自曹、劉、鮑、謝、李、杜諸
　　　　人，皆莫及也。

對他而言，無論被貶何處，淵明都是他的精神導師。而且他對淵明詩歌的評語「質而實綺，癯而實腴」，甚至成爲評陶最爲精闢的經典語錄。

　　早在蘇軾通判杭州時，他便有「不獨江天解空闊，地偏心遠似陶潛」（遠樓）之句。後來還陸續出現詠讚陶潛的作品，當中除了明白揭示以淵明爲師的〈陶驥子駿佚老堂二首〉中言：「淵明吾所師。」或〈和陶歸去來兮辭〉曰：

　　　　師淵明之雅放，和百篇之新詩，賦歸來之清引，我其後身
　　　　蓋無疑。

直言師法陶潛外，亦清楚說明了所師者爲其雅放的風格。不僅如此，

〔註108〕余秋雨對蘇軾生命粹煉後的提升，以「明亮而不刺眼的光輝，圓潤
　　　　而不膩耳的音響，不再需要對別人察言觀色的從容，停止向周圍申
　　　　訴求告的大氣，……」來形容。見〈蘇東坡突圍〉一文，出自《山
　　　　居筆記》（台北：爾雅出版社，1995 年）

蘇軾還有將自身與陶潛緊密結合的詩句，譬如〈江城子〉中「夢中了了醉中醒。只淵明，是前生。走遍人間，依舊卻躬耕。」或甚至在〈書淵明東方有一士詩後〉中說道：「我即淵明，淵明即我也。」都是將淵明與自己畫上等號，尊崇欽羨之意可見。在此蘇軾所學習者除陶詩風格，應當還包括了陶潛隱逸自在的品節了。

其實，在蘇軾知揚州時，就已經開始追和陶詩，有〈和陶飲酒〉二十首；晚年更有大量的和陶詩創作，在儋州時，不僅每篇皆和，還有一篇和兩次（〈東方有一士〉、〈連雨獨飲〉），乃至三次（歸去來辭）的情形，共完成〈和陶詩〉一百零九首。

至於蘇軾所以興起和陶之意，在其〈和陶歸園田居〉的序中，有比較清楚的原由說明：

> 三月四日遊白水山佛跡巖，沐浴於陽泉，晞髮於懸瀑之下，浩歌而歸。……歸臥既覺，聞兒子過誦淵明歸園田居詩六首，乃悉次其韻。始余在廣陵，和淵明飲酒二十首，今復爲此，要當盡和其詩乃已耳。

從這段敘述，可知蘇軾被貶惠州後，賦閒之情與掛冠隱居的陶淵明並無多大差別，但心境上的落寞卻依稀感受得到。因此，當他「聞兒子過誦淵明歸園田居詩六首」時，格外有感觸，不僅「悉次其韻」，還表明要「盡和其詩乃已」的決心。蘇軾的和陶詩，確實是在生活處境、思想傾向及精神狀態等各方面皆跟當時的陶潛十分接近的，所以，我們發現，蘇軾的和陶詩是極自然地、盡可能的與陶作保持同一情調。

而蘇軾這些和陶詩，約從他去世前十年才開始，大部分篇章完成於蘇軾貶謫於惠州、儋州期間。就蘇軾一生約二千餘首的詩作來看，百餘首的〈和陶詩〉不過佔其全部詩作的二十分之一不到，但蘇軾卻非常重視這部分的作品，不但將之抽出來，獨立成卷，並要求其弟子由爲之作序。他自己還於〈與弟轍書〉中表示：

> 吾前後和其詩凡百數十篇，至其得意，自謂不甚愧淵明。

今將集而並錄之，以遺後世之君子，子為我志之。〔註109〕

蘇軾因為與陶淵明的生命旋律，有著異常的相似性，從而對淵明詩歌的體悟更深，這一份深知相契之情，就表現在他所創作的一系列〈和陶詩〉中。無怪乎程杰曾評論之：「考諸整個宋代，求與淵明風調相續，同道相契，屈指便屬蘇軾。」〔註110〕也正因為蘇軾對陶潛這般醉心的追慕自許，故陶潛對他的影響力相對增加不少。這影響力包含了人格品節方面，也包含思想理念方面。但因為我們是從蘇軾〈和陶詩〉與陶淵明本身詩歌的關係入手，來對蘇軾和陶諸作進行分類研究，所以我們還是以文學創作的角度為主。大致來說，蘇軾和陶，不外有三種類型：（一）有意識地全篇力傚陶詩（二）援引陶詩但摻以己意（三）借陶詩之韻，另鑄新詞。最後則將蘇軾其他詩作中，出現與陶潛相關意象者，列為第四類，以求完整呈現陶潛對蘇詩的影響成分。

1. 有意識地全篇力傚陶詩

這類的和作，蘇軾無論在內容和形式上都竭力規步陶詩，尤其以〈和陶淵明飲酒二十首〉為最明顯的例子。由其序言即可見兩者立意之相近：

陶潛〈飲酒詩〉序	蘇軾〈和陶淵明飲酒二十首〉序
余閑居寡歡，兼比夜已長，偶有名酒，無夕不飲。顧影獨盡，忽然復醉。既醉之後，輒題數句自娛；紙墨無多，辭無詮次。聊命故人書之，以為歡樂爾。	吾飲酒至少，常以把盞為樂。往往頹然坐睡，人見其醉，而吾中了然，蓋莫能名其為醉為醒也。在揚州時，飲酒過午輒罷，客去解衣盤礴能終日，歡不足而有餘。因和淵明飲酒二十首，庶以髣髴其不可名者。

蘇陶兩人均是以酒寄慨、藉酒抒情，表面上備述飲酒之樂，但實際上，內容多所寄託，有感嘆世事、有宣洩情志、有唏噓光陰、也有表現生活，雖然序中均言飲酒自娛而有此作，但卻反而更烘托出他們

〔註109〕引自蘇轍〈追和陶淵明詩引〉，參見溫汝能《和陶合箋》卷一（台北：新文豐出版，1972年）頁2。

〔註110〕程杰《北宋詩文革新研究》（台北：文津出版社，1996年）。

兩人寫這些詩時心情的寂寞。

再就一些作品加以對比，見蘇軾刻意力求與陶詩相同之跡：

陶潛詩	蘇軾和詩
道喪向千載，人人惜其情。有酒不肯飲，但顧世間名。所以貴我身，豈不在一生。一生復能幾，倏如流電驚。鼎鼎百年內，持此欲何成。（飲酒：其三）	道喪士已失，出語輒不情。江左風流人，醉中亦求名。淵明獨清真，談笑得此生。身如受風竹，掩冉眾葉驚。俯仰各有態，得酒詩自成。（和陶飲酒其三）
昔欲居南村，非爲卜其宅。聞多素心人，樂與數晨夕。懷此頗有年，今日從茲役。弊廬何必廣，取足蔽床席。鄰曲時時來，抗言談在昔。奇文共欣賞，疑義相與析。（移居：其一）	昔我初來時，水東有幽宅。晨與鳥鵲朝，暮與牛羊夕。誰令遷近市，日有造請役。歌呼雜閭巷，鼓角鳴枕席。出門無所詣，樂事非宿昔。病瘦獨彌年，束薪誰與析。（和陶移居其一）
飢來驅我去，不知竟何之。行行至斯里，叩門拙言辭。主人解余意，遺贈豈虛來。談諧終日夕，觴至輒傾杯。情欣新知勸，言詠遂賦詩。感子漂母意，愧我非韓才。銜戢如何謝，冥報以相貽。（乞食）	莊周昔貸粟，猶欲舂脫之。魯公亦乞米，炊煮尚不辭。淵明端乞食，亦不避嗟來。嗚呼天下士，死生寄一杯。斗水何所直，遠汲苦姜詩。幸有餘薪火，養此老不才。至味久不壞，可爲子孫貽。（和陶乞食）
久去山澤遊，浪莽林野娛。試攜子姪輩，披榛步荒墟。徘徊丘隴間，依依昔人居。井□有遺處，桑竹殘朽株。借問採薪者，此人皆焉如。薪者向我言，死沒無復餘。一世異朝市，此語真不虛。人生似幻化，終當歸空無。（歸園田居：其四）	老人八十餘，不識城市娛。造物偶遺漏，同儕盡丘墟。平生不渡江，水北有幽居。手插荔支子，合抱三百株。莫言陳家紫，甘冷恐不如。君來坐樹下，飽來攜其餘。歸舍遺兒子，懷抱不可虛。有酒持飲我，不問錢有無。（和陶歸園田居其四）

這些作品在詩意上幾乎全同，且謀篇遣辭或表現方式上也盡量規效，蘇軾頂多變換一下人稱，例如上述〈飲酒〉其三中，陶詩原爲「所以貴我身」，蘇軾改爲「淵明獨清真」；又如〈歸園田居：其四〉中，兩篇均抒發了人生易逝的感慨，但陶詩指稱的是自己，而蘇軾則以虛擬的八十老叟（自況）取代之。有些在內容上的相似十分驚人外，蘇軾還會對陶原詩作補充、詮釋或再發揮，例如〈乞食〉，因爲蘇軾貶謫後也曾遇到和淵明一樣的生活困境，所以在極能理解陶詩的情況

下，他也在詩中平鋪直敘寫乞貸情事，但比陶潛更顯得理直氣壯，也就不像陶詩那樣以他人之給的耿耿感恩爲主要內容了。

除了上述例子，陶淵明其他託古述懷、衍繹古事之作，如〈詠二疏〉、〈詠荊軻〉等，蘇軾也跟著吟詠，對象相同，且多半只是論述的出發點稍有不同而已，立意內容則全依陶詩。總之，這類和作與陶原詩比較看不出差異，也看不出蘇軾本身的創造性，其相似不全在單獨的一兩句詩詞或詩句，而主要在於作意與全篇結構方面。故王文誥謂之「作意效之，與陶一色」。

2. 援引陶詩但摻以己意

事實上，在蘇軾和陶詩中數量較多，質量較高，且較具有蘇詩獨特韻味的作品，是那種受陶詩詞句風格影響，卻又非亦步亦趨地學陶，而是摻入了蘇軾自己思維的作品，譬如：

陶潛詩	蘇軾和詩	說　明
市朝悽舊人，驟驥感悲泉。明旦非今日，歲暮余何言。素顏斂光潤，白髮一已繁。……屢闕清酤至，無以樂當年。窮通靡攸慮，憔悴由化遷。撫己有深懷，履運增慨然。（歲暮作和張常侍）	我生有天祿，玄膺流玉泉。何事陶彭澤，乏酒每形言。……我年六十一，頹景薄西山。歲暮似有得，稍覺散亡還。……養我歲寒枝，會有解脫年。……（和陶歲暮作和張常侍）	按：兩詩皆有老之將至、歲月易逝的感嘆，但蘇軾詩中卻出現了「歲暮似有得」或「養我歲寒枝」之類，較顯積極正向的詞句，且對陶潛「乏酒每形言」的情況，在語氣上也似乎略有不滿，表現出蘇軾熱愛生活的個性。
榮華難久居，盛衰不可量。昔爲三春蕖，今作秋蓮房。嚴霜結野草，枯悴未遽央。日月有環周，我去不再陽。眷眷往昔時，憶此斷人腸。（雜詩十二首：其三）	眞人有妙觀，谷子多妄量。區區勸粒食，此豈知子房。我非徒跣相，終老懷未央。兔死縛淮陰，狗功指平陽。衰哉亦何差，世路皆羊腸。（和陶雜詩十一首：其三）	按：陶詩抒發的是榮華難久、盛衰難料的感嘆；蘇軾和詩之立意、詞藻，表現方法則與陶詩截然不同，甚至結尾還有「衰哉亦何差」之言，以樂觀之姿擺落陶詩的傷感，王文誥遂謂：「自此以下六首，以古方今，逐首皆落我字。」蘇軾以其特質區別了陶作。

衡門之下，有琴有書。載談載詠，爰得我娛。豈無他好，樂是幽居。……我求良友，實覯懷人。……（答龐參軍六首）	我見異人，且得異書。挾書從人，何適不娛。羅浮之趾，卜我新居。子非玄德，三顧我廬。……（和陶答龐參軍）	按：照蘇軾和此詩之前的引言，可知這是他為了感激友人周彥質「罷歸過惠，為余留半月」，所以用和陶詩的方式表達。初始數句兩者雖有些相似，但全篇詩意仍各有所指。王文誥便說此六章「雖有陶之面目，卻非陶之氣骨。陶命意雖極高遠，行筆無此受用，此蘇與陶之所以分也。」〔註111〕
世短意常多，斯人樂久生。日月依辰至，舉俗愛其名。露淒暄風息，氣澈天氣明。……酒能祛百慮，菊為制頹齡。如何逢廬士，空視時運傾。……棲棲回多娛，淹留豈無成。（九日閒居）	九日獨何日，欣然愜平生。四十靡不佳，樂此古所名。……閒居知令節，樂事滿餘齡。登高望雲海，醉覺三山傾。……坎坷識天意，淹留見人情。但願飽粳稌，年年樂秋成（和陶九日閒居）	按：兩者皆就九月九日重陽節所發之感，蘇詩雖受到固有重陽登高賞菊的意象影響，但起句「九日獨何日，欣然愜平生。」顯然已頗有自己的想法了，與陶潛「世短意常多」用意儼然有別，更遑論在內容上一為有菊無酒的苦悶，一為表現熱愛生活的閒適知足，立意更是有異。

這些作品雖在用韻遣詞上受到陶詩影響，但在立意上多有所不同，也不乏蘇軾自身的體驗與感受，更多顯現蘇軾本身的人格與思維特質，絕非只是刻板的模仿而已。

3. 借陶詩之韻，另鑄新詞

蘇軾和陶詩中，有一部份實際上已與他所和之陶詩無論在思想內涵或形式手法上都沒有多大關係，也看不出彼此之間明顯的影響了。換言之，這類和陶之作，只是藉陶詩之韻腳，另抒己意，再鑄新詞。在這類作品中充滿了蘇軾個人的人生態度和生命情志，也處處可見其獨特的創作個性，根本可算是蘇軾的重新創作。例如陶潛的〈讀山海經〉，內容大致在書寫隱居讀書之樂，和閱覽《山海經》和《穆天子傳》的感受，詩中甚至瀰漫著對神仙境界的憧憬，並微微透露著陶潛對亂世的隱憂。但是，蘇軾的十三首〈和陶讀山海經〉，在一開始的

〔註111〕王文誥《蘇文忠公詩編注集成》（台北：學海出版社，1991年）

序言中他就言明「余讀《抱朴子》有所感，用其韻賦之。」因為兩者多屬「仙語」，故有此一和。然而，蘇、陶兩詩除韻同外，詩意詩詞詩句全不相同，畢竟兩人所讀的書籍性質有別，陶潛所讀者縱然多仙語但仍帶有文學性，而蘇軾所讀者則傾向煉丹長生或人物臧否方面，較乏文學性。事實上蘇軾也並無追步之意，兩詩各有發揮。

又譬如陶潛〈和胡西曹示顧賊曹〉一詩，目的在感念機會難覓，己志未酬的苦悶：「感物願及時，每恨靡所揮」。但蘇軾的〈和陶和胡西曹示顧賊曹〉詩完全大異其趣：「長春如稚女，飄颻倚輕颺。卯酒暈玉頰，紅綃捲生衣。……瘴雨吹蠻風，凋零豈容遲。老人不解飲。短句餘清悲。」王文誥注此詩云：「此詩悼朝雲也。」從內容上看大體不錯，故此與陶詩已不相涉，僅藉陶韻抒發對朝雲的情意及思念罷了。

其他像〈和陶與殷晉安別〉或〈和陶始經曲阿〉等詩作，也都屬此類，均為與陶詩內在聯繫和藝術風貌無關者，之所以取和陶之名，純為借韻。因此也有評論者以為「對這類詩歌的評價，應以詩歌本身的好壞為出發點，而毋須與陶詩牽扯在一起。」〔註112〕

4. 和陶之外，引用陶潛之典

除了上述和陶之作外，蘇軾其實在其他許多詩詞散文的創作中，也都出現不少與陶潛有關的典故，這些大多以事典或特定代表詞彙為主。在詩歌部分，略整理舉例如下：

蘇軾作品詩題	與陶潛相關之句
〈寄黎眉洲〉	且待淵明賦歸去，共將詩酒趁流年。
〈和蔡準郎中見邀遊西湖三首〉其二	君不見拋官彭澤令？琴無弦，巾有酒，醉欲眠時遣客休。
〈湯村開運鹽河雨中督役〉	胡不歸去來！滯留愧淵明。

〔註112〕 王定璋〈試論蘇軾和陶詩〉，出自蘇軾研究學會《紀念蘇軾貶儋八百九十週年學術討論集》（四川大學出版社，1991年），頁156。上述分類亦參酌此文說法。

〈題李伯時淵明東籬圖〉	靖節固昭曠，歸來侶蓬蒿。
〈與周長官李秀才遊徑山，二君先以詩見寄，次其韻〉	更憑陶靖節，往問征夫路。
〈次韻和王鞏〉	歸來千首詩，傾瀉五石樽。卻疑彭澤在，頗覺蘇州煩。
〈再和二首〉其二	五字當還靖節，數行誰似高閑。
〈次韻李端叔送保卒翟安常赴闕，兼寄子由〉	松徑三荒思元亮，草合平池憶惠連。
〈山坡陀行〉	昔余遊于葛天兮，身非陶氏猶與偕。
〈和林子中侍制〉	早晚淵明賦歸去，浩歌長嘯老斜川。
〈送曹輔赴閩漕〉	淵明賦歸去，談笑便解官。
〈佛日山榮長老方丈五絕〉	陶令思歸久未成，遠公不出但聞名。
〈出都來陳，所乘船上有題小詩八首，不知何人。有感於余心者，聊為和之〉	田園處處好，淵明胡不歸？
〈李伯時畫其弟亮公舊宅圖〉	近聞陶令開三徑，習許揚雄寄一區。
〈予昔作壺中九華詩，其後八年，復過湖口，則石已為好事者取去，乃和前韻，以自解云〉	歸來晚歲同元亮，卻掃何人扮敬通。
〈次韻謝子高讀淵明傳〉	一山黃菊平生事，無酒令人意缺然。
〈章質夫送酒六壺，書至而酒不達，戲作小詩問之〉	白衣送酒舞淵明，急掃風軒洗破觥。豈意青州六從事，化為烏有一先生。空煩左手持新蟹，漫繞東籬嗅落英。南海使君今北海，定分百榼餉春耕。
〈蒙恩責授檢校水部員外郎黃州團練副使〉	休官彭澤貧無米，隱居維摩病有妻。
〈戲答佛印〉	遠公沽酒飲陶潛，佛印燒豬待子瞻。
〈送邵道士彥肅還都嶠〉	許邁有妻還學道，陶潛無酒亦從人。
〈與舒教授、張山人、參寥師等遊戲馬台，書西軒壁，兼簡顏長道〉	沽酒獨教陶令醉，題詩誰似皎公清。
〈乘舟過賈收水閣，收不在，見其子〉	愛酒陶元亮，能詩張志和。
〈次韻舒教授寄李公擇〉	今年過我雖少留，寂寞陶潛方止酒。
〈次韻江晦叔兼呈器之〉	多病仍逢止酒陶。

〈和頓教授見寄用除夜韻〉	我笑陶淵明，種秫二頃半。婦言既不用，還有責子嘆。無絃則無琴，何必勞撫玩。
〈歐陽晦夫遺接□琴遊西湖三首〉其一	無絃且寄陶令意。
〈謝人惠雲巾方舄〉	無心只是青山物，覆頂宜歸紫府仙。轉覺周家新樣俗，未容陶令舊名傳。
〈謝陳季常惠一掩巾〉	半升僅漉淵明酒，二寸纔容子夏冠。
〈李杞寺丞見和前篇，復用元韻答之〉	陶潛自作五柳傳，潘閬畫入三峰圖。
〈聽武道士彈賀若〉	琴裡若能知賀若，詩中定合愛陶潛。
〈次韻子由綠筠堂〉	只應陶靖節，會聽北窗涼。
〈次韻孔毅父集古人詩見贈〉	何當一醉百不問，我欲眠矣君歸休。
〈次韻定慧欽長老見寄〉	君且歸休我欲眠，人言此語出天然。醉中對客眠何害？須信陶潛未若賢。
〈自昌化雙谿下步尋谿源至治平寺〉	老去尚餐彭澤米，夢歸時到錦江橋。
〈故周茂叔先生濂溪〉	因拋彭澤米，偶似西天夫。
〈送杭州杜戚陳三椽罷官歸鄉〉	君今憔悴歸無食，五斗未可秋毫小。
〈次辯才老師韻〉	我比陶令愧，師為遠公優。
〈監洞霄宮俞康直郎中所居四詠，其四遠樓〉	不獨江天解空闊，地偏之遠似陶潛。
〈至眞州再和王勝之〉	茅屋歸元亮，霓裳醉樂天。
〈和段屯田荆林館〉	南山有佳色，無人空自寄。
〈次韻林子中見寄〉	元亮本無適俗韻，教章要是有名人。
〈遊桓山會得澤字〉	想像斜川遊，作詩寄彭澤。
〈次韻和王鞏〉	子還可責同元亮，妻卻差賢勝敬通。
〈廣陵後園題扇子〉	閒吟遶屋扶疏句，須信淵明是可人。
〈雨中過舒教授〉	自非陶靖節，誰識此間趣。
〈陶子駿佚老堂二首〉其一	淵明吾所師，夫子乃其後，掛冠不待年，亦豈為五斗？我歌歸來引，千載信尚友。……君醉我且歸，明朝許來

	否？
〈陶子駿佚老堂二首〉其二	能爲五字詩，仍戴漉酒巾。
〈答任師中、家漢公〉	豈比陶淵明，窮苦自把鋤。
〈次韻答孫侔〉	但得低頭拜東野，不辭中路伺淵明。
〈次韻王郎子立風雨有感〉	但恐陶淵明，每爲飢所迫。
〈劉景文家藏樂天身心問答三首，戲書一絕其後〉	淵明形神自我，樂天身心相物。
〈歐陽晦夫惠琴枕〉	流傳幾處到淵明，臥枕綸巾酒新漉。
〈次韻江晦叔二首〉其一	酒船回太白，稚子候淵明。
〈次韻王廷老退居見寄〉	北牖已安陶令榻，西風還避瘐公塵。
〈遊武昌寒溪西山寺〉	空傳孫郎石，無復陶公柳。
〈次韻定慧欽長老見寄八首〉其二	我醉君且去，陶云吾亦云。
〈歐陽晦夫遺接籬琴枕，戲作此詩謝之〉	無絃且寄陶令意，倒載猶作山公看。
〈次韻黃魯直書伯時畫王摩詰〉	前身陶彭澤，後身韋蘇州。
〈富陽道中〉	不識陶靖節，定非風塵格。
〈待旦〉	世無陶靖節，此樂知者少。
〈萬菊軒〉	引泉北澗分清露，開徑南山破白雲。此意欲爲知者道，陶翁猶自未離群。

　　根據統計，蘇軾詩中提及陶潛或用陶潛相關典故者約有六十一首，當然蘇軾也會在詩中引其他詩家和歷史典故，但畢竟沒有像以陶潛爲詩材這麼頻繁。在上述例子中，我們可以發現蘇軾大多直接舉陶潛歸隱後的種種代表意象入詩，如「南山」、「漉酒巾」、「沽酒」、「醉」、「菊」、「責子」、「欲眠客歸」、「五斗米」等等，可見陶潛的這些形象深植蘇軾心中，影響著蘇軾詩歌的創作。不過，蘇軾在詩中不盡然對陶潛全爲敬意，他也會將陶潛當作翻案的對象，予以評論，譬如「醉中對客眠何害？須信陶潛未若賢。」「閒吟遶屋扶疏句，須信淵明是可人。」或「君今憔悴歸無食，五斗未可秋毫小。」皆表示他對陶潛的固有評價有所斟酌。

當蘇軾在惠州盡和陶詩時，黃庭堅在黔南聞之，嘗曰：

> 子瞻謫南海，時宰欲殺之。飽吃惠州飯，細和淵明詩。淵
> 明千載人，子瞻百世士。出處固不同，風味亦相似。〔註113〕

紹聖間，山谷見東坡和淵明〈飲酒〉詩，續至「前山正可數，後騎且
勿驅」時云：「此老未死在。」又云：「東坡在揚州和〈飲酒〉詩，只
是如己所作，至惠州和〈歸田園〉六首，乃與淵明無異。」顯見當時
對蘇軾和陶評價之高。陶潛是宋代的精神代表，蘇軾之和作可與之齊
觀，可知蘇軾敢於直接面對影響壓力，也確實展現了絕對的能力克服
其間產生之焦慮。

（二）白居易

雖然蘇軾對白居易有過「元輕白俗」的評價，但在諸詩話中都曾
提及蘇軾學自白居易的說法，蘇軾自己也不只一次論及對白居易的瞭
解與仰慕，還不時強調自己與白居易之間的共同之處。例如在他〈贈
寫真李道士〉詩的結尾，即宣稱他與白居易的相似：

> 五十之年初過二，衰顏記我今如此。它時要指集賢人，知
> 是香山老居士。

《王直方詩話》中則記載了數則蘇軾與此相關的自述：

> 東坡平生最慕樂天之爲人，故有詩云：「我甚似樂天，但無
> 素與蠻。」又云：「我似樂天君記取，華顛賞遍洛陽春。」
> 又云：「它時要指集賢人，知是香山老居士。」又云：「淵
> 明形神似我，樂天心相似我。」東坡在杭又與樂天所留歲
> 月略相似。〔註114〕

詩中藉由他認定兩人性格上的相似，表示他對白居易的敬意。此外，
蘇軾還曾敘述白居易的官運，並在自注中說：

> 軾雖不敢自比，然謫居黃州，起知文登，召爲儀曹，遂忝
> 侍從。出處老少大略相似，庶幾復享此翁晚節閒適之樂焉。

〔註113〕惠洪《冷齋夜話》卷七，同注44。
〔註114〕分別取自蘇軾〈送程懿叔〉、〈贈善相程杰〉、〈贈寫真李道士〉等詩。
《王直方詩話》，見注20。

可見蘇軾自覺與白居易的相似之處，主要在於對其人格情性上的認同，尤其是同樣面對官宦之途的曲折，白居易的通達閒適，才是讓蘇軾真正欽佩之處。這一點，我們可以從他另一首詩〈入侍邇英〉看出他對白居易「道根深」的企慕：

> 微生偶脫風波地，晚歲猶存鐵石心。定似香山老居士，世緣終淺道根深。〔註115〕

此外，他在《紀詩》中也自述道：

> 平生自覺出處老少，粗似樂天，雖才名相遠，而安分寡求，亦庶幾焉。三月六日來別南北山諸道人，而下天竺惠淨師以天竺丑石贈，作三絕句，以全樂天之好，……其二曰：「出處依稀似樂天，敢將衰朽較前賢。便從洛社休官去，猶有閒居二十年。」

均可見蘇軾強調的相似屬於「出處行事」上的，因此，羅大經《鶴林玉露》卷十三便曾評論之曰：

> 東坡希慕樂天，其詩曰：「定似香山老居士。」然樂天蘊藉，東坡超邁，正自不同。

羅大經儼然掌握住蘇、白二人的文風特色，也清楚區分了蘇軾慕白的角度，他明白點出兩者的差異，正解釋了蘇軾所謂的「出處」相似，是指行事作風而言。兩人作風相似而文風實有所不同。但總之蘇軾因此受到白居易的影響，是不爭的事實，《二老堂詩話》裡甚至有這樣的一段記載與揣測：

> 白樂天為忠州刺史，有〈東坡種花〉二詩，又有〈步東坡〉詩云：「朝上東坡步，夕上東坡步。東坡何所愛，愛此新成樹。」本朝蘇文忠公不輕許可，獨敬愛樂天，屢形詩篇。蓋其文章皆主辭達，而忠厚好施，剛直盡言，與人有情，於物無著，大略相似。謫居黃州，始號東坡，其原必起於樂天忠州之作也。（東坡立名之所由來）〔註116〕

〔註115〕此詩又名〈軾以去歲春夏，侍立邇英，而秋冬之交，子由相繼入侍，次韻絕句四首，各述所懷〉其四。

〔註116〕周必大《二老堂詩話》，引自《歷代詩話》，見注12。

洪邁《容齋隨筆》也有類似的記載：

> 東坡居黃州，始自稱東坡居士。其意蓋專慕樂天而然。

蘇軾在黃州與白居易在忠州的境遇十分接近，故而若言東坡之名起於此，也是有這個可能性的。

　　儘管由上所述，確知蘇軾對白居易的推崇偏重於人格道根上，然而，在詩歌創作上還是多少有出自白居易的痕跡，例如：他在〈辛丑十一月十九日，既與子由別于鄭州西門之外，馬上賦詩一篇寄之〉詩中有這樣兩句：「苦寒念爾衣裘薄，獨騎瘦馬踏殘月。」這就是對白居易〈送張山人歸嵩陽〉一詩中「張生馬瘦衣且單」之句的擴展。兩詩皆爲冬天送別之詩，但在性質上確有不同，主要在於：白詩利用對話的型式，對張山人訴說自己的辛酸遭遇；蘇詩則是自言哀嘆兄弟的離別。但兩詩作者都表示了對前來道別的人的關心，詩中也都出現了瘦馬和單衣的形象，而蘇軾更藉著「寒冷」之意表達了他自己的憂慮。

　　其他白詩沁入蘇詩的例子尚有：

白居易詩	蘇軾詩	說　　明
在郡六百日，遊山二十回。（留題天竺、靈隱兩寺）	在郡依前六百日。（杭州詩）	按：蘇白兩人都曾在杭州任職，此處句子明顯截自白詩，且用白居易事。
誰開湖寺西南徑，草綠裙腰一道斜。（杭州春望）按：此亦作於白居易任杭州刺史時。這兩句爲該詩的最末一聯，寫由白堤通往孤山的西湖美景，其中「裙腰」之喻尤其絕妙。	春入西湖到處花，裙腰芳草抱山斜。（再和楊公濟梅花十絕）	按：蘇軾此詩亦寫杭州西湖的春景。「裙腰」一詞雖取自白詩，但重新結構的句子卻因「抱」字，而顯得更人性化、更生動。
外人不見見應笑，天寶末年時世妝。（上陽白髮人）按：此所謂「時世妝」，原指當時流行的時尚裝扮。在白詩中描寫那些在冷宮中一生被幽禁的淒怨宮女，經過了四十多年，還打扮著當初進宮時時髦的妝束，實際上卻已過時了。該詩句充滿悲痛的自嘲。	揚州近日紅千葉，自是風流時世妝（跋王進叔所藏畫五首：趙昌四季：芍藥）	按：「時世妝」一詞雖出自居易諷諭詩，但蘇軾在此不取其諷意，純粹採該詞的原意，用轉化手法以形容花的樣態。

不須泥沙底，辛苦覓明珠。（放魚歌）	不用辛苦泥沙底。（次韻潛師放魚）	按：顯然將白詩兩句合而為一。

（三）李 白

　　許多詩話皆認定蘇軾受到李白影響，我們從蘇軾豪放灑脫的風格看來，確有某種層次的接近，故前人即以「東坡似李白」許之；甚至黃庭堅在〈跋東坡書寒食詩〉稱讚蘇軾似李白外，還以為「猶恐太白有未到處」，他雖沒有明確指出所謂的「未到處」為何，然黃坤堯以為「指的可能是一種生命境界」，蘇軾「忘懷得失，安之若命，表現內斂與節制，收放自如」的境界與態度。〔註117〕連宋仁宗都認為蘇軾更勝李白，因為「白有軾之才，無軾之學」。〔註118〕不管二者之間的優劣高下，蘇軾對李白的隔世相知，深切的同情和理解是確定的。例如，蘇軾曾為李白從永王璘之事辯護：

　　太白之從永王璘，當由迫脅。不然，璘之狂肆寢陋，雖庸人知其必敗也。太白識郭子儀之為人傑，而不能知璘之無成，此理之必不然者也。〔註119〕

以為李白會為李璘謀畫，應是受到脅迫，同時亦間接指出了李白的識人之能，這也表示蘇軾對李白的了解與相惜。

　　此外，蘇軾又有〈書丹元子所示李太白真〉一詩言：

　　天人幾何同一漚，謫仙非謫乃其遊。……平生不識高將軍，手污吾足乃敢嗔。作詩一笑君應聞。

蘇軾此詩以戲語題李白畫像，恣意揮灑，卻恰切地表現出李白才高氣傲，特別是最後幾句擬李白口吻，表現李白蔑視權貴的豪邁不羈，這在

〔註117〕黃坤堯〈超越李白：論北宋詩壇的文藝氣象〉（香港：中國文化研究所學報，2002 年 11：42），頁 418。

〔註118〕陳巖肖《庚溪詩話》：「又上一日與進臣論人才，因曰：『軾方古人孰比？』近臣曰：『唐李白文才頗同。』上曰：『不然，白有軾之才，無軾之學。』」引自吳文治主編 《宋詩話全編》（南京：江蘇古籍出版社，1998 年）冊三，頁 2794。

〔註119〕蘇軾著、孔凡禮點校《蘇軾文集》卷十一（北京：中華書局，1996 年）

宋代揚杜抑李的普遍定論中是比較少見的視角，蘇軾對太白的知音之情
儼然可見。該詩中不只刻畫出太白的精神風貌，詩風也頗得太白神韻。
故王文誥稱此詩為「題太白第一名句，公此詩亦頗自詡，可見其命意不
凡矣。」〔註120〕蘇軾對李白相同的稱許亦可見於其〈李太白碑陰記〉：

　　　戲萬乘若僚友，視儔列如草芥，雄節邁倫，高氣蓋世。
他借用晉代夏侯湛的話來讚美李白，所指的同樣是不畏權貴的傲岸情
操。

　　而由蘇軾〈書李白詩〉所云：「良由太白豪俊，語不甚擇，集中
往往有臨時率然之句，故使妄庸輩敢爾。」及其〈書學太白詩〉云：
「李白詩飄逸絕塵，而傷於易。」提及李白詩的優缺點幾乎都能一針
見血，更可看出蘇軾對李白知之甚深，已經及於李白的內心世界，不
徒外在的字句或行徑而已。

　　蘇軾與李白是中國文壇上兩個才華洋溢、不受拘束的天才，仔細
歸納他們的詩作，可以發現他們都在生命坎坷時，不約而同地以佛道
轉化心緒，以詩詞寫盡不歡；更有意思的是，他們都喜歡以月和酒為
伴，宣洩來自人生的不順遂與無奈的心情。最明顯的例子就是蘇軾的
〈水調歌頭〉與李白的〈把酒問月〉，相同題材、相似鋪陳，以酒月
開始，以相期作結。〔註121〕兩者神似度相近到令人驚訝，卻又可以
在其中展現不同的想像與生命。

〔註120〕　見王文誥編注《蘇軾詩集》卷三十七，（台北：學海出版社，1983
　　　　　年）頁 1995。
〔註121〕　蘇軾〈水調歌頭〉：「明月幾時有，把酒問青天。不之天上宮闕，今
　　　　　夕是何年？我欲乘風歸去，又恐瓊樓玉宇，高處不勝寒。起舞弄清
　　　　　影，何似在人間！轉朱閣，低綺戶，照無眠。不應有恨，何事長向
　　　　　別時圓？人有悲歡離合，月有陰晴圓缺，此事古難全。但願人長久，
　　　　　千里共嬋娟。」
　　　　　李白〈把酒問月〉：「青天有月來幾時？我今停杯一問之。人攀明月
　　　　　不可得，月行卻與人相隨。皎如飛鏡臨丹闕，綠煙灰盡清輝發。但
　　　　　見宵從海上來，寧知曉向雲間沒？白兔搗藥秋復春，嫦娥孤棲與誰
　　　　　鄰？今人不見古時月，今月曾經照古人。古人今人若流水，共看明
　　　　　月皆如此。唯願當歌對酒時，月光長照今樽裡。」

當然，蘇軾的〈水調歌頭〉是其在詞體上的表現，而在他其餘的詩歌創作中，同樣也可感受到李白詩風的薰陶。譬如：蘇軾在他〈寄吳德仁兼簡陳季常〉一詩中有這樣的句子：「稽山不是無賀老，我自興盡回酒船。」在此蘇軾以否定來改寫李白的詩，被改的詩是李白悼念友人賀知章的〈重憶〉，其詩云：

> 欲向江東去，定將誰舉杯？稽山無賀老，卻棹酒船回。

蘇軾任意割裂這首悲傷的絕句，引用此詩卻表現了相反的詩意：他自由自在，無所牽掛。當他出發時並無固定的目的地，當他返回時，也只是因為盡興，而非由於特定原因。其中他將「我」字和「自」字嵌入，可理解為「我自己」或「自然而然地」，可見當蘇軾將李白的詩句納入自己的詩時，依舊保留了自己的獨特性。

當然蘇軾這裡還運用了王徽之雪夜駕舟訪友，至友人門口因盡興而反棹回家的典故。這是用一個更早而意義相反的典故來否定的例子，他等於是以徹底的雙重否定來改正李白的第三句，以此表明他的情境完全不同。

其他例子略舉如下：

李白詩	蘇軾詩	說　明
呼童烹雞酌白酒，兒女嬉笑牽人衣。（南陵別兒童入京）	烹雞酌白酒，相對歡有餘。（答任師中、家漢公）	按：李白以此情此態，渲染歡愉之情。蘇軾引原句，傳達相似的客來歡愉之情。
白髮三千丈，緣愁似箇長。不知明鏡裡，何處得秋霜。（秋浦歌）	鬢霜繞我三千丈。（九日次韻王鞏）	按：李白此詩為一抒憤詩，因愁而生的白髮由於「三千丈」的誇飾手法而益發顯得沉重。蘇軾將李白詩首尾兩句融化而成，變化原詩句，但保留了含義，仍然取「愁」之深之重的意象。
舉杯邀明月，對影成三人。（月下獨酌）	狂歌對影只三人。（韻答完夫穆父）且同月下三人影。（次韻惠循二守相會）	按：在蘇軾的不同詩作中重複使用同一典故的情況頗常見。

月寒江清夜沉沉，美人一笑千黃金。（白紵辭）	春宵一刻值千金，花有清香月有陰。歌管樓台人寂寂，鞦韆院落夜深深。（春夜）	按：引李白「一笑千黃金」的句式變化出「一刻值千金」名言佳句，意近語似，但已顯其奇，堪稱點石成金；又同樣藉由疊字的使用，刻劃出深沉寂寥的氛圍。
百年三萬六千日，一日須傾三百杯。（襄陽歌）或言人生百年，一共三萬六千日，李白認爲每天都應該往肚裡倒上三百杯酒。	趙子飲酒如淋灰，一年十萬八千杯。（趙郎中見和，戲復答之）	按：一天三百杯，一年三百六十五天，當飲十萬九千五百杯，在顧及平仄及取整數的考量下，蘇軾化爲「十萬八千杯」，可說是不著痕跡。

　　不必以諸般巧合印證兩個天才的起落，文人隔代援引知己，不同時空的心靈交會，自有其光芒。但在眾多後代詩人中，蘇軾才學相兼，是最能揣摩李白的聲情氣象者，他飛揚卻不跋扈，多了一分深刻與內斂，這應該就是蘇軾學習李白又超越李白之處了。

（四）杜　甫

　　蘇轍在文章中即已言「蘇軾詩本似李、杜」，對杜甫的尊崇原本就是宋代共同的認知。其中蘇軾對杜甫的承繼和推崇更是全面的。他在〈王定國詩集序〉中就稱許杜甫云：「古今詩人眾矣，而杜子美爲首。」〔註122〕蘇軾也喜歡在詩中以杜甫自喻，如〈蒜山松林可卜居余欲僦其地地屬金山故作此詩與金山元長老〉中所云：「杜陵布衣老且愚，信口自比契與稷。」又如〈次韻秦太虛見戲耳聾〉說的：「晚年更似杜陵翁，右臂雖存耳先聵。」皆從平居閒趣入手，這樣的比擬自然是帶有自我解嘲的意味。

　　但蘇軾對杜甫的稱道，仍然以人格品節爲主，他在〈王定國詩集敘〉即云：

　　　　古今詩人眾矣，而杜子美爲首，豈非以其流落飢寒，終身不用，而一飯未嘗忘君也歟。

〔註122〕《東坡集》卷二十四（北京：北京圖書館出版社，2003 年）

可知他之所以肯定杜甫是眾詩人之首，正在於杜甫「一飯未嘗忘君」的忠愛形象。今人程千帆、吳雷發便說蘇軾「託諷補世的現實主義精神是受杜甫的影響。」〔註123〕

杜甫的忠義與杜詩的風義，使他在宋代擁有了偌大的冠冕，這當中蘇軾的影響力佔了舉足輕重的關係。這就是「影響的焦慮」理論中「後來者權力」很典型的例子。

不過，蘇軾對杜甫的評價並不侷限於人格情性方面，還更全面地涉及杜詩的藝術風格，譬如在他的《詩話》中就曾論及杜詩：

> 七言之偉麗者，如子美云：「旌旗日暖龍蛇動，宮殿風微燕雀高。」「五更鼓角聲悲壯，三峽星河影動搖。」爾後寂寞無聞焉。

點出了杜甫七言詩的特徵；而末句「爾後寂寞無聞」則可謂蘇軾對杜甫詩極高的評價，認為後世無與及者，這跟他〈次韻孔毅父集古人句見贈五首〉其三中「天下幾人學杜甫，誰得其皮與其骨？」的論點有異曲同工之妙，也可再次證明他給予杜甫在詩歌藝術上極高的讚譽。

相對來看，杜甫對蘇軾也必然有一定程度的影響，無論是在思想精神上，抑或是作品創作上。然下文我們則是針對書寫方面的影響來述析。

1. 語典的引用

蘇軾對杜詩不僅抄寫，還會有意無意加以改寫，這種現象多半出現在詞語上的引用。譬如：

杜甫詩	蘇軾詩	說　　明
舍影漾江流。(屏跡)	山影漾江流。(書子美屏跡詩)	按：《杜詩趙次公先後解輯校》〔註124〕曾言「東坡先生常寫此詩」，且將「舍影」改成「山影」，還言蘇軾「先生之詼諧如此」。所以稱蘇

〔註123〕程千帆、吳雷發《兩宋文學史》，(上海：上海古籍出版社，1991年)，頁155。

〔註124〕林繼中輯校《杜詩趙次公先後解輯校》(上海：上海古籍出版社，1994年)，頁496。

		軾詼諧，是因爲蘇軾直接將此詩竊佔己有，還以禾麻穀麥等農稷之物，人皆可取爲例強辯，顯示出影響焦慮的心理徵兆。（此事見「二、受影響的矛盾與焦慮」的解説。）
海圖坼波濤。（北征）	勝絕絮被縫海圖。（游靈隱寺，得來詩，復用前韻）	按：杜詩充滿憂國憂民的情懷，在國家危難之際，踏上歸途的他見到飢瘦的兒女，穿著補綻才過膝的衣服，「海圖」原爲衣物上的文飾花紋，但因窮困剪補的關係而拆移顛倒了。詩裡因著這類的生活情事更充滿了深沉的感慨。而蘇軾在此藉「海圖」一詞，單純言衣物所繡珍禽怪獸的花紋。
蒼（一作霜）皮溜雨四十圍，黛色參天二千尺。（古柏行）	多情白髮三千丈，無用蒼皮四十圍。（宿州次韻劉涇）	按：兩詩皆用數字對，而在相同詩句的引用上，都以「蒼皮四十圍」來言聳立參天、極爲高大之木。有意思的是，杜詩藉詠古柏，同時詠武侯兼自傷，言材大而不得盡其用之慨；而蘇詩則直接言「無用」，詩意更明確

2. 語意的轉化

　　蘇軾有時表面上援引杜詩詞語，但眞正妙絕之處，在於改變或轉化詩意，甚至翻倒原意，讓人有翻出深一層新意的驚喜。例如：

杜甫詩	蘇軾詩	說　　明
忽憶兩時秋井塌，古人白骨生青苔，如何不飲令心哀。（蘇端薛復宴簡薛華醉歌）	何須更待秋井塌，見人白骨方銜杯。（次韻孔毅父久旱已而甚雨三首：其三）	按：蘇軾藉杜甫詩言詩意，引前人之事，而論眼前之景。只是利用反詰語氣倒反其意，也屬翻案。其「何須」語氣，更顯感傷。
獨山歸鳥遲，抱葉寒蟬靜。（秦州離詩二十首）	日高山蟬抱葉響，人靜翠羽穿林飛。（壽星院寒碧軒）	按：前句爲該詩第五句，均描寫山林鳥飛、蟬在樹葉間的景象，但一言靜一言響，杜詩中突顯了「寒」意；而轉反其意的蘇詩，卻反而突顯了「靜」的感覺。

3. 句式結構

　　也許使用的詞語有出入，不盡相同，但因整個句型結構的相似，仍可見援引參酌的影響關係。

杜甫詩	蘇軾詩	說　明
兩個黃鸝鳴翠柳，一行白鷺上青天。窗含西嶺千秋雪，門泊東吳萬里船。（絕句四首：其三）	白水滿時雙鷺下，綠槐高處一蟬吟。酒醒門外三竿日，臥看溪南十畝陰。（溪陰堂）	按：蘇軾此詩和杜甫此詩一樣，都使用了數字詞、方位詞、顏色詞的對仗，且看起來都是一句一景，卻又能融爲統一的視野，構成了新鮮優美的意境。
紅稻啄餘鸚鵡粒，碧梧棲老鳳凰枝。（秋興）	雪乳（一作茶雨）已翻煎處腳，〔註125〕松風仍作瀉時聲。（汲江煎茶）	按：此錯綜倒裝句式，尤爲詩家妙法，王安石亦有仿作，蘇軾此處也採相同手法，原句型應爲：「煎處已翻雪乳腳，瀉時仍作松風聲。」全詩描寫的是在月明之夜，汲取活江水烹茶的情景，此句特別寫茶煎熟煮滾的樣態。但因以此手法表現，意象更顯鮮明。
別來頭並白，相見眼終青。	讀書頭愈白，相對眼終青。（失題）　身更萬事已頭白，相對百年終眼青。（失題）	按：蘇軾此二詩均與杜詩有幾近一樣的語句安排。雖皆用青眼對白頭，但仍有工拙之差。
臨風欲慟哭，聲出已復吞。（閬州東樓筵，奉送十一舅往青城縣）	欲吐狂言喙三尺，怕君嗔我卻須吞。（次答邦直、子由五首：其一）	按：黃徹《䂬溪詩話》嘗疑其語太怪，及觀杜集此詩，始知此種句式意象早就存在。〔註126〕用「吞」字將或言或哭等強烈的情緒，生硬地壓抑下來，類似的句型呈現相近的情感。

　　除了詩句本身的句式結構外，之前分析王安石受到杜甫影響的部分，曾言杜甫一句能說得三件、四件、五件物事者，《環溪詩話》在評論東坡詩時，以爲其亦能是。例如蘇軾〈有美堂暴雨〉中：「天外黑風吹海立，浙東飛雨過江來」，正是一句能言三件事；又如〈次韻穆父尚書侍祠郊丘，瞻望天光，退而相應引滿醉吟〉：「令嚴鐘鼓三更月，野宿貔貅萬灶煙」，則是一句能言四件事。能形象生動地在一句

〔註125〕煎出了茶腳，茶腳指的是茶葉再烹煮時散發出來的茶色。煎至茶腳像雪泡般翻動，忽然響起松濤怒瀉似的水沸聲。
〔註126〕黃徹《䂬溪詩話》卷六，引自《歷代詩話續編》，見注35，頁104。

詩中表現這麼多事，是需要相當技巧的。

（五）其他唐代詩人

1. 韓　愈

　　一般評論皆謂蘇軾是變韓愈唐風而成就宋詩新氣象，然而，雖然韓愈是蘇軾新變的競爭對象，但在北宋中葉，韓文實已建立它確乎不可動搖的地位，當時北宋詩人多在歐陽脩的關係下接受了韓愈的影響，在這種情況下，既然大家們無不受到韓詩的沾溉，自然也包括了蘇軾。因此才有趙翼《甌北詩話》卷五所稱的：「以文為詩，自昌黎始；至東坡益大放厥辭。」可知在宋詩以文為詩的議題上，大部分宋人仍將韓愈視為源頭，而把蘇軾當成繼承此手法又能發揚光大的代表。故不管是否自覺，也不管主觀上是否贊成此「以文為詩」之法，宋詩獨特面目和風格的形成，和學韓是分不開的。就如葉燮《原詩》內篇所云：

　　　韓愈為唐詩之一大變。其力大，其思雄，崛起特為鼻祖。
　　　宋之蘇、梅、歐、蘇、王、黃，皆愈為之發其端，可謂極
　　　盛。〔註127〕

內文可是，評論家雖指陳出了韓愈與蘇軾之間的傳承關係，尤其在「以文為詩」這一藝術手段的淵源上，蘇軾以其寫文章的氣勢筆力為詩，縱橫奔流。如〈雪浪石〉一詩，分明描寫的是一塊盆石，但蘇軾卻以橫絕山岳的筆勢出之：「太行西來萬馬屯，勢與岱岳爭雄尊。飛狐上黨天下脊，半掩落日先黃昏。……」有時蘇詩還常會揉入散文的語氣，如〈送沈逵赴廣南〉詩中有句：「故人不復通問訊，疾病飢寒疑死矣！」又如〈海南人不作寒食，而以上巳上塚〉詩中句云：「老鴉銜肉紙飛灰，萬里家山安在哉！」則運用了古文的虛詞；更甚者，蘇軾慣於在詩中馳騁議論，譬如他在〈秀州僧本瑩靜照堂〉裡批評僧人本瑩強矯自性，詩一開端即發議論：「鳥囚不忘飛，馬繫常念馳，靜中不自勝，不若聽所之。」以鳥囚、馬繫為喻而說理其中；再如〈潁州初別子由〉

〔註127〕葉燮《原詩》，同註103。

一詩也以議論始：「近別不改容，遠別涕沾胸，咫尺不相見，實與千里同。人生無離別，誰知恩愛重。……」原以抒情為主的贈別詩，蘇軾卻以議論直寫胸臆。這一些皆是蘇軾「以文為詩」的明證。

　　但蘇軾自己對韓詩卻是頗有微辭的，例如《後山詩話》記載到蘇軾的一段話：

　　　　退之於詩，本無解處，以才高而好爾。

接受影響卻拒絕承認，甚至又否定批評之，這也屬於影響理論中的焦慮反應之一。不過，蘇軾即使不滿韓詩，仍舊還是沿著韓愈開闢出來的道路，加以發展變化。劉辰翁《須溪集》卷六〈趙仲仁詩序〉就說：

　　　　文人兼詩，詩不兼文也。杜雖詩翁，散語可見。惟韓、蘇
　　　　傾竭變化，如雷霆、河、漢，可驚可快，必無復可憾者，
　　　　蓋以其文人之詩也。〔註128〕

大體顯見韓詩對蘇軾創作所產生的積極影響。然而，在此我們尋求韓詩對蘇軾的影響，仍以語典和詩句結構為主：

韓愈詩	蘇軾詩	說　　明
起舞先醉長松摧（憶昨行和張十一）	眾賓起舞風竹亂，老守自醉霜松折。（聚星賞雪并引）	按：蘇詩表現宋人冶遊宴飲中，高漲的熱鬧氣氛。就詩句結構而言，明顯是拆韓詩為前後兩句的一部分。
男兒不再壯，百歲如風狂。（此日足可惜贈張籍，愈在徐，籍往謁之，辭去，作是詩以送）	插花起舞為公壽，公言百歲如風狂。（陪歐陽公燕西湖）	按：蘇軾借韓愈之語，轉述歐陽脩自言不再壯，僅以下句表達上句之意。
白鬚面黑，長頸高結喉，中又作楚語。（石鼎聯句詩序）	著意導彌明，長頸高結喉，無心逐定遠，燕頷飛虎頭。（正輔既見和，復次前韻，念鼓盆，勸學佛）	按：蘇軾的隔句對引韓愈詩句，但曾季貍《艇齋詩話》指出，「結」字音髻，斷句也，蘇軾作結喉，是承當時之誤。我們可以再商榷者，在於蘇軾是否有意承誤？若是有意為之，便可視為書寫策略。

〔註128〕劉辰翁《須溪集》（台北：新文豐出版社，1985年）

2. 杜　牧

　　蘇軾有一些詩句，顯然是引杜牧之意，再加以翻案辯駁的，蘇軾
為文本來善於議論，其「以議論為詩」的手法應用在此格外犀利。譬
如杜牧的〈送隱者一絕〉中有這樣兩句：「公道世間唯白髮，貴人頭
上不曾饒。」蘇軾以這兩句詩為出發點，進而否認白髮的公道：「此
生自斷天休問，白髮年來漸不公。」（〈和邵同年戲贈賈收秀才三首：
其一〉）繞著白髮的公道與否，實際上卻是議論著人生的狀態，並直
接否定杜牧之言，進一步由此認定杜牧之言過於天真。

　　或者，蘇軾的〈將之湖州戲贈莘老〉詩中，在描寫了孫覺作太守
的湖州之秀麗風光和精美物產後，竟出現了：「亦知謝公到郡久，應
怪杜牧尋春遲」的句子。原來是因為謝安也曾在湖州這兒做過太守，
故蘇軾以之比擬孫覺；又因為杜牧曾來遊湖州，蘇軾此行則是到湖州
查勘水利，所以蘇軾把自己比作杜牧。當時杜牧初遊湖州時嘗與一女
子約定，可惜再回到湖州時女子已嫁為人婦，杜牧而有〈嘆花〉一詩，
自我作解：「自是尋春去較遲，不須惆悵怨芳時。」當中多少帶有懊
喪之情。蘇軾在此用其典故且戲以自謂，並不是說有同樣的經歷，而
只是希望重複一下杜牧的風流性格，且領略湖州美景，同時客套地表
示自己現在才探訪好友稍嫌過遲。

　　然而蘇軾在下面的句子表現上，非但繼續借用杜牧詩句，並在結
尾詩意出現翻案性的轉折：「鬢絲只好對禪榻，湖亭不用張水嬉。」
這裡引杜牧另一首〈題禪院〉詩中的「今日鬢絲禪榻畔」句子，因此
似乎與這位前代詩人更加一致了，但使人吃驚的是，他接下來卻用同
樣的「鬢絲（白髮）」一詞，作為謝絕如杜牧豪奢娛樂的藉口，意謂
自己年歲已大，只適合學佛，孫覺無須像當年崔元亮接待杜牧那般舉
行水嬉的排場來迎接他。如此一來，既把自己等同於前人，又對前人
作立意相反的修正。徹底展現蘇軾度越前人的功力。

　　除了翻案，蘇軾也曾取用杜牧原典文字，進而變化詩句，但稍加
轉折其意。例如蘇軾〈吉祥寺賞牡丹〉詩中有句：「十里珠簾半上鉤」，

即是改寫自杜牧〈贈別二首之一〉:「春風十里揚州路,卷上珠簾總不如。」合杜牧兩句詩爲一句,取用「十里」、「珠簾」、「卷上」等詞彙、改寫了詩句但保留大致的結構元素。只是杜牧其詩強調藉「強此弱彼」的手法,突出女主角之美:揚州路上十里長街,不知有多少美人在珠簾之後,但總不如這位令杜牧心儀的女子。而蘇軾僅就賞花醉後,顛危著扶著走路,但十里長街的人家卻多半捲起珠簾爭著看的整個過程,作即景紀實。

3. 王　維

蘇軾對王維的評價,最爲人所熟知的應該就是〈書摩詰藍關煙雨圖〉裡的那兩句了:「味摩詰之詩,詩中有畫;觀摩詰之畫,畫中有詩。」蘇軾也是善於書畫的人,因此,他對王維的詩歌境界應該是頗有體會且相當欣賞的。兩人同樣對禪佛有所接觸,故而在其詩作中也常有類似的境界風格呈現。例如蘇軾的〈東坡題跋書摩詰藍田煙雨圖〉:

藍田白石出,玉關紅葉稀。山路原無雨,空翠濕人衣。

整首詩的情調與王維〈山居秋暝〉或〈鳥鳴澗〉之類的作品就十分相似。

然在詩歌結構或語典方面,有較明顯受到王維詩句影響的例子,即是蘇軾的〈平山堂詞〉一詩,詩中之句:「認取醉翁語,山色有無中。」根本取自王維〈漢江臨眺〉一詩中的名句:「江流天地外,山色有無中。」再加以化用。只是蘇軾是將相似的景語,運用在不同的詩意中。王維原詩在描述泛遊漢水的見聞,並藉山色的若隱若現,來突顯、詠嘆江水奔流天地外的浩淼。後來歐陽脩曾在詠平山堂時採用了相同的一句:「平山闌檻倚晴空,山色有無中。」(〈朝中措〉)但卻被人嘲諷,以爲平山堂望江左諸山甚近,何以會「山色有無中」?還以「短視」論之。故事實上,蘇軾此詩是爲了替歐陽脩解嘲,才有「認取醉翁語,山色有無中」這麼兩句。所以嚴格推算,蘇軾此句應是從歐陽脩來,但王維仍是此詩句最早的創作者,而且就蘇軾的博學與其對王維的認知,蘇軾理當十分能掌握王詩原意,才得以針對此句,爲

歐公解困說明。

4. 劉禹錫

　　《後山詩話》及《歲寒堂詩話》皆謂蘇軾學於劉禹錫，而蘇軾本人對劉禹錫的評論，則見於《竹莊詩話》的記載。其中藉黃庭堅的口吻言蘇軾聽聞劉禹錫的作品後的回應：

　　……昔東坡嘗聞余詠簫一篇，嘆曰：「此奔逸絕塵，不可追也。」〔註129〕

可以想見蘇軾對劉禹錫應也是極爲讚賞的。試舉例蘇軾詩中引用劉禹錫詩歌內容詞語者，包括他〈吉祥寺賞牡丹〉一詩：「人老簪花不自羞，花應羞上老人頭。」明顯改寫自劉禹錫〈唐郎中宅與諸公同飲酒看牡丹〉：「今日花前飲，甘心醉數杯。但愁花有語，不爲老人開。」透過詩句的改寫，取用原詩情韻，均以人的角度，揣思物的情感，帶有擬人的意趣，但卻流露淡淡的自我感傷或解嘲，是屬於的影響。

　　另外蘇軾〈張子野年八十五，尚聞買妾，述古令作詩〉一詩，中有一句：「江南刺史已無腸。」則是引用了劉禹錫罷和州，爲主客郎中時，受李司徒邀飲，席上賦〈贈李司空妓〉之語和事：「高髻雲鬟宮樣妝，春風一曲杜韋娘。司空見慣渾閒事，斷盡蘇州刺史腸。」原本劉禹錫詩意是針對當時貶謫後回到朝廷，再重見大場面的宴飲，當下思及自己乖舛的遭遇而感到悲傷。然而蘇軾在此雖引用劉禹錫的詩事，不過，卻是作給好友家的小鬟琵琶，藉張先年老買妾之事，諷勸好友的道德與人格，並表達對琵琶的同情。由於不便對前輩行爲多所評論，故蘇軾傾向以詩戲之。但基本上，與劉詩幾無相關意義。

二、受影響的矛盾與焦慮

　　相較於王安石的自負自信，蘇軾表現出對影響的焦慮感，顯得更爲清晰。在許多評論中對蘇軾詩的評價均著重其藝術風格的獨創性，例如呂本中《童蒙詩訓》就有三段讚美詞：

〔註129〕《竹莊詩話》引自《歷代詩話論作家》下，同注38，頁9。

東坡詩有汗漫處，東坡詩如「成都話手開十眉」、「楚山固
多猿，青春點而壽」，皆窮極思致，出新意於法度，表前賢
所未到。（十九）

蘇黃用韻下字用故事處亦古所未到。（四二）

自古以來語文章之妙，廣備眾體，出奇無窮者，唯東坡一
人。（六六）

「表前賢所未到」、「古所未到」、「自古以來……唯東坡一人」，這些評語大都在強調蘇軾詩歌創作的特異性，是前所未有的。但在這些創作表現背後，蘇軾自覺與前輩詩人的關係究竟如何？在這些評論光環下的蘇軾，幾乎可謂「前無古人，後無來者」的稱霸文學史，應該沒有什麼影響焦慮可言吧，但當真如此嗎？我們從一些詩話掌故中觀察到不少蘇軾在這方面的心理與行為反應，足以印證蘇軾對前代影響的關注。

蘇軾在〈書吳道子畫後〉一文中曾指出：

君子之於學，百工之於技，自三代歷漢而至唐而備矣。故
詩至於杜子美，文至於韓退之，書至於顏魯公，畫至於吳
道子，而古今之變，天下之能事畢矣。（卷七十）

在這一段話中，蘇軾很明白確認了：唐代的文化成就是一個不可逾越的典範。這似乎是不能更改的事實了，蘇軾此言自可視為對唐代文化的推崇，但在他說「天下之能事畢矣」之際，才氣縱橫又自豪逞能的天才，難道沒有一絲的落寞與不甘？要強者詩人承認前輩的完善，等於承認自己毫無施力的空間，換言之，等於抹煞了他發揮自我的可能，這在強者詩人的意識中是不被容許的。所以，我們看蘇軾的另一篇文章〈書黃子思詩集後〉，他以美學鳥瞰的眼光，總結了漢魏以來至於唐末詩歌書法的歷史嬗變，但從中我們除了再次見他稱許唐詩「凌跨百代，古今詩人盡廢」外，還別有但書。蘇軾推重唐人造詣，直以為其成就已達顛峰造極；不過，唐人雖然似乎已窮盡天下之能事，然而，「魏晉以來，高風絕塵，亦少衰矣」。可知在能事之外，宋人尚有美的發揮空間。這表示，唐人亦有不足之處是他可以努力的地方。

蘇軾對前代文學有一定程度的認知，對古代歷史文化知識也有著深厚的積累，主要在於他很重視學習，不管是學問才德方面，抑或藝術技巧上。像他就在〈答李昭玘書〉一文中自述道：「少年好文字，雖不能自工，喜誦他人之工者。」他自少年時即已針對足稱典範的前驅善加學習，可知此時他雖已「好文字」，但創作上尚未形成個人的駕馭能力，仍處於學習情境中，但表示至少他亟欲朝這方面下功夫努力，這對中國的創作者而言是普遍性的起步方式。另外，在〈箕簹谷偃竹記〉一文中也說：「知日課一詩，甚善。此技雖高才，非甚習，不能工也。」或如其詩所云：「清詩要鍛鍊，方得鉛中銀。」這些都可看出蘇軾是宋代以才學為重的學習論代表詩人。

但是，「無書不讀」的蘇軾雖然強調學習，但在創作上仍保有他自己的一套原則。在經過了純粹學習的階段之後，他掌握到學習前人應「涉其流，嘆其源，采剝其華實，而咀嚼其膏味，以為己有」，才能「發為文辭，見於行事」（〈李君山房記〉）。對於「今程式文章，千人一律」的現象（〈答王庠書〉），蘇軾是深惡痛絕的。他堅決主張在文藝創作上有不同風格的自由，「不能與時上下，隨人俯仰」（樂全先生文集敘），反對以固定模式束縛之。這就已經展現了蘇軾的獨創者意識了，可知在經歷了學習的過程後，激發了蘇軾的創作天分，這使得他面對影響顯得十分篤定。

所以在對待過去文化遺產的態度上，蘇軾既不盲從，也不是雜糅成大雜燴；而是根據自己的研究、觀察所得，進一步融會貫通後，成一家之言。正如他自己在〈上曾丞相〉一文裡所提到的：

> 己好則好之，己惡則惡之，以是自信，則惑也。是故幽居默處而視萬物之變，盡其自然之理，而斷之於中。其所不然者，雖古之所謂賢人之說，亦有所不取。

因此蘇軾在學習論的表象之下，其實蘊含了相當豐富的創造力量，尤其他又善於把整個文學藝術中各種理論和方法加以綜合變化，運用到自己的創作中來，故詩詞書畫各種不同的學術互相溝通結合後，他能

「出新意於法度之中，寄妙理於豪放之外。」（〈書吳道子畫後〉）藉由這文類融合的方式，形成獨特的書寫策略。

但即便如此，蘇軾仍不免有遇到瓶頸的時候，例如他在〈宿望湖樓再和〉中說到：

> ……騷人故多感，悲秋更懍慄。君胡不相就，朱墨紛黝赤。我行得所嗜，十日忘家宅。但恨無友生，詩病莫何詰。君來試吟詠，定作鶴頭側。改罷心愈疑，滿紙蛟蛇黑。

蘇軾也有這樣為了寫一首詩而苦思不得、搜索枯腸的時候，此時，他會試著改字、鍊句，不厭其煩。「定作鶴頭側，改罷心愈疑」這麼生動的寫照是從事創作的人所熟悉的甘苦形象，也只有富於創作熱情的多感「騷人」才能深刻體會的。

所幸大部分時候的蘇軾是揮灑自如的，其成就也可說是獨步古人之上，蘇軾對此，向來亦頗自得。這樣的自豪之情也呈現在他其他的藝術表現上，但大多可藉由他的詩歌創作窺見端倪，譬如他曾驕傲地說：「吾書雖不甚佳，然自出新意，不踐古人，是一快也。」〔註130〕蘇軾學習前人的書法，從不「食古不化」，而是「具古而化」，從不單純追求形似，而是著力於神韻，「不踐古人，是一快也」，這是他切割自己與前代的關聯時的一種心境的呈現，不受前代影響所束縛，「自出新意」正是他成就感的由來，故曰「一快」。又如在他題李龍眠所畫〈憩寂圖〉詩說到：「東坡雖屬湖州派，竹石風流各一時。前時畫師今姓李，不妨題作輞川詩。」儘管承認自己派出湖州，但其詩開門見山就表達了勇於獨創的態度，後兩句詩則諷刺名畫家李龍眠對王維作品的模仿。顯然蘇軾認為一個藝術家如果喪失自己的獨創精神，就不可能有較高的藝術成就。相對的，蘇軾對於模仿前人，評價並不高，也不十分贊同。

可是蘇軾自己的作品仍不免受到前人的影響，一如之前所述。這時蘇軾往往有許多的說辭手法，來替自己作品受到的影響作轉移。例

〔註130〕蘇軾〈論草書〉，同註119。

如蘇軾就曾指出名詩人杜甫也會模仿前人，在失名《道山清話》就這麼記載著：

> 蘇子瞻詩有「似聞指麾築土郡，已覺談笑無西戎」之句，嘗問子瞻，當是用少陵「談笑無西河」之語，子瞻笑曰：故是。但少陵亦自用左太沖「長嘯激清風，志若無東吳」也。〔註131〕

面對別人質疑他用前人詩句時，蘇軾馬上反擊：即使是詩家典範杜甫也有仿作情事。藉此緩和自己抄襲之事實，大詩人尚且如此，後人自然難免。這樣的解釋多少有些聊且自慰之意，但卻也是很直接的心理防禦機制。

又例如南宋袁文《甕牖閒評》所舉的一例：

> 蘇東坡詩：「有意尋彌明，長頸高結喉。」若據韓文出處，乃「長頸高結」，下方云「喉中更作楚聲」，今東坡乃借下句一「喉」字押韻，卻與誤讀《莊子》「三緘其口」破句而點者相類。然東坡高材，豈不知此，而故云耳者，以文為戲也邪？〔註132〕

蘇軾從字面上「破句而點」加以誤讀，袁文認為這是故意的，依照蘇軾的博學多才，不可能會犯這樣的錯誤，這應是蘇軾所運用的某種語言遊戲。誤用典故卻可作為再創造，也就是所謂「有意誤讀」的手法。

又譬如他在〈記子美八陣圖詩〉中的這段敘述，也饒富興味：

> 僕嘗夢見一人，云是杜子美，謂僕：世人多誤解予詩。〈八陣圖〉云『江流石不轉，遺恨失吞吳』，世人皆以謂先主、武侯欲與關羽復仇，故恨不能滅吳，非也。我意本謂吳、蜀唇齒之國，不當相圖，晉之所以能取蜀者，以蜀有吞吳之意，此為恨耳。此理甚近，然子美死近四百年，猶不忘詩，區區自明其意者，此真書生習氣也。（卷六十七）

在這段文字中杜甫借屍還魂，出現在蘇軾夢中，這是宋代常見的杜甫

〔註131〕失名《道山清話》卷八（北京：中國書店，1992年），頁606。
〔註132〕袁文《甕牖閒評》（上海：上海古籍出版社，1985年），頁91。

魅影。表面上似乎是言杜甫擔心被誤解，而從陰間返回爲自我作辯護；但事實上，這應是蘇軾投射自己的主觀詮釋，亟欲改寫原作的意圖。文末還以接近鄙夷的語氣道：「此眞書生習氣也。」這也是蘇軾以否定表示排拒前人影響的手段之一。

此外，如他所謂的「以故爲新，以俗爲雅」；或在不屬於擬古的詩中，也常可發現他刻意嵌入了前人的字句，造成彷彿自己才是首創者的錯覺等等。這些都證明蘇軾在承認前代影響的前提下，積極表現自己的影響焦慮系統的反應。

另外，還有「集句」型態的創作。除了前述王安石是集句的箇中好手，善於此道外，蘇軾亦嘗爲之，不過，這也形成了蘇軾本身言行不符的矛盾現象。根據《王直方詩話》所載：

> 孔毅父嘗集句贈東坡，東坡戲次韻云：「羨君戲集他人詩，直呼市人如使兒，天邊鴻鵠不易得，便令作對隨家雞。退之驚笑子美泣，問君久假何時歸。世間好句世人共，明月自滿千家墀。」〔註133〕

趙翼《甌北詩話》也記載了蘇軾對孔毅父集古人句之做法的譏諷：

> ……坡答道：「天邊鴻鵠不易得，便令作對隨家雞。」又云：「路旁拾得半段槍，何必開爐鑄矛戟。」又云：「不如黔誦千萬首，左抽右取談笑足。」……似譏集句非大方家所爲。〔註134〕

表面上蘇軾譏諷孔毅父這樣的做法，根本是因爲「天邊鴻鵠不易得，便令作對隨家雞。」自身無法成就好詩，只能將就著湊合前人佳句；蘇軾甚至還比喻言其既能「拾得半段槍」（他人好句），即使僅有一半也足夠了。這些充滿嘲諷的評語對集句詩的作者本身的詩才能力已予否定了，換言之，蘇軾似乎暗示以自己的才華，應是不屑爲的。但次韻的後半部分，蘇軾開玩笑地揣摩古人心情，認爲集句詩的創作連古人看到了都會大驚失色：「退之驚笑子美泣，問君久假何時歸。」這句話就比較值

〔註133〕《王直方詩話》同注20。
〔註134〕趙翼《甌北詩話》卷五（台北：廣文書局，1987年）

得注意它背後所傳達的一種引發「影響的焦慮」的基本動機：既然「問君久假何時歸」，表示其間為一被要求有借有還的關係，也就是理應有「所有權」的概念，而一旦具有「所有權」的歸屬問題，文學的建構主體就涉及了某種權力意志，相對的，模仿者「盜竊」的說法也就有了基礎。這樣的認知在文學史上是非常重要的里程碑，因為這樣的論述關係，使得接受前人影響，甚或採用古人影響，本身即成為值得焦慮與深究的事，既要與前人爭得創作的權力，又不能流於盜竊之名。尤其像蘇軾這樣的大詩人特別需要調適，才能調節他強烈的影響焦慮。

　　但事實上，蘇軾次韻接著提出「世間好句世人共」這句話，則又徹底推翻了上述的「所有權」觀，因為既然好句原本就是公有財產，當然不專屬於某個個人，而這又成為蘇軾役使古人的策略性藉口，畢竟「用之如何在我耳，入手當令君喪魂」（〈次韻孔毅父集古人句見贈五首：其二〉），好詩就算共用，也要視個人才力，看怎麼用才能讓人心服。只是這樣的說法似乎沒有較為周全的論述過程，可再參酌下面〈屏跡〉詩所舉的例證。倒是蘇軾另一個顛覆創作「所有權」的說法，比較尋常可見，便是宣稱自己所引用（借用）的好詩佳句是撿到的，而非刻意奪取霸佔的，這也就是所謂的「拾得」。上述《甌北詩話》的記載中即曾使用這個詞語，另外，蘇軾在其〈書曇秀詩〉一文中也有相同的說詞：

> 予在廣陵，與晁無咎、曇秀道人同舟，送客山光寺。……予和云：「閑李清游借隙光，醉時真境發天藏。夢回拾得吹來句，十里南風草木香。」予昔對歐陽文忠公誦文與可詩云：「美人卻扇坐，羞落庭下花。」公云：「此非與可詩，世間原有此句，與可拾得耳。」（卷六十八）

無意間撿到的當然不能算偷竊，蘇軾以「拾得」這個觀念解構所有權，為自己採用前代遺產資源作了心理建設。這種說法其實普遍出現在宋代文人之間，尤其大都以作夢得一詩，但不記得原作者是誰的情節為

最多。〔註135〕

　　但「拾得」的前提必須假設詩是一種現成之物，而且非作者所私有，類似於現代羅蘭巴特所謂「作者已死」的觀念：作品一旦完成，作者便失去所有權，其餘的均歸諸讀者發揮。如此，當後來者使用時，才沒有所有權歸屬的問題。蘇軾在〈書子美屏跡詩〉中就曾舉例說解道：

> 子瞻云：「此東坡居士之詩也。」或者曰：「此杜子美〈屏跡〉詩也，居士安得竊之？」居士曰：「夫禾麻穀麥，起於神農后稷，今家有倉廩。不予而取，輒爲盜，被盜者爲失主；若必從其初，則農稷之物也。今考其詩，字字皆居士實錄，是則居士詩也。子美安得禁吾有哉！」（卷六十七）

面對他人指控自己盜竊杜甫之詩，作爲在唐詩典範之後的一個遲來者，這種時候，蘇軾卻能理直氣壯地聲明自己並非竊佔，還嚴肅正經地談論「所有權」的觀念：我所抄寫的，就是我的詩。沒有所有權的問題，竊佔的罪名便不能成立。所以，我們可以發現，蘇軾經常將「詩」（或說前人的「創作」）視爲公共財產的說法，在此已稍見立論基礎，故又如他在〈書蘇李詩後〉中說的：

> 歷觀古人之作辭約而意盡者，莫如李少卿贈蘇子卿之篇，書以贈之。春秋之時，三百六篇皆可以見志，不必己作也。
> 　　（卷六十七）

從蘇軾如此霸氣的狡辯，還以前代名作爲例，更感受得到他亟欲撇清前人加諸影響的焦慮感。

　　因爲他替自己接受影響做好了心理上的開脫藉口，這也就是爲什麼蘇軾能在嘲笑孔毅父的集句作品之後，自己卻仍有集句詞〈南鄉子三首〉之作的緣故。當然，我們也可以推測蘇軾所以作集句詞，是因爲他那戲謔或不服輸的個性。之前我們分析過，集句創作手法並非僅是任意隨便拼湊而已，成詩之後要能不露痕跡是需要功力的，蘇軾可能是想藉此表現自己博學多聞的才華，故楊玉成便認爲「集句表面上

〔註135〕參見第五章的分析。

只是重新抄寫，實際上隱含剝奪、撕裂古人的慾望，成為宋人創新的策略。」〔註136〕

　　集句之外，蘇軾晚年的大量和陶也受到質疑。和詩之風非肇始於宋代，唐代時已屢見不鮮了，但一般唱和者多為同時代的酒朋詩友，彼此互相酬酢之和，而蘇軾是第一個以古人之詩作為唱和對象的詩人，而且當中還包括了其形式內容皆極規摹仿傚的投合之作。他在〈與弟轍書〉中曾針對此舉言道：「古之人有擬古之作矣，未有追和古人者。追和古人則始於吾。」我們可以感受到蘇軾在講這話時的神態，他對於自己首開追和古人之詩這件事頗有沾沾自喜的意味。

　　蘇軾才華洋溢，文思敏捷，他的創作靈感向來如奔騰大江，不曾聽聞枯竭。卻在貶謫後將創作素材轉向古人，還如此自得其意。此便與之前蘇軾表現出種種影響焦慮的自我開脫，形成一種截然相反的創作情調。而且，和詩畢竟是利用別人的韻腳再創作，除了表達情思的聲韻被限定，句數字數也須依原作因而受限。蘇軾才情再高，他的和作仍有刻意模仿之責難，比方朱熹就認為他的和作「已失其自然之趣矣」；〔註137〕陳善《捫蝨新話》也說：「然東坡詩語亦微傷巧，不若陶語體合自然。」〔註138〕施補華《峴傭說詩》更直接引用比喻，說這樣的創作方式：「捆好了打，畢竟是捆」，再怎樣改創，依然避免不了前人的影子。趙翼便提出疑問，覺得以蘇軾早年對集句型態的創作

〔註136〕楊玉成〈文本、誤讀、影響的焦慮──論江西詩派的閱讀與書寫策略〉，出自輔大中文系中國古典文學研究會主編《建構與反思──中國文學史的探索學術研討會論文集》（台北：台灣學生書局，2002年），頁353。

〔註137〕朱熹〈答謝成之〉言：「淵明所以為高，正在其超然自得，不費安排處。東坡乃欲篇篇句句依韻而和之，雖其高才合揍得著，似不費力，然已失其自然之趣矣。況今又出其後，正使能因難而見奇，亦豈所以言詩也哉？東坡亦自曉此，觀其所作〈黃子思詩序〉論李杜處便自可見，但為才氣所使，又頗要驚俗眼，所以不免為此俗下之計耳。」引自《晦庵先生朱文公文集》卷五十八（台北：台灣商務印書館，1979年）。

〔註138〕陳善《捫蝨新話》（北京：中華書局，1985年）

方式的不滿，晚年竟以相似的方式表現，甚感不解，以爲矛盾。

　　但我們若由上述他對集句態度的解套，可以發現：不管是「拾得」觀或「好句共用」理論，「所有權」概念都暫時消解，的確對此舉的解釋有相當的幫助，至少我們確知當蘇軾在盡和陶詩時，顯然已無心理上的障礙或情緒上的焦慮了。這自然與其黃州貶謫後的人格心境多少相關。年少氣盛時，處理影響焦慮直接而尖銳，烏臺案的際遇，使他面對人情世事，態度心境上均有了很大的轉變，此時看待創作上的影響問題，必然也不再似之前的反應激烈。不過，蘇軾和陶詩一事不能只是單純地僅從「影響的焦慮」來分析，因爲他背後隱含了更多心理層面的因素，是較一般理解還要複雜的。

　　在子由爲〈和陶詩〉作序時這麼說道：

> 嗟夫淵明，隱居以求其志，詠歌以忘老，誠古之達者，而才實拙，若夫子瞻，仕至從官，出長八州，事業見於當世，其剛信矣！而豈淵明之拙哉！

蘇轍盛讚蘇軾之才，在與陶潛比較之後，刻意以淵明之拙突顯蘇軾。但是，蘇軾看了之後卻將之修改爲：

> 嗟夫淵明，不肯爲五斗米，一束帶見鄉里小兒。而子瞻出仕三十餘年，爲獄吏所折困，終不能悛，以陷大難，乃欲以桑榆之末景，自託於淵明，其誰肯信之。雖然子瞻之仕，其出處進退猶可考也，後之君子其必有以處之矣！

對此王文誥提出了他的見解：

> 公之和陶，但以陶自託耳，至於其詩，極有區別。……子由作敘以陶爲拙，公刪去之，蓋其意既以陶自託，又豈肯與之較事功、論優劣哉！

蘇軾不欲以這些和詩來與前人一較長短，只強調自己對陶潛在情感上的仰慕，而這些創作就是在此前提下得以藉之自託。於是，在陶淵明原詩形式的限制下，東坡仍可以把他所要表達的思想情感，在詩歌中呈現出來，包含了自己晚年生活點滴的紀錄、思念親友的深情、議論古今人事物的氣魄，有追尋生命哲理的探索，也有徘徊於仕隱之間的

掙扎。而且創作上大量使用各種手法，將深刻而豐富的詩情鎔鑄在內。所以，在不強與陶詩作比較及論優劣的情形之下，一百多首的〈和陶詩〉不再背負著仿陶與效陶的包袱，反而更能看見東坡對生命的熱情與執著。因而我們可以說，蘇軾這些和陶詩真正最大的價值，應該是在於借陶詩以自託，完整展現蘇軾晚年的心境，呈現他自己對人生的思考向度，且充分表現蘇軾之為文壇大家的獨特風範。換言之，貶謫後思想人格的成熟，使其創作不再拘泥於影響與否，而是以更開闊自信的態度面對自我的開展，以更自由的手法來進行創作，不以前人的存在為憂為限，更能完成超越的目標。

　　從蘇軾的言行創作各方面來觀察，我們發現，他其實是個自我意識極強的人，也很清楚自己追求的方向，他的創作更是恣意縱橫，無所拘束地表現自我，故對任何的猶豫和阻礙，都會想辦法排除，屬於非常典型的強者詩人。我們可以看到他在面對前人的心態上和焦慮反應的行為上，都是極符合布魯姆理論下的表現，所以他的作品充滿革新創造的精神，也因此，蘇詩的成就才會被後世如此肯定，像〈蔡百衲詩評〉（見《西清詩話》）就稱道：

　　　　東坡公詩，天才宏放，宜與日月爭光。凡古人所不到處，
　　　　發明殆盡，萬斛泉源，未為過也。

《唐宋詩醇》也評論說：

　　　　他的作品，於前人無所不學，卻又地負海涵，不名一體……
　　　　而雄視百代。〔註139〕

甚至《滄浪詩話・詩體》還為蘇軾的創作別立一體：

　　　　以時而論，則有元祐體。以人而論，則有東坡體。〔註140〕

「東坡體」之提出，更確立蘇軾卓然一家的成就。我們從其襲取前人的現象，到其相關的詩學論點，而後思索這之間的齟齬，從而觀察蘇軾轉化弭平兩者的技巧手法，正可見強者詩人藉影響的焦慮成就個人

〔註139〕《唐宋詩醇》（台北：中華書局，1971 年）
〔註140〕嚴羽《滄浪詩話》，同注 12。

地位的實際呈現。

第三節　黃庭堅

　　黃庭堅（1045～1105），字魯直，自號山谷道人，又號涪翁，北宋洪州分寧人，人們習慣稱他爲山谷。

　　黃庭堅在文學史上向來與蘇軾並列，其地位與成就就如同唐代的李白與杜甫。他在詩歌語言藝術上的革新精神，與蘇軾一樣爲人所稱道。他開拓了宋詩新的詩境，且被奉爲江西詩派的祖師，是宋詩的代表性作家，影響有宋一代，甚至後世詩歌的發展極爲深遠。嚴羽《滄浪詩話》就曾說：

　　　　至東坡、山谷，始自出己意爲詩，唐人之風變矣。山谷用
　　　　功尤爲深刻，其後法嗣盛行，海内稱爲江西詩派。

陳巖肖《庚溪詩話》也舉唐宋兩代詩作比較，然後說道：

　　　　本朝詩人，與唐世相亢，其所得各不同，而俱自有妙處，
　　　　不必相蹈襲也。至山谷之詩，清新奇峭，頗造前人未嘗道
　　　　處，自爲一家，此其妙也。〔註141〕

另外，劉克莊〈江西詩派小序〉也稱讚他：

　　　　薈萃百家句律之長，究極歷代體制之變。……自成一家，
　　　　雖隻字半句不輕出，遂爲本朝詩家宗祖。

方東樹《昭昧詹言》亦就其詩作風格境界稱許：

　　　　英筆奇氣，傑句高境，自成一家。

蔡正孫〈豫章先生傳贊〉同樣以此推崇黃庭堅，言其：

　　　　句法尤高，筆勢放縱，實天下之奇作。自宋興以來，一人
　　　　而已。〔註142〕

上述對黃庭堅的諸多評論，幾乎都針對他的獨創性與作品呈現的高境奇氣，稱他「自成一家」。這都已顯現黃庭堅強者詩人的本質條件；

〔註141〕陳巖肖《庚溪詩話》，同注118，頁182。
〔註142〕蔡正孫〈豫章先生傳贊〉引自《詩林廣記》（台北：新宇出版社，
　　　　1985年）

但若由羅大經《鶴林玉露》引陸九淵的這段評語：

> 包含欲無外，搜抉欲無祕；體製通古今，思致極幽眇。貫
> 穿馳騁，工精力到。雖未極古之源委，而其植立不凡，斯
> 亦宇宙之奇詭也。

以及張耒〈讀黃魯直詩〉中之言：

> 不踐前人舊行跡，獨驚斯世擅風流。

就更能感受到黃庭堅那種不隨人後、自闢蹊徑的積極性，與其敢於探索的勇氣，還有求變開創的能力，這些也均是一個強者詩人不可或缺的特質。

　　但弔詭的是，這樣一位地位、成就，各方面條件皆符合強者詩人標準的大家，卻同時被批評爲「剽竊之黠者」〔註143〕、「邪思之尤者」〔註144〕等負面認定，這些爭議多來自於黃庭堅所表現的藝術手法，尤其針對「奪胎換骨」與「點鐵成金」等詩論而發。然而，當我們見其廣泛涉獵諸子百家，精熟老莊佛經，又深受六朝詩人徐陵、陶潛以及唐代詩人杜甫、韓愈、白居易、孟郊、李商隱等人的影響，或許我們可以試著把他這些藝術手法放到影響焦慮的範疇來考慮。事實上，金元以來，已有許多評論者將黃庭堅視爲在影響焦慮下試圖自立的詩人，像周昂〈魯直墨跡〉的這段話，就讓人深切感受到黃庭堅創作上強烈的企圖心：

> 詩健如提十萬兵，東坡眞欲避時名，須知筆墨渾閒事，猶
> 與先生（黃庭堅）抵死爭。〔註145〕

僅從觀賞黃庭堅的作品就有如此體會，在作品展現人品的論點上，可想見黃庭堅爲了跳脫前人影響，確實有此刻意的策略手段。下面便由實際的例子來觀察他創作與影響之間的轉化關係。

〔註143〕見王若虛《滹南詩話》：「魯直論詩有奪胎換骨、點鐵成金之喻，世以爲名言。以予觀之，特剽竊之黠耳。魯直好勝而恥其出於前人，故爲此強辭，而私立名字。」同注19。

〔註144〕見張戒《歲寒堂詩話》：「魯直雖不多說婦人，然其韻度矜持，冶容太甚，讀之足以蕩人心魄，此正所謂邪思也。」同注107。

〔註145〕周昂《中州集》（台北：台灣商務印書館，1979年）

一、接受影響之例

（一）杜　甫

　　大凡宋代的詩派、詩人，即使不全學杜甫，也多少受杜甫影響，而黃庭堅的學杜特別是有家學淵源的，陳師道《後山詩話》就記載著這樣的關係：

> 唐人不學杜詩，惟唐彥謙與今黃亞夫庶、謝師厚景初學之。

> 魯直，黃之子，謝之婿也。其于二父，猶子美之於審言也。

正因山谷幼承庭訓，故其愛好杜詩其來有自，從他詩中對杜甫詩的推崇，可知他異常地愛慕杜詩。例如〈病起荊江亭即事十首〉言：「文章韓杜無遺恨。」〈再次韻杜仲觀二絕〉云：「詩家二杜見仍雲，佳句風流照映人。」或如〈次韻伯氏寄贈蓋郎中喜老杜詩〉謂：「老杜文章擅一家，國風純正不敧斜。」還有〈題韓忠獻詩杜正獻草書〉一文也說：「杜子美一生窮餓，作詩數千篇，與日月爭光。」在在表現對杜甫詩文的尊仰。

　　在其謫居黔州時，就曾刻盡杜甫入蜀詩，以爲大雅之音；又作〈大雅堂記〉，對杜甫詩備極尊崇：

> 由子美以來，四百餘年斯文委地，文章之士隨世所能，傑出詩輩，未有升子美之堂者，況室家之好耶？〔註146〕

可謂推崇備至，無以復加。他又曾親爲杜詩作箋，雖今僅存六十餘則（見《豫章先生別集》卷四），但從這些箋注看來，評注嚴謹，可知他確實對杜詩下過苦工，有所研究的。

　　甚至於黃庭堅自己都以學杜詩能神似而沾沾自喜，《王直方詩話》當中就記載了這樣一則故事：

> 山谷謂洪龜父云：『蜾最愛老舅詩中何等篇？』龜父舉『蜂房各自開戶牖，蟻穴或夢封侯王』及『黃流不解浣明月，碧樹爲我生涼秋』，以爲絕類工部，山谷云：『得之矣。』

〔註146〕黃庭堅《豫章黃先生文集》卷十七（台北：台灣商務印書館，1967年）。

這與王安石作詩「青山捫虱坐，黃鳥挾書眠」以爲近於杜詩「鉤簾宿鷺起，丸藥流鶯囀」而自得的例子是一樣的，他們對杜詩的欽羨之情溢於言表，在此有異曲同工之妙。

　　此外，黃庭堅又極仰慕杜甫的人格，尤其看重杜詩的風教和忠愛性情，他曾言：

老杜雖在流落顚沛中，未嘗一日不在本朝，故善陳時事；

句律精深，超古作者，忠義之氣激發而然。〔註147〕

評論中言及句律之處僅輕點兩句，但最終還是把重點置於杜甫的「忠君」思想上。又若他在〈老杜浣花溪圖引〉一詩中提到的：

探道欲度羲皇前，論詩未覺國風遠。……願聞解鞍脱兜鍪，

老儒不用千户侯。中原未得平安報，醉裡攢眉萬國愁。生

綃鋪牆粉墨落，平生忠義今寂寞。……

也都是在讚美杜甫以國家人民爲念的思想品德，甚至還以「國風」稱之。

　　既然對杜甫有如此全面的接受，黃庭堅自己的詩學主張也因此受杜甫影響甚巨，例如他曾道：「拾遺句中有眼。」明白指出杜甫「詩眼」的安排，他自己的創作也極注重「詩眼」的處理；又如胡仔《苕溪漁隱叢話》說：

詩破棄聲律，老杜自有此法。……魯直詩本得法杜少陵，

其用老杜此體何疑？

黃庭堅向來注重句法煉字，這部分也多取法杜甫，亦處處可見杜甫的影子。更如他拗體〔註148〕的大量運用，將此種始於杜甫的體裁，加以發揮，集大成後反而成了他個人的特創。無怪乎張戒會說：「子美之詩，得山谷而後發明。」〔註149〕除此，我們還是可以就最常見的取意和語典部分，在他們詩中看出對應及改變的方式。

1. 句法、語典的採用

〔註147〕《詩人玉屑》卷十六引《潘子眞詩話》，同註77。

〔註148〕拗字詩在杜甫七言律詩中謂之吳體，拗字越多，詩之骨骼越峻峭。

〔註149〕張戒《歲寒堂詩話》，同注107。

杜甫詩	黃庭堅詩	說　　明
織女機絲虛夜月，石鯨鱗甲動秋風。(秋興詩)	秋入園林花老眼，茗搜文字響枯腸。(次韻楊君全送酒)	按：黃詩中之「花」、「響」字，可謂句眼，尤其前句：既可說花使老眼看花了，又可說因老眼已花而看花都花了。這些遣辭的巧妙處在於豐富地表現出人的直感經驗，與杜甫〈秋興詩〉的表現技巧同，杜詩「虛」、「動」二字亦爲具雙重動態的句眼。
香稻啄餘鸚鵡粒，碧梧棲老鳳凰枝。(秋興八首：其八)	飛雪堆盤鱠魚腹，明珠論斗煮雞頭。(次韻王定國揚州見寄)	按：黃詩原爲「鱠魚腹飛雪堆盤，煮雞頭明珠論斗」。此利用倒裝句式，使顏色鮮明，感覺新鮮刺激，也使風格奇峭。使人聯想到老杜〈秋興〉詩的手法，都是有意鍛鍊字句。
落月滿屋樑，猶疑照顏色。(夢李白)	落日映江波，依稀比顏色。(草)	按：黃詩此用古人句律，詩境的約略接近主要在於用字造句上的雷同，黃詩的「比顏色」較杜詩的「照顏色」更具積極性。
汀草亂青袍。(春釣)	我行堤草認青袍。(過平輿，懷李子先，時在并州)	按：舊詩中常用青草與青袍的顏色相比，「認」字，正說明了難認，與杜詩的「亂」字有異曲同工之妙。
肯使麒麟地上行。(驄馬行)	十年麒麟地上行。(送范德孺知慶州)	按：兩詩均以麒麟喻有遠志的人。此外，整句的句型也非常相似。
詩成珠玉在揮毫。(奉和賈至舍人早期大明官詩)	想見東坡舊居士，揮毫百斛瀉明珠。(雙井茶送子瞻)	按：山谷很注意用典的嚴謹性，杜甫此詩是表現宮廷生活，所用意象較爲華美。黃將之用於本詩則極貼切，極寫蘇軾的文學才華，表現出神仙中人的得意神態。
將軍魏武之子孫，……文采風流今尚存。(丹青引)	翰林尚書宋公子，文采風流今尚爾。(聽宋宗儒摘阮歌)	按：文詞句法皆同，均言該人的文采風流，後繼有人。
鄭公粉繪隨長夜，曹霸丹青已白頭。天下何曾有山水？人間不能重驊騮。(存歿口號)	閉門覓句陳無己，對客揮毫秦少游。正字不知溫飽未？西風吹淚古藤州。(病起荆江亭即事十首)	按：模仿杜甫〈存歿口號〉的作法：杜詩對一存一歿的兩人，分別以一傷一惜承之；黃詩則兩句傷悼一位已死的朋友，兩句懷念一位還活著的朋友，以見生死不渝的交情。

且看欲盡花經眼。（曲江二首）	春風春雨花經眼。（次元明韻寄子由）	按：兩詩皆以「花經眼」描寫春景，但杜詩傳達了花期短暫，「經」與「欲盡」表現美好的生命消亡的過程，情感上是漸進的；而黃詩則以重出句法，單純表達時光的流逝。
舉觴白眼望青天。（飲中八仙歌）	清談落筆一萬字，白眼舉觴三百杯。（過方城尋七叔祖舊題）	
梁間燕雀休驚怕，亦未騰空上九天。（題畫鷹詩）	中安三石使屈蟠，亦恐形之便飛去。（次韻黃斌老所畫橫竹）	按：兩詩在構思設局上有一樣的巧妙，潘伯鷹評論此種句法「愈從反面輕鬆說，愈在正面加力量。」

　　另外，杜甫一句詩能說得三件、四件、五件物事的功力，黃庭堅亦有體悟，山谷詩如「輕塵不動琴橫膝，萬籟無聲月入簾」、「飯香獵戶分熊白，酒熟漁家擘蟹黃」、「素練狂風寒徹骨，黃梅細雨潤如酥」，皆是一句能言三件事；如「河天月暈魚分子，槲葉風微鹿養茸」、「桃李春風一杯酒，江湖夜月十年燈」，則是一句能言四事。

2. 詩意的化用

杜甫詩	黃庭堅詩	說　　明
髮少何勞白，顏衰肯更紅。（寄司馬山人十二韻）	髮短愁催白，顏衰酒借紅。（除夜對酒贈少章）	按：兩詩句式詞語接近，但黃詩在詩意上更推進杜詩意：杜詩僅從現象上言；但黃詩增添了外來物「愁」與「酒」，並以此來加重現象的程度，更具動能。
無邊落木蕭蕭下，不盡長江滾滾來。（登高）	落木千山天遠大，澄江一道月分明。（登快閣）	按：兩詩皆在景語中見胸襟抱負。黃詩與杜詩同屬意境闊大之佳作，但杜詩以形象化的疊字，感染詩意的悲涼；而黃詩則呈現坦蕩蕩的精神境界。
摘花不插髻。（佳人）	插鬢不成妍。（謝公定和二范秋懷五首邀予同作）	按：黃詩此處用杜甫〈佳人〉詩的詩意：把花插在鬢上也不覺得美。

大廈如傾要梁棟，萬牛回首丘山重。（古柏行）	枯松倒澗壑，波濤所舂撞。萬牛挽不前，公乃獨力扛。（子瞻詩句妙一世，乃云效庭堅體，蓋退之戲效孟郊、樊宗師之比，以文滑稽耳。恐後生不解，故次韻道之。子瞻〈送孟容詩〉云：「我家峨眉陰，與子同一邦。」即此韻）	按：黃詩亦取萬牛難以牽動的意象外，兩詩均帶有「古來才大難為用」的怨嗟感嘆；但黃詩末句則又轉出一層對蘇軾「獨力扛」敬意。
十日畫一水，五日劃一石；能事不受相促迫，王宰始肯留眞跡。（戲題畫山水圖歌）	但熙肯畫寬作程，十日五日一水石。（次韻子瞻題郭熙畫秋山）	按：黃詩把郭熙比作唐朝大畫家王宰，兩詩所云內涵相似，但杜甫純為敘述，而山谷則發揮他特有的幽默情趣，以假設作意，詩境更推深一層，而且有嘎然而止餘味無窮的效果。
「田父要（同邀）皆去」、「手種桃李非無主，野老牆低還是家」（絕句漫興）、「老儒不用尙書郎」（憶昔二首）	「鄰家有酒邀皆去」、「野牆無主看桃李」、「老儒不用千戶侯」（老杜浣花溪圖引）	按：山谷自杜甫數詩中節引語句，部分意涵與字句也相同，惟杜詩「桃李」一聯原言自己所種，強調非為無主；又，黃詩言牆與桃李皆無主，將兩句拼貼為一句，且反用其意，詩意亦有所轉化，已無杜詩之意。
幹惟畫肉不畫骨。（丹青引）	李侯畫骨不畫肉。（和子瞻戲書伯時畫好頭赤）	按：杜詩批評韓幹；山谷則藉相近的寫法與相反的詩意讚美李伯時畫馬重骨格，風骨瘦勁，能得馬之神。
江上被花惱不徹，無處訴人只顚狂。（江上獨步尋花）	坐對眞成被花惱，出門一笑大江橫。（王充道送水仙花五十枝，欣然會心，為之作詠）	按：黃詩更發展了杜意。陳長方《步里客談》認為黃山谷這兩句更近於杜甫「雞蟲得失了無時，注目寒江倚山閣」，這是所謂「旁入他意」的手法：表面上兩句無關，實際上是詩意在跳躍和轉換。「出門一笑大江橫」詩境由幽怨纖細，一變而為開朗壯闊。前後對比達到更深遠的意境。從某種角度來理解，這種斷裂式的轉折，實是藉諧趣的方式，表現逃遁的心態。

何時一樽酒，重與細論文？（春日憶李白）	何日晴窗親筆硯？一樽相屬要從容。（和高仲本喜相見）	按：黃詩全用杜甫詩意：「幾時能在晴日軒窗下，細讀你的好文章，相勸一樽清酒，從容談笑。」只是兩詩在前後句安排上正好相反。
陶冶性靈存底物？新詩改罷自長吟。熟知二謝將能事？頗學陰何苦用心。（解悶）	寒爐餘幾火？灰裡撥陰何。（次韻高子勉十首）	按：黃詩以撥火爲喻，教導子勉寫詩要嚴肅認眞，深思苦求才能得之。完全承杜詩引陰何之典、之意。
渭北春天樹，江東日暮雲。（春日憶李白）	平原秋樹色，沙麓暮鐘聲。（次韻劉景文登鄴王台見思五首）	按：黃詩承杜詩借景，寫雙方相互思念之情，境界開闊。雖言從杜詩〈春日憶李白〉脫胎換骨而成，但完全不露模擬之跡。

（二）陶　潛

　　黃庭堅詩學杜以外，陶淵明也是他所宗法的前賢之一，在他尙論古人的詩中，尤以杜、陶二者爲多。像《豫章詩話》便有「江西詩派，當以陶淵明爲始祖」的說法。

　　黃庭堅晚年尤其喜愛陶詩，謂陶詩能「直寄」，且是「不煩繩削而自合」：

> 寧律不諧而不使句弱，用字不工，不使語俗，此庾開府之所長也，然有意於爲詩也。至於淵明，則所謂不煩繩削而自合者。雖然，巧於斧斤者多疑其拙，窘於檢括者輒病其放。……淵明之拙與放，豈可爲不知者道哉。〔註150〕

又論詩曰：

> 陶彭澤之牆數仞，謝庾未能窺者，何哉？蓋二公有意於俗人贊毀其工拙，淵明直寄焉耳。〔註151〕

均言陶詩不斤斤於諧律，不蓄意求工，自適眞率的淡泊氣韻，山谷最欽服愛慕的即是陶詩這樣的意境，他還曾喻之爲「落筆九天上」，盛讚陶詩沒有世俗之氣，甚至表示對自己的創作期許，正以陶潛爲目標：

〔註150〕黃庭堅《豫章黃先生文集》卷二十六，同注146。
〔註151〕同注150。

> 此生精力盡於詩，末歲心存力已疲，不共盧王爭出手，卻
> 思陶謝與同時。

黃庭堅服膺淵明的人生風味，高潔的人品，所以他在詩中歌頌淵明隱者的生活方式，像〈和答李子直讀陶庾詩〉所言：

> 樂易陶彭澤，憂思庾義城。風流掃地盡，詩句識餘情。往
> 者不再作，前賢畏後生。君言得意處，此意少人明。

又像〈答龍門潘秀才見寄〉中說的：

> 男兒四十未全老，便入林泉真自豪。明月清風非俗物，輕
> 裘肥馬謝兒曹。山中是處有黃菊，洛下誰家無白醪。想得
> 秋來常日醉，伊川清淺石樓高。

他更時常言及淵明的嗜酒、愛菊，譬如〈戲效禪月作遠公詠〉：

> 邀陶淵明把酒椀，送陸修靜過虎溪。胸次九流清似鏡，人
> 間萬事醉如泥。

或如「陶令舍中有名酒，無日不爲父老傾」、「不見繞籬黃菊，誰收種秫圭田」等等。他將這些與陶有關的意象形之於詩，便可知黃庭堅對陶潛人格上的喜愛，由此亦可見黃庭堅清高不俗的思想，與平淡尚意的風格，皆受到陶潛薰染。

不過，一如蘇軾接受陶詩的影響，黃詩也多呈現在風格神韻的契近上；再者則以相關意象的辭彙語典爲主。其餘在語句上和陶詩產生互文性關聯之例子則不甚多，例如：

陶潛詩	黃庭堅詩	說　明
酒能袪百慮，菊爲制頹齡。（九日閑居）	自性得久要，爲人制頹齡。（古詩二首上蘇子瞻）	按：黃詩在此引用陶詩詞語聊表心跡，要與蘇軾定下終身之盟。
古人惜寸陰，求我盛年歡，一毫無復意。嘗聞長者言，掩耳每不喜。奈何五十年，忽已親此事。（雜詩）	少時無老境，身到乃盡信。（次韻子瞻春菜注）	按：此用陶意，但合四句爲兩句，均言因年歲的不同，有些事總要到身臨其時才肯接受。蓋屬換骨法。

（三）韓　愈

至於韓愈，山谷集中推許韓詩者似乎僅一處：

> 士大夫多報吾甥擇交不妄出，極副所望，詩正欲如此作。
>
> 其未至者，探經術未深，讀李白韓退之詩不熟耳。（與徐師
>
> 川書）

其餘似乎找不到明顯讚揚韓詩的言論，倒是有不少誇許韓愈文章之氣勢磅礴、意境壯闊者，例如「子雲賦逐貧，退之文送窮。二作雖類俳，頗見壯士胸。」（〈寄晁元忠〉）他還將韓愈之文當作寫作範本，譬如陳善的《捫蝨新話》就有黃庭堅教人爲詩之事：

> 文章必謹布置，每見後學，多告以〈原道〉命意曲折，且
>
> 用此以教人作詩。

這樣的說法，看來似乎表示黃庭堅提示了「以文爲詩」之法，只是我們對照黃庭堅在其他資料裡的說法，他曾表示「詩文各有體」，顯然並不贊成這樣的創作手法；此論點上的矛盾求證於他的創作，可以發現，在實際創作和理論的過程中，黃庭堅還是多少受到了影響。

所以呂本中《童蒙詩訓》就認爲：

> 淵明、退之詩，句法分明，卓然異眾。惟魯直爲能深識之。

故仍將韓愈視爲黃庭堅習古的對象之一，而其影響之跡應仍以語典結構以及句意爲主。例如：

1. 語典句法

韓愈詩	黃庭堅詩	說　　明
番禺軍府盛，欲說暫停杯。（送鄭尚書赴南海）	試說宣城郡，停杯且細聽。（送舅氏野夫之宣城二首）	按：後一句在句意上均有「暫」及「停杯」之形象，但在語意的層次上，黃詩似乎成爲韓詩的延展：欲說→停杯→試聽。而韓詩僅止於「停杯」。
海氣昏昏水拍天。（題臨瀧寺）	江北江南水拍天。（次元明韻寄子由）	按：黃詩探韓詩上四下三句型，其中「拍」字更是兼有實轉虛的高妙鍊字；但韓詩以疊字狀其形，而黃詩則以重出句法言兩家兄弟的兩地別離。
天街小雨潤如酥。（早春呈水部張十八員外）	黃梅小雨潤如酥。（次韻寅庵四首）	

2. 句　意

韓愈詩	黃庭堅詩	說　明
龍文百斛鼎，筆力可獨扛。（病中贈張十八詩）	枯松倒澗壑，波濤所舂撞。萬牛挽不前，公乃獨力扛。（子瞻詩句妙一世，乃云效庭堅體，蓋退之戲效孟郊、樊宗師之比，以文滑稽耳。恐後生不解，故次韻道之。子瞻〈送孟容詩〉云：「我家峨眉陰，與子同一邦。」即此韻）	按：山谷合用杜韓二詩之詩意，藝術形象更勝原作，即謂點鐵成金之法。
須臾靜掃眾峰出，仰見突兀撐清空，紫蓋連延接天柱，石廩騰擲堆祝融。（謁衡岳廟遂宿岳寺題門樓）	不見祝融峰，還沂瀟湘去。（離福嚴）	按：退之被貶南方時，泛舟湘江，往觀南岳，曾寫了〈謁衡岳廟遂宿岳寺題門樓〉一詩，後人認爲得見祝融等山，是韓愈南遷得歸之祥；山谷此言「不見祝融峰」，卻反用之，有歸期未可卜之意。

（四）李　白

　　黃庭堅雖向來以學杜爲宗，但卻也是宋人當中學李白較有成就的一個。他欣賞李白的豪放飄逸，在〈跋李太白詩草〉中即云：「觀此詩草，決定可知是胸中瀟灑人也。」（《山谷詩集·別集》卷十）故其平日就以書寫太白詩爲樂，有所謂「遂書徹李白〈秋浦歌〉十五篇；〔註152〕除了次韻和詩外，還會因愛其詩而彷彿見其人的創作了〈夢李白誦竹枝詞三疊〉；清人王有宗就論之：「山谷律詩，奇橫蠻拗，純學李白，卓然自成一家。」〔註153〕除了在實際創作上對李白學習模仿之外，黃庭堅在詩法觀念上亦頗多參酌李白詩，例如他的〈題李白詩草後〉一詩，便提及「李白詩，如黃帝張樂於洞庭之野，無首無尾，

〔註152〕見黃庭堅〈題李白詩草後〉。
〔註153〕曾國藩著、王有宗評註《十八家詩鈔》卷二十三（台北：台灣商務印書館，1996年）。

不主故常」、「所謂不煩繩削而自合」等等，這些都是山谷自身所欲追求的境界，強調「無意爲文」的自然境界。他甚至賦予李白在中國詩史上崇高的定位：「太白歌詩，度越六代，與漢魏樂府爭衡。」〔註154〕（〈答黎晦叔〉）將李白視作堪與古代文學遺產相競爭的詩人。

　　因爲把李白的地位尊奉如此之高，所以黃庭堅曾作了兩首〈竹枝詞〉，並託言夢見李白陰魂返回，藉此來肯定自己。他在〈夢李白誦竹枝詞三疊序〉中即言：

　　　　予既作竹枝詞，夜宿歌羅驛，夢李白相見於山間。曰：『予往謫夜郎，於此聞杜鵑，作竹枝詞三疊，世傳之不？』余細憶集中無有，請三誦，乃得之。〔註155〕

與李白同樣作〈竹枝詞〉詩來爲自己加持，希望因著李白的影響力，使自己的作品受到重視。這種荒誕的故事，一如宋人夢見杜甫之例，除了證明前人仍存在的影響力，更投射出宋人的期待，同時還潛藏著宋人的後來者焦慮。

　　黃庭堅將此種焦慮感轉化爲與當代詩家的比較，但不全然在自身，而是以見宋人全面抗衡唐人之意，如〈題東坡書寒食詩〉說：「東坡此詩似李太白，猶恐太白有未到處。」或如〈跋東坡鐵柱杖詩〉所言：「鐵柱杖詩雄奇，使李太白復生，所做不過如此。」這樣的評述角度，已充滿了後來者居上的口吻，更甚者，帶有向古人挑戰的意味。這些種種都成了黃庭堅因李白而產生「影響的焦慮」的證據。

　　譬如黃庭堅〈題晁以道雪鴈圖〉一詩云：「飛雪灑蘆如銀箭，前鴈驚飛後回眄。憑誰說與謝玄暉，莫道澄江靜如練。」任淵注曰：

　　　　李太白〈烏棲曲〉：「銀箭金壺漏水多。」此借用。又詩：「解道澄江靜如練，令人長憶謝玄暉。」此反而用之，言不若於此景物中道出一句也。〔註156〕

〔註154〕黃庭堅著、任淵注《山谷詩外集》 卷二十一（台北：學海出版社，1979 年），頁 1367。

〔註155〕黃庭堅著、任淵注《山谷詩內集》卷九，同上注，頁 219。

〔註156〕《山谷詩內集》卷七，同注 155，頁 77。

「借用」是指僅僅挪用字面，並非通常的典故。「反而用之」則是指翻案。黃庭堅這首詩除了挪用李白詩句外，「謝玄暉」一詞也非單純的典故使用，而是針對李白名句的徹底翻案，他的「莫道」一句挑戰李白的「解道」，同時亦挑戰著李白的權威，等於是以宋人觀點抗衡前輩的典範。

1. 語典句法相似的例子

李白詩	黃庭堅詩	說　　明
我醉欲眠卿且去。（山中與幽人對酌）	我醉欲眠卿且去。（明遠庵）	按：山谷一字不改，全句借用。魏慶之稱之爲「沿襲」。
別有天地非人間。（山中問答）	別有天地非人寰。（次韻楊明叔長歌）	
萬言不直一杯水。（答王十二寒夜獨酌有懷）	文章不直一杯水。（次韻答楊子聞見贈）	按：黃詩直接以「文章」代李詩委婉的「萬言」之說。
玉盤珍饈直萬錢。（行路難）	一笑端須直萬錢。（寄懷公壽）	按：直接取李詩末三字爲用。
恰似蒲萄新撥醅。（襄陽歌）	撥醅蒲萄未足數。（廖致平送綠荔支爲戎州第一，王公權荔支綠亦爲戎州第一）	按：自李詩摘用數字重新安排。
倒海索明月。（書情題蔡舍人雄）	倒海弄明月。（答余洪範）	按：黃詩詞句借自李詩，但改其句眼。
梁苑傾鄒枚。（贈王判官時余歸隱居廬山屏風疊）	大梁卜肆傾賓客。（贈趙言）	按：全句看似不相關，但細察句法，黃詩實摘用其句眼「傾」字。
上有無花之古樹，下有傷心之春草。（灞陵行送別）	上有千年來歸之白鶴，下有萬歲不凋之瑤草。（玉京軒）	按：李詩是記送別友人，黃詩則在詠「玉京軒」，但兩詩在句法句律上顯然相同，調同而事異。
獨漉水中泥，水濁不見月；不見月尚可，水深行人沒。（獨漉篇）	石吾甚愛之，勿遣牛礪角；牛礪角尚可，牛鬥殘我竹。（題竹石木牛）	按：黃詩此全用李詩句律，且在後一聯句法上亦頗相似。

| 人煙寒橘柚，秋色老梧桐。（秋登宣城謝朓北樓） | 人家圍橘柚，秋色老梧桐。 | 按：李詩中「寒」、「老」兩字眞善鍊詩眼，詞性轉化後更爲生動；黃詩僅就原詩更改兩字，卻被批評爲「醜態畢具」，〔註157〕實爲偷語而失意境之病。 |

2. 詩意的引用或轉化

李白詩	黃庭堅詩	說　明
與爾同銷萬古愁。（將進酒）	談笑一樽非俗物，對公無地可言愁。（閏月訪同年李夷伯子眞於河上，子眞以詩謝，次韻）	按：李白詩中通常用美酒澆愁，但山谷此詩極寫朋友的歡聚，卻說對著樽酒無地言愁，恰巧反用了李白詩意。
金屏笑坐如花人。（攜妓登梁王棲霞山孟氏桃園中）	樽前不復如花人。（次韻答曹子方雜言）	按：黃詩此以「不復」推翻太白詩，使其意思相反，屬翻案手法。
天生我材必有用。（將進酒）	天生大才竟何用（次韻文潛）	按：黃詩此以「竟何用」的詰問語氣一反李白詩意，亦屬翻案手法。
咳唾落九天，隨風生珠玉。（望廬山瀑布水）	空餘詩語工，落筆九天上。（宿舊彭澤懷陶令）	按：任淵註云：「此句頗采其意。」皆言文采之妙，自然天成。黃詩用李詩意，在句法上亦有相當處。
借問別來太瘦生，總爲從前作詩苦。（戲贈杜甫）	定是沈郎作詩瘦，不應春能生許愁。（王立之承奉詩報梅花已落盡次韻戲答）	按：黃詩仿李詩意，言作詩之苦，且兩者句法相似。
且樂生前一杯酒，何須身後千載名。（行路難）	身後功名空自重，眼前樽酒未宜輕。（和師厚郊居示里中諸君）	按：黃詩倒裝李詩次序，但就詩意而言，幾乎全與李詩同。
白鷗兮飛來，與君兮相親。（鳴皋歌送岑徵君）	白鳥不去相知深。（追憶予泊舟西事次韻）	按：黃詩完全取李詩意象與詩意，只是合李詩兩句爲一句。
總爲浮雲能蔽日，長安不見使人愁。（登金陵鳳凰台）	丁寧巫峽雨，甚莫暗朝暉。（戲題巫山縣用杜子美韻）	按：山谷用李詩上句之意，改爲意境相近的兩句。

〔註157〕王世貞《藝苑巵言》（濟南：齊魯書社，1992 年）

（五）白居易

在《竹莊詩話》中曾轉述曾慥記載的一段故事：

> 張文潛晚喜樂天詩，邠老聞其稱美輒不樂。嘗誦山谷十絕
> 句，以爲不可跂及。……潛一日召邠老飯，預設樂天詩一
> 帙，置書室床枕間。邠老少焉借榻，翻閱良久，才悟山谷
> 十絕詩，盡用樂天大篇裁爲絕句。……蓋山谷謫居黔南時，
> 取樂天〈江州〉等詩偶有會於心者，摘其數語寫置齋閣，
> 或嘗爲人書，世因傳以爲山谷自作，然亦非有意與樂天較
> 工拙也。詩中改易數字，可爲作詩之法。……〔註158〕

依照《竹莊詩話》所言，黃庭堅〈謫居黔南十首〉與白居易詩十分接近，根本是裁剪白詩而成，但是在《道山清話》中卻記載到，當范寥以此詢問黃庭堅時，山谷竟回答：

> 庭堅少時誦熟，久而忘其爲何人詩也。嘗阻雨衡山尉廳，
> 偶然無事，信筆戲書爾。〔註159〕

引用楊玉成先生的說法，黃庭堅這十首詩「是很奇怪的一組詩，大致摘錄白居易詩，介於抄寫與改作之間，……滑動在失憶、改寫和筆誤之間。」〔註160〕顯然他是有意忘卻前人，或說他有意誤引白詩，因爲遺忘了，所以沒有壓力，可以按自己的意思改寫，反正有可能當成記憶失誤。而《竹莊詩話》中卻稱「詩中改易數字，可爲作詩之法」，《道山清話》還將之視爲「點鐵成金」，都把它當作書寫上的一種策略，可見黃庭堅所謂的戲作，應該是有他的用意的。試比較其中幾首：

白居易詩	黃庭堅詩
霜降水返壑，風落木歸山。冉冉歲將晏，物皆復本原。	霜降水返壑，風落木歸山。冉冉歲華晚，昆蟲皆閉關。
渴人多夢飲，飢人多夢飧。春來夢何處？合眼到東川。	病人多夢醫，囚人多夢赦。如何春來夢？合眼在鄉社。

〔註158〕《竹莊詩話》同注129，頁435。
〔註159〕失名《道山清話》同注131，頁607。
〔註160〕楊玉成〈文本、誤讀、影響的焦慮——論江西詩派的閱讀與書寫策略〉，同注136，頁384。

| 相去六千里，地絕天邈然。十書九不到，何以開憂顏？ | 相望六千里，天地隔江山。十書九不到，何用一開顏？ |
| 冷淡病心情，暄和好時節，故園音信斷，遠郡親賓絕。 | 冷淡病心情，暄和好時節，故園音信斷，遠郡親賓絕。 |

　　兩者的相似度極高，有的聯想引伸，有的僅略改一二字，甚至有的如〈花下對酒〉、〈西樓夜〉、〈孟夏思渭村舊居〉是完全照抄，在這種情況下，我們很難相信：強調創新的大詩人黃庭堅只是純粹背錯了不知是誰的作品。

　　雖然黃庭堅表示「忘其為何人詩」了，但事實顯示，白居易的詩確實對黃庭堅造成影響，我們從其他詩的相較也可見：

白居易詩	黃庭堅詩	說　　明
相爭兩蝸角，所得一牛毛。（不如來飲酒七首：其七）	功名富貴兩蝸角，險阻艱難一酒杯。（喜太守軍朝散致政）	按：除了語典皆以《莊子》之蝸角例言人間爭奪的微不足道外，兩者在詩意境界上也表達了相同的豁達。
慎勿空將彈失儀，慎勿空將錄制詞。（紫毫筆）	莫將空寫吏文書。（謝人惠筆）	按：皆以「勿（莫）…空將（寫）…」的勸誡語氣為主要結構，內容亦近。
百年夜分半，一歲春無多。（勸酒寄元九）	百年中半夜分去，一歲無多春再來。（戲贈頓二主簿）	按：黃詩以白詩為底本，增添擴充之，但在詩意上，一反白詩人生苦短之慨，而以「春再來」之生意，翻轉惆悵。
峽猿亦無意，隴水復何情。為到愁人耳，皆為斷腸聲。（和〈思歸樂〉）	人到愁來無處會，不關情處亦傷心。（和陳君儀讀太真外傳）	按：兩詩乍看並無直接互文性關係，但細究二詩詩意，可以發現：黃詩詠明皇時事，全承襲轉化樂天詩意，猿之無意、水之無情，卻皆成斷腸聲，不正是所謂「不關情處亦傷心」？《艇齋詩話》即評之為奪胎換骨法。
白髮逐梳落，朱顏辭鏡去。（漸老詩）	心猶未死杯中物，春不能朱鏡裡顏。（次韻柳通叟寄王文通）	按：兩詩的下句意思很接近，白詩從正面說，山谷詩從反面說，同樣用「朱顏」之詞，白詩的「朱」字是形容詞，而山谷的「朱」字兼攝動詞的性質，意謂不能再把容顏紅回來（青春不再），比單說「朱顏」一詞顯得更生動，也更新鮮。

（六）其他唐代詩人

1. 劉禹錫

　　黃庭堅對劉禹錫的詩也諸多讚賞，例如稱他〈竹枝〉九章：「詞意高妙，元和間誠可以獨步。」又譬如稱其〈三閣詞〉四首曰：「可以配〈黍離〉之詩，有國存亡之鑒也。」〔註161〕因此，山谷受到劉禹錫影響，有些作品自然與其相似，也是可以理解的。例如：

劉禹錫詩	黃庭堅詩	說　明
遙望洞庭湖水面，白銀盤裡一青螺。(望洞庭)	可惜不當湖水面，銀山堆裡看青山。(雨中登岳陽樓望君山：其二)	按：劉詩以白銀盤裡的「青螺」比喻君山，向來被譽為傳神。山谷一樣憑欄觀賞君山，卻是寫因風雨而無法欣賞的遺憾。而詩句顯然點化劉詩而來。
沉舟側畔千帆過，病樹前頭萬木春。(酬樂天揚州初逢席上見贈)	古木少生意，輪困臥河濱。慚愧桃與李，相隨見陽春。(次韻感春五首之一)	按：用劉詩之意，表現不得意的孤獨之感，山谷常用古木不得其用喻才士失職。像老木缺乏勃勃生機，倒臥河邊，慚愧地看著爛漫的桃李，相隨著迎接美好的春天。

2. 杜　牧

　　黃庭堅也曾評論過杜牧詩，例如《潘子真詩話》記載他對杜牧個人的評價為：「清時有味是無能，閑愛孤雲靜愛僧。乞得一麾江海去，樂游原上望昭陵。」另一詩也論之曰：「愛閑愛靜，求得一麾而去也。」黃庭堅對杜牧詩亦頗注意，其中最有爭議的例子，應是杜牧「平生五色線，願補袞衣裳」之詩，黃庭堅略易數字，成為：「公有胸中五色筆，平生補袞用功深。」《王直方詩話》言此事時說道：

　　　　「公有胸中五色筆，平生補袞用功深。」此詩本用小杜詩
　　　　中「五色線」，而卻云「五色筆」，此真所謂筆誤。〔註162〕

難道真是筆誤嗎？從原詩來看，黃庭堅採杜牧詩中「補袞」的意象，以之比喻寫作，詩人必須不斷修補其文字，無論是自我作品的修正，或對

〔註161〕《竹莊詩話》同注129，頁9。
〔註162〕《王直方詩話》，同注20，頁48。

前人作品的創造性改寫。若是如此，「五色筆」便較「五色線」來得貼切，可推知黃庭堅的「筆誤」應該還是順應自己的詩意所需而刻意爲之。

杜牧詩	黃庭堅詩	說　明
誰知竹西路，歌吹是揚州。(題揚州禪智寺)	平生行樂自不惡，豈有竹西歌吹愁。(次韻王定國揚州見寄)	按：杜詩題寫禪智寺，但末句卻以熱鬧的揚州做陪襯，靜坐寺裡，聽遠處的歌吹之聲，想到自己失去官職的黯然，備感情愴，詩末突然以動出靜，構思極巧。黃詩則採相同的直貫式句法，但以「豈」字，反詰否定杜詩用意，頗耐人尋味。
蠟燭有心還惜別，替人垂淚到天明。(贈別)	我自只如常日醉，滿川風月替人愁。(夜發分寧寄杜澗叟)	按：杜詩以擬人手法，表現多情卻似無情，其效果較之正面敘寫更紆曲有致；黃詩仿其手法，將風月擬人爲愁，自己似乎事不干己，但從「只如常日醉」中，深深的憂傷可見，故其境界亦頗深遠，藝術效果並不下於杜牧

3. 李商隱

在《紫微詩話》中曾言：

> 李義山擬老杜詩，……然未似老杜沈涵汪洋，筆力有餘也。義山亦自覺，故別立門戶成一家。後人挹其餘波，號西崑體，句律太嚴，無自然態度。黃魯直深悟此理。乃獨用崑體工夫，而造老杜渾成之地，今之詩人少有及者。〔註163〕

王安石時曾有「由義山入杜甫」的說法，在上述這段詩話記述裡，顯然透露了黃庭堅也是循此途徑，而且達到了不錯的效果。既然如此，李商隱對山谷的影響，在其作品中多少可見：

李商隱詩	黃庭堅詩	說　明
鶯花啼又笑(早起)	春入鶯花空自笑。(贈黔南賈使君)	按：「鶯花」之詞並不常見，一詞兼具兩物，又以擬人形容，明顯從李義山詩來。
斷腸聲裡唱陽關。(贈歌妓)	斷腸聲裡無形影，畫出無聲亦斷腸。想得陽關更西路，北風低草見牛羊。(題陽關圖二首之一)	按：黃詩前三句自李詩化出，一句而能衍伸成三句詩境，內容上更開闊，然詞語上雖見相似之跡，但兩者就詩題與詩意言卻並不相干。黃詩末一句則又結合了〈敕勒歌〉：「天蒼蒼，野茫茫，風吹草低見牛羊。」的句法。

〔註163〕《紫微詩話》卷下，引自《歷代詩話論作家》，同注38，頁113。

4. 徐陵、宋之問、孟郊、張籍、韋應物、賈至

一些詩話評論中，曾指出黃庭堅作品與其他唐代詩人作品的比較，有些詩家對他的影響，清楚地反映在作品句法或語詞結構上，黃庭堅雖無直接言論表述對這些前者詩人的看法，但經由作品的對照，彼此的關係不言而喻：

其他唐詩人作品	黃庭堅詩	說　明
徐陵〈鴛鴦賦〉：「山雞映水那相得，孤鸞照鏡不成雙。天下真成常會合，無勝比翼兩鴛鴦。」	山谷〈題畫睡鴨〉：「山雞照影空自愛，孤鸞舞鏡不成雙。天下真成常會合，兩鳧相依睡秋江。」	按：黃詩全用徐語點化，前兩句均以孤意襯雙情，且皆以點題收束，黃詩末句尤為精工。
宋之問詩〈奉和聖製立春日侍宴，內殿出剪綵花應制〉：「今年春色早，應為剪刀催。」	山谷〈雪〉：「明知不是剪刀催。」	按：宋詩是有特定對象而發；但黃詩用其詞語卻反其意而言。
張籍〈宛轉行〉：「宛轉復宛轉，憶憶更未央。」	山谷〈戲答陳元輿〉：「銀屏宛轉復宛轉，意根難拔如薤本。」	按：張詩以重出句法和疊字表現；黃詩則借其重出部分運用。
孟郊〈寓言詩〉：「誰言濁路泥，不污明月色？」	山谷〈汴岸置酒贈黃十七〉：「黃流不解浣明月，碧樹為我生涼秋。」	按：孟郊之言屬激憤之語；山谷反其意而用之：混濁的汴河決不能污染天上的明月，「為我」兩字意態兀傲，更顯胸襟的高潔，不為污濁的環境所沾染。
韋應物〈郡齋雨中與諸文士燕集詩〉：「宴寢凝清香。」	山谷〈題落星寺嵐漪軒〉：「宴寢清香與世隔。」	按：運用韋詩語典再續寫。
賈至〈春思〉：「草色青青柳色黃，桃花歷亂李花香。東風不為吹愁去，春日偏能惹恨長。」	山谷〈題小景扇〉：「草色青青柳色黃，桃花零亂杏花香。春風不解吹愁去，春日偏能惹恨長。」	按：賈詩以反轉法，在前兩句的春日歡景之後，一反上文之意，轉而言愁，表達失落心境，前後落差強烈。黃詩僅改第三句五個字，但詩意上並無差別。

二、受影響的矛盾與焦慮

　　細究黃庭堅的作品，他在政治上雖曾遭遇貶謫，但並未如王安石居於要職、握有大權，故其文學生命不像王安石那麼高度地與政治生命相重疊；但在創作上，他也無蘇軾的天才橫溢，奔放開縱。故其作為一個真正把寫詩當成畢生主要事業的詩人，雖然他的創作態度非常嚴肅認真，卻未必高妙。事實上，黃庭堅在當世之所以成為一詩派之宗師，詩壇地位極高，主要是在於其所創發的詩法，可以示人門徑，於是學詩者爭相仿效，遂蔚然成宗。但是黃庭堅所創發的這些詩法，也同時成為當時或後世詩論家批評訕病的理由。若我們試著瞭解黃庭堅提出這些詩論時的心理狀態與思維想法，便可體會他當中的矛盾和焦慮反動，或許可以消解負面評價者所給予的衝突。

　　在黃庭堅的生命歷程中，如上所言，既然無法也無心在政治上著力，所以他將大部分的精力都投注在詩歌創作的領域，這也是他個人主要的成就所在，因此，他自己對這部分的要求是相當嚴謹的。在他〈論作詩文〉中說道：「作文不必多，每作一篇，要商榷精盡，檢閱不厭勤耳！」理論如此，實際創作上亦如是。在其〈與晁堯民帖〉文中談到他寫〈送范德孺知慶州〉一詩的經過：「范五詩至今未成，北來幾月四十日，不曾道著一句。」任淵於其〈山谷詩內集注序〉中也提到黃庭堅創作一首詩時，從構思到完篇的謹慎：「一句一字，必月鍛季煉，未嘗輕發。」這樣的苦思經營，成詩後尚須反覆修改，再寄給朋友問意見，最後編成詩集時又還要汰選刪除。關於這點，他的胞兄黃大臨就曾說：「魯直舊有詩千餘篇，中歲焚三之二，存者無幾。」〔註164〕由此種種便可想見他自己對作品的期待之高，以及他對「創作」這件事重視的程度了。

　　正因為黃庭堅是如此嚴肅地將詩歌創作視為成就個人生命價值的要務，所以，當他在面對前代刺眼的光環與沈重的壓迫時，那種亟

〔註164〕葉夢得《避暑錄話》（台北：新興書局，1988 年）

欲超越古人以「自成一家」的主體意識便顯得格外強烈；同時，與前代競爭所產生的焦慮感也不可避免地出現，像他在〈與秦少章觀書〉中便曾語重心長地說：「庭堅心醉於詩與楚辭，似若有得，然終在古人後。」於是，我們可以看到「自成一家」的主體意識與「終在古人後」的焦慮在黃庭堅身上相互依存。而這樣的焦慮所形成的情形樣態又與蘇軾那種自豪逞能的天才型焦慮有所區別。

雖然黃庭堅惶惶惴惴於步趨古人的影響、侷限，但追求自我價值認定的動力更強烈，致使他對模仿因襲之文風深感不滿，例如在他〈寄晁元忠十首〉詩中即道：

楚宮細腰死，長安眉半額。比來翰墨場，爛漫多此色。文章本心術，萬古無轍跡。吾嘗期斯人，隱若一敵國。

以兩個生動的比喻，反對人云亦云、千篇一律的文章。在此，他有一個相當進步的觀念，他提到了「文章本心術，萬古無轍跡」，文學是反映作者的內心世界的，因此不管什麼時代應該都沒有一個固定不變的規格。換言之，創作的重點在於個人真情意的表現，形式與手法並沒有特定規律，所以，依循前人模式不代表是正確的或最好的。再進一步，他在創作理念上清楚地堅持要與前人做劃分，並企圖達到前人成就，甚至超越前人。例如他在〈以右軍書數種贈丘十四〉詩中言：「隨人作計終後人，自成一家始逼真。」此語其實他複述了好幾次，分見於〈題樂毅論後〉、〈論作字〉、〈論寫字法〉等篇章。類似言論還有如〈贈謝敞王博喻〉文中所說的：「文章最忌隨人後，道德無多只本心。」或〈王定國文集序〉中云：「雖未盡如意，要不隨人後，至其合處，便不減古人。」或〈贈高子勉四首〉其三道：「聽它下虎口著，我不為牛後人。」以及〈走答明略適堯民來相約奉謁故篇末及之〉所曰：「君不見生不願為牛後，寧為雞口。」等等。在這一點上，黃庭堅已十分明白地表達了自己的創作立場，從中也顯示了他好勝不甘落後的個性。

黃庭堅還常引用「前賢畏後生」之言，譬如他在〈和答李子真讀陶庾詩〉中就說：「往者不再作，前賢畏後生。」〈用明發不寐有懷二

人爲韻寄李秉彝德叟〉也說：「聖德當如此，古人畏後生。」還有在
〈次韻答任仲微〉詩中亦云：「文章學問嗟予晚，深信前賢畏後生。」
這些說法也都表現了黃庭堅的競爭意識，強調出後人超越前人的信
心。甚至在他誤讀前人，作出偏離原意的詮釋中，也暴露出他向古人
挑戰的情結。譬如他在〈與王立之承奉〉中對老杜詩的偏差理解：

> 老杜〈詠吳生畫〉云：『畫手看前輩，吳生遠擅場。』蓋古
> 人於能事，不獨求跨時輩，須要於前輩中擅場爾。」（內集
> 卷十九）

杜甫詩意原本僅在讚美吳道子的畫藝，黃庭堅卻硬將之詮釋爲杜甫也
強調要於「前輩中擅場」；另外在其〈用前韻謝子舟爲予作風雨竹〉
一詩中還有：「子州詩書客，畫手睨前輩」之言，裡面用了「睨」字，
更凸顯黃庭堅勝過古人的企圖心。這些都可視爲黃庭堅堅定自己創作
目標的精神建設。

　　不過，即使站在創作者的角度，黃庭堅很瞭解寫作上獨創性的重
要；不過實際上，前代的影響多半是透過學習積累而成的，這對於博
覽群書、善於學習，也重視學習的黃庭堅來說，更是避免不了，所以
在現實狀況中要完全逃脫前人影響，完全自我創新根本是不可能的
事。故黃庭堅難免偶爾也需要藉由遺忘，來減緩自己的影響焦慮，才
會有像〈謫居黔南十首〉這樣的創作故事出現。其實，黃庭堅老是記
錯古人詩句，是眾所周知的，如上述引用杜牧詩，卻將「五色線」寫
成「五色筆」之類的例子，莫礪鋒還舉了許多其他例證，並且認爲：

> 據宋人記載，黃庭堅書寫他人詩文常常是默誦而書之，這
> 樣，或者由於他記錯了數字，或者由於原作本有異文，這
> 些竄入黃集中的他人之作就可能與原作略有不同。〔註165〕

既然古人的影響無法避免，失憶或筆誤又非最好的藉口，如何在自我
獨創與前人影響間取得平衡，黃庭堅只得先從找出說服自己的理由開
始。

〔註165〕莫礪鋒《江西詩派研究》（濟南：齊魯書社，1986 年），頁 293。

　　首先，黃庭堅宣稱即使是前代的名家如杜甫、韓愈之流，在創作上也不是絕對獨出機杼，甚至是「無一字無來處」的，黃庭堅在〈答洪駒父書〉中說：

> 自作語最難。老杜作詩，退之作文，無一字無來處。蓋後人讀書少，故謂韓杜自作此語耳。古之能爲文章者，眞能陶冶萬物，雖取古人之陳言，入於翰墨，如靈丹一粒，點鐵成金也。〔註166〕

在這段話中，黃庭堅一反與前人切割的堅持，承認「自作語」之難，這是他切身感受宋代開闢難爲的困窘處境；在面對這個處境後，他舉名家前輩爲例，正用以調整心態、自我妥協，允許前代影響的存在。於是「有出處」便成了一種新權威的文本觀，剝奪前代大家的獨創性。而從表面上看，「自作語」和「無一字無來處」是相衝突的對立面，但這樣的矛盾經由黃庭堅「陶冶萬物」的過程，可以獲得解決。因爲「古人之陳言」（無一字無來處）透過「陶冶」的步驟，可使陳言如「靈丹一粒」，達到所謂的「點鐵成金」。也就是說，雖非自作語（獨創），但也有可能達到一樣的效果。如此一來，上述相衝突的現象便得以消除，而且，對黃庭堅而言，他等於是接受了前人影響（陳言）存在的事實，還更進一步指出學習運用這些影響的價值，這對他本身消弭影響的焦慮很有幫助，也是他詩法成立的理論基礎。有人便認爲黃庭堅他的「點鐵成金」是種介於模仿與創新之間的迂迴策略。〔註167〕

　　任淵就針對黃庭堅提出的這個說法加以說明：

> 山谷詩律妙一世，用意高遠，未易窺測。然置字下語皆有所從來，孫莘老云：『老杜詩無兩字無來歷。』劉夢得論詩亦言：『無來歷字，前輩未嘗用。』山谷屢拈此語，蓋亦已自表見也。（內集注卷一）

而陳言的襲用，除了可能可以使作品「點鐵成金」外，還在於能「知

〔註166〕《豫章黃先生文集》卷十八，同注146。
〔註167〕楊玉成〈文本、誤讀、影響的焦慮——論江西詩派的閱讀與書寫策略〉，同注136。

己知彼，百戰百勝」。《山谷詩內集》卷十二〈再次韻（楊明叔）〉一
詩的小序云：

> 因明叔有意於斯文，試舉一綱而張萬目：蓋以俗爲雅，以
> 故爲新。百戰百勝，如孫吳之兵；棘端可以破鏃，如甘蠅
> 飛衛之射，此詩人之奇也。

畢竟創作最終的目的，對黃庭堅來說，仍是在個人生命價值的完成，
在此當然也包含了對前代詩人的超越。在他調和了內心的衝突、掌握
了運用前代影響的技巧（以俗爲雅，以故爲新）後，自己在創作時便
能收放自在、控制裕如，充滿操之在我的信心了。所以學習古人、承
襲前代成就，其用意就像黃庭堅於〈與王立之〉一文中所比喻的：

> 若欲作楚詞追配古人，直須熟讀楚詞，觀古人用意曲折處
> 講學之，然後下筆。譬如巧女文繡妙一世，若欲作錦，必
> 得錦機，乃能成錦爾。（外集卷二十一）

創作是需要有技巧的，對前代的承襲即是基本技巧的學習。正如巧
女，即使文繡妙絕一世，而當要她作錦布時，亦得先學如何操作錦機，
才有可能織成美麗的錦布，故操作錦機的技巧是織錦的先決條件。這
個說法就如同他在〈論作詩文〉中所說的：「作文字須摹古人，百工
之技，亦無有不法而成者也。」山谷認爲文章具有技藝成分，而技藝
不是不學而能的，故上述所謂操作錦機的技巧，指的就是熟讀古人作
品，從學習古人來瞭解語言文字的特質及其運用法則，才能在此基礎
上發展自己的文采。所以，學習古人，只是創作上起步入門的方法。
《王直方詩話》曾記載：

> 潘淳，字子岳，南泉人也，嘗以詩呈山谷，山谷云：「作詩
> 須要開廣，如老杜『日月籠中鳥乾坤水上萍』之類。子岳云：
> 淳輩那便到此？」山谷云：「無此，只是初學時一門户耳。」

黃庭堅〈論作詩文〉也說，模仿古人只是「始學」的階段，學古的最
後目的還是要自立，所以學古不能只是亦步亦趨而已，雖然是不可避
免的階段，但還是要掌握「自鑄偉詞」，自成一家的方向。

但欲由學習前人到創作新意，其間的關鍵——「陶冶萬物」就顯

得相當重要。所謂「陶冶萬物」，指的當是眞實領會前人詩句，感受其中的情思後，經過自己的消化整理，始能將此體會入詩，而非一味囫圇吞棗，生搬硬套。所以像《潗南詩話》批評山谷「點鐵成金」之法：「夫既已出于前人，縱復加工，要不足爲貴。」《潗南詩話》於此下了「加工」二字，正表示出他對山谷誤解的地方。山谷「點鐵成金」的意思，絕非僅只在鐵的表面加一層金。而是將鐵（當作創作的素材）投入冶金爐（詩人的心靈），經過銷鎔後（成熟技巧的處理），冶煉成金（新的複合體），故經陶冶之後，舊的底子應該已經改變了。總之，並非以陳言入詩就足以「點鐵成金」，尚須得經過「陶冶」，才能從中產生新意。在楊萬里《誠齋詩話》裡便舉山谷取陳言經陶冶成就之例來說明其理：

> 初學詩者，須用古人好語，或兩字，或三字，如山谷〈猩猩毛筆〉：「平生幾兩屐，身後五車書。」「平生」二字出《論語》，「身後」二字，晉張翰云：「使我有身後名。」「幾兩屐」，阮孚語；「五車書」，莊子言惠施。此兩句乃四處合來。……要誦詩之多，擇字之精，始乎摘用，久而自出肺腑，縱橫出沒，用亦可，不用亦可。

在這段文字中我們見到黃庭堅「點鐵成金」的實例，詩中「平生」、「身後」、「幾兩屐」、「五車書」皆前人陳言舊語，但其僅借之以表述己意，已無前人典籍原意，整個詩作的組合呈現新的所指。

　　不管是「點鐵成金」，還是「以故爲新」，都可說是黃庭堅正視前人影響、轉化前人影響、克服影響焦慮的心理成素。從此基礎出發，黃庭堅提出了實際上擺落影響焦慮的書寫策略，也就是他所謂的詩法。如何藉由詩法的實踐，達到「點鐵成金」這樣化腐朽爲神奇的理想效果，才是黃庭堅眞正希望達到的創作境界。

　　而在黃庭堅發展出一連串的詩法之前，其實還有一個基本的認知，即是他認清要超越前人影響，必須自古人的侷限處著手，從古人缺陷不足處進行再書寫、再發揮的策略。他在許多創作中皆表明了這樣的看法，像在〈題李漢舉墨竹〉中謂：

近世崔白筆墨，幾到古人不用心處，世人雷同賞之，但恐
白未肯耳。比來作文章，無出無咎之右者，便是窺見古人
妙斷。（正集卷二十七）

蔡絛《西清詩話》中也引述了黃庭堅的一段話：

黃魯直貶宜州，謂其兄元明曰：「庭堅筆老矣，始悟抉章摘
句為難，要當於古人不到處留意，乃能聲出眾上。」〔註168〕

魏泰《臨漢隱居詩話》則批評他：

黃庭堅喜作詩得名，好用南朝人語，專求古人未使之事，又
一二奇字，綴葺而成詩，自以為工，其實所見之僻也。〔註169〕

所謂的「古人不用心處」、「古人不到處」及「古人未使之事」，包括
了古人詞語未發揮的部分，或詩意未充足處，或句法未善盡者，都可
以加以補充之，這個補充即為一種後來者意識，黃庭堅由此將自己的
創作思維代入，改寫前人並將之發揮為自己的的作品。同時，前人作
品既然還有需要補足之處，就意味著前代作品尚不完美，而後人的增
補也就證實了自己有比前人優越的能力。這不但可稍稍滿足黃庭堅亟
欲追越前人的理想，對於他那沈重的影響焦慮來說，亦不啻為一種紓
解之道。

　　不只是古人未充分處可資利用，古人之佳處也可借鑑或轉為己
用，黃庭堅在〈雲巢詩序〉便有言：「得古人著意處，文章雄奇，能
轉古語為我寫物。」轉語，可說是從語用的觀點進行語言的偏離和轉
移，也可說是創造性詮釋的一種方式。有時，黃庭堅的詩法亦是由此
角度下手的。《詩憲》便解釋說：

轉意者，因襲之變也。前者既明是語矣，吾因而易之，雖
語相反，皆不失為佳。〔註170〕

將古人佳句作翻轉、挪用、增減等種種變化，這樣的行為本身就具有
重新駕馭語言的意圖。葛立方《韻語陽秋》就引了一個妙喻：

〔註168〕蔡絛《西清詩話》卷中，同註55，頁125。
〔註169〕魏泰《臨漢隱居詩話》引自《歷代詩話》，同註12，頁327。
〔註170〕《詩憲》出自郭紹虞《宋詩話輯佚》同註55，頁534。

> 葉少蘊云：詩人點化前作，正如李光弼，將郭子儀之軍，
> 重經號令，精彩數倍。〔註171〕

一旦前人語言為我所控制，從後來者的角度看，確定性和安全感越大，承受影響的防禦動能越充分。所以布魯姆便如此說道：

> 就詩人而言，防禦始終都是一種轉義，而且始終都是針對
> 先前的轉義的。〔註172〕

無論是自古人不到處補足，還是將古人佳處予以轉化，黃庭堅都唯有如此，才能堂而皇之地面對前代遺產，予以變化、加以採用。這也就開啟了黃庭堅取古人為用的詩法理論。

　　黃庭堅所提出的詩法，是指在實際創作時可供參考的一些具體方法和規則，黃庭堅通常主張從學習「法」入手，再建立自我風格，所以他曾於〈次韻子瞻和子由觀韓幹馬因論伯時畫天馬〉說道：「李侯一顧嘆絕足，領略古法生新奇。」

　　在「點鐵成金」及「以故為新」的大前提觀念下，黃庭堅發展最完整的詩法應是「奪胎換骨」與「拗體」。

　　關於「奪胎換骨」的最早記載，見於惠洪《冷齋夜話》卷一：

> 山谷云：詩意無窮，而人之才有限；以有限之才，追無窮之意，雖淵明、少陵，不得工也。然不易其意而造其語，謂之換骨法；窺入其意而形容之，謂之奪胎法。如鄭谷〈十日菊〉曰「自緣今日人心別，未必秋香一夜衰」，此意甚佳，而病在氣不長。……所以荊公〈菊詩〉曰「千花萬卉凋零後，始見閒人把一枝」，東坡則曰：「萬事到頭終是夢，休休休，明日黃花蝶也愁」。又如李翰林詩曰「鳥飛不盡暮天碧」，又曰「青天盡處沒孤鴻」，然其病如前所論。山谷作《登達觀台詩》曰：「瘦藤拄到風煙上，乞與遊人眼界開。不知眼界闊多少，白鳥去盡青天回」，凡此之類，皆換骨法也。顧況詩

〔註171〕葛立方《韻語陽秋》引自《歷代詩話》卷一，同注12，頁490。
〔註172〕布魯姆〈弗洛伊德的防禦概念與詩人意志〉收入布魯姆著，吳瓊譯《批評、正典結構與預言》（北京：中國社科研究院，2000年），頁312。

　　曰「一別二十年，人堪幾回別？」其詩簡拔而立意精確，舒
王作〈與故人詩〉云：「一日君家把酒盃，六年波浪與塵埃。
不知烏石江邊路，到老相逢得幾回？」樂天詩曰：「臨風杪
秋樹，對酒長年身。醉貌如霜葉，雖紅不是春。」東坡〈南
中作〉詩云：「兒童誤喜朱顏在，一笑哪知是醉紅？」凡此
之類，皆奪胎法也。學者不可不知。〔註173〕

由上文舉例來看，首先，我們發現奪胎換骨之法並不始於黃庭堅，在
前兩節的分析中，也可知道其實在王安石、蘇軾的時候即有採用此手
法之實；但直至黃庭堅才確立此名。其次，從惠洪的說明中，我們很
清楚地看到山谷將基本認知轉為實踐：奪胎換骨法正是分別從「古人
佳處予以攘奪轉化」與「古人不足處加以補充變化」兩方面進行的。
最重要的，這段記載中標舉了黃庭堅本人採用「奪胎換骨法」的原因，
與對此手法所下的定義。

　　根據黃庭堅的說法，他之所以將「奪胎換骨法」運用於創作上，
主要是因為「人才有限」，但「詩意無窮」。這個論點充分表達了一個
創作者不得已的無可奈何，創作除了個人才氣外，還有其他的障礙得
要突破。若為了要跨越創作的瓶頸，經由藉古人處開拓詩意，也是一
種通變之法。當然，這個解釋本身即具有強烈的心理防衛功能，黃庭
堅的自我辯解不但寬慰他創作上的焦慮感，認同後來者的侷限性，給
了自己書寫策略一個合理的解釋，還同時指示了後來者突破前人阻力
的一條出路。

　　黃庭堅在「影響的焦慮」前提下所施展的「奪胎換骨法」，其實
是兩種不同意涵的手法。依照黃庭堅的定義，所謂「換骨法」，乃「不
易其意而造其語」，也就是在不改變前人詩意的情況下另造新語，由
此定義推敲，所換之「骨」，當是指前人之語詞。審度黃庭堅的用心，
應是希冀藉由改造前人詩句詞語以新字詞的組合，重現新的視角與興
味；雖未能完全脫離前人詩意，但在換去舊作可能的缺失（語言句式

〔註173〕惠洪《冷齋夜話》卷一，同註44，頁383。

方面）後，卻愈可從中凸顯舊詩意的特點。

　　而所謂「奪胎法」，乃「窺入其意而形容之」，從這樣的解釋可知重點在於詩意的翻轉演繹；此外，若以「奪胎」與「換骨」對舉的角度來觀察，此「胎」字更顯然是指詩中之意。故此法即爲窺入古人詩意，並將之深化變異，重新表現。雖然，「奪胎」的奪字，帶有「掠、搶」之意，我們可理解爲奪取他人之意爲己意，但比對定義之後，「窺入其意」的窺字，富有偷看、察探之意，有私下潛入的意象，可見這種奪取是暗地裡進行的。簡言之，在黃庭堅的「奪胎法」中，實際上並未完全脫出舊詩原意，其新意乃探取自舊意而來，而在重新形容的翻轉處，便是後代詩人可以發揮的空間，後來者可在不拘泥原意的情況下加入不同的思考，獨創性即由此出。惟新詩意多少受到舊詩意的牽扯，因此即使新作的詩意不固守於舊詩意之中，也不再是舊詩意的襲用，甚至完全改變原詩舊意，但表面上還是可以感受到前者的詩情，故而讀者體驗到的是相近卻不相同的詩意，這就在固定詩句所能展現的意義上，更多重地豐富了詩意的效果。儘管黃庭堅在定義中未言明「奪胎法」是否要另造新詞，換言之，其新作中是否有舊詞沿襲似乎並不重要，重要的是他在前人詩意的基礎上，但仍要以自己的領會所得來重新表現。

　　「奪胎法」和「換骨法」，一針對詩意一針對詩語，總之，兩者皆是在「點鐵成金」的大原則下進行的，均將前人陳言點化後，加以運用於自己的創作活動中。黃庭堅利用這樣的手法，平衡了自身不隨人後的創作目標以及自作語不易的創作困境，讓自己在理想與現實之間，保有喘息的空間。

　　另外一種詩法的提出也是立足於相同的認知點上發揮的，但偏重於句律方面的規範，那就是所謂的「拗句」。「拗句」始於杜甫，在胡仔《苕溪漁隱叢話》中即有提及：

　　　　古詩不拘聲律，自唐至今詩人皆然，初不待破棄聲律，老
　　　　杜自有此體，如〈絕句漫興〉、〈黃河〉、〈江畔獨步尋花〉、
　　　　〈夔州歌〉、〈春水生〉，皆不拘聲律，渾然成章，新奇可愛，

故魯直效之作〈病起荊州江亭即事〉、〈謁李材叟兄弟〉、〈謝
答聞善絕句〉之類是也。……魯直詩本得法於杜少陵，其
用老杜此法何疑。〔註174〕

拗體雖始於杜甫，不過杜甫大部分作品都是合於詩律的，對於胡仔所稱
讚「渾然成章，新奇可愛」的拗體，只是偶一爲之，並未予以重視。到
了黃庭堅，他將此法大量應用，「不獨自字句形貌取姿，間亦能從音律
意境運骨，於是拗體成爲庭堅詩一大特色」。〔註175〕於是胡仔上文之後
又接著強調：「此體本出於老杜，……今俗謂之拗句者是也。」〔註176〕
所以可知黃庭堅此「拗體」詩法亦是針對前人未充分處來發揮。

　　凡在詩法句律上，平仄該對而不對，或平仄該粘而不粘，或者「二
四六」和有些「一三五」不分明的情況，都叫「拗」，也就是不遵守
既定格律的安排，和聲調平仄格式相違背者。黃永武在《中國詩學》
中曾對此法的出現做了解釋：

　　　詩到了近體的完成，音律節奏的美，幾乎到達了顛峰。「律」
　　　是一種嚴格而固定的規則，這種規則的美，自然也是一種
　　　束縛。往往由於聲律的過份固定，不免以辭害意。詩人才
　　　士，總耐不住任何束縛，……反而在平板無味的陳腔濫調
　　　中，躍生出新的音調與力量來。〔註177〕

這段文字便已能將黃庭堅之所以發揮此種詩法的心理狀態明白揭
示。簡單來說，這也是黃庭堅企圖逃脫前人約束，窮極思變的方法之
一，「耐不住束縛」，自然也是害怕受限於前人框架而呈現的焦慮徵
狀。於此情形下，黃庭堅利用前人透露的一裂細縫，以大量的拗體句
法打破詩歌格律的限制，表現出特殊的效果。

　　拗體大致分爲單拗、雙拗及吳體三種，黃庭堅藉此使得原先沈穩

〔註174〕胡仔《苕溪漁隱叢話》前集卷四十七，同註17。
〔註175〕葉慶炳《中國文學史》同註104，頁133。
〔註176〕同上注。
〔註177〕黃永武《中國詩學‧鑑賞篇》（台北：巨流圖書公司，1981 年），頁
　　　　118。

的音律產生了矯健曲折的美感。但由於拗句不合律，為避免聲病之失，他還另外設有「救法」，〔註178〕讓被破壞的韻律感也能達到某種程度上的諧暢，不至於有太大的阻塞感，通常是利用當句字或對句字的平仄音改變來進行。然而特別的是，有時候他會刻意地拗而不救，或許是基於「寧律不協，不使句弱」〔註179〕的用心吧。這就得歸於黃庭堅追求變化、「標新好奇」的個性，這也就是他所以一直強調以「不俗」為作品的價值標準的原因。

　　當然黃庭堅的詩法不僅這三種，其他如前面曾提及的「以俗為雅」、「翻案」或「諧趣」、「句中有眼」、「意在無弦」等等，也都是他很特別的書寫策略。就「以俗為雅」為例，其實早在蘇軾時即有此論：

　　　詩須要有為而作，當以故為新，以俗為雅。好奇務新，乃詩之病。(題柳子厚詩)

黃庭堅幾乎於同時也提出「以俗為雅」的理論。之前論及黃庭堅的詩法創發是以「不俗」作為他自己追求的動力，但實際上對黃庭堅來說，這評價不止於文學，黃庭堅〈書嵇叔夜詩與姪榎〉云：「士生於世，可以百為，惟不可俗。俗便不可醫。」足見山谷對讀書人的要求與對俗氣的憎惡。可是，既要「以俗為雅」，又著力於「不俗」的追求，是否會自相矛盾呢？究竟，什麼是黃庭堅要求的「不俗」呢？他曾在〈書繒尾後〉文中為「不俗」下了簡單的定義：「臨大節而不可奪，此不俗人也。」可推知其所謂不俗，當與人格品德有關，與「以俗為雅」的俗字是不同範疇的指稱。只是一旦將人格與文學創作相結合後，便會形成黃庭堅所冀求的「格韻高遠」之風格。

　　回過頭來看，黃庭堅「以俗為雅」之手法，是與「以故為新」並列的詞組（見上述引文），其邏輯應該相同，「以俗」和「以故」均為手段，而「雅」與「新」則為目的，也就是透過藝術構思使已經陳舊

〔註178〕參見張夢機等著《古典詩的形式結構》（台北：尚友出版社，1981年），頁104。本文重點不在於此，故不就此作深入分析。

〔註179〕出自魏慶之《詩人玉屑》，同注77。

的前代遺產煥發新的生命力；透過藝術構思使「俗」昇華爲「雅」。這裡的「俗」，包括了題材上，也包括用字上。

就題材言，黃庭堅以魏晉小說、唐宋傳奇入詩，而且還將日常生活的瑣事引入，從俗（平凡生活）中發現雅（詩境），使詩歌更加平易近人，這對擴大詩歌表現功能是很直接的幫助。然更多的時候，是在用字上表現此種詩法，其最大的表徵即是操作俗語入詩。所謂的俗語，吳晟析分出四個特點：群眾性、口語性和通俗性、以及定型性（約定俗成）。〔註180〕所以黃庭堅的詩詞中充滿了俚語、方音、土字，甚至褻語，他彷彿蓄意以奇異化的疏離感，構成難以協調的張力，對於詩歌慣常使用的典雅概念，造成衝擊，看似對正統詩歌語言的背叛，但確實使得創作的體材廣泛，不至於困於所謂「雅字、雅句」甚至「雅意」的固定範圍。這樣的策略運用，出發點必然是爲求創作上的不蹈襲。

黃庭堅積極地往通俗化作嘗試，但其目的卻是在於希望達到雅化的審美效果。他的創作實踐證明了俗與雅是可以並存轉化的。更甚者，有人便認爲，宋調異於唐音，「以俗爲雅」正是其中很重要的因素。〔註181〕

至於「諧趣」，是黃庭堅、也是宋代很特別的一種創作方法，黃庭堅自己就曾說：「作詩如作雜劇，初時佈置，臨了須打諢，方是出場。」〔註182〕蘇軾作品中也常可得見，例如〈章質夫送酒六壺，書至而酒不達，戲作小詩問之〉、〈續麗人行〉等，其調侃的對象不但牽扯前人，還直指當時人；不過，對此手法蘇軾並無明確理論，應當是與其個性有關。〔註183〕黃庭堅雖有相關說法，可是在其實際創作上，

〔註180〕吳晟《黃庭堅詩歌創作論》（南昌：江西人民出版社，1998 年），頁161。
〔註181〕莫礪鋒《推陳出新的宋詩》（遼寧：遼寧古籍出版社，1995 年），頁278。
〔註182〕見《王直方詩話》，同註20。
〔註183〕黃庭堅〈東坡先生眞贊〉便說他：「嬉笑怒罵，皆成文章。」《豫章

這樣的詩法多用以對同時代其他詩人的詩歌應和，尤其是對蘇軾，像〈子瞻詩句妙一世，乃云效庭堅體，蓋退之戲效孟郊、樊宗師之比，以文滑稽耳。恐後生不解，故次韻之〉，即以滑稽之戲筆唱和蘇軾的贈詩；其他如〈次韻余清老道人寒夜三首〉、〈竹軒詠雪，呈外舅謝師厚，並調李彥深〉等等，皆插以打諢諧謔之意，妙趣橫生；但若將他詩中內容分析之後，卻可看出詩人與詩人之間微妙的互動方式。

其實在布魯姆的理論中，包含了同時代詩人間的「影響的焦慮」。黃庭堅與蘇軾，彼此既是前輩後生的關係，又具有競爭的關係，他們的情況便顯得格外複雜，而他們之間會出現「影響的焦慮」，也十分符合布魯姆的說法。所以，楊玉成即認為「黃庭堅可說正是以一種戲謔的方式，試圖消解詩人與詩人之間的影響焦慮。」〔註184〕然有時黃庭堅在詩句詞語當中的諧趣，會與前代詩人的呈現相映成趣，但卻帶有比較的意味，就如上文引證的「坐對真成被花惱，出門一笑大江橫」之例，與杜甫「江上被花惱不徹，無處訴人只癲狂。」表現手法與意境相近，但黃庭堅不連續的轉語，中斷理性的思考，企圖藉「笑」來解構「惱」的寫法更顯灑脫。

因此就「諧趣」作為一種書寫方法而言，除了消除自身的焦慮感外，用以區別前人、形成自我風格也是很重要的目的；而這樣的體認在楊萬里的手中實踐得最徹底。

要特別說明的是，黃庭堅相關詩法中有數個詞彙需要釐清，就其原文引述的說法，我們可將之區分為：「以故為新」是其一切理論的大前提，他其下的所有詩法都是朝此方向進行。「以俗為雅」則是與之並列，但不同範疇的目標。而「點鐵成金」為其詩法運用得宜後所冀望達到的效果，相當於一般所說的「化腐朽為神奇」。此外，「奪胎」、「換骨」等等都是他實際運用的詩法策略，都是作變化、重組與再創

黃先生文集》卷二十二，同注146， 頁557。

〔註184〕楊玉成〈文本、誤讀、影響的焦慮——論江西詩派的閱讀與書寫策略〉，同注136，頁427。

作的手段。關於這些詞彙運用上的關係，向來有不一樣的看法，例如：莫礪鋒《推陳出新的宋詩》中便以「以故爲新」爲理論，再進而將之歸納爲「點鐵成金」、「奪胎換骨」之法；楊慶存《黃庭堅與宋代文化》與李元貞《黃山谷的詩與詩論》均把「點鐵成金」、「奪胎換骨」都當作詩歌創新的具體技法；而陳裕美《宋代對黃庭堅詩法之接受研究》則將「以俗爲雅」、「以故爲新」視爲黃庭堅鍊字的兩大方向，「點鐵成金」、「奪胎換骨」是統攝在「以故爲新」方向下的實際作法，甚至於「奪胎換骨」更包含在「點鐵成金」的大範疇下；吳晟《黃庭堅詩歌創作論》中以爲黃庭堅建構了「點鐵成金」、「奪胎換骨」的詩法，目的是試圖通過烹字鍊句達到「以俗爲雅」、「以故爲新」的審美效果。這些說法也許各有考量，故在此不強作批判，僅就個人對黃庭堅原文的理解作此一分別。

　　總之，這些詩法均表示了規摹前人繩墨，體會前人之用心，可作爲創作的入門方法，而吸收古人好處，可以用來增加自己的創作能力。不過黃庭堅詩法的運用所涉及作者自身的才力與學養，這個部分仍須靠博極群書來儲積，因爲詩法的運用只是提供一個途徑，但創作是否能夠超越前人，還得視各人在才力涵養功夫上的努力。所以，黃庭堅在這方面的論述極多，譬如《苕溪漁隱叢話》記載著黃庭堅的這段話：

> 詩詞高勝，要從學問中來，後來學詩者，雖時有妙句，譬如合眼摸象，隨所觸體得一處，非不即似，要且不是；若開眼全體見之，合古人處，不待取證也。〔註185〕

在其〈答洪駒父書〉中亦云：

> 少加意讀書，古人不難到也。諸文亦皆好，但少古人繩墨耳。可更熟讀司馬子長、韓退之文章。凡作一文，皆須有宗有趣，終始關鍵，有開有闔，如四瀆雖納百川，或匯而爲廣澤，汪洋千里，要自發源注海耳。（內集卷十九）

從這些說法可知黃庭堅一如王安石或蘇軾，是個主張學習論者，或者

〔註185〕《苕溪漁隱叢話》前集卷四十七，同注17，頁320。

應該說在宋代「以才學爲詩」的風氣裡，詩人們對學習與創造之間關係的認知是一致的。我們在上一章中也探析了他們的學習論表象下的真正意涵，而在此正可見黃庭堅所學古的方向就在於「繩墨」，也就是爲文的方法要領。他主張熟讀前人作品以學文，而且是要廣博的涉獵。此觀念實來自技藝上所謂「熟能生巧」的原理，我們從上文內已得知，這種理解是黃庭堅個人視作文爲技藝的觀念使然。因此，山谷稱讚別人文章，每每歸功於讀書。

而除了創作技巧的熟稔，博極群書還能去除「俗」氣，如〈跋東坡樂府〉所云：

> 東坡道人在黃州時作，詩意高妙，似非喫煙火食人語，非胸中有萬卷書，筆下無一點塵俗氣，孰能至此！（內集卷二十六）

不管是文學創作上的「俗」，或是人格品德上的「俗」，都是黃庭堅詩法上的大忌，使之「不俗」遂也成爲他強調學習論的目的之一。

但是，文章法度的學習，應是爲了更好地表達思想情感，所以不該一成不變，死守規範。黃庭堅雖要求學習階段的法度鍛鍊，但他掌握文字運用之法，並非只是爲了模仿或剿竊古人，而更在於超越前人，所以他的習古是靈活圓通的，就像他曾表示的：「要須唐律中作活計，乃可言詩」。〔註186〕因而他一再強調讀書要學入深層，體會融通。如范溫《潛溪詩眼》所言：

> 山谷言學者若不見古人用意處，但得其皮毛，所以去之更遠。……故學者要先以識爲主。

又如他在〈與王周彥書〉中所說：

> 周彥之病，其在學古之行而事今之文也，若歐陽文忠公之炳乎前，蘇子瞻之煥乎後，亦豈易及哉？然二子者，始未嘗不師於古，而後至於是也。

就因爲黃庭堅是站在跨越前人影響的高度來自我期許，在這樣的理論基礎和心理狀態下，「盡兼眾體」與「自成一家」反而成了一體的兩

〔註186〕引自《歲寒堂詩話》卷二十九，同註107。

面，同時體現在他的創作論述中。而有此創新自立的志氣，黃庭堅面對前人的成就，便不會只是謙卑的景仰和盲目的崇拜而已，也不會沈鬱在影響的焦慮裡，而有了獨樹一幟的自信。

只是，儘管黃庭堅有此明確的詩法與創作方向，然而在理論和實際之間，仍不免出現相互矛盾的現象。例如「集句」的創作方式，黃庭堅曾在言談間表露出不甚喜歡，他覺得這是浪費時間、精力：

> 集句詩，山谷謂之百家衣體，其法貴拙速而不貴巧遲。……
> 人以爲巧，然皆疲費精力，積日而後成，不足貴也。〔註187〕

話雖如此，但黃庭堅仍有集句體裁的作品，數量雖不多，但其作品當眞全由前人詩句重組而成，無有自己的增減，整首轉移抄襲之跡明顯。譬如其〈壽聖觀道士黃至明開小隱軒，太守徐公爲題曰快軒，庭堅集句詠之〉一詩，句句借自李白詩，偶間以他人數言；或如〈銅官縣望五松山集句〉一詩，全篇二十句，雜集李白、陶潛、杜甫和韓愈詩句以成篇。後人對此不但有嚴厲的批評，而且也不無疑慮，像潘德輿《養一齋劄記》即言：

> 山谷不喜集句，笑爲百家衣；然於壽聖院快軒，則集句詠之，
> 何也？大抵文人多自蹈其所譏者，不獨詩爲然矣。〔註188〕

照潘德輿的說法，認爲黃庭堅這樣做形同自己搬石頭砸腳，自毀其說，故對他頗有譏諷之意。但事實上，黃庭堅此言行不一的情形又該如何看待呢？

仔細觀察黃庭堅對集句詩的評論，其實在他將集句喻爲百家衣時，並無明顯的排斥意味，反倒是最末句他給了個「不足貴」的結論，才略帶有價值判斷。甚至，他還爲集句這種體裁分析了詩法：「貴拙速而不貴巧遲」，可見黃庭堅在看待集句詩的態度上是比蘇軾理性的。他覺得集句之作的不妥，在於其成詩雖速，但可能拙劣而無意境

〔註187〕《冷齋夜話》卷三，同注44，頁33。
〔註188〕潘德輿《養一齋劄記》見《四庫未收書輯刊》第四輯第 21 冊（上海：上海古籍出版社，2000 年）。

可言。之所以這麼多人嘗試，時代潮流是個極可能的因素，但不妨再考證其集句詩創作的時間，或許有可能是他呈才示能的遊戲之作，這部分將在下文續述。但若集句詩能在重組前人詩句之餘，另闢主題，形成另一種律動甚至新的意境，也都是創新的方式。

另一個理論與實踐相扞格的情形在於對黃庭堅風格的認識。黃庭堅在〈與王觀復書〉中曾說過：

> 好作奇語，自是文章病，但當以理爲主，理得而辭順，文章自然出類拔萃。

在《捫蝨新語》上集卷三論蘇黃的一段文字裡，當中也引到黃庭堅對爲文的看法：

> ……魯直亦云：「文章好奇，自是一病。」

自上述黃庭堅的文意語氣來看，黃庭堅似乎頗爲反對用字之奇，以爲是創作大病。但是，一般評論對黃庭堅詩作的主要印象，卻偏在一個「奇」字上，而且，無論是正面的評價，例如陳巖肖《庚溪詩話》道：

> 本朝詩人，與唐世相亢，其所得各不同，而俱自有妙處，不必相蹈襲也。至山谷之詩，清新奇峭，頗道前人未嘗道處，自爲一家，此其妙也。

他直指黃庭堅「清新奇峭」爲另闢蹊徑的用心，因此所作與前人迥異，才可謂作與前人迥異，才可謂「自成一家」。又如李衡《樂庵語錄》卷三稱許黃庭堅於江西詩派的宗師地位時，也說：

> ……向來大江西，洪徐暨韓呂。山谷擅其宗，諸子謂之輔。
> 短句與長篇，一一皆奇語。卓爾自名家，無愧城南社。

對於黃庭堅崇高的詩壇地位，李衡仍以「奇語」概括之。可見一般對於黃庭堅的讚美多放在「奇」的期待視野上。

但是，弔詭的是，一些對黃庭堅負面的說法，也著眼於他的「奇」。譬如《後山詩話》所謂：

> 詩欲其好則不能好矣。王介甫以工，蘇子瞻以新，黃魯直以奇。

陳師道點出了黃庭堅詩法太過奇巧的偏向，並認爲這樣太過的手法，

反而會使詩「不能好」。又如《臨漢隱居詩話》所說：

> 黃庭堅喜作詩得名，好用南朝人語，專求古人未使之事，
> 又一二奇字，綴葺而成詩，自以爲工，其實所見之僻也。
> 故句雖新奇，而氣乏渾厚。

《歲寒堂詩話》也不止一次提及對黃庭堅好用奇字奇語的不滿：

> ……魯直又專以補綴奇字，學者未得其所長，而先得其所
> 短，詩人之意掃地矣。
> ……山谷只知奇語之爲詩，而不知常語亦詩也。

由「學者未得其所長，而先得其所短」的敘述，看得出張戒其實還是
承認黃庭堅的「奇」是有其長處的，可是，他所偏重批判的部分，卻
是黃庭堅補綴奇字可能造成的流弊。

除了詩話的評論外，我們從黃庭堅詩法的提出，以及他創作時刻
意的鍊字鍛句，或者拗律拗句的運用，也都感受得到他對於跟隨前人
步履的戰戰兢兢，唯恐落人窠臼的焦慮侷促，而他作品的「奇」正反
映了這樣的一個要求：他無非是想推陳出新，標新立異，藉此造成一
格，勝過前人。

其次，若從黃庭堅的個性來看，他應該本身就是個作意好奇的
人。在《石林詩話》裡面有這樣一段故事：

> 外祖晁君誠善詩，……黃魯直常誦其「小雨愔愔人不寐，
> 臥聽嬴馬齕殘蒭」，愛賞不已，他日得句云：「馬齕枯萁喧
> 午夢，誤驚風雨浪翻江。」自以爲工，以語舅氏無咎曰：「吾
> 詩實發於乃翁前聯。」余始聞舅氏言此，不解「風雨翻江」
> 之意。一日憩於逆旅，聞傍舍有澎湃之聲，如風浪之歷船
> 者，起視之，乃馬食於槽，水與草齟齬於槽間而爲此聲，
> 方悟魯直之好奇。〔註189〕

因爲個性好奇，所以對奇事奇文才會格外注意。另外，劉克莊〈江西
詩派小序〉裡也曾說道：

> 豫章稍後出，薈萃百家句律之長，究極歷代體制之變。蒐

─────────────────

〔註189〕葉夢得《石林詩話》卷上，同注29，頁45。

　　　　獵奇書，穿穴異聞，作爲古律，自成一家，雖隻字半句不
　　　　輕出。

「蒐獵奇書，穿穴異聞」，若非黃庭堅生性喜好於此，就是因爲創作
的需要，才會去搜尋一些奇書異聞，但就這個部分而言，個人興趣的
成分確實佔滿高的比例。朱彝尊則從黃庭堅個人想法上論其可能：

　　　　涪翁黃氏厭格詩近體之平熟，務去陳言，力盤硬語。〔註190〕

對平常熟爛的文字體裁的不耐煩，進而希望有所改變，也可說是黃庭
堅「思動」的個性使然。由黃庭堅對於奇句的愛賞與敏感度，感覺得
出他是個不甘於守著舊語陳詞的重複者，而是主張積極開發獨創的革
新者。他的不安於現狀，也是以「奇」爲宣洩口，表現在他的積極化
前人爲己有與強烈的自我期許中。總之，因爲他尚奇的個性，所以他
才會有不肯「隨人作計」、「不蹈古人町畦」的堅持。

　　再者，去陳反俗原本即是黃庭堅作詩的最高信條，因此在創作
上，我們看到他造句用字，無不刻意求奇；在體制上用拗律，在句法
組織上用拗句，押韻用險韻，典故上探奇事怪典。諸此種種皆是他實
際創作上「奇」的表現，故吳喬《圍爐詩話》才會扼要評斷之：「山
谷專意出奇。」

　　其實這樣一種文學觀念之前也曾見諸於蘇軾的〈題柳子厚詩〉之
二，他說：「詩須有爲而作，用事當以故爲新，以俗爲雅，好奇務新
乃詩之病。」又在〈書贈徐信〉言：「大抵作詩當日鍛月鍊，非欲誇
奇鬥異，要當淘汰出合用事。」〔註191〕觀蘇軾之意，強調詩歌創作
的內容性，以爲即使鍛鍊字句，也不宜只在形式上爭奇鬥異。黃庭堅
出於蘇軾門下，但其所秉持的這個認知倒不是僅僅傳承師意而已，他
之所以認爲「好作奇語，自是文章病」，理由在於「文章蓋自建安以
來好作奇語，故其氣象萎薾，其病至今猶在。」顯然講求的是文章呈

〔註190〕朱彝尊〈石園集序〉，出自《曝書亭集》（台北：台灣商務印書館，
　　　　1968年）
〔註191〕孔凡禮編《蘇軾佚文彙編》。

現的氣格效果。新奇之趣味，雖可延長讀者的審美感受，但若流於難字僻句或典故的片面運用，則反易造成生硬之感，文章氣格則會顯得萎弱。所以黃庭堅與蘇軾提出相近的理念，但偏重的部分各有不同，並非純然只是延續前論。不過，黃庭堅對此只言避免，具體的避免之道似乎只在以「理」爲主。然而，在自己本性趨向與創作實踐的過程中，似乎還是出現了他自己也無法圓說的落差。

其實，這一點若我們回歸到黃庭堅的整個創作歷程來看，疑惑便可渙然冰釋了。按莫礪鋒在《推陳出新的宋詩》一書中的分析，黃詩的發展過程約分爲三期：一、自青年時期至元豐八年，四十一歲之前。此時的黃庭堅主要著力於仕途上，雖然他不是個有遠大政治抱負和強烈政治主張的人，但他在這時也創作了不少反映時事民生的詩歌，而且他被譽稱爲「黃庭堅體」的風格，包括廉悍奇峭與生新瘦硬的風格，均形成於此時。但刻意求奇而頗欠穩妥的缺點，也是他少時所作的特徵。

及至元豐八年至元祐八年的第二階段，他與蘇軾和其他蘇門中人常有機會唱和酬答，彼此藉機切磋筆力，因此，黃庭堅的詩歌技藝愈趨精密，出現了許多題畫詩、遊戲詩及日常生活鎔鑄而成的詩作。上述集句詩亦作於此時，蘇黃等人都是讀破萬卷的學者，當他們唱和時，豐厚的學識背景會使他們技癢難耐地運用較多的語典、事典入詩，或爲炫耀，或爲戲作。此時詩人們的互動確實給了黃庭堅極大的刺激作用。這也就可以解釋他在集句詩的創作與理論上的矛盾情況，他對集句詩或許有自己的一番看法，但在眾詩友以文競才之際，他難免會有類似之作，這與他對此體的批評關係不大。這樣的情形也可同樣放在蘇軾的創作中來理解。

自紹聖元年至崇寧四年爲第三階段，此時因文字獄及蘇軾等人離世的關係，晚年的創作內容轉以抒發人生感慨爲主，整個創作的成熟度至此達到高峰，他將早期追求新奇的精神，體現得更爐火純青，運用上更妥貼平穩，甚至風格上也轉而朝向他所謂「不煩繩削」的平淡、自然努力。所以胡仔《苕溪漁隱叢話》引〈豫章黃先生傳贊〉就說：

「山谷自黔州以後，句法尤高，筆勢放縱，實天下之奇作。」

回溯整個黃庭堅的創作經歷後，我們發現他好意尚奇的黃庭堅體，最鮮明的時期是在早期，此時他常有「不求當而求新」的問題；然而，他主張「好作奇語，自是文章病」或「無斧鑿痕，乃爲佳作」之時，卻是他晚年第三階段的想法。隨著不同時期的變化，創作者個人的思考層面亦會隨之轉折，這個轉折可能由創作實踐的領會體悟而來，也可能是心境成長的體會。故實不宜視爲黃庭堅個人言行不一、自相矛盾。

倒是蘇軾在〈跋魯直爲王晉卿小書爾雅〉中，約略論及黃庭堅在創作上呈現的一些南轅北轍的現象：「魯直以平等觀作敧側字，以眞實相出遊戲法，以磊落人書細碎事，可謂『三反』。」黃庭堅這「三反」可謂創作上的三種方法，「以平等觀作敧側字」，即將正面題目從反面或側面作，達到側筆顯正的效果；「以眞實相出遊戲法」，就是戲言而近莊；「以磊落人書細碎事」，就是題俗以見雅，皆是宋人以奇顯趣之法。回到之前的討論：並非不同時期的表現，所以這些在理論/作品裡表裡相反的矛盾，就更加耐人尋味。對於「三反」，我們除了可以理解到黃庭堅理想的設限與現實的操作，仍不免受到影響和影響焦慮的拉扯；我們還可以合理懷疑這正是黃庭堅利用反差的手法刻意造成的效果，以達成獨樹一幟的表現。

在所有探討唐宋詩歌發展的比較中，情調風格、創作內容及藝術形式都是經常被分析的部分，而它們之間的差異還呈現在創作的性質上。唐代詩人的創作是本乎性情，一任宣洩的，他們的詩是純粹的創作，唐詩作品本身就是他們的最大成就；但宋代詩人的成就除了實際創作，更在於詩法的提出，這是唐代詩人較闕如的部分，而這個部分在宋代黃庭堅手裡進行得最爲完整，也最具代表性。許多之前詩人所運用的創作技巧及手法，黃庭堅皆予以分析定義，他自己也獨創了很多書寫上的策略。這些詩法理論，甚至實際創作手段，雖然原先立意應只爲了他個人創作上影響焦慮的反制，但因其有具體的依循途徑，初學者可經由其法

進入門徑，熟練其技巧，再依功力深淺和天分的高低，造就自己的境界，所以對後來者影響深遠。《南窗紀談》描述當時的情形：

> ……至黃魯直，使專集取古人才語以敘事，雖造次間必期
> 於工，遂以名家，士大夫翕然傚之。〔註192〕

由此可知他能成就一個宗派，而且其勢力如此廣大久遠，實非偶然。

但他過份重視以「點鐵成金」等形式手法，作為擺落前代影響，再創自己風格的策略，然實際上卻又未能臻於完全毫無斧鑿痕的高超境界，難免落人口實，而有剽竊抄襲之議，譬如王若虛《滹南詩話》就批評他：

> 魯直論詩有奪胎換骨、點鐵成金之喻，世以為名言。以予
> 觀之，特剽竊之點耳。魯直好勝而恥其出於前人，故為此
> 強辭，而私立名字。夫既已出于前人，縱復加工，要不足
> 貴。雖然，物有同然之理，人有同然之見，語意之間豈容
> 全不見犯哉？蓋昔之作者初不校此，同者不以為嫌，異者
> 不以為夸，隨其所自得而盡其所當然而已。至于妙處，不
> 專在于是也，故皆不害為名家，而各傳後世，何必如魯直
> 之措意邪？〔註193〕

「魯直好勝而恥其出於前人」，一語道盡黃庭堅畢生在創作上用盡心力的苦衷。因此，就算實際創作的現象上，黃庭堅確實可能有此弊病，可是我們仍不能否定他開創的毅力。這也是他作為一個典型的強者詩人最基本的特徵。正因為他有他的體裁，有他的方法，也有他的寫作態度，所以才會有「極風雅之變，盡比興之體，包括眾作，本以新意者，唯豫章一人」〔註194〕之高度讚譽。

第四節　陸　游

陸游（1125～1210），字務觀，號放翁，宋朝越州山陰縣人。

〔註192〕無名氏《南窗紀談》（北京：中華書局，1985年），頁47。
〔註193〕王若虛《滹南詩話》卷三，同注19，頁523。
〔註194〕呂本中《童蒙詩訓》（台北：台灣商務印書館，1968年）

陸游是中國古代作品產量極豐富的詩人之一，他的《劍南詩稿》存詩就有九千三百多首，倘若加上他之前焚燬和遺失的詩稿，恐有數萬首之多。〔註195〕這樣一個多產作家，其實在他的時代，並沒有像後代所給予的評價那麼高。當時南宋詩壇有所謂尤（袤）、楊（萬里）、范（成大）、陸（游）四大家之稱者，陸游排在最末。〔註196〕即使到了方回總結南宋文學成就時，將此位置次序作了調整，〔註197〕陸游仍在楊萬里之後。

甚且在清代前期的許多批評家對陸游的看法也充滿貶意，例如葉燮《原詩》評曰：「陸游集佳處固多，而率意無味者更倍。」朱彝尊〈書劍南集後〉也說：「陸務觀《劍南集》句法稠疊，讀之終卷，令人生憎。」〈橡村詩序〉又說：「陸務觀吾見其太縟。」

只有朱熹、戴復古和趙翼對他較為推賞。例如朱熹稱其「近代唯見此人有詩人風致。」〔註198〕戴復古〈讀放翁先生劍南詩草〉云：

> 茶山衣缽放翁詩，南渡百年無此奇。入妙文章本平淡，等
> 閒言語變瑰琦。

而趙翼可說是最崇拜陸游的評論者了，在他眼裡的陸游不但是南宋之冠，甚至還超越了北宋的蘇軾。〔註199〕

但第一個將陸游的名字排在南宋詩人之首，使陸游的詩名急遽上升的是清朝的乾隆皇帝。他在《唐宋詩醇》綜論中指稱：「宋自南渡

〔註195〕陸游曾自稱「六十年間萬首詩。」但在此之前陸游已將舊稿多次「痛加刪汰」，並自跋云：「此予丙戌以前詩十之一也。」（趙翼《甌北詩話》引）可見原有作品數量必定更驚人。

〔註196〕方回跋尤袤詩云：「自中興以來，言詩，者必稱尤楊范陸。」

〔註197〕方回〈曉山烏衣圻南集序〉：「自乾、淳以來，誠齋、放翁、石湖、遂初、千岩五君子足以蹴江西、追盛唐。」引自《桐江集》卷一（台北：台灣商務印書館，1981年）

〔註198〕朱熹〈答徐載叔賡〉，出自《晦庵先生朱文公文集》卷五十六，同註137。

〔註199〕趙翼《甌北詩話》：「宋詩以蘇陸為兩大家，後人震於東坡之名，往往謂蘇勝於陸，而不知陸實勝蘇也。蓋東坡⋯⋯其詩止於此，徒令讀者見其詩外尚有事在而已；放翁則轉以詩外之事盡入詩中。」同註134。

以後，必以陸游為冠。」還下了「感激悲憤，忠君愛國」的八字定評。
這樣的加持，不但使陸游成為文學史上的大家，而且，他的愛國意識
也成了後來文論家注意的焦點。

　　若我們仔細推敲，其實南宋至清代那些批評陸游詩作的文論家，
他們對陸游的指責多著重於藝術技巧層面，包括用字句法等等；而深
受乾隆皇帝賞識的，則在於陸游眾多詩歌創作裡的其中一種主題內
容。範疇原本不同，一概而論並不能真見陸游的詩壇地位；加諸其他
批評家對陸游只褒不貶的論述也不全然客觀，故在判斷陸游的強者詩
人條件時，我們可能需要從其他資料來斟酌。

　　儘管陸游的文學史地位因時代而有疑慮，但其作品產量之豐富，
可見其創作的積極性，已有強者詩人中創作者意識的先決要件。再
者，他對自己的前承影響相當清楚，不但在詩歌裡指出先驅者的特
質；其仿擬之意也在詩題上充分表現。這些影響的呈現，他都有自覺
的反省，而且，也具體反映在他的詩歌理論中。與其他宋代強者詩人
最大的不同在於：陸游在晚年時，將自己的創作歷程與經驗作了回顧
性的剖析，還明白分為三期。〔註 200〕在這些作品中他充分掌握自己
創作理念的變化，我們也能從中見其深受影響與自我創發的交互脈
絡。從上述種種特徵，將之引為強者詩人之代表，亦不為過。

一、接受影響之例

（一）岑　參

　　在所有陸游接受的前人影響中，對岑參的推尊不下於其他人，而
且在仿習上更為用心，所以除了詩句的互文關係外，他在格調氣象
上，亦與岑參頗為相近。

　　據陸游自己的陳述，他少年時便很喜歡岑詩，曾在〈跋岑嘉州詩
集〉中曰：

〔註200〕陸游自己的分期為：少時──1170 年入蜀前，中年──1190 年退居
　　　　山陰以前，老年──1190 年退居山陰以後。

> 予自少時絕好岑嘉州詩，……嘗以爲太白、子美之後一人
> 而已。

中年入蜀後知嘉州，對岑詩越加推崇，還將當地流傳的岑參遺詩搜集成冊，編爲《岑嘉州詩集》。除了在短短四十天中收錄了八十幾首岑參遺詩外，還於〈夜讀岑嘉州詩集〉一詩中讚美岑詩「公詩信豪偉，筆力追李杜。」評價之高，直逼李杜。陸游之所以如此欽仰岑參，甚至有「誦公天山篇，流涕思一遇」的喟嘆，一來因爲個性關係，二來是由於當時地緣因素，但主要原因還是在於：

> 常想從軍時，氣無玉關路。至今盡簡傳，多昔橫槊賦。零
> 落才百篇，崔嵬多絕句。功夫刮造化，音節配韶護。(〈夜讀
> 岑嘉州詩集〉)

岑參的邊塞詩氣勢雄偉，大器磅礡，且充滿想像與愛國熱情，尤其所歌頌的邊地從軍生活，正是陸游一直嚮往而不可得者，因而陸游在心往神馳之餘，不但將岑參視爲千古知音，不少書寫情懷志氣的詩篇，他也刻意學岑，如一些期許出征破敵、收復故土的詩，或以夢境表達願望的詩，像〈大風登城〉、〈將軍行〉、〈龍挂〉、〈九月十六日夜夢駐軍河外遣使招降諸城覺而有作〉、〈五月十一日夜且半夢從大駕親征盡復漢唐故地見城邑人物繁麗云西涼府也喜甚馬上作長句未終篇而覺乃足成之〉等，這些詩大致上與岑詩的特色均極相似。周必大〈與陸務觀書〉就稱頌陸詩：「高處不減曹思王、李太白，其下猶伯仲岑參、劉禹錫。」

此外，陸游有些以〈出塞〉爲題的創作，或主北伐，或嘆不遇，大體上也都可見岑參邊塞詩的影子。從體裁上說，陸游受岑參的影響主要表現在七言古詩，儘管這些作品與岑詩的相近多在氣格情境方面，但在此我們仍以詩句結構的表現爲主要的討論點。例如陸游的〈大雪歌〉與岑參的〈白雪歌送武判官歸京〉，兩詩的結構方式均先點出「雪」（陸詩「長安城中三日雪」、岑詩「胡天八月即飛雪」），再言冰雪之景，且皆以人物來烘托雪上困境（陸詩「黃河鐵牛僵不動，承露金盤凍將折」、岑詩「將軍角弓不得控，都護鐵衣冷難著」）；收尾則岑詩借景寫

風雪之大與送客之情：「東門送君去，去時雪滿天山路，山迴路轉不見君，雪上空留馬行處。」以此營造天寒離情之感；陸游詩末則落在自身的意氣抱負上：「題詩但覺退筆鋒，報國寸心堅似鐵」。

其他例子還有如：

岑參詩	陸游詩	說　　明
漢家大將西出師。（走馬川行奉送出師西征）	將軍北伐殿前辭。（大將出師歌）	按：詩意脫胎自岑詩。
一身從遠使，萬里向安西（磧西頭送李判官入京）	莫作世間兒女態，明年萬里駐安西。（和高子長參議道中二絕）	按：後句明顯源出岑詩。

（二）李　白

陸游對李白的尊崇大部分是與杜甫並舉的，如〈白鶴館夜坐〉說：「屈宋死千載，誰能起九原。中間李與杜，獨招湘水魂。」〈記夢〉也說：「李白杜甫生不遭，英氣死豈埋蓬蒿。」〈自東津泛舟至桐溪〉中還說：「安得青蓮公，傑句為彈壓。」陸游在性格、詩風與求仙學道等方面，受到了李白影響，尤其在古體的學習，他也從李白這裡取得一定的成就，他的一些長篇古風完全是李白的聲調口吻，故當時有「小李白」〔註201〕的稱號。例如〈醉歌〉一首：

> 我飲江樓上，闌干四面空。手把白玉船，身遊水晶宮。方我吸酒時，江山入胸中。肺肝生崔嵬，吐出為長虹。欲吐輒復吞，頗畏驚兒童。乾坤大如許，無處著此翁。何當呼青鸞，更駕萬里風。

其中所展現的想像、誇張、飄然離世之感，都近似李白〈廬山謠寄盧侍御虛舟〉或〈夢遊天姥吟留別〉等詩的意境，而且兩者多帶有憤世嫉俗的不遇之嘆。

又如〈池上醉歌〉：

〔註201〕歐小牧《陸游年譜》：「南宋詩人，工樂府而體近太白者，則僅一放翁，故時有小李白之稱，諒亦以此。」（北京：人民文學出版社，1981年）

取日挂向扶桑枝，留春挽回北斗魁。橫笛三尺作龍吟，腰鼓百面聲轉雷。

或如〈與青城道人飲酒作〉：

有酒不換西涼州，無酒不典鸚鵡裘。不作王猛傲睨坐捫蝨，不作寧戚悲歌起飯牛。五雲覆頂金丹熟，笙鶴飄然戲十洲。

或如〈十月十四夜月終夜如畫〉：

月從東海來，徑尺鎔銀盤。……不知何仙人，亭亭倚高寒。欲語不得往，悵望冰雪顏。叩頭儻見哀，容我躡素鸞。掬露以爲漿，屑玉以爲餐。泠泠漱齒煩，皓皓濯肺肝。逝將從君遊，人間苦無歡。

以及〈草書歌〉：

傾家釀酒三千石，閑愁萬斛久不敵。今朝醉眼爛巖電，提筆四顧天地窄。忽然揮掃不自知，風雲入懷天借力。神龍戰野昏霧腥，奇鬼摧山太陰黑。

此時驅盡胸中愁，槌床大叫狂墮幘。吳牋蜀素不快人，賦予高堂三丈壁。

還有〈長歌行〉：

人生不作安期生，醉入東海騎長鯨。……金印煌煌未入手，白髮種種來無情。……

甚至如〈對酒歎〉、〈舟中對月〉、〈日出入行〉、〈八月十四夜三義市觀月〉等篇，無論是寫草書，抑或觀景賞月；也不論是描寫夢境，還是與友人唱和，陸游這些詩中都與李白詩有著相同的元素：酒、醉、仙、誇張的想像力，與狂放超逸的豪邁俠氣。雖非逐字逐句的雷同，而且就藝術手法的境界來看，陸游仍受到現實的牽絆，不若李白的自然天成，但總體而言，李白的飄灑奔放，陸游還是學到了幾分。因此，即使錢鍾書認爲陸詩之於李詩有所謂「眼小、面薄、聲雌、形短」的侷限，不過陸游依舊是「有宋一代中要爲學太白最似者」。〔註202〕

〔註202〕錢鍾書《談藝錄》，同注90。

（三）杜　甫

　　宋代詩人幾乎無一不學杜詩，師承自江西詩派的陸游亦然。在陸游《老學菴筆記》裡面就曾分別記載了父親陸宰與母親晁氏各談論杜詩之事：

> 先君讀山谷乞貓詩，嘆其妙，晁以道侍讀在坐，指「聞道貓奴將數子」一句，問曰：「此句何謂也？」先君曰：「老杜云：甕上啼鳥將數子，恐是其類。」以道笑曰：「君果誤矣，乞貓詩數字，當音色主反。數子為貓狗之屬，多非一子，故人家初生畜，必數之曰生幾子，將數子，猶言將生子也。與杜詩詞同而義異。」以道必有所據，先君言當時偶不扣之以為恨。（卷八）

> 先夫人幼多在外家晁氏。言諸晁讀杜詩，「樏子也能賒」、「晚來幽獨恐傷神」，也字恐字，皆作去聲讀。（卷七）

由陸游父母對杜詩的熟悉，可見陸游對杜甫詩的接觸早在師事江西之前即有。他自己在〈別曾學士〉詩中也說：「兒時聞公名，謂在千載前。」更可證明他在拜師曾幾前已讀過杜詩。

　　不過，他能通曉杜詩精微處，仍有賴曾幾的引導與之後與杜甫相近的生命經歷。曾幾屬於江西詩派，自然是「工部以為祖」，〔註203〕陸游在其門下，詩風有近杜甫之味，無甚可說。但值得注意的是，陸游早期詩作中有杜甫沈鬱憂國風格者，並不多見。直至中年入蜀後，生命歷程的接近，才使陸游更深刻瞭解杜甫，而隔代與杜甫心靈契合相通，故其會有「拾遺白髮有誰憐？」（〈夜登白帝城樓懷少陵先生〉）之慨；或對杜甫產生「文章垂世自一事，忠義凜凜令人思」（〈遊錦屏山謁少陵祠堂〉）的欽慕；還批判後人僅從字句琢磨來理解杜甫：「不知杜詩所以妙絕古今者在何處，但以一字亦有出處為工。」〔註204〕同時，在創作的內容風格上，甚至思想行為上，也與杜甫極度相似，

〔註203〕曾幾〈次陳少卿見贈韻〉《茶山集》卷一（台北：新文豐出版社，1984年）

〔註204〕陸游《老學菴筆記》卷七（台北：木鐸出版社，1982年），頁48。

陸游在成都時，便常自比杜甫，例如：「鶴料無多又掃空，今年眞是浣花翁。」（〈遣興〉）他對杜甫的尊崇，以及憂時興感之作，也以此時寫得最多，最具代表性。

　　陸游詩中提到杜甫者有十多處，如〈夜登白帝城樓懷少陵先生〉、〈讀杜詩〉、〈龍興寺弔少陵先生寓居〉、〈東屯高齋記〉等等，這些詩中大都表達了對杜甫的愛國精神和遭遇異代同心之感；但其中還透露出陸游自身的苦悶，實兼具了弔杜甫與自詠歎兩重情懷。

　　杜甫的七律成就極高，陸游的七律創作也頗受肯定，例如清人陳訏評曰：「放翁一生精力，盡於七律，故全集所載，最多最佳。」〔註205〕沈德潛也盛讚曰：「放翁七言律，對仗之整，使事熨貼，當時無與比垺。」〔註206〕舒位則把杜甫與陸游歸於七律三變的兩大關鍵：

> 七律至杜少陵而始盛且備，爲一變；李義山瓣香於杜而易其面目，爲一變；至宋陸放翁專工此體，而集其成，爲一變。凡三變，而他家之爲是體者，不能出其範圍矣。〔註207〕

雖各爲一變，但杜甫和陸游的七律詩都非常要求對仗、使事、格律等形式的精嚴，而且兩人的七律也多用以呈現沈鬱悲壯的題材風格。尤其陸游入蜀之後，這類作品大幅增加，更容易令人聯想到杜甫對他的影響啓發，姚鼐便直接斷言陸游的七律是「上法子美」。〔註208〕

　　題材、風格外，在藝術層面上，詩歌詞語句式的摹襲取用亦屬必然，舉例如下：

杜甫詩	陸游詩	說　明
公來雪山重，公去雪山輕。（八哀詩）	公去蓬山輕，公歸蓬山重。（喜楊廷秀密監再入館）	按：句式語典皆出於杜詩。

〔註205〕陳訏〈劍南詩選題詞〉，出自《宋十五家詩選》（台南：莊嚴文化出版社，1997年）

〔註206〕沈德潛《說詩晬語》卷下（台北：台灣中華書局，1965年）

〔註207〕舒位《瓶水齋詩話》（上海：上海商務印書館，1936年）

〔註208〕姚鼐〈今體詩鈔序目〉引自《方東樹評今體詩鈔》（台北：聯經出版事業公司，1975年），頁4。

物色分留待老夫。（岳麓山道林二寺行）	物色分留待下年。（送王仲言倅泰州）	
應結茅齋看青壁。（閬山歌）	會結茅齋傍青壁。（送嚴居厚棄官歸建陽溪莊）	按：句式詞語取自杜詩，但陸詩口吻更爲肯定。
牙齒欲落眞可惜。（莫相疑行）	牙齒雖落眞可惜。（雪後龜堂獨坐）	按：陸詩以一「雖」字轉化語氣，帶有翻案意圖。
山木慘慘天欲雨。（發閬中）	穿雲慘慘欲成雨。（秋日村舍）	
或看翡翠蘭苕上。（戲爲六絕句）	蘭苕看翡翠。（白鶴館夜坐）	按：杜詩此言批評詩人但造纖巧綺麗之詞，而無雄健之境；陸詩此本杜詩，亦論字句清麗、境界狹小、骨力細弱之詩風。
朱門酒肉臭，路有凍死骨。（自京奉先詠懷五百字）	朱門沈沈按歌舞，廄馬肥死弓斷弦。……笛里誰知壯士心，沙頭空照征人骨。（關山月）	按：陸詩以對比的方式，表現權貴們歌舞昇平、將軍們不修戰備，更凸顯淪陷區人民悲苦的生活；此手法與思維顯然直接淵源於杜甫〈自京奉先詠懷五百字〉詩。
新詩改罷自長吟。（解悶）	鍛詩未就且長吟。（晝臥初起書事）	按：除了字句上的雷同外，還透露了在文學認知上，陸游也與杜甫有相似的主張：對詩歌形式語言講究，創作態度十分嚴謹。
浴鳧非鷺晚悠悠。（涪城縣香積寺官閣）	遊絲飛蝶晚悠悠。（春晴喧甚遊西市施家園）	按：一句中四字相同，句法又同，顯然仿襲。
長鑱長鑱白木柄，我生託子以爲命。（乾元中寓居同谷縣作歌七首）	長鑱眞託汝。（藥圃詩）	按：合杜詩兩句爲一句，詩意也濃縮爲一。
清江一曲抱村流。（江村）	清江抱孤村。（草堂拜少陵遺像）	按：陸游將七言杜詩縮爲五言，但似乎較缺乏江流彎曲意象。
可憐王孫泣路隅。（哀王孫詩）	世亂王孫泣路隅。（春近中山即事）	按：杜詩帶有情感成分，故稱可憐，陸詩則僅具陳述之語氣。
囊空恐羞澀，留得一錢看。（囊空詩）	一錢留得終羞澀。（一錢詩）	按：反用杜詩意。杜詩原謂恐羞澀而留一錢；陸詩則認爲即使留一錢亦羞澀，否定掉杜詩之意。

布衾多年冷似鐵。（茅屋爲秋風所破歌）	漫道布衾如鐵冷。（美睡詩）	
安得廣廈千萬間，大庇天下寒士俱歡顏。（茅屋爲秋風所破歌）	大廈萬間空有志，後車千乘更無期。掩書常笑城南杜，麻履還朝授拾遺。（窮居詩）	按：當陸游年過七十時，在詩中提到杜甫願得大廈以庇天下寒士的著名願望，以及杜甫被授與「左拾遺」時愧喜交加的心情，卻認爲杜甫過於天眞，直接斷絕了他救濟寒士和佔據高位的幻想。其實陸游是把自己身上的不足之處加在杜甫身上，以自我平衡。這也算是對杜詩意的一種翻案。
妻子山中哭向天，須公櫪上追風驃。（徒步歸行）	可憐杜陵翁，妄想追風驃。（老馬）	按：引杜詩典故，反說己懷。表面上他似乎對杜甫的艱難處境視而不見，因而嘲笑杜甫的搖尾乞憐。實際上，陸游是承認自己能力有限，卻以杜甫沒有自知之明，自我反諷。
便下襄陽向洛陽。（聞官軍收河南河北）	直自襄陽向洛陽。（送襄陽鄭帥唐老詩）	
一日上樹能千迴。（百憂集行）	吾孫上樹欲千回。（中春連日得雨雷亦應詩）	

　　其他句法樞機與杜詩相同，詩意神似者，在《劍南詩稿》中不知凡幾，以上不過略舉數例，但已可窺杜詩影響陸詩之一斑了。

　　在陸游詩論中，有專門論杜詩的，例如認爲「杜詩悲壯」、「杜詩不可以出處求」等等，不但給予杜甫很高的評價，也表示他對杜甫詩的瞭解，較江西詩派把杜詩價值放在出處的追求上更爲完整。〔註209〕同時陸游還自覺地繼承了杜甫的詩歌精神，表達了不平忠憤及悲壯的詩風，可說是最深得杜詩神髓者。同時代詩人劉應時便說道：「放翁前

───────────

〔註209〕　《老學菴筆記》卷七：「今人解杜詩但尋出處，不知少陵之意出不如是，……縱使字字尋得出處，去少陵之意益遠矣。」同註204。

身少陵老，胸中如覺天地小。」〔註210〕在江西詩派與楊萬里等宋代大家僅得杜詩皮相之時，陸游的深得其神，更顯得可貴。所以吳之振《宋詩鈔》會稱其「不寧皮骨，蓋得其心矣。」〔註211〕楊大鶴也才有所謂「世間紙上之李杜，時時有之者，放翁胸中之李杜也」〔註212〕之說。

（四）屈　原

　　陸游與之前的宋代詩人最大的不同，在於他受到唐代以外詩人的影響極其深遠，這裡主要針對屈原與陶潛而言。陶潛因其詩歌風格符合宋人的期待視野，自然能影響整個宋代，為大部分的宋代詩人接受。但屈原的忠君愛國形象自從杜甫出現後，幾乎已被取代，不如漢魏時那麼高度地被注視。而陸游卻跨越杜甫，與屈原產生深刻的共鳴。

　　陸游平生喜讀《楚辭》，這有多首詩為證，如：

　　　午窗弄筆臨唐帖，夜几究朱勘楚辭。（冬日詩）

　　　秋夜挑燈讀楚辭，昔人句句不吾欺。（秋夜懷哭中詩）

　　　清夜焚香讀楚辭，寒侵貂褐歎吾衰。（夜寒）

　　　窮每占周易，閒惟讀楚辭。（遣懷）

都可見他有讀《楚辭》的習慣。他不但白天讀，有時更挑燈夜誦，而且還靜思或探其真趣。之所以如此喜愛楚辭，主要是因為《楚辭》可以消愁解憂吧。我們見其詩中所言：〈阻風〉一詩有「聽兒誦離騷，可以散我愁」之句；在〈對酒〉詩中云：「老子不堪塵世勞，且當痛飲讀離騷。」〈村居遣興〉亦云：「掩關也有消愁處，一卷騷經醉後看。」

　　他也曾寫過不少悼念屈原、哀弔楚國滅亡的詩篇，例如〈哀郢〉：

　　　遠接商周祚最長，北盟齊晉勢爭強。章華歌舞終蕭瑟，雲夢風煙舊莽蒼。草合故宮惟雁起，盜穿荒冢有狐藏。離騷

〔註210〕劉應時〈讀放翁劍南集〉，引自《頤庵居士集》卷一　（上海：上海商務印書館，1936 年）

〔註211〕〈劍南詩鈔序〉引自吳之振編《宋詩鈔》（台北：台灣商務印書館，1968 年）

〔註212〕楊大鶴〈劍南詩鈔序〉，出自《箋注劍南詩鈔》（台北：廣文書局，1982 年）

　　　　未盡靈均恨，志士千秋淚滿裳。

〈哀郢〉本為屈原〈九章〉的一篇，陸游由楚國的滅亡聯想到南宋的
現實狀況，故借屈原舊題，表達今昔的感慨。其中他對屈原的同情，
實際上也是對自己不遇身世之悲。而他對屈原人格的敬佩效法之情，
亦可得見於詩中，譬如〈病酒新愈獨臥蘋風閣戲書〉詩中的：「逝從
屈子學獨醒，免使曹公怪中聖。」陸游與屈原的遭遇相仿，在讀《楚
辭》、〈離騷〉之間，可以把悲憤之氣散融其中，得到暫時之紓解。

　　然自夔州至南鄭、成都、蜀州以來，陸游無法施展的苦悶愈切，
廓清中原的期待又告落空，這時期，他更常在詩裡提到屈原了，彷彿
因為自身感觸與屈原的相似，而益以之為偶像。這時期也就是陸游自
己所謂的「中年困憂患，聊欲希屈賈。」〔註213〕階段。

　　而這時他在創作上，也因此有了新的變化發展。他於〈九月一日
夜讀詩稿有感走筆作歌〉即曰：「詩家三昧忽見前，屈賈在眼元歷歷。」
詩中他言及經歷南鄭的軍旅生活，使他找到了屬於自己的雄放風格，
那就是屈原（賈誼）骨力遒勁、內容壯闊、情感奔放宏大的創作表現，
因為這種風格才能反映陸游所欲表達的宏偉抱負。此後，他更一再強
調對屈原的學習效法，像〈枕上感懷〉詩云：「淵源雅頌吾豈敢，屈
宋藩籬或能測。」或如〈答鄭虞任檢法見贈〉云：「文章要須到屈宋，
萬仞青霄下鸞鳳」等等。

　　此外，屈原發揮豐富的想像力所創作的一些富於幻想的作品，對
陸游也頗有啟發，陸游很欣賞這類作品，曾言「奇思探莊騷」（〈散
懷〉）、「奇文窺屈楚」（〈新涼〉），均以「奇」字來稱讚之。而陸游的
詩也從中年開始大量出現這樣馳騁幻想的作品，雖大都只是穿插詩
中，用以描寫宋軍敗胡的期待，但從這些詩作還是可以感受到屈原對
陸游的影響。

　　而陸游對屈原的學習，不單是我們一般後來評論者所謂「愛國主

────────────

〔註213〕陸游《劍南詩稿》卷五十四〈入秋遊山賦詩略無闕日戲作五字七首
　　　　識之以野店山橋送馬蹄為韻腳〉（台北：台灣中華書局，1983 年）。

義思想的繼承」，〔註214〕也不僅是整體風格的領略，更從屈原及其他《楚辭》作家的文字中取典變化，例如：

屈原詩	陸游詩	說　明
狐死必首丘。（哀郢）	病骨敢懷狐丘首？（病酒新愈獨臥頻風閣戲書）	按：陸詩以反詰語氣表現屈原詩意。
吾令帝閽開關兮。（離騷）虎豹九關，啄害下人些。（招魂）	帝閽守虎豹，此計終悠悠。（登塔）	按：融化屈原前兩詩的語詞，來表露對朝廷的憂慮。
夕餐秋菊之落英。（離騷）	釀桂餐菊英。（言懷）	按：除詞語用字相同外，最特別的在於「餐」字作動詞運用的特殊感。
身既死兮神以靈，魂魄毅兮為鬼雄。（國殤）	壯心未與年俱老，死去猶能作鬼雄。（書憤）	按：取屈原語典表示自己心志的堅決，但此「鬼雄」一詞兩者所指不同，陸游在此轉指自己。

　　陸游的好友楊萬里曾以「盡拾靈均怨句新」〔註215〕一語，明確指出陸游詩與屈原的關係；王坤則以為：「陸游繼承了以屈原為代表的愛國主義傳統，又把屈原的哀怨悱惻乃至溫柔敦厚的傳統，發展成一種剛烈雄壯的風格。」〔註216〕由此均可推知，陸游對屈原的推崇學習，對他自己創作風格的確定很有幫助。

（五）陶　潛

　　根據陸游自己的說法，他首次接觸陶潛詩，是十三、四歲時：

　　　　吾年十三四時，侍先少傅居城南小隱，偶見藤架上有淵明詩，因取讀之，欣然會心。日且暮，家人呼食，讀詩方樂，至夜，卒不就食。（〈跋淵明集〉）

〔註214〕譬如王坤〈陸游對屈原愛國主義思想的繼承與發展〉（濱州師專學報，2000年3月第16卷第1期）

〔註215〕楊萬里〈跋陸務觀劍南詩稿〉，見《誠齋集》卷二十，同註77，頁187。

〔註216〕王坤〈陸游對屈原愛國主義思想的繼承與發展〉，同註214，頁48。

自此以後，他對陶潛的敬仰終身沒有變。陸游年少時原本就有「抵死愛湖山」的雅興，十四歲以來，往來諸山之間，渴慕名士的隱居生活，當時即有詩云：

> 少年慕黃老，雅志在山林。火食亦免強，寧有婚宦心？（〈古風〉）

二十餘歲時更有「少時酒隱東海濱，結交盡是英豪人」之謂。任俠慕隱之意終其一生貫穿於其思想當中。所以對陶潛，他亦經常在詩中表達對其詩歌與人品的仰慕，尤其中晚年時對陶詩的體悟更深刻，譬如〈讀陶詩〉一詩，就充滿了陸游對之無比的感佩：

> 我詩慕淵明，恨不造其微。退歸亦已晚，飲酒或庶幾。雨餘鋤瓜壟，月下坐釣磯。千載無斯人，吾將誰與歸？

「恨不造其微」，可知有心學陶但不能達到陶詩境界；「退歸亦已晚」，感嘆自己覺悟歸隱得太遲，這與他知嘉州後所發出「晚矣淵明悟昨非」（〈晝臥〉）的感慨極為相近。這樣強烈地「悟」，主要是因為當陸游對壯志宦途還帶有期望時，曾說過：「行遍天涯身尚健，卻嫌陶公愛吾廬」（〈彌牟鎮驛舍小酌〉）這種對陶潛的歸去表示否定的話。所以在他自覺「悟」之後的詩中，陸游都表現出自己有意學陶潛隱逸閒適的生活方式，例如〈小園〉詩中便有「臥讀陶詩未終卷，又乘微雨去鋤瓜」之句。陸游晚年刻意學陶之例更是俯拾皆是。但若就陶詩給陸游的影響而論，可以從其中年入蜀為界劃分前後兩期會更顯著。

三十二歲入蜀前，陸游曾把陶潛〈讀山海經〉十首中第一首的首二句作為韻字，寫下十首〈和陳魯山十詩以孟夏草木長遶屋樹扶疏為韻〉詩。在詩中，他表露了與陶潛相類的情操：「固窮節」。

中年入蜀後，只做閒官，無法實現壯志，滿懷苦悶，但仍對理想抱負充滿樂觀。直至因「燕飲頹放」被罷知嘉州後，他才真正認識陶潛。晚年近二十五年的田園生活，使他更接近和敬仰陶潛和他的文學，故在詩中表示對陶的愛慕之情，或以陶潛自況的情形比比皆是：

菊花香滿把，聊得擬陶潛。（〈秋晚歲登戲作〉）

竹林嵇阮雖名勝，要是淵明最可人。（〈家釀頗勁戲作〉）

陶令巾車尋壑去，巴公茅屋賦詩來。（〈過湖上僧庵〉）

老始愛陶詩。（〈書南堂壁〉）

莫謂陶詩恨枯槁，細看字字可銘膺。（〈杭湖夜歸〉）

學詩當學陶，……正復不能到，鄉趣已可觀。（〈自勉〉）

一卷陶詩傍枕開。（〈初夏野興〉）

手把陶詩側臥看（〈冬初至法雲〉）

除了表示自己無時無地愛讀陶詩外，他還親自創作和陶詩，例如〈幽居記今昔事十首以詩書從宿好林園無俗情為韻〉詩即是把陶潛〈辛丑歲七月赴假還江陵夜行塗口〉詩的兩句十字作為韻腳所書寫。在此時，他一再表明「學詩當學陶」（〈自勉〉），直把陶詩作為典範，推崇的結果，陸詩受到陶詩很大的影響，正如趙翼《甌北詩話》評陸游晚年詩風時所作的結論：「及乎晚年也，則又造平淡。」這平淡即陶詩的主要特色，而且從上述引詩得見，顯然陸游還頗能掌握陶詩風格的精髓。另外，在追慕陶潛為人方面，亦有多首詩為證：

陶公妙訣吾曾受，但聽松風自得仙。（〈松下縱筆〉）

人生念念甚堪悔，敢效淵明嘆昨非。（〈東軒花時將過感懷〉）

寧乞陶翁食，難鋪楚客糟。（〈雨欲作步至浦口〉）

這些也都是影響陸游創作最大的部分。

除了風格、人格上的影響，陸游詩中也常看得到陶詩詩句、甚至陶潛文章或小說作品的影響：

陶潛詩文	陸游詩	說　　明
鼎鼎百年內（飲酒）	百年殊鼎鼎（聞雨）	
雞犬相聞。（桃花源記）	桃源雞犬塵凡隔（晦日西窗懷故山）	按：用陶文〈桃花源記〉的意象及典故。
	無人為報阿香道。（雷）	按：阿香乃淵明〈搜神後記〉中的人物，

眾鳥欣有托，吾亦愛無廬（讀山海經）	願君勿它求，且復愛吾廬（二愛）	按：陸詩此以陶詩爲中心思想，抒發的是一樣的安貧樂道之意。
相見無雜言，但道桑麻長（歸田園居）	相逢但喜桑麻長（村居初夏）	按：合陶詩兩句爲一句，詩意相同，應屬換骨法。
此中有眞意，欲辯已忘言（飲酒）	欲話窮通已兩忘（村居初夏）	按：同上說明
寓形宇內復幾時。（歸去來辭）	宇內寓形財幾時。（次韻花參政書懷）	按：陸詩明顯前後對換陶詩詞序。
門雖設而常關。（歸去來辭）	雖設柴門盡日關。（開東園路北至山腳因治路旁陳地雜值花草）	

（六）其他唐代詩人

1. 王 維

　　陸游對王維的推賞，由其〈跋淵明集〉提到十三、四時讀陶詩王詩，竟至於「欣然會心，日且暮，家人呼食，讀詩方樂，至夜，卒不就食」的地步即可知。陸游對王維最欣賞之處，即在王維關閉心隱的方式，王維在詩中常會「掩門」而自隔於塵世，譬如：「平生多掩扉」（〈喜祖三至留宿〉）、「荊扉乘晝關」（〈淇上即事田園〉）、「終年無客常閉關」（〈答張五弟〉）等等，連杜甫也對王維這點相當清楚，他在〈崔氏東山草堂〉也曾云：「何爲西莊王給事，柴門空閉鎖松筠。」

　　陸游在〈小舟過吉澤傚王右丞〉詩中便言明自己所學的就是王右丞此體：

　　　　澤園霜露晚，孤村煙火微。本去官道遠，自然人跡稀。木
　　　　落山盡出，鐘鳴山獨歸。漁家閑似我，未夕閉柴扉。

除此，陸游詩中還有如：「閉門非爲老，半世是閑人」（〈春雨〉）、「人生但閉戶，烏用分菽麥」（〈暇日弄筆戲書〉）、「謀生賴蔬園，養拙閉柴門」（〈老嘆〉）等，皆可見陸游用王維此類詞彙的頻繁，更甚者，他以「掩門」、「閉扉」爲題者尚有十數首。這樣的詞彙看似一般，但從杜甫到陸游的指陳，我們可以說，這種「掩門閉扉」詞彙已成爲具

有特定意義的意象材料，在陸游不斷抉取襲入的過程，便已經豐富了它原先負載的蘊含，顯示出陸游對王維詩的變異操作。

但此外，陸游還企求典型的王維式隱趣，從主觀上表達逃避自我的遁隱。例如《劍南詩稿》六十三卷中有十首古風，題爲〈讀王摩詰詩愛其「散髮晚未簪，道書行尚把」之句，因用爲韻賦古風十首，亦皆物外事也〉，更是生動地透露他自覺追隨王維的意向，表現了類似王詩的隱逸趣味。

從藝術技巧層面來說，王維「詩中有畫，畫中有詩」的手法，最特別之處即在突破時空限制，以心理時空顯現藝術邏輯，往往反常合道，別有趣味，例如他的名詩〈鳥鳴澗〉：「人閑桂花落，夜靜春山空。月出驚山鳥，時鳴春澗中。」將秋桂與春山放在一起，造成時空錯位的效果。這樣的藝術效應給了陸游很大的啓發，例如他的〈迓使客出郊夜歸過市樓〉一詩：

> 山川慘淡作秋霖，雲物徘徊結夕陰。手版向人漸老大，肩與出郭當登臨。二年雪瀨饒羈思，萬里冰河歇壯心。卻羨宣呼樓上客，隔帘紅燭最更深。

又如〈湖中暮歸〉一詩云：

> 風平別浦泛新月，日落前村鎖夕扉。

像陸游這些詩，便是將時間任意的倒流或超越，現實間固有的順序被切割成塊，再以意象的大幅度跳躍來拼合，表現心理的劇烈變化。

純就詩歌句式與詞語的互文關係上，陸詩較多在詩意格調上有所承繼，例如：

王維詩	陸游詩	說　　明
少年不足言，識道年已喪。(謁王旋上人)	早知壯志成痴絕，悔不藏名萬衲中。(觀華岩閣僧齋) 早知閭巷無窮樂，悔不終身一幅巾。(閑居初冬作) 少年妄意慕功名，老眼看來一發輕。(功名)	按：陸游這些詩句與王詩詩意接近，均將心態的轉折過程表露出來。二者生涯的歸趣方向與感慨，也具一致性。

　　雖然陸游的一些作品，如〈村翁〉、〈閑中自詠〉、〈抒懷〉等，皆顯示了他整個人生方向與生活方式是接近王維的，但兩者還是有些微的差別：王維取境以逸為主，而多求物象原樣的物境，構成情狀較屬於冷眼旁觀；但陸游還是以儒家精神為主導，構成的情狀還是為頑執入世的熱情，故物境多會轉向情境。

2. 韋應物、劉禹錫

　　韋應物風格原本即頗類王、陶，都以閒澹氣象為主。陸游在〈題廬陵蕭彥毓秀才詩卷後〉中言：「蘇州死後風流絕。」又說：「詩句雄豪易取名，邇來閒澹獨蕭卿。」可見陸游對平淡清遠、蕭散閒適的詩人，抱持著嚮往揚舉之意。

　　至於「詩豪」劉禹錫，陸游抒發感懷時，往往受其影響而多少具有劉禹錫的色彩。例如陸游的〈秋聲〉：

　　　　人言悲秋難為情，我喜枕上聞秋聲。快鷹下韝爪嘴健，壯
　　　　士撫劍精神生。

這與劉禹錫〈秋詞二首〉十分相似：

　　　　自古逢秋悲寂寞，我言秋日勝春朝。晴空一鶴排雲上，便
　　　　引詩情到碧霄。

顯然陸游追慕的是劉禹錫詩中豪逸的精神狀態，像上述這首詩構思組織、詩意句式，幾乎一致，但更接近的還是詩中所傳遞的氛圍。

　　總之，對王維、韋應物、劉禹錫等人的追習，大致而言，主要仍在於如陶淵明一派的閑逸平淡詩風。

3. 白居易

　　其實陸游詩還有一個很特殊的傾向，那就是白話化。許多評論者都將他的這種創作偏向歸源於白居易的影響。然而，陸游本人幾乎不曾讚賞過白居易；反倒是在〈示子遹〉及〈宋都曹屢寄詩且督和答作此示之〉等詩中對白居易頗有貶意，認為詩歌發展至元白以下，陵遲喪質：

　　　　元白纔倚門，溫李真自鄶。(〈示子遹〉)

　　　　陵遲至元白，固已可憤疾。(〈宋都曹屢寄詩且督和答作此示之〉)

儘管他不予承認白居易存在的影響，但我們從其作品中確實可見其甚為白話化的創作，例如〈阿姥〉一詩：

> 城南倒社下湖忙，阿姥龍鐘七十強。猶有塵埃嫁時鏡，東
> 塗西抹不成妝。

詩中意象簡樸，全是日常生活隨身物事，更重要的特徵在於用詞極為口語。另外，詞語句式上的互文影響亦不缺，譬如：

白居易詩	陸游詩	說　　明
身兼妻子都三口，鶴與琴書共一船。（解蘇州自喜）	身幷猿鶴爲三口，家託煙波作四鄰。（題菴壁）	
樽前誘得猩猩血，幕上偷安燕燕窠。（感興）	生來不啜猩猩酒，老去那營燕燕巢。（小築）	按：詞語引用之跡甚顯，但詩意截然不同。

像這些作品均與白居易詩風關係密切，難怪許多明清詩評家，如李東陽、謝榛、胡應麟或劉熙載等人，皆認定陸游受自白居易的影響。〔註217〕相形之下，陸游否認白居易詩風在他作品中的效應，也可算是種影響的焦慮：既受影響又抗拒接受。

4. 晚唐詩人

在南宋詩壇上，晚唐詩的影響又起，尤其受到楊萬里及四靈派的推崇；但江西詩派及其餘緒，則相當輕視晚唐詩。師承江西詩派的陸游，在理論上自然對晚唐詩予以嚴厲的批評，但由他批評的言論來推看，其實他之所以反對晚唐詩，並不與江西詩人同調。我們先看陸游對晚唐詩的一些評論：

> 李白杜甫生不遭，英氣死豈埋蓬蒿。晚唐諸人戰雖麈，眼
> 暗頭白眞徒勞。（〈記夢〉）
> 文章光焰伏不起，甚者自謂宗晚唐。（〈追感往事〉）

〔註217〕如李東陽曰：「陸務觀學白樂天，更覺直率。」引自《懷麓堂詩話》（台北：台灣學生書局，1970 年）。又如劉熙載說：「詩能於易處見工便覺親切有味，白香山、陸放翁擅場在此。」引自《藝概‧詩概》（台北：漢京文化出版公司，2004 年）。

> 數仞李杜墻，常恨欠領會。元白縱倚門，溫李真自鄶。正
> 令筆扛鼎，亦未造三昧。（〈示子遹〉）

> 天未喪斯文，杜老乃獨出。……及觀晚唐作，令人欲焚筆。
> 此風近復熾，隙穴始難窒。（〈宋都曹屢寄詩且督和答作此示之〉）

有些論者以為陸游這些批評是針對四靈而發，陸詩所稱「自謂宗晚
唐」、「此風近復熾」者即指四靈詩人，比對四靈詩派興起時間，此說
確為定見；只是若再仔細觀察陸游的詩論，他尚有如：「渡江之初不
暇給，諸老文辭今尚存，六十年間日衰靡，此事安可付之天」之論，
可見他對詩壇萎靡的風氣早已憂心不滿了，四靈提倡晚唐詩，又再將
晚唐瑣碎卑俗、纖巧細弱的詩風流衍詩壇，不但無補於當道，更使詩
風一蹶不振。所以，廣泛地說，陸游對晚唐詩的否定態度實取決於整
個詩壇風氣，並不只針對某個特定詩派而言。

　　而且，若再繼續觀察他對晚唐詩的指責，其實陸游對晚唐詩在藝
術上的用心，並未全盤否定，他對晚唐詩人鍛鍊字句的竭盡心力還頗
有美辭，像所謂的「筆扛鼎」、「戰雖鏖」，皆是肯定他們的藝術造詣。
但在這些批評的同時，陸游通常將之與李、杜等盛唐大家的氣象並舉
對照，我們可在比較下發現：

> 陸游指責晚唐詩人，是因為他們雖能在藝術上爭奇鬥巧，
> 卻逐漸喪失了李杜詩的優良傳統，即「措辭磊落格力
> 高」，……也就是宏偉闊大的境界，雄渾奔放的氣勢，是建
> 立在偉大人格和深厚情感基礎上的雄豪風格。〔註218〕

呼應之前陸游對南宋詩壇風氣的憂慮，與陸游個人向來在創作風格上
的追求，便更能明白體會陸游對晚唐詩的批判，還具有對當時詩壇更
積極的期待意義。

　　在瞭解陸游對晚唐詩態度的真正指向後，我們便可進一步理解陸
游在實際創作上受到晚唐詩極深影響的矛盾現象。

〔註218〕參見莫礪鋒〈論陸游對晚唐詩的態度〉引自《推陳出新的宋詩》，
　　　　同註181，頁216。本段論點大致採用莫文說法。

在陸游批評晚唐詩的同時，對於晚唐詩人許渾，陸游卻是時有稱譽之言。例如他作〈跋許用晦丁卯集〉云：

> 許用晦居於丹陽之丁卯橋，故其詩名《丁卯集》。在大中以後，亦可爲傑作。

又如他在嘉定二年所作之〈讀許渾詩〉中云：

> 裴相功名冠四朝，許渾身世落漁樵。若論江山風月主，丁卯橋應勝午橋。

詩中對許渾頗多推崇。但《談藝錄》裡論陸游與晚唐關係時卻說：

> 放翁五七律寫景敘事之工細圓勻者，與中晚唐人如香山、浪仙、飛卿、表聖、武功、玄英格調皆極相似，又不特近丁卯而已。〔註219〕

表示除了許渾外，許多晚唐詩人對他都有些許的影響。像他對趙嘏也甚爲讚賞，其有〈跋趙渭南詩集〉一文，曰：「趙渭南唐律，終身所作多出此，故能名一代云。」還嘗自謂：「好句眞慚趙倚樓。」（〈恩封渭南伯唐詩人趙嘏爲渭南尉當時謂之趙渭南後來將予爲陸渭南乎戲作長句〉）同樣長於七律的陸游，與趙嘏、許渾最相似處，應在於其作皆對偶工切，而且詩作中句意相近、詞語重複的現象也都很頻繁。這點可見諸趙翼舉證的十二例，或錢鍾書舉證的四十五例。

還有孟郊、賈島、姚合之徒，對陸游晚年也頗見影響，他們給予陸游的啓發主要在於鍛鍊詞句方面。雖然陸游對這些苦吟派詩人的評價不高，甚至說過：「亦莫雕肺肝，吟哦學郊島」（〈晨起〉）的話，但他晚年的作品中，卻常可見及與之相同的詩風手法，充滿了苦思鍛鍊之意，像他晚年所作〈齋中弄筆偶書示子聿〉即有句：「詩雖苦思未名家。」〈小園春思〉中也有云：「若論此時吟思苦，縱磨鐵硯也成凹。」還有〈書枕屏〉詩中的「改詩眠未穩」和〈東園〉詩中的「穿透天心得句歸」，這些均可見陸游沾染賈姚等人之習。

陸游實際創作中也有不少仿晚唐詩家的詞語句式者：

〔註219〕錢鍾書《談藝錄》，同注90，頁124。

許渾詩	陸游詩	說　明
萬里綠波魚戀釣，九重霄漢鶴愁籠。(陵陽初春日寄汝洛舊遊)	萬頃煙波鷗境界，九天風露鶴精神。(寄贈湖中隱者)	按：陸詩反許意為之。
賈島詩	**陸游詩**	**說　明**
養雛成大鶴，種子作高松。(山中道士)	鶴雛養得衝霄漢，松樹看成任棟梁。(開東園路) 買雛養得沖霄鶴，拾子栽成偃蓋松。(書齋壁)	按：賈詩簡單直陳，語言極白，而陸詩在相同詩意的前提下，運用更生動豐富的詞彙，營造形象化的意境。
杜荀鶴詩	**陸游詩**	**說　明**
日月浮生外，乾坤大醉間。(送九華道士游茅山)	世外乾坤大，林間日月遲。(書房雜書)	按：機杼如一，詞語亦近，但詩意稍有不同，杜詩似乎更具轉折的厚度，可見前人詩句的運用也會有遜於前作的狀況。
欺春祇愛和醅酒，諱老猶看夾注書。(戲題王處士書齋)	膽怯沽官釀，瞳昏讀監書。(荷鋤)	

　　江西詩派自黃庭堅起便極反對晚唐精緻工巧、對仗太切而格卑的走向，陳師道《後山詩話》就說：「寧拙勿巧，寧樸勿華，寧粗勿弱，寧僻勿俗。」這樣的觀點與其創作實踐是相符的；相較於陸游在藝術技巧上對晚唐體的偶有借鑒，顯然就有理念上的差異了。

（七）北宋詩人

1. 梅堯臣

　　對同為宋代詩家的梅堯臣，陸游最是嘆服。他在〈梅聖俞詩集序〉中對之推崇備至；在〈宣城李虞部詩序〉中便稱：「詩歌復古，梅宛陵獨擅其宗。」在〈讀宛陵先生詩〉中還將梅堯臣與李杜並置：「李杜不復作，梅公真壯哉。」而在〈書宛陵集後〉則把梅堯臣比喻為「趙璧連城價，隋珠照乘明」，在〈讀宛陵先生詩〉裡更稱讚梅詩：「平生

解牛手，餘刃獨恢恢。」

　　在陸游詩集中，自稱效梅堯臣體的創作更多，譬如〈寄酬曾學士學宛陵先生體〉、〈過林黃中食柑子有感學宛陵先生體〉、〈假山擬宛陵先生體〉、〈春社日效宛陵先生體〉等等，一直到他晚年的詩歌創作還有不少是仿自梅堯臣。特別的是，陸游竟是針對梅詩的雄渾來讚賞，梅堯臣的《宛陵集》中固然有不少雄健之作，但畢竟是少數。一般對梅詩的推賞，也以其「平淡」爲主，但陸游卻能以「歐尹追還六籍醇，先生詩律擅雄渾。導河積石源流正，維嶽嵩高氣象尊。」（〈讀宛陵先生詩〉）來稱許之，足見陸游對梅堯臣別有所得。

　　也就因爲如此，朱東潤看待梅堯臣給予陸游的影響，認爲梅堯臣的感觸時事、激昂奮發、敘述疾苦等，才是他帶給陸游最大啓迪之處。所以，朱東潤就指出：

　　　　在詩的藝術性方面，陸游向曾幾學習；在詩的思想性方面，
　　　　陸游是從梅堯臣得到啓發。〔註220〕

這樣的說法固然有其道理，但不免失之狹隘偏頗。因爲對家國時事的感懷表現，除了受到梅堯臣的影響外，呂本中、曾幾的愛國主義思維，和陸游本身「我生學步逢喪亂，家在中原厭奔竄」（〈三山杜門作歌〉）的經歷，他父親給予他的愛國教育〔註221〕等等，也都有很大的關係。

　　更何況陸游學梅詩還有他的平淡清遠的風格，而這也是梅堯臣最主要的詩風特徵和美學追求。〔註222〕陸游的田園閒適詩便是學這一種風格，尤其晚年更屢屢點出這種平淡之美，如：「無意詩方近平淡」（〈幽興〉）、「詩如水淡功差進」（〈秋懷〉）等等。

　　這樣的風格與陶潛、王維、韋應物等人是一脈的路子。其實，這樣的田園主題、閒適風格，在《劍南詩稿》九千餘首的詩歌中，佔了

〔註220〕朱東潤《中國文學論集》（北京：中華書局，1983年），頁318。

〔註221〕陸游〈跋傅給事帖〉敘述到其父陸宰和其他愛國志士們「相與言及
　　　　國事，或裂眥嚼齒，或流涕痛哭，人人自期以殺身翊戴王室。」見
　　　　《渭南文集》卷三十一（台北：世界書局，1970年）

〔註222〕梅堯臣〈讀邵不疑學士詩卷〉自稱：「作詩無古今，唯造平淡難。」

絕大的比例，與他愛國激昂的詩歌同樣引人矚目。陸游這類作品大都在歸隱山陰後所寫，一般評論者認為這是因為他「生活恬靜，心境消沈」，詩風才趨於平淡。但這也只是就其主流創作傾向而言，他的家國憂思及老驥伏櫪的豪氣，從來沒有因此消失，故而有〈老馬行〉、〈示兒〉等詩來表明素志。

2. 江西詩派

在南宋的詩壇，江西詩派的直接影響力遠大於唐代詩歌。陸游自然無從避免。他接觸江西詩派，是先透過曾幾的帶領入門，陸游從十八歲起，〔註223〕曾幾就數度面授他詩法。關於這一點，宋人趙蕃、戴復古、、劉克莊、魏慶之、方回等人都言之鑿鑿；在他自己的一些作品中，也對他師承江西一事有所記載，例如他曾在〈追懷曾文清呈趙教授趙近嘗示詩〉中說：

> 憶在茶山聽說詩，親從夜半得玄機。……律令合時方帖妥，
> 工夫深處卻平夷。

甚至到七十歲作〈贈應秀才〉時，還念念不忘曾幾對他的教導，說：「我得茶山一轉語，文章切勿參死句。」陸游詩中的愛國憂時的精神與曾幾等人也有一脈相承的關係，他在〈跋曾文清公奏議稿〉中曾提及與曾幾的往來曰：「略無三日不進見，見必聞憂國之言。」這些皆可證明兩人的傳承。

而曾幾與呂本中的詩法原是同一根源，經由曾幾，陸游得以接受呂本中的創作與理論的影響，他在〈呂居仁集序〉中陳述了他們三人之間的這段關係：

〔註223〕一般研究者根據陸游〈贈曾溫伯刑允〉一詩，將陸游從師曾幾的時間定於陸游十八歲這一年。但馬健〈陸游何年從師曾幾〉一文（牡丹江師院學報 1988 年第 10 期），舉出四點質疑，而根據陸游〈曾文清公墓志銘〉及〈寶慶緒會稽志〉所載，兩相對照，將陸曾兩人的初次見面定於 1155 年底，這一年陸游三十一歲，曾幾七十一歲。不過，之後於北山《陸游年譜》又辨明應為十八歲。（上海：上海古籍出版社，2006 年）

> 某自童子時讀公詩文，愿學焉。稍長，未能遠游，而公捐
> 館舍。晚見曾文清公，文清謂某：「君之詩，淵源殆自呂紫
> 微，恨不一識面。」某於是尤以爲恨。則今得托名公集之
> 首，豈非幸歟！

按照曾幾對陸游的提示，他們三人在詩法傳承上應是有淵源關係的，
陸游可說是江西詩派的正宗嫡傳。因此，陸游對呂、曾二人不但始終
欽慕，也終身奉行，他所承自二人的詩法正是江西詩派的核心理論：
「養氣」與「活法」。

　　如前文所述，黃庭堅論詩，十分重視詩人的人格修養，他甚至把
詩歌創作的「不俗」與氣節操守劃上等號。陸游從江西詩派繼承了「養
氣」說。他曾說明自己領會的養氣具體內容：

> 詩豈易言哉！才得之天，而氣者我之所自養。有才矣，氣
> 不足以御之，淫於富貴，移於貧賤，得不償失，榮不蓋愧，
> 詩由此出，而欲追古人之逸駕，詎可得哉？（〈方德亨詩集序〉）

可見他所謂的養氣，指的也和黃庭堅一樣，是一種高尚的人格情操、
一種至大至剛的精神力量。他對江西詩派的始祖黃庭堅自是非常敬
重，除了養氣之說完全接受外，還曾於出蜀東歸時多次瞻仰黃庭堅的
遺跡，並盛讚云：「元祐太史公，世寧有斯人！」（〈訪青神尉廨借景
亭蓋山谷先生舊游也〉）並經常在創作中仿效其句法用字。他對黃庭
堅的人格與藝術成就的推尊，至晚年亦然。

　　陸游從江西詩派學得的另一項重要詩法，即爲「活法」，活法的
精神主要有兩點：一、勿參死句，熟練詩律但不可爲之所縛；二、奪
胎換骨的靈活運用，重在悟入。陸游和呂曾等人在詩歌創作上有「曉
暢流動」的共同風格特色，即是在上述原則下形成。「活法」原是用
以矯正江西末流生硬弊端，所以都是強調求新求變的手法，陸游完全
掌握了其中的精神，因此，他雖服膺江西詩派，也受到呂本中、曾幾
的直接影響，但他卻能「不躡江西籬下跡」。〔註224〕

〔註224〕姜特立〈陸嚴州惠劍外集〉，見《梅山續稿》卷二（台北：台灣商

下面即是一些陸游詩中承用江西詩人詩詞語句的例證：

黃庭堅詩	陸游詩	說　　明
家釀可供開口笑，侍兒工作捧心顰。（同子瞻韻和趙伯充團練）	得酒不妨開口笑，學人時作捧心顰。（遣興）	按：從詞彙、句式到詩意均接近。
人間化鶴三千歲，海上看羊十九年。（次韻宋楙宗觀東坡出遊）	海上羝應乳，遼東鶴已回。（寓蓬萊館）牧羝未乳身先老，化鶴重歸語更悲。（獨登東岩）	按：陸詩取黃詩語典，但直接將歲月流逝之悲見諸字面，不若黃詩之含蓄委婉。
馬齕枯萁喧午枕，夢成風雨浪翻江。（六月十七日晝寢）	松聲驚破三更夢，猶作當時風浪聽。（夜聞松聲有感）	按：黃詩將馬齕草之聲想像爲風雨中江濤聲；陸詩則仿其創意，只不過改以夜半松葉聲爲風浪聲，兩者巧思極近。
陳師道詩	陸游詩	說　　明
人事自生今日意，寒花只作故時香。（次韻李節推九日登南山）	人意自殊平日樂，梅花寧減故時香。（春近山中即事）	按：陳詩言「只作故時香」，但陸詩卻反言「寧減故時香」，換個語氣，將整體詩意作了反轉。
勝欲出門追語笑。（春懷示鄰里）	勝欲出門尋一笑。（南堂雜興）	按：句式詩意皆同。
陳與義詩	陸游詩	說　　明
獨立濛濛細雨中。（春寒）	獨立濛濛細雨中。（獨立）	按：陸游全用陳詩成句。
天翻地覆傷春色，齒豁頭童祝聖時。（雨中對酒）	寧知齒豁頭童後，更遇天崩地陷時。（望永阜陵）	按：陸詩將陳詩前後互換，但以「寧知」一句，轉移了詩意重心。

　　較之對李、杜的仿效，陸游對黃、陳等江西詩人的摹襲大多僅在字句細節上，而鮮少從整體風格上下手。

　　有些評論從陸游的創作風格上認定，他與江西詩派之間「始合終

離」，〔註225〕但我們從其創作中對江西詩法的肯定，和作品中一再出現的仿襲詞句，確認陸游對江西詩人的重視，而且這樣的態度，一直沒有改變，即使到他晚年的一些詩歌言論裡仍可見及。陸游對江西詩派的學習和借鑒可謂貫穿整個創作歷程的，相對的，江西詩派對他的影響，也從未稍減。雖然，就如方回所言：「放翁詩出於曾茶山，而不專用江西格，間出一二耳。」〔註226〕可是，我們仍不宜驟然否定陸游與江西詩派一直以來的影響關連。所以像《四庫總目提要》曾謂之：「清新刻露，而出以圓潤，實能自闢一宗，不襲黃陳舊格。」葉慶炳也認為「圓潤」為呂本中、曾幾所努力追求，而至陸游則可堪稱名家，這樣的說法較斷然劃分其與江西詩派的關係，似乎更為合理。

二、受影響的矛盾與焦慮

從陸游受影響的情況看來，處於南宋的他，雖然也受到前代詩家的沾溉，但畢竟不像北宋詩人得直接面對唐代詩歌成就的壓力，使他們必須用力於斟酌字句上的異同，朝唐人已有的藝術成果作技巧上的競爭，所以從王安石到黃庭堅，我們多看到他們在語典事典上的轉化策略，以及與前人互文性的點化關係。可是陸游距離唐代已有一段距離了，故接觸態度上相對冷靜許多，即使影響和焦慮不會稍減，但至少不再聚焦在唐代詩人身上，壓迫感也比較不那麼強烈。因此他可以跨越到更早之前的典範，也可以從歷史的制高點上作更全面的省思，故陸游創作努力的方向不在於字句細節上，而是在於個人整體風格的突出。

同時也由於受困於國家政局的動盪，所以在南宋，有更大的議題等待詩人去解決面對，故個人在創作書寫時，往往以當下情感意志的

〔註225〕例如朱東潤〈陸游的創作道路〉一文，其中則表示陸游後來「全盤否定他和曾幾的學習關係。」還針對陸游〈答鄭虞任檢法見贈〉中「區區圓美非絕倫，彈丸之評方誤人」一聯，以為如此亦斷絕了與呂本中的淵源。但這個說法，莫礪鋒〈陸游詩家三昧辨〉一文中已有駁斥，見《推陳出新的宋詩》，同注181。

〔註226〕方回《瀛奎律髓》（上海：上海古籍出版社，1993年）。

抒發爲主，至於是否承受前人影響，這層面的感受相對不成爲陸游的重心。不過，並不代表他沒有影響下的焦慮，因爲北宋的一些強者詩人在對抗唐人上確實頗有成績，這對陸游來說，才是更直接的影響。因此，陸游的影響焦慮廣泛地涵括了北宋詩人。

陸游的作品大多可以推知創作年代與背景，加上他有若干首明白揭示其創作歷程的詩歌，我們就以之爲依憑，探討陸游的焦慮反應。

陸游自己的創作分期爲：少時——1170 年入蜀前，中年——1190年退居山陰以前，老年——1190 年退居山陰以後。而最尊崇陸游的趙翼，他對陸游的分期則有這麼一段論述：

> 放翁詩凡三變。宗派本出於杜，中年以後自出機杼，盡其
> 才而後止……此初境也。……自從戎巴蜀而境界又一變。
> 及乎晚年則又造平淡，並從前求工見好之意亦盡消除，所
> 謂「詩到無人愛處工」者。劉後村謂其皮毛落盡矣，此又
> 詩之一變也。〔註 227〕

除了分期的提出外，趙翼這段文字還將陸游詩風作了階段性的說明，這個敘述幾乎是符合陸游詩集中和陸游自述中的情形。

但朱東潤《陸游研究》則認爲：陸游〈示子遹〉詩明明已將自己的歷程區分出「初學」和「中年」的不同，而趙翼將之一併歸爲「初境」，如此並不合宜。因此，他也重新爲陸游的作品分期：

早年：少時至四十六歲到夔州前夕（1170），近三十年，存詩 230
　　　首。

中年：入蜀後至六十五歲被劾罷官（1189），約二十年，存詩 2430
　　　首。

晚年：罷歸山陰至逝世（1209），約二十年，存詩 6470 首。

不管是哪一種分期，陸游的創作歷程經過三變總之是他自己和一般評論者的共識。

首先，將陸游明白揭示自己創作歷程的詩作列出如下：

〔註227〕趙翼《甌北詩話》，同注 134。

〈九月一日夜讀詩稿有感走筆作歌〉：
　　我昔學詩未有得，殘餘未免從人乞。力屈氣餒心自知，妄
　　取虛名有慚色。四十從戎駐南鄭，酣宴軍中夜連日。打球
　　築場一千步，閱馬列廄三萬匹。華燈縱博聲滿樓，寶釵豔
　　舞光照席。琵琶弦急冰雹亂，羯鼓手勻風雨疾。詩家三昧
　　忽見前，屈賈在眼原歷歷。天機雲錦用在我，剪裁妙處非
　　刀尺。世間才傑固不乏，秋毫未合天地隔。放翁老死何足
　　論？廣陵散絕還堪惜。

〈示子遹〉：
　　我初學詩日，但欲工藻繪。中年始少悟，漸若窺宏大。怪
　　奇亦間出，如石漱湍瀨。數仞李杜墻，常恨欠領會。元白
　　纏倚門，溫李真自鄶。正令筆扛鼎，亦未造三昧。詩為六
　　藝一，豈用資狡獪。汝果欲學詩，功夫在詩外。

〈入秋游山賦詩略無闕日戲作五字七首識之〉：
　　束髮初學詩，妄意薄風雅。中年因憂患，聊欲希屈賈。寧
　　知竟鹵莽，所得才土苴。入海殊未深，珠璣不盈把。老來
　　似少進，遇興頗傾瀉。猶能起後生，黃河吞鉅野。

（一）早　期

　　早年的陸游和其他宋代的詩人一樣，十分重視學習，他就曾說：「我
生學語即耽書，萬卷縱橫眼欲枯。」（〈解嘲〉）在他晚年所做的序跋中
也屢次提到自幼喜愛岑參的詩，十三、四歲接觸陶、王作品，平時多讀
《詩經》、《楚辭》，三十歲左右又受到江西詩人的薰陶等等……所以早
年可說是他廣泛學習模仿的階段。但學習的對象儘管廣博，他卻是很清
晰地選擇批判性的學習：「萬卷雖多應具眼。」這就顯現出他在學習的
過程中自主性極高，也頗有自己的主張，而非來者不拒地囫圇吞棗。

　　對於自己早年的創作狀況，其實陸游在後來的反省下，顯然並不
滿意。他說自己當時：「學詩未有得，殘餘未免從人乞。力屈氣餒心
自知，妄取虛名有慚色。」字裡行間透露了尚須依傍他人門戶的苦悶。
在這裡「殘餘未免從人乞」一句向來被後代批評家理解為「蹈襲前人

佳句」，例如錢鍾書即云：

> 放翁詩中，美具難并，然亦不無蹈襲之嫌者。《困學紀聞》
> 卷十八即舉其本朱新仲、葉少蘊兩聯，殆翁〈九月一日夜讀
> 詩稿有感走筆作歌〉所謂「殘餘未免從人乞」者歟？〔註228〕

其下又引了陸游二十三首詩為例證說明。但根據莫礪鋒的推論，所引
例證其實多為中晚年之作，莫礪鋒文中便反駁道：

> ……無論如何，「殘餘未免從人乞」不可能是指蹈襲前人佳
> 句。否則的話，陸游怎麼會在四十八歲時已悟其非，至六
> 十八歲時又鄭重申明此意，而在實際創作中卻越來越嚴重
> 的出現這種情形呢？〔註229〕

莫說極有見地，依循其說，既然陸游所稱的「從人乞」非僅指對前人
作品一字一句的模擬，則應是指在早期處於模仿階段時，還未建立自
己獨特的風格，所以作品中借鑒前人風格的表現。

　　對於一個創作者而言，作品沒有個人特色，等同於無意義的創
作。若是更甚者，自己本已無以名己的情況下，還取用前人已經建立
的成就來表現自己，這樣一味「接受前驅所擁有的東西，前驅者無形
中就凌駕於自己之上」，如此就會使得後起者愈加「顯得平庸無能」。
〔註230〕陸游也與其他詩人一樣，經歷過模仿前人的階段。這個幾乎
完全取決前人的創作過程，讓他覺得是向人乞討般不堪，心理上因而
呈現了上述的沈重負荷。雖然影響焦慮的反應讓他希望能擺脫「殘餘
未免從人乞」的困境，當時卻因創作功力與個人涵養各方面未臻圓
熟，而仍「力屈氣餒」，終究心有餘而力不足。

　　在此，要特別指出朱東潤一個相當重要的看法，他說：

> ……早年的詩，經過陸游的精選……他早年的作品，不代
> 表他早年的主張而是代表他中年的主張。〔註231〕

〔註228〕錢鍾書《談藝錄》，同注90。
〔註229〕莫礪鋒《推陳出新的宋詩》，同注181，頁244。
〔註230〕胡寶平〈論哈·布魯姆"詩學誤讀"〉《四川外語學院學報》1999
　　　　年7月，頁2
〔註231〕朱東潤〈陸游作品的分期〉，引自《陸游傳》（台北：華世書局，1984

換言之,陸游在〈九月一日夜讀詩稿有感走筆作歌〉的反省,是他六十五歲時的回顧,這表示老年的他具有很明確的創作者自我意識,也很清楚分析自己年少時強烈的後來者焦慮。至於早年尚處於摹習階段的他,是否也已有此自覺能力,這牽涉到陸游影響的焦慮是否早已出現,我們有必要釐清他不同階段所承受的影響反應。理論上,當詩人選取他所喜愛的前人作為學習對象時,受前人影響所產生的焦慮也就此展開,除非有足以說服自己的心理機制,或可以反抗前代成就的書寫策略。但有無意識到焦慮的存在,則是屬於強者詩人才有的個別特質了。對於這樣的情形,陸游詩中的確承認自己「力屛氣餒」,但也強調「心自知」,而且覺得「妄取虛名有慚色」,早年的詩名讓他覺得汗顏的原因也在此,表示他有十分的自覺,在心理層面上也感受到盡取前人的不安。只是雖有這樣的體認,力所不逮時,只能朝向他當時能著力改變的方向走。

　　當時陸游自知整體風格尚未走出自己的步調,不過,在他〈示子遹〉詩中有言:「我初學詩日,但欲工藻繪」,倒讓我們看到陸游藝術技巧方面的講求,在早年階段便已有過琢磨,而且非常熟練了。這樣強調技巧的創作理念貫穿他的一生,及至中年、晚年詩中仍不乏大量藻繪的例子。陸游律詩的對仗工巧向來是他詩歌的一大特色,像劉克莊就曾稱許他:「古人好對偶被放翁用盡。」〔註232〕可見他對這樣的創作手法從不排斥,甚至這樣的技巧還使陸游培養出足夠的才力,為日後建立個人風格奠定基礎。只是文後所謂「中年始少悟,漸若窺宏大」,語氣上容易讓人以為陸游是否定「工藻繪」一事的。若按上文推衍,陸游中年始悟者乃風格之建立,與詞語層面的工巧技法,可區別看待,或可以謂早年和中年兩期,著眼處與用力處之不同。

　　在陸游早年的階段中,接觸江西詩派,並學習江西詩派的詩法理論,是很重要的關鍵經歷。而且從上文闡述他承受自江西詩派的影響,顯然他對江西詩派的仿擬接受,並未引發太過強烈的焦慮感。而

年)
〔註232〕劉克莊《後村詩話》前集卷二（台北:藝文印書館,1970 年)

且他至老都還拳拳服膺。除了養氣說與他的認知相契外，江西的「活法」、「奪胎換骨」等詩法，都具有求新求變的意識，也符合陸游的創作理想，故江西詩派給予陸游的影響一直關係著他的創作。

不過，陸游對江西詩派並不是全盤接受，對一些他覺得不合理之處，他也會提出異議。〔註233〕其中，最著名的是他對師祖黃庭堅「無一字無來處」的辯駁：

> 今人解杜詩，但尋出處，不知少陵之意，初不如是。……
> 縱使字字尋得出處，去少陵之意益遠矣。……且今人作詩，
> 亦未嘗無出處，渠自不知，若為之箋注，亦字字有出處，
> 但不妨其為惡詩耳。〔註234〕

陸游的說法很有意思，所謂「今人作詩，亦未嘗無出處，渠自不知，若為之箋注，亦字字有出處」，可見他已經體認到語言的約定俗成，與語言功能的可重複性，因此不可能存在完全沒有「出處」的語言，不但如此，而且有時候創作者也會「渠自不知」，產生所謂的「無意的誤讀」，即無意識下的互文性。此說法還暗示了作者無法完全自覺的語言系統，這個系統為讀者，也就是後來的創作者，開啟了另闢蹊徑的可能，因為每一個後來者的誤讀都可視為一種新的再創造，這種創造成就的應是整體風格的呈現，而非僅在逐字逐句的小枝節上追求。

而當初黃庭堅這個說法的提出，可以視作對前驅者的反動，一旦指出前人尚有前人，再偉大的典範也有襲自他人的時候，如此或可稍減後來者受影響時的焦慮與憂懼。然陸游既已點出了語言系統的互文性關係，且事實上，字字有出處並不能保證絕對成就好詩，所以，他便認為光是在字面上追尋出處，不如掌握前人的詩歌意境，對於個人風格的建立更有助益。這就與黃庭堅當初的立意有別，不過，卻表現了另一個焦慮反應下的突破契機。

〔註233〕這雖顯現了他強者詩人的特質，但也往往成為後人評論陸游與江西
詩派漸行漸遠的立論依據。
〔註234〕陸游《老學菴筆記》卷七，同注209，頁95。

又例如他在〈尤延之尙書哀辭〉中稱揚北宋詩家歐陽脩、王安石、蘇軾等人，表現他不崇古卑今的態度之餘，又直指江西詩派末流的缺失：

> 吾宋之文抗漢唐而出其上兮，震耀無窮。……後生成市兮，摘裂剽掠以爲工；遇尤公於都城兮，文氣如虹，落筆縱橫兮，……（文集卷四十一）

以尤袤的縱橫文氣來反襯江西末流僵硬的奪胎換骨，認爲其「摘裂剽掠以爲工」的表現，不如南宋中興詩人的開創文氣，在這同時陸游也擺落江西詩派廣大勢力的影響。

又比方說江西詩派向來主張以學問爲詩，強調多讀多學古人詩文及其作法，像黃庭堅就曾要求後學者應熟讀李、杜、白、韓之詩文；〔註235〕但陸游卻很講究生活歷練對創作的激發，他所說「紙上得來終覺淺，絕知此事要躬行」，即是說明生活體驗高於學問的最佳例證。

就是因爲陸游與江西詩派的互動，建立在他獨立的思維中，因此江西詩派對他影響固然很深，倒沒有太過的壓迫感。當然，布魯姆說過，影響是不會因意志而改變，但影響的焦慮卻可能因而被克服。江西詩派帶給陸游的影響是一定存在的，但由於陸游本身的自覺意識，使得他在許多作法觀點上與江西詩派有了區隔，他所承受的影響焦慮自然也就相對降低。

另外要提出的是，陸游年輕時便有了詩名，但他對自己的詩名似乎不怎麼以爲然，除了上述「妄取虛名有慚色」的理由外，主要還是因爲他把自我價值的重心放在勛名事業上，強烈的功名之念，使他不甘只作爲一個詩人。他嘗自述曰：

> 進無以顯於時，退不能隱於酒，事刀筆不如小吏，把鋤犁不如健婦。……是翁也，腹容王導輩數百，胸吞雲夢者八九也。（文集卷二十二：放翁自贊）

他原是志在規復中原的愛國志士，「腹容王導輩數百，胸吞雲夢者八九」，是要如王導之輩，爲家國而憂而豪的；但不遇於時，使他不得

〔註235〕見黃庭堅〈與徐師川書〉一文。

已只能爲詩人，這在他許多詩中都透露出他對自己的詩名那種掙扎複雜的感懷：

> 少慕功名頗自奇，一生蹭蹬鬢成絲。（〈蹭蹬〉）
>
> 壯歲功名妄自期，晚途流落鬢成絲。（〈書感〉）
>
> 飄零爲祿仕，蹭蹬得詩名。（〈秋夕〉）

最明顯的喟嘆在於他〈讀杜詩〉時，同爲杜甫和自己的遭遇不平：「後世但作詩人看，使我撫幾空嗟咨。」生命錯置的無奈，讓他一再否認自己是詩人的角色。

一直到陸游四十多歲時，寫〈劍門道中遇微雨〉一詩：

> 衣上征塵雜酒痕，遠遊無處不銷魂。此身合是詩人未？細雨騎驢入劍門。

家國情勢向來是令陸游黯然感嘆的原因，然而事實上他卻是一位無計救國的詩人，「此身合是詩人未」這個他長久以來反覆不斷的疑問再次浮現，不甘心但終究得接受這個殘酷的認知，所以他別無選擇地穿過細雨，走進了曾經住過許多孤獨詩人，完成許多優秀詩篇的地方。詩中的最後一句，不僅表示他已接受現實，而且就詩人的身份而言，也代表了他與前驅詩人之間建立了關係。

在陸游入蜀途中，遊覽了大江兩岸的名勝，更重要的，他也憑弔了屈原、李白、杜甫等諸先驅的遺跡，這樣的精神領略對他進入南鄭後，產生創作歷程中重要的一變，頗有影響。

（二）中　年

陸游進入蜀地，在南鄭有過短暫的軍戎生活，這對陸游是全新的生命體驗，也是最接近陸游理想的一個經驗。雖然這個經歷讓陸游感到激昂興奮，但因他並未眞正參與前線的殺敵，所以他此時呈現的軍旅生活，更多在於軍中將領官員們的射獵宴飲，例如：「軍中罷戰壯士閑，細草平郊恣馳逐」（〈冬夜聞雁有感〉）、「軍中無事酒如川」（〈風順舟行甚疾戲書〉）、或「朝陪策劃清油裡，暮醉笙歌錦幄中」（〈憶山南〉），甚至他在〈九月一日夜讀詩稿有感走筆作歌〉中提到領悟詩家三昧的過程

時，也出現描繪軍旅生活是「酣宴軍中夜連日。打球築場一千步，閱馬列廄三萬匹。華燈縱博聲滿樓，寶釵豔舞光照席。琵琶弦急冰雹亂，羯鼓手勻風雨疾」的情形，這樣的生活如何啓發觸動陸游在創作上出現「詩家三昧」的領會呢？到底他所謂的「詩家三昧」又是什麼呢？

陸游在〈示子遹〉詩中曾說道：「汝果欲學詩，工夫在詩外。」許多學者將這句話理解爲：陸游強調「從生活著眼，從現實著眼」，〔註236〕當然這句話一定含有積累生活閱歷的意思，但除此之外還另有一個重點，即是他承自江西詩派以個人修養爲主的養氣說。他認爲文學要有豐富的人生經歷外，還須充滿生命感動力，這種生命感動力的培養，就是立足於高潔情操與人格精神的基礎上。所以他嘗云：

> 蓋人之情，悲憤積于中而無言，始發爲詩。……紹興間，秦丞相檜用事，動以語言罪士大夫，士氣抑而不伸，大抵竊寓于詩，亦多不免。若澹齋居士。陳公德召者，故與秦公有學校舊，自揣必不合，因不復與相聞，退以文章自娛。……不怨不怒，而憤世疾邪之氣，凜然不少回撓。(〈澹齋居士詩序〉)

此段文字雖是針對澹齋居士之詩而作，但其「憤世疾邪之氣」正是陸游所重視的精神力量。此外，他又曾對創作有過這樣的意見：

> 文章無所秘，賦予均功名。吾嘗考在昔，頗見造物情。離堆太史公，青蓮老先生。悲鳴伏櫪驥，蹭蹬失水鱗。飽以五年讀，勞以萬里行。艱險外備嘗，憤鬱中不平。山川與風俗，雜錯而交并。邦家志忠孝，人鬼參幽明。感慨發奇節，涵養出正聲。故其所述作，浩浩河流傾。(〈感興〉)

他在此段文字裡更明白揭示他認定的創作元素：人生歷練、見聞知識、以及人格正氣的涵養。這些要素，在他入蜀以來，已逐漸積累，我們從他的經歷可以驗證之：他遭受過戰亂、功名愛情也皆受挫折、入蜀後飽覽壯麗景色、又加入緊張熱烈的軍旅生活，生命的艱險不

〔註236〕如齊治平〈陸游的文藝理論與實踐〉引自《陸游傳論》(長沙：岳麓書社，1984 年)

平、家國壯志的激切，都沈澱了陸游的生命感動力，完成了他充沛精神力量的養氣過程，況且還有他早期在藝術技巧上的鍛鍊基礎。這些種種，在南鄭豪壯的軍中氣氛圍繞下，進而為其詩歌奠定了屬於他個人特有的風格。這時所形成的獨特創作風格，應該就是陸游忽然見悟的「詩家三昧」。

否則，僅就愛國詩的主題發揮而言，陸游入蜀前後的差別，僅在於數量的增多，當然，整體的成熟度有所提高，但在思想內容方面，與早期創作並無差異，他自己也曾在詩中言道：「束髮初學詩，妄意薄風雅。中年困憂患，聊欲希屈賈」從早期到中年，他都一直期許自己像詩經、屈賈作品那樣呈現愛國意識。這也表示所謂的「詩家三昧」之境界非指創作的思想內容的部分而已。

到底陸游所建立的，屬於他個人特質的詩歌風格是怎樣的呢？我們從他悟得三昧後，「屈賈在眼原歷歷」「漸若窺宏大，怪奇亦間出，如石漱湍瀨」的敘述，或他作於五十三歲的〈白鶴館夜坐〉詩中論到「豈知雲海中，九萬擊鵬鯤」，諸此云云皆指向雄渾奔放、壯麗豪宕的風格。也只有這樣的風格才能與他的宏偉抱負相映，也才能真正代表陸游個人的情感格調。再回頭觀看，不容諱言的，打球閱馬、豪縱痛飲的軍中雄放生活，與陸游所追尋的詩風，有相當一致的傾向。故他之所以在南鄭經歷中達到這樣的創作境界，確實是有觸發的關連性。

莫礪鋒將陸游詩集中最能體現其雄渾奔放風格的作品羅列檢視，的確可以見得這樣風格的作品多集中出現在他「詩家三昧忽見前」之後的數年間，〔註237〕更證實了趙翼所稱「放翁詩之宏肆，自從戎巴蜀，而境界又一變」之說。

這個階段可說是陸游不斷尋找、探索、建立起他個人獨特風格的過程，也是他整個創作歷程最關鍵的部分。有了自我的創作特色及獨特的風格，代表他不再依附前人之下，影響的焦慮趨緩，甚至消弭。

〔註237〕莫礪鋒《推陳出新的宋詩》，同注181，頁251～252。

當陸游達到「詩家三昧忽見前」的境界之後，可謂「漸若窺宏大」。
他對自己作品的信心，表露無遺。不但言「天機雲錦用在我，剪裁妙
處非刀尺」，顯示其創作時無入而不自得的自負，而且還言：

　　高吟金石裂，健筆龍蛇走。……大笑各散歸，吾輩可不朽。
　　（〈秋郊有懷〉）

　　是間儻有句，可與屈宋鄰。詩如奮蟄龍，天矯不受馴。（〈開
　　元寺小閣十四韻〉）

　　袖手哦新詩，清寒愧雄渾。屈宋死千載，誰能起九原？中
　　間李與杜，獨招湘水魂。自此競摹寫，幾人望其藩？（〈白
　　鶴館夜坐〉）

　　……老夫哦詩聲嘖嘖，淵源雅頌吾豈敢？屈宋藩籬或能
　　測。一代文章誰汝數。（〈枕上感懷〉）

不再如早期的憂慮苦悶，轉而充滿創作的愉悅，詩中處處展現了他雄
健自信的姿態，「吾輩可不朽」、「可與屈宋鄰」，而且「幾人望其藩」？
自認為可與前代大家相比而不遜色，也自負少人能匹敵：「一代文章
誰汝數」。甚至還將之視為創作珍寶，分享給其他詩人：「世間才傑固
不乏，秋毫未合天地隔。」縱使世上有許多才華傑出的詩人，如果沒
有找到自我風格特色，則必定會越差越遠，「始差毫釐而終隔千里」。
〔註238〕陸游的創作自覺相當清晰且絕對，這樣的創作者越是容易在
影響狀態下產生焦慮，也越是容易在焦慮中找尋出口，「詩家三昧」
的尋得，便是使陸游對自己更為篤定的防禦機制。

　　值得提出的，有些評論者認為陸游悟得「詩家三昧」之後，「拋
棄了從江西詩派學到的理論而自覺地走上現實主義的道路。」〔註239〕
然從他六十八歲作〈示兒〉時有這樣的說法：

　　文能換骨餘無法，學但窮源自不疑。齒豁頭童方悟此，乃
　　翁見事可憐遲。

〔註238〕莫礪鋒《推陳出新的宋詩》同注181，頁253。
〔註239〕朱東潤〈陸游詩的轉變〉，引自《中國文學論集》，見注220。

七十八歲〈夜吟〉時又有此說：

> 六十餘年妄學詩，功夫深處獨心知。夜來一笑寒燈下，始
> 是金丹換骨時。

這裡陸游的「換骨」說，自是與惠洪轉述黃庭堅之語，所謂「不易其
意而造其語」的具體作詩方法有別；但卻是與陳師道所稱的「學詩如
學仙，時至骨自換」（後山集卷二〈次韻答秦少章〉）以及曾幾所說的
「學詩如學禪，慎勿參死句。……又如學仙子，辛苦終不遇，忽然毛
骨換，政用口訣故。」（前賢小集拾遺卷四〈讀呂居仁舊詩有懷其人
作詩寄之〉）的意涵相當，皆指學詩的修養苦練過程，猶如經過長期
艱苦的煉製，始得金丹服食，而能脫胎換骨，即以此作喻創作得以進
入造語極深的頓悟之境。其實這兩種換骨之說在宋代詩論中均並存，
雖所指不一，但都屬江西詩派的詩法。陸游引之示兒或總結自己的學
詩體會，總之足見江西詩派的說法直至他老年都還有影響力。

（三）晚　年

晚年罷官居家的陸游，雖仍有「老去詩興渾漫與」的豪情，但大
半生蹭蹬仕途，晚年退而躬耕，卻又無法像陶潛那樣徹底安於農桑，
故對自己的胸襟志概仍不時自負自許又自嘆，充滿了矛盾，這樣的情
緒反覆出現在他晚年的一些作品中，例如在上段〈入秋游山賦詩略無
關日戲作五字七首識之〉詩中，我們可以感受到陸游十分肯定他自己
「老來」的詩，即晚年的作品，他稱之「傾瀉」，不僅在氣象上有「黃
河吞鉅野」之勢，而且還能「起後生」。相對地，卻認為自己中年的
詩「入海殊未深，珠璣不盈把」，似乎覺得徒以強烈的愛國情感直接
裸露，境界不夠深闊，「所得才土苴」，表現的作品就像渣滓那般，成
就不高；即使後來悟得了「詩家三昧」，好詩仍覺不夠多。

又如〈初多雜詠〉中有言：

> 書生本欲輩莘渭，蹭蹬乃去為詩人。囊中略有七千首，不
> 負百年風月身。

接受自己的詩家身份後，陸游也自信以自己的詩篇足以永垂不朽，「不

負百年風月身」，轉而努力借詩歌來成就自己的生命價值。但有時他卻顯得沮喪自疑，像：

> 予平生作詩至多，有初自以爲可，他日取視，義味殊短；亦有初不滿意，熟觀乃稍有可喜處。要是去古人遠爾。(〈跋詹仲信所藏詩稿〉)

張健以爲這是陸游「對自己的苛求」，[註240] 但從文字間看得出來陸游對自己作品十分在意，他會一再審視，反覆觀閱並檢討，所以才會有「初不滿意，熟觀乃稍有可喜處」的情形。不過，由他所言「去古人遠」一句，可見在創作上，他至老都仍耿耿於是否超越前人，「影響的焦慮」在他身上表現出強烈獨創感的追求與不落人後的競爭意識。

另外還有數首詩表現他晚年對自己氣衰才弱之感嘆者，例如：

> 文章雖自力，亦已強弩末。(〈老境〉)

> 我志日已衰，詩並無傑句。(〈思遠遊〉)

> 文章在眼每森然，力弱才疏挽不前。前輩不生吾輩老，恐留遺恨又千年。(〈文章〉)

這些作品有可能是因爲年歲已大而無力於家國之憂，所顯現出意志消沈的一面。這種抑鬱透過詩文，竟也如此消極，可說是雙重情感的嘆息。

不過，晚年絕大部分在農村度過的陸游，生活的體會與之前又截然不同，這時詩風因此而有另一變，即是平淡圓融詩風的呈現，而且，這個平淡是構築在他獨特的雄渾氣度上，其中愛國的積極精神仍持續不墜。對於自己詩風的這個轉變，陸游非常清楚，他甚至將兩種詩風作了剖析比較：

> ……然感激悲傷，憂時閔己，托情寓物，使人讀之，至於太息流涕，固難矣。至於安時處順，超然事外，不矜不挫，不誣不懟。發爲文辭，沖澹簡遠，讀之者遺聲利、冥得喪，如見東郭順子，憂然意消，豈不又難哉！(〈曾裘父詩集序〉)

「感激悲傷，憂時閔己，托情寓物」是屬於他早中期的詩歌表現，這

[註240] 張健〈陸游的文學理論研究〉，引自國立編譯館館刊第八卷第一期。

樣的情感方式「固難」；但與之相較，晚年時「安時處順，超然事外，不矜不挫，不詆不懟。」作品因而呈現「沖澹簡遠」的風貌，這樣的創作「豈不又難哉」？可知陸游對他晚年作品的肯定，有很大一部份是因為自己對此詩風的深刻掌握。

至此，他對創作手法的見解也愈加深入，譬如：「雕琢自是文章病，奇險尤傷骨氣多」、「文章本天成，妙手偶得之」、「吾文如醜女，惟藉粉黛假。……人本不勝天，豈復論寡眾」（〈入秋游山賦詩略無關日戲作五字七首識之六〉）或等等，使他更直接指出詩作僅在字句上用力的不足，「雕琢」或「粉黛」都成了病與假，應以整體表現的自然天成為要，且應學以致用、實際創作，才能真勝過理論上的觀點。而這裡的「雕琢」或「粉黛」，與他早期所謂的「工藻繪」，實有程度的差異。前者指在藝術技巧上刻意過度於字句的斟酌，有忽略文氣意境之嫌。這對晚年在創作功力達到高峰的陸游來說，是最為不屑的創作大忌。

除了強調整體意境風格是個人塑造獨創性的主要方向外，在超越古人的努力上，陸游還有一些理論上的妙言，例如在他的《老學菴筆記》中曾記載這樣一段評述：

> 唐韓翃詩云：「門外碧潭春洗馬，樓前紅燭夜迎人」，近世
> 晏叔原樂府詞云：「門外綠楊春繫馬，床前紅燭夜呼盧」，
> 氣格乃過本句，不謂之剽可也。（卷五）

這裡所謂的「氣格」，亦可與他所要求的「詩家三昧」之詩境一概而論；然重點在他以為：只要創作表現的意境風格勝過古人就不算剽竊，這樣的觀點也可視為影響焦慮下建構出的一種認知，有助於化解蹈襲前人的壓力。

但陸游詩中還有一個現象，向來為研究評論者所詬病，也值得在此加以探討，那就是陸游詩集中有許多作品的命題、立意及句律詞語，皆一再重複因襲，其甚者還被批評為流於腐熟。不但清代的朱彝尊、袁枚有所譏彈，〔註241〕連對陸游極度推崇的趙翼也不得不承認

〔註241〕朱彝尊：「陸務觀《劍南集》句法稠疊。」袁枚〈人老莫作詩〉稱

陸詩充滿了「或見於此又見於彼者」的情形。這樣重複疊出的句子比比皆是，譬如：

> 智士固知窮有命，達人原謂死如歸。(〈老境〉)
>
> 達士共知生是贅，古人嘗謂死如歸。(〈寓嘆〉)
>
> 殘燈無焰穴鼠出，槁葉有聲村犬行。(〈冬夜〉)
>
> 孤燈無焰穴鼠出，枯葉有聲村犬行。(〈枕上作〉)
>
> 民有褲襦知歲樂，亭無桴鼓喜時平。(〈郊行〉)
>
> 市有歌呼知歲樂，亭無桴鼓喜時平。(〈寒夜〉)
>
> 得官若使皆齊虜，對泣何疑效楚囚。(〈觀諸將除事〉)
>
> 得官本自輕齊虜，對景何當似楚囚。(〈寄二子〉)

從詩意到詩句幾乎完全相同，錢鍾書直接稱其為「自作應聲之蟲」，而且還分析陸游之所以會有這樣的創作行為，主要是因為：「非如此不能隨處安插佳聯耳。」可是這樣一來，其弊端便在於詩歌的「意境實鮮變化」，〔註242〕這也是受一般評論者批評之處。可是，陸游顯然不以為意，而且他應該是對這些佳句非常有信心，甚至十分自得，才會一再重複使用。在布魯姆的焦慮理論中，除了前驅者給予的影響壓力外，其實還包括了創作者自身前後期的競爭狀態，但是，我們看到宋代詩人，不管是王安石、蘇軾、黃庭堅、陸游，都曾以自己的詩句作為語典，一再重複在創作中，陸游是最明顯也最頻繁者，他完全不認為這會是一個創作困境。雖然，之前我們已經釐清這點不屬於本論文的探討範疇，本文乃以前代詩人的關係為討論的主軸，不過，藉此現象，我們也得以一窺宋代詩人自我挑戰意識的界線。

朱東潤〈陸游的創作道路〉中曾說道：

> 陸游的詩自江西派入手，其結果自成一家，他否定了曾幾、呂本中，並進一步否定了黃庭堅。陸游曾說起十三四歲時見陶潛詩，又說十七八歲時讀王維詩最熟，又說少時絕好

陸詩：「重複多繁詞。」

〔註242〕錢鍾書《談藝錄》，同注90。

> 岑參詩，他曾舉出謝朓、孟浩然、李白、杜甫、白居易、
> 蘇軾、蘇過這些詩人。我們可以說陸游之所以成為陸游，
> 這許多詩人的作品，對他都起過一定的影響，但是這些詩
> 人對他似乎都沒有起決定性的作用。〔註243〕

這段話我們之前討論過，在論述陸游和江西詩派的關係上，確實有失之武斷之弊，但他所謂這些對陸游產生影響的眾詩人們，並沒有真正對其起過「決定性的作用」，而陸詩最後得以「自成一家」，這樣的說法倒是不錯的。陸游生命歷程的每一時期，當生活上有變化，感情思想及詩學觀念也會隨之改變，他便會尋找接近自己、適合自己需要的詩人來效法。更重要的是，他清楚自己的需要，也知道自己的追尋目標，因此，他才能在這麼多前人的影響下走出屬於自己的風格，透過獨立的思維能力，擺脫各階段、各種勢力的影響的焦慮，成就文學史上南宋大家的評價。

第五節　楊萬里

楊萬里（1127～1206），字廷秀，號誠齋，江西吉水人。

楊萬里也是屬於「中興四大家」之一，《四庫全書總目提要》有云：「南宋詩傳於今者，惟萬里與陸游最富。」他和陸游一樣，均是從江西詩派入手而後自闢町畦的傑出詩人，他不只力救江西末流矯揉詰屈、枯槁寡味之窮，更開一詩派，足與江西派分庭抗禮。

這樣一位成就斐然的詩人，在乾隆皇帝大力推崇陸游，使陸游於後世的地位急速提升之際，卻相對受到冷落，甚至貶抑，例如《唐宋詩醇》譏之「油腔滑調」；翁方綱稱之：「俚俗過甚，漸多靡靡不振之音」（《石洲詩話》）；葉燮還說楊詩「幾無一首一句可探。」（《原詩》）這些評論使得楊萬里在文學史上一直不如陸游那麼受到重視。

其實，在南宋當時，楊萬里與陸游的評價與地位正好相反，楊萬

〔註243〕朱東潤〈陸游的創作道路〉，引自《中國文學論集》，同注 220，頁
318。

里在他的年代裡享有極高的聲譽，並世詩家群相推尊，例如：

姜特立〈謝楊誠齋惠長句〉：「今日詩壇誰是主，誠齋詩律正施行。」

項安世〈又用韻酬贈潘楊二首〉：「四海誠齋獨霸詩。」

王邁〈山中讀誠齋詩〉：「萬首七言千絕句，九州四海一誠齋。」

袁說友〈和楊誠齋韻謝惠南海集詩三首〉：「四海詩名今大手，萬人辟易幾降旗。」

葛天民〈寄楊誠齋〉：「近代獨有楊誠齋，才高萬古付公論。」

周必大〈跋楊廷秀贈族人復字道卿詩〉稱楊萬里：「執詩壇之牛耳。」又其〈奉新宰楊廷秀攜詩訪別次韻送之〉也云：「誠齋詩名斗牛寒，上規大雅非小山。」

連陸游都稱揚他，說：「文章有定價，議論有至公。我不如誠齋，此評天下同。」（〈謝王子林判院惠詩編〉）陸游此言並非應酬話，也不僅是自謙，而應是同時代人當時認知下的評價。

當時詩壇對楊萬里的尊崇，主要著眼於他開創了「誠齋體」，宋人即有不少仿效而作者，同為中興四大家的范成大也仿學過此體，影響之巨可見。元人歐陽玄〈羅舜美詩序〉便說：

江西詩在宋東都時宗黃太史，號江西詩派，然不皆江西人也。南渡後，楊廷秀為新體詩，學者也宗之。

「學者宗之」，翕然成派，在江西之後另開一股潮流。嚴羽《滄浪詩話》將之列為宋代最後一個「以人而論」的詩體，也是南宋唯一的一個詩體，嚴羽小注曰：「盡棄諸家之體而別出機杼」。後人評定誠齋體，亦多在其另陳面貌、自出機杼這一點。例如姚壎《宋詩略》言：「誠齋脫落皮毛，自出機杼。」呂留良、吳之振〈誠齋詩鈔序〉曰：「誠齋天分也似李白，蓋落盡皮毛，自出機杼。」項安世〈題劉都監所藏楊秘監詩卷〉也云：「雄吞詩界前無古，新創文機獨有今。」終南宋之世，對於楊萬里竟無訾議之詞，姜特立稱其為「詩壇盟主」，周必

大謂之「執詩壇之牛耳」。這樣的成就已經堪稱強者詩人。

　　況且，楊萬里平生嗜詩，自少至老，吟哦未輟，他嘗自謂：「予游居寢食，非詩無所與歸」（〈朝天集序〉）、「心疲於詩而病腫」（〈秋雨賦〉），在創作上用力之深，歷代詩人中亦不多見。這樣一個傾盡心力於創作的詩人，因為創作者意識的自覺，導使他的創作歷程充滿變化，在他自述中，表達了各階段變化的心情。他之所以能跳脫前人窠臼，別出機杼，正在於不願拾人牙慧的影響焦慮感十分顯著，這點在他的自述裡也能很強烈的感受到。在他整個創作的過程中，我們可以看到他努力掙脫江西詩派影響力的企圖與手法，楊萬里一再轉變詩風的最終目的，在於自創新體，但可能是過去沾染深厚，也可能是江西勢力太大，所以他必得採漸變的方式進行。因此在他每一階段的變化，目的性地朝自己的方向邁進的同時，屬於強者詩人的特質也越發清晰。

　　要再強調的是，一如上一節敘述陸游的仿襲時所言，南宋詩人受到的影響以江西詩派最為直接，故楊萬里的焦慮反應也就以對抗江西詩派為主要對象。

一、接受影響之矛盾與焦慮

（一）創作歷程

　　楊萬里一生詩風不斷變化，歷代論者已多有評析。按照楊萬里《荊溪集序》的說法，其存詩始於三十六歲，因為之前的詩已被他付之一炬。也因此，在其現存作品中無法完整呈現受前輩詩家影響的痕跡，故在本節的標目設立上稍有更動，以楊萬里創作歷程和特質來掌握他「影響的焦慮」反應。

　　楊萬里存詩九集，約四千二百多首，列表如下：

詩集名	創作年代	作序時間
江湖集	紹興三十二年（1162） ～淳熙四年（1177）	淳熙十五年（1188）

荊溪集	淳熙四年（1177） ～淳熙六年（1179）	淳熙十四年（1187）四月
西歸集	淳熙六年（1179）三月 ～淳熙六年（1179）十二月	淳熙十四年（1187）六月
南海集	淳熙七年（1180） ～淳熙九年（1182）	淳熙十三年（1186）六月
朝天集	淳熙十一年（1184） ～淳熙十四年（1187）六月	淳熙十三年（1186）六月
江西道院集	淳熙十四年（1187）七月 ～淳熙十六年（1189）	淳熙十六年（1189）
朝天續集	淳熙十六年（1189） ～紹熙元年（1190）	紹熙元年（1190）
江東集	紹熙元年（1190） ～紹熙三年（1192）	紹熙三年（1192）
退休集	紹熙三年（1192） ～開禧二年（1206）	無　序

　　楊萬里這九本詩集跨度了四十六年，但值得注意之處在於充分表現其創作情境心態的詩序，作年竟跨度六年，很明顯的，前四集的序言皆爲補寫，這種事過境遷的寫法，確實在可信度上引人質疑，像錢鍾書《宋詩選注》裡便說楊萬里「把自己的創作講得層次過於整齊畫一，跟實際有點兒參差不合。」換言之，這樣的詩序顯然屬於之後的反省。經過了一段時間的思索，創作者個人的思維轉變，觀點可能前後不一致；而且，其間實踐與理想的落差，也在這段時間讓創作者自己有空間再去圓潤，因此，是否眞能如實呈現當時創作的想法，是有爭議的。

　　不過，由於這是目前除了文本外，楊萬里本人最直接的創作供述，所以我們還是採用之，只是，在評估時仍要參酌詩集中創作的實際狀況。

　　至於楊萬里創作階段的分期，歷來學者有不同的分法，大體是以其自述爲準。例如方回《瀛奎律髓》卷一曰：「楊誠齋一官一集，每一集必一變。」看來似乎有九變，但他又言：「誠齋詩晚乃一變，江

湖、荊溪二集猶步步繩墨。」（瀛奎律髓卷二）可見楊詩實際上並沒有眞正達到「一集一變」的地步。

梁昆〈宋詩派別論〉將楊萬里的詩歌發展直接分爲兩期：三十七年的模仿期（包括學江西和學唐絕）與二十八年的創造期（即誠齋體）。〔註244〕歐陽炯〈楊誠齋詩研究〉也認爲楊萬里詩經歷模擬期與創造期兩大期；但他又細分成包含了江西體（二十一年）、唐音（十五年）與誠齋體（二十九年）的三階段。〔註245〕

現在回頭看幾段楊萬里代表性的歷程論述：

〈南海集序〉曰：余生好爲詩，初好之，既而厭之。至紹興壬午，予詩始變，予乃喜。既而又厭之。至乾道庚寅，予詩又變。至淳熙丁酉，予詩又變。……嗟乎，予老矣，未知繼今詩猶能變否？延之嘗云予詩每變每進，能變矣，未知猶能進否？

〈荊溪集序〉云：予之詩，始學江西諸君子，既又學後山五字律，既又學半山老人七字絕句，晚乃學絕句于唐人。學之愈力，作之愈寡。……戊戌三朝，時節賜告，少公事。是日作詩，忽若有悟，于是辭謝唐人及王、陳、江西諸君子，皆不敢學，而後欣如也。試令兒輩操筆，予口占數首，則瀏瀏焉無復前日之軋軋矣。

〈朝天續集序〉：昔歲自江西道院召歸冊府，未幾而有廷勞使客之命，于是始得觀濤江，歷淮楚，盡見東南之奇觀。如〈渡揚子江〉二詩，余大兒長孺舉似于范石湖、尤梁溪二公間，皆以爲余詩又變，余亦不自知也。

根據楊萬里自序，其詩主要有四次變化：一、紹興壬午（1162）；二、乾道庚寅（1170）；三、淳熙丁酉（1177）之間；四、紹熙元年（1190）前後。張瑞君結合其具體的創作情況，將之劃分爲四個時期：一、模仿期：紹興三十二年之前，主要學江西體。二、過渡期：自紹興三十

〔註244〕梁昆《宋詩派別論》（台北：東昇出版，1980年）。
〔註245〕歐陽炯〈楊誠齋詩研究〉，國立編譯館館刊第十二卷第1期。

二年至淳熙四年，學陳後山五言律詩、王安石七絕和唐人絕句，其間已有獨創風格的顯露，但尚不穩定，屬於模仿與創新之間的探索階段。三、形成期：淳熙丁酉、戊戌之後，「誠齋體」已經完全成形成熟；四、持續發展變化期：紹熙元年之後，基本風格確定後進一步再拓展。〔註 246〕因為這是最接近楊萬里自述的分期，故在此採用張文之說再加以剖析其各階段呈現的「影響的焦慮」情態。

1. 模仿期（紹興三十二年之前，學江西體）

　　楊萬里在〈荊溪集序〉中明確表明：「予之詩，始學江西諸君子。」從他的傳記裡，可以知道他學江西的歷史並不短，從學王庭珪到學陳師道，前前後後約三十年。當楊萬里初始學詩時，江西詩派氣勢尚熾，基於風氣使然，他自然亦從江西入手。我們從他〈江湖集序〉所謂「予少作有詩千餘篇，至紹興壬午七月皆焚之，大概江西體也」的餘燼殘句裡，得見保留的詩句大抵如「露窠蛛卹緯，風語燕懷春」、「立岸風大壯，還舟燈小明」、「坐忘日月三杯酒，臥護江湖一釣船」等等，音節上多偏拗峭，句法也頗考究，確實與黃庭堅詩十分相似。楊萬里在〈答盧宜伯書〉中也曾說：「詩固有以俗為雅，然亦須經前輩取熔，乃可因承爾。」這樣的說法顯然與江西詩學的本質相契，可見他的確承自江西詩派的創作規範，不過，也正是這樣的規範詩法，使得楊萬里「學之愈力，作之愈寡」。

　　因為江西詩派的種種詩法固然巧妙，但是這樣規矩備具、用功深刻的詩格，很容易流於尖巧生澀。而且，也容易導人走向故紙堆，以掇撦古人為計，成為一種近乎文字遊戲的作品。經過這一段時間的仿襲，楊萬里自覺這樣刻意的模仿並非創作的正途，他曾喟然嘆曰：「是得毋類韓子所謂俳優者之辭耶？」〔註 247〕富有創作者意識的他，甚

〔註246〕張瑞君〈楊萬里詩歌的發展歷程〉，太原師範學院學報第二卷第 3
　　　　期，2003 年 9 月。

〔註247〕胡詮〈誠齋記〉引自《胡澹庵先生文集》卷十八（台北：新文豐書
　　　　局，1985 年）。

至認為學自黃庭堅的詩，充其量不過是創作上的優孟衣冠。有這樣的認知，顯然楊萬里他的強者詩人性格，已經讓他無法繼續忍受毫無新意與獨創的創作形式，他不再滿足匍匐於「黃陳籬下」，所以他選擇重新開始。可是，還要特別提出一個值得參酌的外緣因素：楊萬里與江西詩派的離合，除了楊萬里個人創作的自覺外，與當時的社會政治狀況以及江西詩派在詩壇地位的升降也有關。當初「學者率皆宗江西」〔註248〕時，上位者好江西風格，也廣納江西詩人入朝；但至紹興，政局逆轉，學術風潮也受到波及，許多江西詩人因反對和議而遭受罷黜。這種情況直接導致江西詩派的衰落，對身在其中的強者詩人如楊萬里者，自能感受到這起落間的差異。

楊萬里重新面對創作的第一步，便是盡焚前作：

> 予少作有詩千餘篇，至紹興壬午七月皆焚之，大概江西體也。……予嘗舉似舊詩數聯於友人尤延之，……延之慨然曰：「焚之可惜。子亦無甚悔也。」然焚之者無甚悔，存之者亦未至於無悔。（〈江湖集序〉）

這麼大量的創作付之一炬，好友尤袤替他覺得可惜，但他「無甚悔也」，絲毫沒有一點猶豫，看得出他是非常堅決要擺脫江西籠罩的陰影。燒掉自己詩的舉動，正是對之前自己作法的否定，也是重新創造自己的開始。

燒掉積累的作品後，從此楊萬里走向尋找自己風格的漫長征途。然而過程並不順遂，他當時焚少作之詩尚有千餘篇，但焚詩之後的一段時間，他雖自稱反省，而實際創作卻顯得相對困難，詩作數量極少，譬如乾道七年到九年的三年時間，竟然只有三十首的作品。但是他對自己的決定仍舊十分堅決，這樣強烈的企求使他擺脫窘境的路徑逐漸明確，也使他逐漸釐清走向獨創的步驟。可以說，楊萬里一生對新詩風的不斷探求與對新境界的不斷尋覓，紹興焚詩僅僅是初次改革的標誌。

〔註248〕 胡仔《苕溪漁隱叢話》前集卷四十九，同註 17。

　　雖然在楊萬里創作歷程的第一階段，多是針對與江西詩派的離合作自我的抗爭，但不可否認的，江西詩派的最初影響仍深刻地滲透於楊萬里的詩學觀及創作實踐裡。例如他對江西祖師黃庭堅便曾推崇曰：「百年人物今安在，千載功名紙半張。」（〈燈下讀山谷詩〉）而且當他於淳熙五年撰〈宜州新豫章先生祠堂記〉時，獲張栻來書曰：「子學詩山谷者，微子莫宜記之。」楊萬里言語之間還頗露自得之意。另外，他在淳熙十一年撰〈江西宗派詩序〉，時年已五十八，對江西之詩仍猶極褒譽。故歐陽炯認為：「誠齋雖不欲為江西體，而江西詩風之影響於其詩者，恐在淳熙十一年前，猶未盡去也。」〔註249〕

　　仔細觀察楊萬里與江西詩派的影響關係，傅義於〈楊萬里對江西詩派的繼承與變革〉一文中簡明扼要地分析道：

> 江西派遺產中有兩項最寶貴的東西也被他繼承下來了，這就是創作的創新精神和活法。這兩項都是誠齋詩的命脈。繼承是自覺的，也是明顯的。〔註250〕

總之，他拋棄的是江西詩派末流擬古不化、濫典抄襲之風；而承繼的則是早期變革創新、開拓進取的精神。

　　其中，他所承繼的活法，與當初呂本中所提倡的具體內容不完全一樣，但他確實受到呂本中的啟發，而且是他誠齋體形成的重要詩觀。呂本中〈夏均父集序〉云：

> 學詩當識活法，所謂活法者，規矩備具而能出於規矩之外，變化不測而亦不背於規矩也。是道也，蓋有定法而無定法，無定法而有定法，知是者則可以與語活法矣。謝玄暉有言：「好詩流轉圓美如彈丸。」此真活法也。近世惟豫章黃公首變前作之弊，而後學者知所趣向，畢精盡知，左規右矩，庶幾至於變化不測。然予區區淺末之論，皆漢魏以來有意

〔註249〕歐陽炯〈楊誠齋詩研究〉，同注245。
〔註250〕傅義〈楊萬里對江西詩派的繼承與變革〉，中國文學研究1990年第3期。

於文者之法，而非無意於文者之法也。〔註251〕

而活法在楊萬里時則成了體現主體才氣而不拘泥於詩詞舊格的創作精神，他在〈和李天麟〉詩中提出了「學詩須透脫，信手自孤高。」（乾道二年）的說法，即已瞭解到對事物規律必須通達體悟之後，才能進入無往而不自得的境界。

至於創新精神的繼承，指的則是黃庭堅當時所謂「文章切忌隨人後」、「隨人作計終後人」等不肯拾人遺唾的堅持。楊萬里創作的心態亦如是，不想再依傍江西詩派的盛名，也不願再寄人籬下，故其曾言：「傳宗傳派我替羞，作家各自一風流。黃陳籬下休安腳，陶謝行前更出頭。」（〈跋徐恭省干近詩〉）已明白揭示他羞於傳宗接派的自立精神：不能只在江西藩籬之下裹足不前，甚至應該以上攀陶、謝成就為目標。

另外，楊萬里從江西詩派領略到的還有對俗文學的熱情。這一個「俗」字，也可視為楊萬里與江西詩派一脈相繫的關鍵，他在〈江西宗派詩序〉中寫到：「江西之詩，世俗之作，知味者當能別之矣。」特別突出世俗之作的價值與地位，表示他確實是江西詩派的知味者，且從中獲得啟發，這點也間接或直接影響到誠齋體的形成。他的「不避淺俗」是以江西詩派的「以俗為雅」為根基，更露骨徹底的作法，它不同於漢唐樂府的質樸或淺白，而是略具油滑的品味，但那卻是誠齋體相當獨特的風格。雖然向來不為後世評論者所喜，甚至以為弊；但這樣的審美趣味隨著誠齋體的大享盛名，確實在當時受到了肯定，劉斯翰就認為這是來自「商品經濟意識濃厚，金錢關係意識濃厚的市民階層」，屬於特定的時代文化心理。〔註252〕

然而，他利用「俗」來表現時，卻仍在理論上受制於黃庭堅當初的基礎，例如錢鍾書就這麼評論：

〔註251〕劉克莊《後村先生大全集》卷九十五（台北：台灣商務印書館，1975年）

〔註252〕劉斯翰〈略論楊萬里詩的評價問題〉引自《楊萬里詩選》（台北：遠流出版事業股份公司，2000年），頁11。

> 楊萬里的詩跟黃庭堅的詩，雖然一個是輕鬆明白，點綴些
> 俗語常談；一個是引經據典，博奧艱深，可是楊萬里在其
> 理論上並沒有跳出黃庭堅所謂「無一字無來處」的圈
> 套。……楊萬里對俗語常談還是很勢利的，並不平等看待，
> 廣泛吸收，他只肯挑選牌子老、來頭大的口語，晉唐以來
> 詩人文人用過的──至少是正史、小說、禪宗語錄記載的
> 口語。他誠然不堆砌古典，而他用的俗語都有出典，是白
> 話裡比較「古雅」的部分。〔註253〕

就因為這些詩觀的相近，使得劉克莊視楊萬里為江西詩派的一道支
流：「海外咸推獨步，江西橫出一枝。」(〈題楊誠齋像二首〉)不過他
這一支流卻可與正宗嫡派相抗衡。

　　除了擺落宗派的決心、透脫活法的體認，楊萬里與江西相抗衡的
重要條件便是強調走出書卷，這一反宋代詩人博學廣識、以才學為詩
的要求，也是與江西詩派極大的區隔。他在〈題唐德明建一齋〉詩中
這麼說道：

> 平生刺頭鑽故紙，晚知此道無多子。從渠散漫汗牛書，笑
> 倚江楓弄江水。

其中表明了走出書卷的醒悟與反思，在江西詩派強烈的典範意識支配
下，實現這一視角的轉換並不容易。還須具有主觀內在的相關素養，
才能從書籍故紙裡抬頭，將視野投注在生活歷練與自然體驗上。

　　這種擺脫宗派、走出書卷、透脫胸襟的認知，實構成了楊萬里變
革詩風的三大要素。這三大要素越明晰與融匯，就越促成誠齋體的建
立。《南宋詩人論》一書中，即將楊萬里從江西出走的大致路徑劃分
為：「有定法而無定法→死蛇解弄、心胸透脫→橫出一枝→別出機杼、
自成體貌。」〔註254〕

　　而上述傅義文章當中則綜歸楊萬里之變於江西之處有五：

> 活法的實質不同：變活用定法為無待於法。創作道路不同：

〔註253〕錢鍾書《宋詩選注》同注94，頁177～178。
〔註254〕胡明《南宋詩人論》(台北：台灣學生書局，1990年)，頁71。

> 變埋首書齋走向生活。藝術崇尚不同：變輕薄晚唐爲愛賞
> 晚唐。創作主張不同：變以理爲主成以興爲主。語言風格
> 不同：變避熟就生爲化生爲熟。〔註255〕

楊萬里這些創作理念與實踐上的轉變，正是他「由江西入，不由江西
出」的最好證明；更重要的是，從黃庭堅的創造性模仿，到他的獨立
性創造，楊萬里不僅不由江西出，還「自作詩中祖」、開創新流派。

2. **過渡期**（紹興三十二年至淳熙四年，學陳師道五言律詩、王安石七絕
   和唐人絕句）

　　這一階段是楊萬里告別江西詩風之後，學習與逐步探索自我風格
的過渡時期，其主要的創作範疇爲《江湖集》的近十五年間。這段時
間照他自己的說法：

> 予之詩，始學江西諸君子，既又學後山五字律，既又學半
> 山老人七字絕句，晚乃學絕句於唐人。（〈荊溪集序〉）

也就是說，在這段脫離江西到獨立誠齋體的中介時間內，他又轉而向陳
師道、王安石及晚唐師法。這樣看來，楊萬里焚詩之舉，主觀上試圖擺
脫江西桎梏，但實際上卻是延續江西詩派旁搜遠紹的主張，甚至仍舊困
於摹襲的情況下。有人以爲這是楊萬里試圖於多種風格中鎔鑄出自己獨
特的風格，但很有意思的一個思考是，究竟要完全拋卻其他包袱，還是
應該多方鎔鑄，才會眞正形成自己的風格？即使答案可以籠統歸結爲兩
者皆是，但從現象上我們仍感覺到楊萬里這樣做的不妥。因爲楊萬里已
下定決心放下江西的影響包袱，卻又扛起其他的影響壓力，豈不是重蹈
覆轍？而且他首先所學的又是江西三宗之一的陳師道，與其之前擺脫江
西的企圖也相違背。而如果一個人的基本特質是一致的，那麼身爲強者
詩人的楊萬里，在這階段的作法難道不令人生疑？

　　所以我們不妨合理懷疑楊萬里在這過渡期仿效的對象與詩歌體
式，都是有理由、有目的，而且是符合步驟性的進行，雖然他在詩序
或詩論中並無直接陳述，但我們由其〈荊溪集序〉的這段話看到他自

〔註255〕傅義〈楊萬里對江西詩派的繼承與變革〉，同註250。

承對陳、王、晚唐的仿襲，但字裡行間不見他有任何悔意，更無之前學江西詩派的自責；甚至於他在〈送彭元忠縣丞北歸〉一詩中云：「學詩初學陳後山，霜皮脫盡山骨寒。近來別具一隻眼，要踏唐人最上關。」顯然學了陳師道，對楊萬里來說，是達到了「霜皮脫盡山骨寒」（〈送彭元忠縣丞北歸〉）的作用，還說進學唐人是「別具一隻眼」，可見這階段的仿效對楊萬里而言，應是有特殊用心的。況且在他焚燬舊作的那一段時間裡，我們從其創作量的銳減，得知他正面臨了創作的苦悶期，畢竟覺悟跟隨人後的不足是一回事，但要獨立開創卻非一蹴可及，還是需要摸索積累與多方嘗試的歷程。能從這一角度來探討，才不會以為楊萬里是在走另一條回頭路。

堅決脫離江西詩派籠罩的楊萬里，先轉而學陳師道的五言律詩。陳師道為北宋巨手，屬江西派，詩法宗杜，最善五律，紀昀序《陳後山詩鈔》時讚曰：

> 五律蒼堅瘦勁，實逼少陵，其間意僻語澀者，亦往往自露本質；然胎息古人，得其神髓，而不掩其性情，此後山之所以善學杜也。

紀昀大力稱許陳師道的五律，認為他得古人神髓又不掩性情，能自露本質。楊萬里對陳師道亦頗仰慕，他曾有詩〈仲良見和再和謝焉〉其二云：

> 誰謂陳三（陳後山）遠，鬚張下筆親。夫何此意合，恐有宿生因。我豈慵開眼，年來寡見人。更煩雕好句，割取楚江春。

陳後山的詩有不少漂泊之作，多利用典型的細節渲染特殊的心理體驗，例如〈九月十三日出善利門〉：

> 十載都城客，孤身冒百艱。一飢非死所，萬里有生還。去國吾何意，歸田病不關。共看霜白鬢，似得半生閒。

楊萬里有許多創作明顯得其所長，例如〈夜雨泊新途〉一詩：

> 亂眼才迷樹，回頭已濕沙。蕭蕭打篷急，點點入船斜。此夕初為客，何時卻到家。余樽曾臥否，喚取作生涯。

陳師道雖是江西詩派三宗之一，然而他的詩風與黃庭堅還是有很大的區別，特別是他的五言詩，平易質樸，用典較少。楊萬里當時的一些五律之作，也是多不用典實，而選取日常生活的典型意象來表現，幾得陳師道神韻。錢鍾書認為楊萬里「是則所謂始學江西者，泛觀諸家，概學各體也；繼學後山者，取江西派中一家一體而專法之也。」〔註256〕從毫不檢篩的廣泛接納江西詩派，到戲定一家一體專力學之，可見乍別江西之際，他僅得由原本熟悉的領域來思索創作的可能，陳師道的風格中平易質樸的特點，正符合楊萬里對江西詩派作法的反彈需求。所以，楊萬里學陳後山，正可以視為脫離江西派的第一步。

學陳後山之後，楊萬里便開始了學王安石七絕的傾向。其實他學陳師道已展現了掙脫江西詩派的努力，是創新自覺的起頭，但為何接下來會選擇學王安石的七絕這樣截然不同的體式與詩風呢？

張瑞君〈楊萬里詩歌的發展歷程〉一文中的解釋是：

　　就詩歌體式而言，七言絕句最容易寫得活潑靈動，它無須像律詩那樣受對仗的限制而使情思表達拘謹板滯，也不像古風因篇章較長而使結構必須考究。〔註257〕

因此，在學過了平易質樸少用典的詩風之後，楊萬里再選擇七絕作為擺脫江西束縛，創建自己風格的突破口，是有原因的。而之所以學王安石，則是刻意借王安石七絕的清婉，矯正江西詩風特有的瘦勁、奇崛的詩風，這裡的用意手法一如他從陳師道詩中所追求的。故楊萬里的七絕不用典故雕琢，也不避淺近，比王安石更流轉自如。

王安石七絕之佳，早有定評，黃山谷讚曰：「荊公暮年作小詩，雅麗精絕，脫去俗流，每諷味之，便覺沆瀣生齒頰間。」《苕溪漁隱叢話》也說：「荊公小詩真可使人一唱而三嘆。」此皆論其絕句之善者。楊萬里的七絕，至少在兩方面受到王安石的影響：王安石一類絕句詞語洗滌而意旨深遠，空靈自然而志趣高遠，譬如〈南浦〉的「含

〔註256〕錢鍾書《談藝錄》，同注90，頁154。
〔註257〕張瑞君〈楊萬里詩歌的發展歷程〉，同注246，頁68。

風鴨綠鄰鄰起，弄日鵝黃裊裊垂。」或如〈江上〉的「青山繚繞疑無路，忽見千帆隱映來。」楊萬里的「曲曲都城繞翠微，鱗鱗湖浪動斜暉。天寒日暮游人少，兩岸輕舟星散歸。」（〈同君俞季永步至普濟寺晚泛西湖以歸得四絕句〉其四）風情意境就十分接近王安石詩。

王安石另一類在描寫景物中，含蘊理趣，詩句頗富有哲理，例如〈登飛來峰〉的「不畏浮雲遮望眼，只緣身在最高層」，若言個人社會體驗或修為方面，亦可得見「站得高才看得遠」的道理。楊萬里類似的作品亦具有這樣一般的人生哲理，像〈曉行山煙〉詩中末兩句：「作意行前尋一看，遠濃近淡忽都無。」便暗指生活中浮動的許多假象，教人應要認真去分辨。

此外，楊萬里的不少詠史詩，也明顯受到王安石影響。他與王安石一樣，具有政治家敏銳的眼光，能站在歷史的高度評論史事，都屬於不拘泥於陳見，敢於發表新穎透闢的議論。例如他的〈讀嚴子陵傳〉曰：「早遣阿瞞移漢鼎，人間何處有嚴陵？」即為一翻案歷史的假設法。

總之，在楊萬里新詩風的探索過程中，特定目標的設定是很明確的：他棄絕江西奇崛的作法，而採平易流轉、不雕琢不用典的方式來創作，無論是學自陳師道還是王安石皆如是。而且他的仿習都直接針對典範最高的藝術成就來下手，例如陳師道的五律、王安石的七絕。其中七絕的詩體，經楊萬里實際接觸後確認其發揮的空間，故加以鎖定運用。

在這過渡階段儘管未曾見他表示後悔之意，但楊萬里嘗自謂淳熙五年以後，即辭謝半山不學，然而紹熙元年仍有詩〈讀詩〉云：「船中活計只詩編，讀了唐詩讀半山。不是老夫朝不食，半山絕句當朝餐。」可知在自述的十二、三年之後，楊萬里對王安石詩仍屢屢玩索，故始終未嘗盡棄，可見王安石給他的影響與認同是相當深刻的。

但在楊萬里學王安石七絕的過程中，他體察到王安石的七絕似乎來自於唐人，這個發現在他一些作品中隱約可見，譬如〈讀唐人及半山詩〉：

> 不分唐人與半山，無端橫欲割詩壇。半山便遣能參透，猶
> 有唐人是一關。

在意識到王安石與唐人之間尚隔一關後，他便將注意力由王安石轉向
唐人絕句，且以唐人為最上關。上述提及的〈送彭元忠縣丞北歸〉一
詩中所稱：「近來別具一隻眼，要踏唐人最上關。」同樣是認定唐人
為最上層的學習典範。

楊萬里在學王的過程中體認到這一點，故進而學習唐人絕句。然
楊萬里之學唐人絕句，並非一味純粹模仿而已，而是「借他們的幫助，
承他們的啟示，從江西派的窠臼裡解脫出來。他的目的是做出活潑自
然的詩，所以後來只要發現誰有這種風格，他就喜歡，不管是晉代的
陶潛或中唐的白居易，或北宋的張耒。」〔註 258〕因此，楊萬里在學
王安石之後又學唐人七絕，實可說是種是溯源或打通關節，目的仍在
於更流暢的詩風展現。

其中，他又深嗜晚唐，以為絕句唯王安石及晚唐人最工，他在〈誠
齋詩話〉中說道：

> 五七字絕句，最少而最難工，雖作者亦難得四句全好者，
> 晚唐人與介甫最工於此。

楊萬里對晚唐詩的讚賞喜愛，從他的詩中便可瞭解：

> 晚唐異味同誰賞？近日詩人輕晚唐。(〈讀笠澤叢書三絕〉之三)

> 晚唐諸子，雖乏二子（李杜）之雄渾，然好色而不淫，怨
> 誹而不亂，猶有國風小雅之遺音(〈週子益訓蒙省題詩序〉)

他不僅愛晚唐詩風，更愛晚唐詩中傳遞出的國風小雅遺音，這應該是
針對當時社會情境而發。他對晚唐詩的愛賞也與對王安石詩一樣，至
老未絕。他曾自謂淳熙五年以後，即辭謝晚唐不學，然而淳熙十六年
還是有詩云：

> 拈著唐詩廢晚餐，旁人笑我病詩癲；世間尤物稱西子，西
> 子何曾值一錢？(〈讀笠澤叢書三絕〉之三)

〔註258〕錢鍾書《宋詩選注》，同注94，頁 178～179。

他也感受到「拈著唐詩廢晚餐」，而招致別人「笑我病詩癲」的格格不入，所以其實對晚唐異味的欣賞與提倡，在江西詩風尚濃的當時，也是一種激進的變革方向。錢鍾書對此即有這番解釋：

> 一個學江西體的詩人先得反對晚唐詩，不過，假如他學膩了江西體而要另找門路，他也就很容易按照鐘擺運動的規律，趨向於晚唐詩人。

> 晚唐詩人一般都少用典故，而絕句又是五七言詩裡最不宜「繁縟」的體裁，……楊萬里顯然想把空靈輕快的晚唐絕句作爲醫救填飽塞滿的江西體的藥。〔註259〕

不管是楊萬里所選擇的師法對象或運用的詩體，錢鍾書的這段說明都極爲合理充足。而在學晚唐之後，楊萬里的實際創作卻比晚唐詩人寫得更新穎靈巧，更詼諧諷刺，再次證明他的模仿絕非一成不變的搬弄，而是創新的資源。

　　值得討論的是，宋詩在表現上向來是以人文意象取代自然意象，以主觀題材取代客觀題材。這原本是對唐詩舊有審美範式的突破，可是，楊萬里的獨創手法，卻似乎呈現向唐詩典範附歸的現象，因而在宋詩主流中，呈現不協調的狀態。也讓我們驚見楊萬里在克服自身承受影響的焦慮之際，採取的方式竟是以前驅詩人所抗拒的另一股前驅影響力來抵制，這是很有意思的循環，這是否意味著影響的焦慮有其上限與特定性？影響是否可以重複運用成爲另一種修正手段？這在布魯姆的理論中好像沒有特別顯示，但在宋代楊萬里的例子裡倒是引起我們的注意，或可在第五章進一步探討。

　　綜言之，《江湖集》近十五年中，雖風格不盡相同，但基本上都屬於摸索階段，而且有不少略露誠齋詩風的作品，不過大體上仍以模擬學習爲主，自身獨特的風格尚不明顯。楊萬里這時期的學習等於是多方向的探索，爲其誠齋體的成熟作準備。我們舉例見其在這階段的一些作品：

〔註259〕錢鍾書《談藝錄》，同註90。

〈過百家渡四絕句〉其一：出得城來事事幽，涉汀半濟值
漁舟。也知漁夫趁魚急，翻著春杉不裹頭。

〈過百家渡四絕句〉其二：圍花落盡路花開，白白紅紅各
自媒。莫問早行奇絕處，四方八面野香來。

〈過百家渡四絕句〉其四：一晴一雨路乾濕，半淡半濃山
疊重。遠草平中見牛背，新秧疏處有人蹤。

這三首詩，第一首以白描鋪述，第二首巧用擬人，第三首以疏淡筆調，
一句一景，攝取出一種錯綜美。諸此種種，已見誠齋體的萌芽，也顯
示出從模仿到探索的軌跡。

3. 成熟期（淳熙丁酉、戊戌之後）

在結束了長達十五年模仿、學習、探索的徬徨階段，楊萬里整個
詩風的基本氣象已經丕變，楊萬里自己談到這一階段的創作變化，有
著非常興奮的陳述：

> 故自淳熙丁酉之春上暨壬午止，有詩五百八十二首，其寡
> 蓋如此。其夏之官荊溪。既抵官下，閱訟諜，理邦賦，惟
> 朱墨之為親，詩意時日往來於予懷，欲作未暇也。戊戌三
> 朝時節，賜告，少公事。是日即作詩，忽若有悟，于是辭
> 謝唐人及王、陳、江西諸君子，皆不敢學，而後欣如也。
> 試令兒輩操筆，予口占數首，則瀏瀏焉無復前日之軋軋矣。
> 自此每過年，吏散庭空，即攜一便面，步後園，登古城，
> 採擷杞菊，攀翻花竹，萬象畢來獻予詩材。蓋麾之不去，
> 前者未酬，而後者已迫，渙然未覺作詩之難也。蓋詩人之
> 病，去體將有日矣，方是時，不惟未覺作詩之難，亦未覺
> 作州之難也。

> 明年二月晦，代者至，予合符而去。試匯其稿，凡十有四
> 月，而得詩四百九十二首。（〈荊溪集序〉）

程千帆、吳新雷《兩宋文學史》中也明白指出楊萬里《荊溪集》在其
創作過程的關鍵地位：

> 此集收詩四百九十二首，作於淳熙四年至六年知常州期

間，這是他詩風大轉變的時期，他改變過去的模仿作法，
開始步入獨創階段。〔註260〕

其實在常州步入獨創之前，楊萬里已有一些獨具面目的詩歌見於上
述。但爲何會突然「忽若有悟」呢？從他集序的自述來看，應是在大
量經驗和知識積累到一定程度後，所產生的一種頓悟現象，頓悟之後
造成的反作用力衝破習慣勢力的界線時，創造性便出現了。此外，他
在〈南海集序〉中也提到自己創作歷數變，每一變初即喜，但旋「既
而又厭之」，可見楊萬里在個性上的特質，本身就不耐煩舊有重複，
或毫無新意的事情，這樣的個性跟他誠齋體的完成亦有極大的關係。

　　一旦「忽若有悟」後，楊萬里自言所創作之詩「瀏瀏焉無復前日
之軋軋」，換言之，已從之前文思艱澀的軋軋之狀，轉爲順暢無礙的
瀏瀏之態。這樣創作情態的改變，也可以從事實中找到相應的證據：
在莫礪鋒對楊萬里各詩集所作的數量統計，光淳熙五年這一年，楊萬
里作詩四百餘首，與之前三年作詩三十首相比，已如天壤之別。再從
創作數量的增進來看，從《江湖集》的每年六十七首，至《荊溪集》
一躍而成爲每年二百五十六首，寫作速度確實有驚人的進展，這個速
度在往後創作全盛的十五年間，也繼續維持著。結集《荊溪集》和《西
歸集》的近三年時間，可說是楊萬里作詩速度最高峰的階段，僅從這
數字上來看，即可想見楊萬里豁然通達、詩思泉湧的「欣如」之態。
而這時正是他領悟有所獨創的時期，也就是誠齋體形成的時候。

　　除了創作速度與數量的明顯加快增多外，在創作中七絕的比例也
有明顯的增加，在《荊溪集》、《西歸集》和《南海集》中約五年的時
間，是楊萬里最著力於七絕這種詩體的時期，也就是說，在其言頓悟
變化之後，七絕成了他創作中最重要的內容，他的七絕不用深語、不
拘聲律、口吻流利、腔調婉轉、隨意抒發生活感受。這樣的發展也是
在他之前仿擬過程中就可預見的方向。

　　另外在他的自述中，特別強調要達到「而後欣如」、「渙然未覺作

〔註260〕程千帆、吳新雷《兩宋文學史》，同註123。

詩之難」的境地，具體的方法為：一方面要「辭謝唐人及王、陳、江西諸君子」等前人，一方面則是「萬象畢來獻予詩材」，走向自然。這都是根據他自己的學詩經驗和創作實踐所得出的結論，這兩方面一為取法一為取材，看似不同，但實際上是有相通之處的。因為在傳統江西詩派，或更廣泛而論，整個宋代詩法多講求向外緣求，著重於學習論，才能引陳言故典來變化運用；而楊萬里提出了「有所待而未始有詩」的說法，就是針對前人陳言的約束性而論，從另一軌轍迂迴印證他所謂「不聽陳言只聽天」、「個個詩家各築壇，一家橫割一江山」的創作理念，強調不學（無論是前人或陳言），要求自得，內師心源（不自限於規矩詩法），脫離傳統學習論的模式（改以天賦自然為體悟對象）。

只是，雖然楊萬里極力自稱此前作詩模仿，但此後「辭謝」前人，結束模仿階段而開始自創一體。然事實與此說卻顯得仍有差距，因為創作是非常複雜的活動，不可能對影響自己的東西完全徹底地拋棄。錢鍾書《宋詩選注》即說到楊萬里「對黃庭堅、陳師道始終佩服」，「江西詩派的習氣也始終不曾除根，有機會就要發作。」〔註261〕事實上，這一階段確實還有大量模仿學習黃庭堅、陳師道與王安石之作。

可知雖然創作的理念是頓悟的，但創作的實際變化還是屬於漸進狀態的，在變化之後偶而出現之前的創作模式是可以理解的常態。至少，從這一階段開始，楊萬里已經擺脫了習慣的思維定勢，重新思考創作主題與對象，並產生不少創新的想法及手法。

4. 持續發展變化期（紹熙元年之後）

在紹興戊戌頓悟，脫去依傍，自我作古後，楊萬里的誠齋體正式形成。這使得他整個創作的質量與速度上有著極為顯著的提升。但他並未滿足於此，仍於既有的基礎上圖變圖進，他曾在〈南海集序〉表示：

〔註261〕錢鍾書《宋詩選註》，同注94。

予老矣，未知繼今詩猶能變否？延之嘗云予詩每變每進，

能變矣，未知猶能進否？

對楊萬里來說，變即為進，感嘆年老，擔心不能變，倒不如說是擔心就此停滯，不再進步了，因為這對一個創作者來說，是件可怕的事。他在這個階段最主要的新創在於對民歌的體味運用，更為突出了。其藝術手法也以表現民歌特有風韻為主。我們從其作品中便能深刻體會得出：

小小樓臨短短牆，長春半架動紅香。楊花知得人孤寂，故

故飛來入竹窗。（〈題青山市汪家店〉）

一番行路一番愁，還自兒時到白頭。路不喚君君自去，為

誰著急不歸休。（〈曉行聞竹雞〉）

看花不合在花間，外面看來錦一般。每一圍花三丈許，紅

花圍繞白花圍。（〈溪邊回望東園桃李〉）

這些作品均力求擺脫高雅、典範式的風尚，楊萬里放下文人架子，比前一階段更積極明顯地在詩中展現民歌的生動活潑。尤其是排比句法的頂真照應、鑲嵌在各句中的重字、疊字等等，這些藝術手法的頻繁應用，所造成的語言效果正是民歌風韻形成的要素。而且，這些詩風的作品最常見於《退休集》中。

除了實際創作上欲求創變外，在誠齋體形成基礎後，楊萬里也因對創作的掌握越穩定而在態度上越顯自信，他曾在晚年〈酬閣皂山碧崖道士甘叔懷贈美名人不及佳句法如何十古風〉詩中自問自答：「問儂佳句如何法，無法無盂也沒衣。」將誠齋體追求的創作精神一語道盡。同時，在另一首〈迓使客夜歸〉詩中，我們也可見其不經意地流露自己不主故常的得意：

起視青天分外青，滿天一點更無星。忽驚平地化成水，乃

是月華光滿庭。筆下何知有前輩，醉來未肯赦空瓶。兒曹

夜誦何書冊，也遣先生細細聽。

「筆下何知有前輩」，迥不由人、自創新體的驕傲意氣儼然可知。

總體回顧楊萬里這四個階段的變化，模擬期第一階段（江西）之詩，今已不可得見；第二階段（晚唐半山）之詩，也僅得《江湖集》

七百餘首，而且《江湖集》中用事偏多，仍謹守唐人矩矱；而至《荊溪集》以次，逐漸建立誠齋體之風貌，清新坦易，這些號稱誠齋體之詩，則共有八集，三千數百首。楊萬里誠齋體的成熟創作所表現的自由通達，是經過漫長的探索過程。自紹興壬午焚少作開始，其間經歷了十七年，在這十七年的兩端，對照著他創作上極度的苦拙與極度的自由，體現了楊萬里兩種創作角度的轉變。在轉變的過程裡，他從早年作為江西詩派的門徒，歷經變異、超脫到自創新風；由江西詩派主張的書卷典籍、狹隘的字斟句酌的創作方式，走向現實世界與自然，當中的種種努力，許總認為，這「實際上也就是整個南宋詩風變革的縮影與顯著標誌。」〔註262〕

（二）創作淵源

在階段性的變化歷程之餘，還有其他的前驅詩家曾在楊萬里的創作上起過一定程度的影響，這些淵源也可在他的詩歌言論中見到。

1. 李白、杜甫

在南宋時即有許多評論述及楊萬里和李白的相近。最常見的例子便是《後村詩話》前集卷二所稱的：「誠齋天分也似李白。」而楊萬里本人也確實對李白詩極為愛賞，他曾在〈舟中排悶〉一詩中言：

> 平生愛誦謫仙詩，百誦不熟良獨癡。舟中一日誦一首，誦得遍詩應得歸。

直接表明「愛誦謫仙詩」。至於對李白其人，也非常欽服，在〈望謝家青山太白墓〉一詩中用鮮明的對比，讚揚李白的不朽和人民對他的愛戴：

> 阿眺青山自一村，州民歲歲與招魂。六朝陵墓今安在？只有詩仙月下墳。

實際創作上，楊萬里學李白主要在其古體歌行，「狂歌謫仙詞，三杯通大道」（〈讀白氏長慶集〉）之類的口氣屢見於他的集子裡。羅大經在《鶴林玉露》中表示，他曾「親聞誠齋誦此詩（〈重九後二日同徐

〔註262〕許總《宋詩：以新變再造輝煌》（桂林：廣西師範大學出版社，1999年），頁274。

克章登萬花川谷月下傳觴〉),且曰:老夫此作,自謂彷彿李太白。」
可知楊萬里的古風,似有意學太白。

除了詩體,楊萬里在其他藝術層面也深得太白神韻,表現出自由
揮灑,豪邁飄逸,譬如他的〈跋眉山程仁萬方書草〉和〈題鞏仲至修
辭齋〉等作品,暢快流利,不假雕飾,就很接近太白。他更在七言長
篇中運用神奇的想像,大膽的誇飾,創造瑰奇的境界,這一點也是太
白詩歌的特色。譬如他在〈跋丘宗卿侍郎見贈使北詩五七言一軸〉一
詩中的手法即是如此,他把丘詩比作太行山,將天分為兩半;又如黃
河波濤洶湧,挾雷聲而至。還描繪了丘詩的奇詭雄異,盛讚丘詩筆走
龍蛇的書法藝術,充滿想像,頗類李詩。

楊萬里的七律亦受到李白影響,力求在限制中求變化,語言暢快
不呆板。甚至有用太白體寫太白事的作品,更是一妙,像:

　〈登鳳凰台〉:千年百尺鳳凰台,送盡潮回鳳不回。白鷺北
　　頭江草合,烏衣西面杏花開。龍蟠虎踞山川在,古往今來
　　鼓角哀。只有謫仙留句處,春風掌管拂蛛煤。

　〈登牛渚蛾眉亭〉:謫仙攜妓戲人寰,也被千花妒玉顏。半
　　點閒情千古恨,一波秋水兩春山。錦袍宮燭雲霄上,白苧
　　烏紗江海間。欲寄雙魚招醉魂,月輪捉了早言還。

還有一些模仿、概括李白詩意的作品,如其〈雪中登姑蘇台〉一詩仿
自李白〈吳中覽古〉的立意。又如他在〈和九叔知縣昨游長句〉詩中
云:「詩窮不但兩鬢霜,白髮緣愁千丈長」一聯,明顯襲自李白「白
髮三千丈,緣愁似箇長」(〈秋浦歌〉)句意。他對李白的摹襲顯然是
出自有意而為,難怪後人如沈西雝稱之「青蓮死後此詩仙。」〔註263〕
殆非虛譽。袁枚《隨園詩話》卷八也許之:「其天才清妙,絕類太白。」

楊萬里的律詩學自杜甫的痕跡也很明顯,杜甫本來就是江西派祖
宗,所以他對杜甫的接觸浸淫亦較早較深,從詩歌語言的錘鍊、或口

〔註263〕沈濤〈題楊誠齋集後〉引自《柴辟亭詩集》卷一(板橋:藝文印書
　　　館,1971 年)

語的創造性使用，以致於人格上的影響，多來自杜甫。他的創作中常明白揭示之：

〈立春日有懷二首之一〉：飄蓬敢恨一年遲，客裡春光也自宜。白玉青絲哪得記，一杯嚥下少陵詩。

〈與長孺共讀杜詩〉：病身兀兀腦岑岑，偶到兒曹文字林。一卷杜詩揉欲爛，兩人齊讀味初深。

〈擬吉州解試秋風楚竹冷詩〉：少陵詩思苦，送別更冥搜。

加上《誠齋詩話》中多舉杜詩為例，可知其研讀杜甫的確耽溺過一段時間。

姜特立〈謝楊誠齋惠長句〉論其：「向來授□少陵壇。」〔註264〕朱炯遠、張立的〈楊萬里誠齋體詩的藝術淵源〉甚至認為：誠齋體的源頭是杜甫入蜀後的部分七言律絕景物詩，並分析楊萬里對杜詩律絕的藝術手法的繼承主要在四方面：「瀟灑清真、曲折達意；取法民歌、化俗為雅；風趣詼諧、理趣濃郁；巧用修辭、技法高超。」〔註265〕

我們不能否認其可能的影響關係，但誠齋體在這些方面的表現，不全然承繼自杜甫而已，事實上，李杜也不是楊萬里詩風的主要傾向。

2. 王維、韋應物、陶潛

楊萬里曾有一首〈書王右丞詩後〉，其中有句云：「晚因子厚識淵明，早學蘇州得右丞。」言明自己因學王、韋、柳，而上溯陶潛的學習過程。即詩中承認自己早年學王維和韋應物，晚年則轉學陶潛一路的沖和淡遠、蕭散清頤。楊萬里的詩，尤其誠齋體確定之後，多追求雅淡自然，本略近陶詩，葛天民〈寄楊誠齋〉就曾說：「淵明詩寫胸中妙。」〔註266〕再從實際創作來看，王維、韋應物、陶淵明、柳宗元，這四位詩人儘管風格不完全相同，但皆擅長寫山水，風格中都有

〔註264〕姜特立〈謝楊誠齋惠詩〉引自《梅山續稿》卷八，同注224。
〔註265〕朱炯遠、張立的〈楊萬里誠齋體詩的藝術淵源〉，瀋陽師範學院學報1992年第1期。
〔註266〕葛天民〈寄楊誠齋〉引自《無懷小集》（台北：新文豐書局，1996年）

沖和淡遠的風韻。這對楊萬里山水詩的形成無疑有不小的影響。

　　但楊萬里的創作還是有其不與前人同的特色,舉例來說,王維的山水追求神似,自然物象成為映襯我心境的體裁;而楊萬里則從王維的孤獨寂靜中走出,走向率真性靈,而獨樹一幟,〔註 267〕就不單只是與王維之作相似那麼簡單而已了。

3. 劉禹錫

　　楊萬里在他的〈南海集序〉裡自己敘述到這樣一節故事:

> 自庚子至壬寅,有詩四百首,如竹枝歌等篇,每舉似友人
> 尤延之,延之必擊節,以為有劉夢得之味,予未敢信也。

尤表稱許楊萬里詩「有劉夢得之味」,他謙虛地表示不敢相信,但揆其語意,其中頗沾沾自喜。可見他心裡對劉禹錫是很欣賞的。

　　楊萬里與劉禹錫的關連最主要的就是在於〈竹枝詞〉的創作。除了上面他自述的情事外,陸游也曾誇讚楊萬里詩云:「飛卿數闋嶠南曲,不許劉郎誇竹枝。四百年來無復繼,如今始有此翁詩。」〔註 268〕顯然也是針對楊萬里〈竹枝詞〉而言。所謂〈竹枝詞〉,是文人創作中最饒有民歌韻致的詩歌形式,體制短小但活潑明快,劉禹錫即是從民歌中汲取養分,首創了竹枝體。

　　證據顯示,楊萬里採竹枝詞形式確實是受劉禹錫影響,在他之前,文人竹枝詞的創作其實並不多見。不過從唐代劉禹錫首創竹枝體到楊萬里的加以運用書寫,其間三百五十年,我們還是可以觀察到竹枝詞的發展是經歷了一個由隨意到自覺的過程,也就是從文人任憑自己的意思、隨性為之,到詩人以熱情主動的積極態度去接近民間文學樣式的經過。使得民歌創作不再僅是點綴性質,而是讓這種來自民間底層的深刻體驗直接滲透到創作中,以形成獨特的風格。

　　楊萬里採用〈竹枝詞〉的書寫過程中,不只是投注大量的熱情與積極的態度,而且在實際創作上也有他個人的變化,那就是獨創竹枝詞

〔註 267〕張瑞君〈誠齋詩的繼承性與創新〉,晉陽學刊 1999 年第 6 期。
〔註 268〕陸游〈楊廷秀寄南海集〉。

加題頭的形式。竹枝詞加題頭，就是在題頭標注具體地點，譬如〈過白沙竹枝歌〉、〈峽山寺竹枝詞〉、〈過顯濟廟前石磯竹枝詞〉等等，這是始自楊萬里的創意。對於竹枝詞的地方特色與民情風俗還頗有推廣之效。

另外，我們還可以發現，楊萬里〈竹枝詞〉的作品沒有特定階段，都平均分佈在他創作的各個時期，表示楊萬里對運用民歌入詩的方式是非常肯定的，而他也的確以此民歌形式跨出新的視角。只是除了〈竹枝詞〉等詩的形式模仿劉禹錫外，其他作品則很少有「劉夢得之味」，劉禹錫對他的影響範疇可以想見。

4. 白居易

楊萬里與白居易的影響譜系最受爭議，也最爲弔詭。歷來評論者著眼於楊萬里誠齋體獨特的白話化詩風，所以經常拿白居易來與其作比附，強調白居易對楊萬里的影響力。譬如葛天民〈寄楊誠齋〉言：「樂天再世尤得奇。」張鎡題誠齋詩集有句云：「白傅風流造坦夷。」〔註269〕姚塽〈宋詩略自序〉言：「南渡之尤楊范陸，絕類元和。」姚說尚稱「類元和」；至胡應麟《詩藪・雜編》卷五則直接稱：「尤楊四子，元和體者。」但一般認定他似元和體的淺俗，卻都是讚賞其爲誠齋體之獨特之處，例如翁方綱在楊詩「上規白傅」這一部分就認爲：「誠齋之詩巧處即其俚處。」可是，也有一部份的聲音不以爲然，最明顯的就是《唐宋詩醇》，它於盛讚白居易後又指出：「宋人如楊廷秀輩，有意摹仿此種，徒成油腔滑調耳。」這樣兩極的看法，就是其中一種爭議。但是，我們同時也可以知道：一般評論家之所以將其與白居易相銜接，主要就在於誠齋體的風格偏向於元白體的淺白俚俗。

楊萬里個人對白居易的詩越老越知其味，這與他誠齋體的成熟似乎脫離不了關係。他在〈讀白氏長慶集〉中即云：「每讀樂天詩，一讀一回妙。少時不知愛，知愛今已老。」甚至年老病榻上，亦言：「偶然一讀香山集，不但無愁病亦無。」（〈端午病中止酒〉）《誠齋詩話》

〔註269〕張鎡《南湖集》卷六（台北：台灣商務印書館，1975年）

晚年編撰時，其中也多有讚美白居易之處，如譽白詩〈游悟眞寺〉一百韻爲「絕唱」，可推知楊萬里對白居易詩私淑之深。反之，誠齋之嗣響香山幾已屬於文學史公論。

　　然而兩人的關係僅著眼於詩句風格的淺俗俚近、明白如話，仍稍嫌籠統；因爲若仔細觀察，但兩者在創作手法上並不相同，甚至差異頗大，故而兩人詩風仍有差異：白詩愛發議論，直陳時政、直抒胸臆，表現上顯得尖利直露，肆無忌憚，容易意盡味盡；楊萬里則以爲「詩已盡而味方永，乃善之善也。」〔註270〕其詩含蓄蘊藉、曲折委婉，但幽默活潑，即使是自然物態的描繪，也蘊含著情感的張弛，尤其重視構思，喜發前人所未發，表現得巧妙新穎。

　　可見評論者若只著眼於兩人詩句的淺俗俚近，表示僅掌握到兩人在於淺層次的形似，因爲就深刻的內在風韻而言，兩人還是有著實際上的差異性。

二、影響焦慮之反應

　　楊萬里以誠齋體獨出前人前詩派，該體的出現必有其特殊的書寫方式，足以使之別立於前人既有形式之外，這就是楊萬里突破前人影響所呈現的具體策略，也就是他「影響的焦慮」防禦機制的如實呈現。

（一）擬　人

　　以一己之情感、意志、動作等人類所獨有之活動移注於物，使無情事物有情化，或充滿生命力，則爲美學中所謂的擬人作用。此種修辭手法原本即有，但前代詩人用之不多，可是這樣的筆法卻在楊萬里的誠齋體中大量被使用，形成該詩體很突出的印象，這就不僅是習慣性書寫而已，因爲依楊萬里的個性，相同的創作方式一再運用，都會讓他由喜生厭，何況是一樣的修辭手法大量的重複呢？所以將此前人少用的筆法加以發揮，對楊萬里來說應該是極得意的創新點。

〔註270〕楊萬里《誠齋詩話》，同註79。

例如：

〈夏夜露坐〉：坐久人將睡，更深月始明。素娥欺我老，偏
照雪千莖。

〈早入東省殘月初上〉：秉燭趨省署，兩街猶閉門。素娥獨
早作，碧沼瀚黝盆，寶鈿剝見漆，半稜光剩銀。忽作青白
眼，圓視向我嗔。……

月之有喜怒，栩栩如生，又欺人，又弄人，青眼嬌嗔，尤見可愛。又
譬如：

〈桂源舖〉：萬山不許一溪奔，攔得溪聲日夜喧。到得前頭
山腳盡，堂堂溪水出前村。

〈過上湖嶺望招賢江南北山四首之一〉：遠山高絕近山低，
未必低山肯下伊。定是遠山衿狡獪，跳青湧碧角幽奇。

楊萬里寫山，既與溪鬥，又與山爭。山有盡處，溪水終得「堂堂」而
出，昂揚之姿彷彿可見；兩山之爭，則以「狡獪」視之，形象呈現上
也頗有意思。還有像：

〈過南蕩三首之一〉：秧纏束髮幼相依，麥已掀髯喜可知。
笑殺槿籬能耐事，東扶西倒野酴釄。

〈暮熱游荷池上五首之三〉：細草搖頭忽報儂，披襟攔得一
西風；荷花入暮猶愁熱，低面深藏碧傘中。

稻秧相擁、麥芒大笑；細草搖頭，為風報訊；荷花畏暑，以葉遮面。
這些詩的構思與鑄詞都極生動妙趣，種種情狀，皆與人類無異。因此，
他的詩中充滿著對生命力量的肯定，但也可看出，他的山水景物詩更
強調人的主體精神，不是使自然物成為人心境的泛我象徵，而是把自
然變成人，將人生的戲劇性置於大自然中。

（二）諧　趣

之前探討黃庭堅的影響焦慮時，曾發現他以戲謔的筆法作為反應
焦慮的抗拒手段；而且，除了黃庭堅，蘇軾也嘗出現這樣風格的作品；
甚至連王安石這樣嚴肅的政治家，《中山詩話》亦稱之「嗜諧謔」。可

見自北宋起諧謔的風尚已開，只是在詩中出現的頻率僅能說是偶而爲之，眞正加以發揮成爲獨特的詩體本質，則是到楊萬里手中才正式完成。據宋人記載，楊萬里的性格原本就「頗好戲謔」，〔註271〕袁枚《隨園詩話》卷一引楊萬里自己的說法曰：

> 從來天分低拙之人，好談格調而不解風趣，何也？格調是
> 空架子，有腔口易描；風趣專寫性靈，非天才不爲。

楊萬里言下的「性靈」，主要指透脫靈動的智者巧慧與活潑詼諧的生活情趣，自是與後來袁枚的「性靈說」不盡相同。但是，由此可知楊詩之所以採幽默諧趣的方式，除了當時的社會文化氛圍有關外，他個人的內在素質與精神修養的趨向，應是更重要的決定因素。

　　《宋詩鈔》評誠齋詩，便有「不笑，不足以爲誠齋之詩」的說法。他詩中的詼諧特質，「是將表現詩情畫意的意境形象，與充滿生活情趣的詩意氛圍，與蘊含哲理思辯的深遠意味三者相互融合。」〔註272〕綜觀他具體的詼諧手法，約有數種，比方「調侃法」，就是從困頓中解脫的自我解嘲，屬於肯定性幽默。例如：

> 〈書莫讀〉：讀書兩眼枯見骨，吟詩個字嘔出心。……口吻
> 長作秋蟲聲，只令君瘦令君老。

這樣對苦讀形象的嘲弄，實際上並非對讀書吟詩的否定，而是帶著喜劇式的機智，對於不合理的人生世相提出看法。又如〈詩情〉一詩：

> 只要雕詩不要名，老來也復減詩情。虛名滿世眞何用，更
> 把虛名賺後生。

說自己以虛名哄騙世人，當然是種自我解嘲，但又說「更把虛名賺後生」，則又顯現對詩及詩人的尊敬，這種不協調的論述口吻，並列構成的幽默，正是誠齋體諧趣的一種方式。

　　另外，「顛倒法」也可造成不同程度的諧趣情境。這是故意將大小錯亂構成荒唐感的方式。譬如他的〈池口移舟入江，再泊十里頭潘

〔註271〕呂炎《柳溪近錄》，引自《詩人玉屑》，同註77。
〔註272〕張福勛〈誠齋詩的詼諧藝術〉，陰山學刊1996年第一期，頁22。

家灣阻風不止〉:「大浪一跳入天半,粉碎銀山成雪片。」前句將小浪說大,將低跳說成高(天半);後句則是將浪說成山,由小而大,但又由大山說成小雪片。在這樣錯置荒唐的用字情調裡,令人感受到一種趣味。又像〈重九後三日,同徐克章登萬花川谷,月下傳觴〉一詩:

老夫渴急月更急,酒落杯中月先入。領取青天並入來,和月和天都蘸濕。天既愛酒自古傳,月不解飲真浪言。舉杯將月一口吞,舉頭見月猶在天。老夫大笑問客道:月是一團還兩團?酒入詩腸風火發,月入詩腸冰雪潑。一杯未盡詩已成,誦詩向天天亦驚。為知萬古一骸骨,酹酒更舉一團月。

整首詩斟酌於小小酒杯中,以「舉杯將月一口吞」表現人的能力,是小勝大的意象,但下句「舉頭見月猶在天」,又反制了上一句的可能性,再次展現宇宙之永恆,大又勝小。然當有限的小向無限的大挑戰時,「誦詩向天天亦驚」,仍有其力量在,即使是「萬古一骸骨」,「酹酒更舉一團月」,宇宙時間長流裡的短暫存在,此時還是能吞下永恆與無限。大或小之間的關係於此成了一種哲學性的迷思。

　　還有一種由心理上的錯覺所造成的誤會法,以陰錯陽差的不和諧,讓人輾轉於正、誤的錯覺。例如〈夏夜追涼〉:「夜熱依然午熱同,開門小立月明中。竹深樹密蟲鳴處,時有微涼不是風。」詩中月明、竹深、樹密、蟲鳴的意境塑造,心理感覺上「微涼」,但卻不是風造成的,這種心理層面認知上的誤會是一種形式。或者,先言「誤」者,經曲折轉換,最後於錯落層次間點出「正」者。讓讀者產生恍然大悟的意趣。譬如〈夜宿楊溪曉起見雪〉:「茅檐無聲風不起,誤喜夜衰雨應止。開門送眼忽心驚:失卻前山萬堆翠。」風雨已止,為何「失卻前山萬堆翠」?回首詩題,原來是因為被雪掩蓋之故。楊萬里詩中的諧趣也有部分就是靠這樣因錯出奇,無理而妙的誤會方式呈現。

(三)俚　俗

　　誠齋體最明顯的特徵,無疑便是其文字的俚俗易懂,這類詩中立意之淺,或用語之粗俗不文,無疑要令那些熟諳傳統詩歌高深博雅的

評論家們大搖其頭。然而他的以俗入詩卻是刻意區別前人的方法。

雖然蘇軾、黃庭堅時即已提出「以俗為雅」之說，但楊萬里從前人的特定處進一步發揮，更露骨更大量地使用俗語常談。而其詩歌之俚俗主要以兩種特質呈現：因為楊萬里詩文受到民歌影響，許多詩句都具有極為鮮明的口語特徵，例如：

> 仰架遙看時見些，登樓下瞰脫然佳。（〈披仙閣上觀荼蘼〉）
> 　→些：少許。
>
> 不分兩窗窗外明，如何不為別人明。（〈夜泊平望中夜不寐〉）
> 　→不分：不滿、不服。
>
> 只言此老渾無事，種竹移花做麼生。（〈早發建安寺過大櫟墟〉）
> 　→麼生：什麼，何事。
>
> 怪生無雨都張傘，不是遮頭是使風。（〈舟過安仁〉）
> 　→怪生：怪不得。
>
> 劣到中秋雲便興，中秋過了卻成晴。（〈中秋無月到十七日曉晴〉）
> 　→劣：剛剛。

這些口語詞彙在詩句中靈活運用，反而形成獨特的清新活潑之感。不過，他對於詩中採用口語方言的情形，卻曾表示是受到前人啟發：

> 詩固有以俗為雅，然亦須曾經前輩取熔，乃可因承爾。如李之「耐可」，杜之「遮莫」，唐人「里許」、「若介」之類是也。（〈答盧誼伯書〉）

這表示他在詩中所運用的口語俗詞，應該都有一定程度的共通認同，並非任意入詩。此自述正符合之前錢鍾書的論點，楊萬里對詩中俗詞口語的特定擇取，正可見其詩風之俚俗，確實是經過他有意的設計。

再者，除了民間語言的吸收，他詩歌的俚俗還表現在不避重複，淺白如話的詩意上，例如：

> 籬籬疏疏一徑深，樹頭花落未成陰。兒童急走追黃蝶，飛入菜花無處尋。（〈宿新市徐公店〉）
>
> 莫言下嶺便無難，賺得行人錯喜歡。正入萬山圈子裡，一山放出一山攔。（〈過松源晨炊漆公店〉）

通常這些接近白話的詩句，多富有濃厚的生活情趣，只是，有時候還會發現，楊萬里詩的俚俗不僅是一般的淺白質樸，甚至還略具油滑之調，顯然是企圖在前人理論基礎上做更積極而大幅的變化，故難免有太過之嫌。

（四）妙於層次

楊萬里詩雖以淺白幽默爲主要風格，但不表示他是隨興漫成的，其實他詩中亦頗多精思力構者，這由其詩意的曲折有層次可知。《陳石遺先生談藝錄》便曾讚云：

> 宋詩中如楊誠齋非僅筆透紙背也，言時折其衣襟，既向裡折，又反而向表折。他人詩，只一折，不過一曲折而已；誠齋則至少兩曲折。他人一折向左，再折又向右；誠齋則一折向左，再折向左，三折總而向右矣。〔註273〕

舉例見之：

> 愛他休日更新晴，忍卻春寒上古城。廢壘荒廬無一好，春來微徑總堪行。（〈休日登城〉）

前兩句言忍寒登城，原似欲賞美景，但第三句卻突然一轉，謂「廢壘荒廬無一好」，正當讀者感到意外時，又以春來之微徑還是有騁遊之處作結。短短四句中，就包含了兩次轉折，三個層次。其他如上述的〈重九後三日，同徐克章登萬花川谷，月下傳觴〉，則是兩句一轉折，因此通篇變化與層次之多，猶如層巒疊嶂。

這樣多層次的設計幾已成爲楊萬里誠齋詩的共通特色，正是因爲他妙於層次，才能在俚俗淺白的詩句中，含咀不盡之詩味。

（五）工於作結

楊萬里誠齋體詩還有一個獨特之處，就是結局的變化多方，且每臻於妙。這主要是因爲他的詩論中即有「詩已盡而味方永，乃善之善也」〔註274〕的看法，所以他才會特別重視詩的收尾功夫，也特別用

〔註273〕陳衍《陳石遺先生談藝錄》（上海：上海中華書局，1937年）
〔註274〕楊萬里《誠齋詩話》，同註79。

心於詩歌結束的經營。一般而言，古代詩歌結尾的主要方式大概有「或就題結，或開一步，或繳前聯之意，或用事，必放一句作散場，如剡溪之棹，自去自回，言有盡而意無窮。」〔註275〕而楊萬里的詩歌結尾則呈現更多的變化。

其中之一便是以動態描摹作結，例如：

> 雨足山雲半欲開，新秧猶待小暄催。一雙百舌花梢語，四顧無人忽下來。（〈積雨小霽〉）

> 村北村南水響齊，巷頭巷尾樹陰低。青山自負無塵色，盡日殷勤照碧溪。（〈玉山道中〉）

> 碧酒時傾一兩杯，船門才閉又還開。好山萬皺無人見，都被夕陽拈出來。（〈舟過謝潭三首〉）

> 一江故作兩江分，立殺呼船隔岸人。柳上青蟲寧許劣，垂絲到地卻回身。（〈過招賢渡〉）

這些詩句大多以充滿動感的結語，打破原先塑造的相對靜止境界，無論是鳥語花梢、綠柳青蟲或山水夕陽，幾乎都因化靜為動，反倒使得轉瞬即逝的自然之景，生動鮮活地定格成一幅畫。

別開生面的結尾，還在於楊萬里給予人意料之外的驚喜感。例如：

> 繡簾無力護東風，燭影何曾正當紅。獸炭貂裘猶道冷，梅花不易玉霜中。（〈夜坐〉）

前三句極言天寒風厲之勢，末句峰回一轉，言梅花自傲寒霜的姿態。題目與前句均無任何暗示，卻突然將焦點轉至梅花，之前數言反而成了強化末句的伏筆，這樣的筆鋒轉變，使全篇俱活，格外有味。

> 老來無面見毛錐，猶把閒愁付小詩。若道愁多頭易白，鷺鷥從小鬢成絲。（〈有歎〉）

髮因愁白之句古來多有，但楊萬里以鷺鷥為證作反面思考，予人不同流俗的妙趣。又例如：

> 野菊荒苔各鑄錢，金黃銅綠兩爭妍。天公支與窮詩客，只

買清愁不買田。(〈戲筆〉)

以狀似銅錢的菊葉青苔入詩，並針對此特點發揮，如此構思固然奇巧，但最有意思的還是在於其末句所謂供詩人買愁之說。又譬如：

故園今日海棠開，夢入江西錦繡堆。萬物皆春人獨老，一年過社燕方回。似青如白天濃淡，欲墮還飛絮往來。無那風光餐不得，遣詩招入翠微杯。(〈春晴懷故園海棠二首〉)

詩歌前半部份言明媚春光增添懷鄉情思，並無特出之處，但尾聯忽言欲餐春光而不可得，即已表現出楊萬里奇特的想像力，但末句更絕，他還自我作解：若以詩句將春光招入酒杯之內，不就可以餐了嗎？奇上加奇，令人驚奇連連。

有時，楊詩結尾不為題面所圍，甚至有意藉由開拓詩旨，反過來補充詩之意蘊。例如：

一生情重嫌春淺，老去與春無點情。(〈又和二絕句〉)

道是殘紅何足惜，後來並恐沒殘紅。(〈風花〉)

桃花愛作春寒信，只恐桃花也自寒。(〈二月一日曉渡太和江三首〉)

居人只道秋霖苦，不道行人泥更深。(〈秋雨歎十解〉)

已分忍飢度殘歲，更堪歲裡閏添長。(〈憫衣〉)

這樣的結句都更出一層，深化題旨，且造成弦外有音的效果，足令人涵詠再三。

細細品味楊萬里詩的結尾，總是讓我們充分感受到他那不拘陳規，勇於探索創新的精神，和善於求變的靈活手法。

上述這幾點自然都可視為誠齋體的特色，但如果只是這樣看待，未免顯得狹隘。因為一般為文評論其特色者，還有涉及更多的層面，在此之所以獨列這四項，實是由於這些手法，當作特色看固然可以，但更具有前人所欠缺而楊詩所獨有的開創性，也較有技巧設計性，比通常所謂精於屬對、疊字數字的運用、神於體物、善於用典等等之類的特色評析，還要能具體表現出楊萬里創作者意識的活動。總言之，

這四點積極的動態發揮，實可謂是楊萬里刻意區別前人的一個書寫手法，而這是絕對不能只是單純以特色來論述的。

除此，楊萬里在這些書寫形式的背後的思維運作，也必定有著異於前者，或根本否定前者之處。最重要的理念分歧在於：江西詩學向來強調詩內功夫，講究詩的法則，並主張在前人詩作中探尋、參悟、變化運用種種手法。所以像「奪胎換骨」、「點鐵成金」、「無一字無來處」等江西主要的創作綱領，都無不與古人作品緊密結合、息息相關。楊萬里則主張詩外功夫，他推翻江西詩派在前人故紙堆中鑽營的習慣與價值認定，將視野轉向社會外界的客觀生活與自然景物，並肯定這些資源對創作靈感的幫助。例如前引〈荊溪集序〉中所提到的：「步後園，登古城，採擷杞菊，攀翻花竹，萬象畢來獻予詩材。」生活處處是詩材就是如此。其他相關詩論還有像〈再登垂虹亭〉云：「紅塵不解送詩來，身在煙波句自佳。」或是〈戲筆〉當中所言：「哦詩只道更無題，物物秋來總是詩。」或〈雲龍歌調陸務觀〉詩中說的：「詩家不愁吟不徹，只愁天地無風月。……雲錦天機織詩句，孤山海棠今已開。」甚至認為行萬里路勝讀萬卷書，而有「閉門覓句非詩法，只是征行自有詩」（〈下橫山灘頭望金華山〉）之說。

過去江西詩派把這種以襲用前人詩意，再略改其中詞語為工巧的作法稱之為活法。楊萬里的活法觀則是指以廣闊的社會生活為背景，以真切的自然景物為對象，透過豐富積累的深刻感受，靈活的創作手法，開闢清新的詩境。他以為這樣的創作方式才能產生源源不絕的靈感，而且不是一味地苦思追索，反倒應是靈感詩材自來的情況，如此一來，當然無須在古人陳辭間奮戰。例如他自豪地表示：「老夫不是尋詩句，詩句自來尋老夫。」（〈晚寒題水仙花並湖山〉）或者如〈曉行東園〉中曾言及的：「好詩排闥來找我，一字何曾撚白鬚。」皆可見他通悟之後創作欣如得意之狀，也可見其對創作方式的轉念。

周必大對楊萬里的詩歌有一段著名的評析：

> 楊誠齋大篇鉅章七步而成，一字不改，皆掃千軍、倒三峽、

　　穿天心、透月窟之語。至於狀物姿態，寫人情意，則鋪敘
　　纖悉，曲盡其妙，遂謂天生辯才，得大自在，是固然矣。
楊萬里在江西詩派這麼龐大的勢力陰影下，還能闖出一片天地，得以
「自作詩中祖」，〔註276〕就在於其面對影響有所自覺，並以獨闢蹊徑
的創新消融焦慮，他的創作手法確實使其作品突出於前人之中，成為
宋代堪稱強者詩人的最後代表。

〔註276〕張鎡《南湖集》，同注269。

第五章　宋代詩人「影響的焦慮」之修正比

　　在第三章裡我們觀察了宋代最經常被當作典範的幾個前驅詩人，而這些典範的影響也在第四章強者詩人的創作中得到映現。至於映現的方式，我們則以通過影響所造成的互文性關係為主，將現象上的相似相近作配對比較。事實上，就布魯姆的說法，他所謂的「互文」不單只是表面上後輩詩人對先行文本吸收和轉化的結果，更意味著強者詩人與前驅詩人之間堅持不絕的競爭。所以互文關係並不是純粹的文本間的關係，還包括了作者的主體功能的內化在當中。布魯姆之所以賦予互文性這樣獨特的動態意義，是因為在他的觀察中，後來者屈就於遲到者的地位，喪失了首開創作的權力，而正是其所喜愛的前驅詩人（典範）奪去了領先時機，所以，當後來者一旦選擇了他所喜愛的仿效對象時，除了表示影響的開展外，也暗示著一切競爭的開始，而且這個競爭一直要到後來者從傳統的洪流中、從前驅的光環中凸顯出自己的價值才算勝利。在此過程中，互文正是這一連串誤讀的理論基礎。

　　在上一章宋代強者詩人們的創作中，互文現象顯然就是以此誤讀和修正的動能方式展現後來者強烈的創作者意志。而且，很清楚的，他們是有意為之，無論是言論上或創作實踐上，宋代這些強者詩人都是刻意為了壓倒前驅才進行這些書寫手段；絕非像漢魏詩人們，或者

因當時的創作觀念所致而視之爲某種寫作方式，或者模糊觀念中因著單純的崇拜而仿擬；也非如唐代詩人，僅約略乍露創作者定位之端倪，而出現對仿擬之事似有若無、搖擺不定的創作觀。就因爲一切都是在創作者明確自主意識下所發展出來的方法手段，因之，我們可稱之爲書寫策略。既然是種策略，必定有其理論層面的基礎鋪墊，還有實際進行的程序步驟。

然而，在歸納論述宋代強者詩人的種種解構影響焦慮的策略之前，有一些重要的前提必須先有所認知。首先，宋代這些強者詩人們確實完全明白自己的創作困境，當他們援引或模擬前人語詞句式時，也清楚知道自己受到的影響，但在面對、承認、接受前人影響的同時，他們顯現的抗拒與否定，卻是以相當傳統的理由開脫，最好的例證便是宋代許多評論者（其中也包含了創作身份者）對作品中互文現象的一些辯解：

> 葛立方《韻語陽秋》：客有爲余言：「後山詩其要在於點化杜甫語爾。……余謂不然。……用語相同乃是讀少陵詩熟，不覺在其筆下，又何足以病公？」〔註1〕

> 邵博《聞見後錄》：古今詩人，多以記境熟，語或相類。……諸名下之士，豈相剽竊者邪？〔註2〕

> 葉夢得《石林詩話》：讀古人詩多，意所喜處，誦憶久之，往往不覺誤用爲己語。……如蘇子瞻「山圍故國城空在，潮打西陵意未平」，此非誤用，直是取舊句縱橫役使，莫彼我爲辨也。〔註3〕

> 黃昇《玉林詩話》：……蓋讀唐詩既多，下筆自然相似，非蹈襲也。其間又有青於藍者，識者自能辨之。〔註4〕

〔註1〕 葛立方《韻語陽秋》卷二，引自何文煥編《歷代詩話》（台北：藝文印書館，1981年），頁495。

〔註2〕 邵博《聞見後錄》卷十八，引自何文煥編《歷代詩話》，同註1，頁142。

〔註3〕 葉夢得《石林詩話》，引自何文煥編《歷代詩話》，同註1，頁421。

〔註4〕 黃昇《玉林詩話》，引自郭紹虞輯《宋詩話輯佚》（台北：華正書局，

　　羅大經《鶴林玉露》：欲道古人所不道，信矣其難矣！……
作詩者豈故欲竊古人之語以爲己語哉？景意所觸，自有偶
然而同者。蓋自開闢以至于今，只是如此風花雪月，只是
如此人情物態。〔註5〕

　　蔡啓《蔡寬夫詩話》：舉杜甫和鮑照、韓愈和古詩明顯雷同，
說：「大抵古今興比所在，適有感發者，不必盡相迴避，要
各有所主耳。」〔註6〕

　　魏了翁〈跋康節與韓康公唱和詩〉：……豈人心之所同，固
不嫌於相襲邪？〔註7〕

上述種種辯解文字，皆是在爲宋代詩人作品中出現前驅文本的詩句而
給予詮釋，這些解釋的說法都不離傳統的文學觀，主要分爲「學習內
化論」及「人情物態相通論」兩種理解。

　　面對傳統的先後關係，「學習」向來被稱爲創作的起始，所以模
擬在學習論的根基上是可以被允許、被諒解的。學習既多，「下筆自
然相似」，尤其當學習記憶變成某種內化，「不覺」出現在後人筆下，
「誤爲己用」時，似乎更成了不可指責的無意識行爲。且經過內化後
再由己而出，還可理直氣壯地當作個人的發明，甚至「取舊句縱橫役
使」，然後達到「青於藍者」的成就，如此何止可以不以「蹈襲剽竊」
目之，簡直可說是吞併前人的合法手段。何況布魯姆早就說過：對前
輩詩人進行內在化，「可以有助於詩人擺脫超自我焦慮」，可見這樣的
說法也在焦慮理論的預期之下。

　　再者，所謂文學創作的人情物態大抵如是，故不得謂之剽竊的說
法，則是立論於自古以來人同此心、物同此理的基礎上。大致來說，
人情事理的感發原本皆具其普遍性，書寫內容的重複自屬必然，在此

1987 年）
〔註5〕　羅大經〈詩犯古人〉條，出於《鶴林玉露》，引自何文煥編《歷代詩
　　　　話》，同註1，卷三，頁 174。
〔註6〕　蔡啓《蔡寬夫詩話》，引自郭紹虞《宋詩話輯佚》，同註4，頁 382。
〔註7〕　魏了翁〈跋康節與韓康公唱和詩〉見《鶴山題跋》，收入《宋人題跋》
　　　　下冊卷四（台北：世界書局，1992 年），頁 292。

情況下互文的出現便情有可原了。但有趣的是，在此認知下卻也有逆向操作者，如張九成《橫浦集》這樣的記載：

> 見蘇養直〈書李彥達所編其詩後〉云：「讀之使人愧嘆不能
> 已已，自爾當屏棄筆墨，每遇勝日，有好懷，袖手哦古人
> 詩足矣。……」深體其言，甚有眞趣。……嘗見沈元用問
> 其不著述，答云：「好處古人皆已道盡，吾胸中但涵泳其味
> 足矣，何必竊以爲己有！」似與養直此語同。

這段記載直接將後人的互文書寫稱爲「竊以爲己有」，並以爲既然人情物態大抵相同，好處又已被「古人道盡」，那就不須多此一舉，自可「屏棄筆墨」了。或者像韓駒《陵陽室中語》所說的：

> 目前景物，自古及今不知凡經幾人道過。一下筆，要不蹈
> 襲，故有終篇無一句可解者，蓋欲新而不及，固不可曉耳。
> 〔註8〕

換言之，若以此說爲由，詩人則多半會在「蹈襲」或「欲新而不及」，終至「不可曉」之間掙扎。

　　不管如何辯解，這些說辭多少具有強解的意味，之所以要如此強解，便是因爲宋人對唐詩強大的壓力和影響是非常在乎的，因此當他們對所有可能的雷同亟欲撇清，或加以解釋時，我們反而在字裡行間更能感受到宋人的焦慮情結。這些在乎與辯解除了展現宋代詩人已有的創作主權之奪取意識外，在此同時，他們對於創作困境的焦慮不安，也相對提昇。

　　其次，我們必須考慮到的是：在宋代強調「以才學爲詩」的背景之下，這些強者詩人還有一個從「讀者」進到「創作者」的過程。其實在學習論的觀點上，所有的創作者都曾是讀者，但在宋代，這個尤其要求學問自書本中來的特殊文化場域，又特別處於強烈前驅影響的時代位置上，於是在「影響的焦慮」的議題中，宋代讀者身份顯得格外重要，其讀者在文學史的地位更理所當然地受到了彰顯。

〔註8〕韓駒《陵陽室中語》，引自《說郛》卷二十七。

　　而宋代詩人由讀者的無意誤讀到創作者的有意誤讀，過程中所浮現的創作者意識，不但突顯了布魯姆「影響的焦慮」的意義，更因爲自我與文本兩種力量的拉扯與衝突，形成各種策略，也足以印證布魯姆的理論現象。薩進德將這些宋代詩人「爭得一席之地」的策略分爲六種，分別爲：模仿和補充、從反面立意的修正、對前人的認同、指出前人的前人、將自我昇華爲詩歌之源、按自己的意思將前人納入從而取代或超越之。〔註9〕他並且說明此分類是借鑒了布魯姆的類似模式。當然他的分類有其道理，也確實證明了宋人創作與布魯姆理論相近之處，但我們不妨回到第二章將布魯姆的修正理論作一簡扼的整理，便可有更清楚的發現，在兩者頗爲契合的表象中，其實還是有些微的差異需要分別。

　　布魯姆認爲每一位強者詩人爲了力圖發揮自己的創造才能，經常必須誤讀自己的前輩大師，因此他們的創作皆經過了「修正」的各個階段，而每個階段都可顯示出修正的程度。但由前章可知，其實布魯姆是很精細地利用削弱前驅——重構還原的循環步驟，將其所提出的六個修正比依序分成了相對辯證的三組，而這三組互相推進的循環形成一個誤讀（克里納門＋苔瑟拉）→抗拒（克諾西斯＋魔鬼化）→重新評估並修正前驅（阿斯克西斯＋阿波弗里達斯）的反覆過程。

　　在第四章中，我們看到宋代的強者詩人們的焦慮與矛盾，進而呈現的數種書寫策略，其根本想法和作法，的確與布魯姆的六大修正比在道理上或原則上有相通之處，只是歸納整理之後，我們發現宋代詩人的修正策略更複雜多元，但是在建構組織上，則顯得較無次序性，也無法如布魯姆的設計有那麼完整的週期關係；另外也有中國傳統的思維邏輯參融其中，是布魯姆的西方思考未能涵蓋併入的，例如「拾得」的說法、例如家系神話的建立、例如諧趣或者翻案等等手法的運

〔註9〕　見斯圖爾特・薩進德〈後來者能居上嗎：宋人與唐詩〉，引自莫礪鋒編《神女之探尋——英美學者論中國古典詩歌》（上海：上海古籍出版社，1994年），頁101。

用。雖然如此，但布魯姆曾經表示，這些修正比的確實順序並不是重點，重要的是在後來者的侷限和對前驅者的重構間，詩人如何有技巧的創作「取代」的部分。換句話說，即使我們無法將宋代詩人的修正理論作一順序層次的鋪排，或環狀結構、網狀結構的組織，卻不會稍減我們歸結出屬於宋代詩人「影響的焦慮」下修正比（策略）的功能。

第一節　宋代詩人的解構策略

　　宋代詩人對前驅者的解構策略，我們大致分成兩大部分來探討，一為理論層面的說法，一為實際運用的手法。

一、修正理論

　　古克平、張躍軍將布魯姆的這些修正階段按照進行的順序簡潔地劃分成六部分〔註10〕，可給我們一些參考：

　　一、選擇（election）：被前輩詩人的力量所吸引，選擇典範。

　　二、盟約（covenant）：觀察並認同先輩詩人，這是與先輩的盟約。

　　三、抗爭（rivalry）：對先輩靈感的反駁。

　　四、化身（incarnation）：後來者把自己當作真正的詩人，這是前輩詩人在後來者身上的「化身」。

　　五、解讀（interpretation）：後輩詩人對先輩作品全面給予新的解讀。

　　六、修正（revision）：通過對先輩作品的修正，以新的創作方式表現自我。

　　這樣的一個次序，大致上倒也適用於宋代詩人發生「影響的焦慮」機制時的進程。其中，宋代詩人修正理論的出現即在第三期「抗爭」

〔註10〕引自古克平、張躍軍〈是人在寫詩，是人在思考——布魯姆與德里達關於詩人自我之爭〉一文的整理。四川外語學院學報，2003 年 11月第十九卷第六期。

的階段。自我觀念的建立之後，才陸續呈現所謂「化身」與「解讀」的步驟；至於實際修正策略的運用則待第六階段來實踐。強者詩人整個「影響的焦慮」至此告一段落；不過，這個修正的程序對於強者詩人而言，是不斷重複出現的，因為在創作的過程中永遠有著影響的壓力，而這種接受他人與呈現自我之間的焦慮與抗衡，正是強者詩人們必須一直設法克服的難題。

根據我們之前對宋代強者詩人面對影響時所產生的幾個心態上的轉折，可以將之視為強者詩人釋放焦慮的理論基礎，他們先有這樣的心理建設作基礎，之後才有理直氣壯的書寫策略對抗前人。換言之，他們一切修正比的實施，必先建立在這些說法的根基上才能見其正當性。但事實上，這些理論的說法，與布魯姆的相關立論是十分接近的，但布魯姆將之置於六大修正比當中，而不另行歸屬於心理層次；但我們認為這些心理方面的認知是決定宋代詩人創作行為的先行基礎，故將之獨立劃分出來。

宋代強者詩人的幾個心理上的思考向度，我們針對其特定目標分為兩大類，一為消解文本所有權，一為解構作者獨特性，從作品的客觀存在與創作者的主觀定位兩方面同時進行顛覆。

（一）消解文本所有權

「所有權」的存在，對於創作者意識清晰的宋代強者詩人來說，是最直接的焦慮來源，也是他們最無法忍受的事實，因為所有權代表了該創作的擁有者所具有的書寫權勢，這是不容侵犯的，這使得他們在面對前輩詩人時，感到無能為力，且自慚形穢，更遑論借用前人靈感的承恩感，所以即使是些微的相似，也會造成創作心靈的負擔。錢鍾書就直接認定宋人習慣「偷竊」，而「偷竊」的說法就來自於著作所有權的假設，因為有著作所有權才有所謂的抄襲或偷竊，畢竟一件公共事物的取用並不算是偷竊。其實在傳統的中國文學中，並沒有真正而強烈的「所有權」意識，因為在學習論的認知上，前人的作品皆只是一般普泛的存

在，沒有任何沈重的記號；甚至基於古代（聖人）崇拜的觀念，前代著名作品的仿效摹取，還被視作理所當然的創作途徑。

然而宋代以來，「所有權」與「偷竊」這兩個話題卻非常流行，〔註11〕尤其是對「偷竊」的理解，雖然似乎不太正當，但卻可視爲在權威壓力下所發展出來不得不然的變通手段，這樣的行爲必得憑靠機智，暗中進行，才可能得逞，實非易事。不過，宋代創作權的提出顯示了在中國書寫史上宋代已將作者與讀者作了區隔，並明白表示對創作所有權的注重。這當中除了強調了主體獨創的價值，同時也或隱或顯的涉及某種書寫上的權力爭奪，簡單地說，唯有顛覆文本所有權，宋代詩人的創作者地位才能被正視。這對他們而言，是極其重要的基本步驟。

化解文本所有權的首要之務，就是將之從私人擁有的領域轉換成公有財產或不知擁有者的現成物，重點在於轉換的過程要合情、合理、合法。宋代強者詩人們所採用的說辭約有下列三種。

1. 拾　得

所謂「拾得」，就是指偶然撿到的，不是詩人處心積慮鑽營，只是被動取得。宋代詩人經常宣稱好詩是他們撿到的，例如蘇軾〈書曇秀詩〉中記載到：

> 予在廣陵，與晁無咎、曇秀道人同舟，……予和云：「閒李清游借隙光，醉時眞境發天藏。夢回拾得吹來句，十里南風草木香。」予昔對歐陽文忠公誦文與可詩云：「美人卻扇坐，羞落庭下花。」公云：「此非與可詩，世間原有此句，與可拾得耳。」（卷六十八）

〔註11〕例如蘇軾〈書子美屏跡詩〉中即下了「不予而取，輒爲盜」的定義。又如蘇軾戲次韻孔毅父集句詩的記載中，蘇軾曾有言：「退之驚笑子美泣，問君久假何時歸。」即表現了「所有權」發展出的借還關係。王若虛在評論黃庭堅「點鐵成金」、「脫胎換骨」等方法時，認爲他是「特割竊之點者耳」。引自王若虛《滹南詩話》卷三（台北：新文豐出版社，1985 年）馮班《鈍吟雜錄》也稱宋人的作法謬說，「只是向古人集中作賊耳。」（台北：台灣商務印書館，1970 年）

在這段記錄中不但蘇軾自己言及詩句的拾得，也舉政治與文學地位皆崇高的歐陽脩之言爲證，說明一些好的詩句是有可能只是被後人撿到。

在這個「拾得」的說法中有一些很有意思的假設在背後支撐。首先，既然是撿到的，就表示自己並非刻意剽竊霸佔，既然是偶然際遇之下拾得，在援引這些詩句時，便不再顯得那麼罪大惡極。其次，一般而言，「拾得」的概念包含著該物是沒有主人的，或至少是在失主不詳的狀況。這樣的說法使得該詩的出處成了懸案，不知起源也就表示不知擁有者，換言之，是沒有特定所有權人。如此一來，該詩就成了公共財產，便可以允許人人得而用之，無須有罪疚感，所以蘇軾才在〈次韻孔毅父集古人句見贈〉一詩中提出了「世間好句世人共」的看法。再者，這個「拾得」的說法使得詩歌成爲無主的現成物，不再關涉創作權力，拾到的人都可以僅就詩句的運用作變化，該文本的原貌與其創作的過程也就不再顯得重要。因爲這一點，「拾得」讓後來者不受先來後到的創始權威脅。

有時候，宋人的「拾得」說還預設了「自然」或者「道」的觀念。他們將詩文等創作活動歸源於自然或道的再現，所有的文學都是在表現對這個世界的描述或模仿，故皆拾自眼前所見的一景一物，前人如是，後人亦如是，全然無關乎所有權的掌握。所以在第四章中引到蘇軾〈書子美屏跡詩〉時，嘗見蘇軾爲自己辯解曰：

> 夫禾麻穀麥，起於神農后稷，今家有倉廩。不予而取，輒爲盜，被盜者爲失主；若必從其初，則農稷之物也。今考其詩，字字皆居士實錄，是則居士詩也。子美安得禁吾有哉！（卷六十七）

他便是以自然界禾麻穀麥等農作物爲類比，認爲這些詩歌並不專屬於杜甫等前驅詩人，而是源自於生民之初的某處，就像穀物雖起於神農后稷，但後來家家倉廩無不有之一樣，後來詩人也可以像前驅詩人那樣擁有自然，具有描述自然的權力。甚者，在文中蘇軾還霸道地說：「字字皆居士實錄，是則居士詩也。子美安得禁吾有哉！」在上述前提下，蘇

軾覺得只要這些詩是他感情的實錄，杜甫便沒有權力禁止他挪用。這樣的情形，到了黃庭堅更以他書法家的身份，把抄寫唐代詩歌當成所有權的轉移，利用書法藝術把既有詩歌變成新的美學組合，於是該詩歌的存在遂與原作者無關，形同獨立無主的狀態，黃庭堅也就可堂而皇之地宣稱自己是首次「寫」下這些詩的人了，例如他在大雅堂中樹立杜甫詩碑時所做的事。這種看似自欺欺人的心態，也算是「拾得」認知下的另一種形式，確實在心理層面上為宋代強者詩人爭回一些尊嚴。

2. 失 憶

在第四章中我們曾經見過黃庭堅關於遺忘而書寫的掌故，也就是他創作了幾乎與白居易詩相同的《謫居黔南十首》。曾紆認為這即是黃庭堅點鐵成金的佳例，但當弟子向黃庭堅詢問此事時，黃庭堅卻回答說，他年輕時就能背誦這些詩，已忘了作者是誰，當他被阻雨衡山時，書此以解悶而已。除此之外，黃庭堅還經常記錯古人詩句，然後呈現在他自己的作品中，例如我們第四章所舉的誤用杜牧「五色線」為「五色筆」的例子即是。

其實不只黃庭堅，宋人還不時有夢見杜甫或杜詩，卻又遺忘其名字的記載，譬如第三章所引的《幕府燕閒錄》之例：

> 盛文肅夢朝上帝，見殿上執扇，有題詩云：「夜闌更秉燭，相對如夢寐」
>
> 意其天人詩，識之。既寤，以語客，乃杜甫詩也。

或如周紫芝《竹坡詩話》言郭祥正之事：

> 郭功父晚年不廢作詩。一日，夢中作〈遊采石〉二詩。明日書以示人，曰：「余絕非久於世者。」人問其故，功父曰：「余近詩有『欲尋鐵索排橋處，只有楊花慘客愁』之句，豈特非余平日所能到，雖前人亦未嘗有也。忽得之，不祥。」不逾月，果死。李端叔聞而笑曰：「不知杜少陵如何活得許多歲？」〔註12〕

〔註12〕周紫芝《竹坡詩話》引自何文煥《歷代詩話》，同註1，頁391。

這些傳聞記載均以「失憶」或「遺忘」為藉口，擷取前人詩作，卻又不直接承認，竟委婉地以「不記得」來敷衍過去。據說這樣的情形黃庭堅最常發生，因為他書寫前人詩句時多是以默誦而書之，在記憶力不可靠的時候，往往會出現與原文本或多或少的差異，但問題在於他這樣的作法卻被人認定為是「奪胎換骨」、「點鐵成金」，這樣的過程也可稱為一種誤讀，誤讀黃庭堅遺忘的行為；但從另一角度來說，遺忘本身已經造成對前驅的誤讀，雙重的誤讀之下，反而形成最佳消解所有權的理由之一。

　　除了記憶上的出入，形成文本無復原貌外，更甚者，還以完全的「失憶」來轉換原作的所有權，如上述盛文肅、郭祥正等人的例子，而且這樣的失憶按照他們的說法，多半在夢中發生，連結至現實世界後，是否屬於他們自主意識的操作，我們無從得知，但至少在潛意識中，這樣的失憶訊息透露出宋人對前驅的崇慕，但卻亟欲抹去前驅存在的矛盾。弗洛依德曾經詮釋相類似的現象：

> 用一個名字替代另一個名字，錯誤地說出另一個人的名字，以及通過口誤的方式對一個名字的認同等，……真正的原因無疑是這樣的：在潛意識中，我已經將自己和這個英雄詩人等同起來，儘管在意識中，我對這個詩人的愛和尊敬已經接近於崇拜，在這個失誤的背後，隱藏著可憐的抱負情結（ambition complex）。〔註13〕

在此心理背後，隱含的是將前驅佳作據為己有的野心企圖。遺忘前驅，也就是捨棄掉詩的出處，讓詩的所有權歸零，這種微妙的心態，其實就是一切誤讀、補充、增添、續完的基礎，正因為失憶了，所以就可以無所忌憚地按自己的意思發揮，進而造成彷彿在替前人接續、修改的錯覺。

　　還有一種可能，就是在失憶的情況下，後起詩人因沒有壓力而變

〔註13〕弗洛依德著，鄭希付譯《日常生活心理病理學》（台北：知書房，2000年），頁79～80。

得強大自信，以致於可以為前人之作增補他自以為是前人遺漏的詩，
譬如梅堯臣的例子。梅堯臣在一篇序言中寫道：

> 予泊瓜步山下，夢王景彝問韋應物日觀峰詩，予即誦，知
> 語不屬，謂景彝曰：當為檢韋集。覺而亟閱韋集，無此題，
> 尚記夢中所誦首句云：「晨登日觀峰」，遂續補之。

在這篇序中，梅堯臣表示他記得一首原以為是韋應物寫過的詩，而且
還將之續補在韋集之中。但實際上這並非韋集中的作品，梅堯臣的記
憶根本就是一種失憶，然而他卻絲毫不覺得是自己的記憶出了問題，
還十分篤定地將之增添至韋應物詩集中，顯見「失憶」確實給了後來
者詩人相當大的力量去表現。

　　無論是否為後起者詩人刻意而為，總之，因為不記得了，所以無
須擔負責任，寫錯或寫對也都無關緊要，反正在失憶與遺忘當中，宋
代詩人們將前驅作品視為己有，不僅褫奪了所有權，還進一步得以運
用更多的修正技巧。

3. 暗　合

　　宋人還非常流行「暗合」的說法，意指「詩句在某種未知的、神
秘的因素下相互重複，成為不可思議的同一，超越主觀意圖，近乎互
文性。」〔註14〕例如《苕溪漁隱叢話》記載道：

> 荊公詩「祇向貧家促機杼，幾家能有一鈎絲」，山谷詩云「莫
> 作秋蟲促機杼，貧家能有幾鈎絲」；荊公又有「小立佇幽香」
> 之句，山谷亦有「小立近幽香」之句，語意全然相類，……
> 王直方云「當是暗合」。〔註15〕

又如吳开《優古堂詩話》云：

> 夫奪胎換骨、翻案出奇，作者非必盡無所本，實則無心闇
> 合，亦多有之。

在這樣的說法當中，「超越主觀意圖」是暗合最重要的一部份，強調

〔註14〕楊玉成〈文本、誤讀、影響的焦慮──論江西詩派的閱讀與書寫策
　　　　略〉，同註8，頁342～343。

〔註15〕胡仔《苕溪漁隱叢話》（台北：台灣中華書局，1965年）

了後起者的創作與前驅的相類近似，是完全超乎自己的理解，屬於無意識的領域，並非刻意所爲，因此一旦出現與前驅文本互文的情形，也不是後輩詩人所能事先預防的，換言之，這種狀況下便很難認定相似的作品中何者才擁有絕對的所有權。

　　對宋人來說，「暗合」的原因包括：一、不明原因的偶然；二、由於語言系統所導致；三、來自普遍性的說法（道、自然、人情）。第一種解釋無甚可說，只能視爲巧合。第二種解釋則涉及了語言系統本身的現象，因爲既然語彙與句法類型有限，運用的過程交相指涉，暗合也就必然產生，事實上，我們之前提過，文本之中有作者的主體意識，有作者的焦慮，還有作者的權力意志，互文關係並不是純粹的文本間的關係，還有作者的主體功能內化在當中，互文性標示的是一個文本與另一個文本、與整個文學傳統以及廣泛的話語域之間的關係，所以若像宋人僅將責任推諉於語言系統，顯然是計畫中的說法。而第三種解釋即是前述宋人最常見的辯解之一，所謂「景意所觸，自有偶然而同者。蓋自開闢以至于今，只是如此風花雪月，只是如此人情物態。」〔註16〕或者所謂「大抵古今興比所在，適有感發者，不必盡相迴避，要各有所主耳。」〔註17〕也就是王若虛所說的：「物有同然之理，人有同然之見，語意之間豈容完全不見犯哉？」〔註18〕所以文學創作上的重複是理所當然的。在此說法下，一切創作的眞正所有權者應是道、自然或人情，前驅也不過是基於此而擁有暫時的書寫權而已，同樣基於這些立足點上的後輩詩人，當然也可以具有相同的權力了。

　　宋人在上述三種說法與認定之下，創作和模仿、有心和無意的界線都被模糊消弭了，書寫的主導權因此被釋放出來，而逐漸由宋代詩人所掌控。這三種論點與布魯姆修正比中的「克諾西斯」頗爲接近，目的都在於削減先驅詩人的想像力，使先存文本與自己作品間的相似

〔註16〕羅大經〈詩犯古人〉出自《鶴林玉露》卷三，同註5，頁174。
〔註17〕蔡啓《蔡寬夫詩話》見郭紹虞《宋詩話輯佚》，同註6，頁382。
〔註18〕王若虛《滹南詩話》卷三，同註11。

之處看來只是偶然，彷彿先驅根本就不存在。但是宋人顯然運用了更多的論述方式來達到此一目標。

（二）解構前人獨創性

要完全抹去前人實際存在的痕跡，除了從先在文本上下手，奪取其所屬書寫的絕對權外，更要針對前驅詩人，直接解構其獨創性，讓前驅的創作不代表獨有意義，減低其威脅性，使後輩詩人的創作擁有被認同的可能空間。如果前驅詩人佔有的獨創權越大，意味著後來者的發揮，一旦碰觸到前者詩人的區塊時，非但不會重疊成就，反而遭受到更大的排斥，因為所謂「獨創」，正如同所有權，是十分個人的，並非可以分享共存的。

所以解構前人的獨創權就和奪取所有權一樣重要，尤其當所有權不能透過拾得、失憶或暗合等解釋自我說服時，面對前輩，然後瓦解其專屬形象，便成了刻不容緩的手段。在解構前人獨創性方面，宋人常見的理論是針對出處與傳承關係，做下列兩方向的推翻。

1. 出　處

宋人解構前驅的獨創性是從文本的出處開始，最明顯的便是黃庭堅所言：

> 自作語最難，老杜作詩，退之作文，無一字無來處。蓋後人讀書少，故謂韓杜自作此語耳。古之能為文章者，真能陶冶萬物，雖取古人之陳言，入於翰墨，如靈丹一粒，點鐵成金也。（內集卷十八）

這是黃庭堅很著名、關於「點鐵成金」定義的一段說明，他的這段話在一起始就暗示了傑出的作家如韓、杜等人，也不是句句皆是自作語，並直言其「無一字無來處」，根本剝奪了杜甫和韓愈的首創權，因為這些前輩大家的作品是有「出處」的，代表他們不是第一個有此創作者，在他們之前必定還有相當的創作，他們也不過是再前驅的後來者。換言之，他們不但喪失了首創權，而且也失去了獨特性。

如此指出前人尚有他們的前人，這在宋人克服其影響焦慮的過程

中，算是頗爲典型的論述方式，這樣的揭露有時甚至帶有得意的竊喜，彷彿發現了足以摧毀前驅地位的利器。譬如黃徹曾舉一事：

> 牧之有「公道世間唯白髮，貴人頭上不曾饒」，嘗愛其語奇怪，似不蹈襲，後讀子美「苦遭白髮不相放」，爲之撫掌。

〔註19〕

在敘述當中他並未明說杜牧此聯詩句襲自杜詩，但已經指出杜牧詩並非首創，也沒有獨創性，這讓原本具有極高評價的杜牧詩，立刻墜下。失去了獨創性，後來者與前驅的立足點就可以趨近於平等，可以不居於時間的劣勢而能有無限的創作空間。

　　取消前人的獨特性之餘，引出前人的「出處」還有一個作用，即所謂「同罪共犯」的心態。指出前人還有前人，也就表示前人之作也涉及剽竊更前者，如王觀國《學林》有云：

> 李太白〈宮詞〉曰：「山花插寶髻，石竹繡羅衣」，杜子美〈琴臺〉詩曰：「野花留寶靨，蔓草見羅裙」，此相倣之句也。……李杜同時有詩名，然子美自負其氣不下人，至於太白佳句，則子美反竊其意，蓋自古文士皆如此。……詩人蹈襲前塵，雖作者猶不免焉。〔註20〕

范溫《潛溪詩眼》也說過杜甫「不免蹈襲前輩」，〔註21〕若連詩聖也依賴於傳統和創造的過程，也會「偷竊」他的前者，與宋代的這些後來者們如出一轍，那麼，宋代的詩人們應該可以自我安慰了，因爲如果指責宋人偷竊唐人，但唐人其實又偷竊更早的前人，大家在相同的罪名之下，也就無所謂優劣對錯了，充其量不過是重蹈前人行爲罷了。

　　宋人與前人分庭抗禮的另一種方法是，是借「出處」建構家系神話，企圖藉由傳承肯定自己的地位，但這其中又充滿失憶、誤讀、改寫等狀況。由於「出處」是一張無限伸展的網絡，出處還有出處，古人還有古人，所謂「古人亦有所祖」的祖述之說，正是在這樣一張網

〔註19〕黃徹《碧溪詩話》，引自丁福保《歷代詩話續編》（北京：中華書局）。
〔註20〕王觀國《學林》叢書集成新編冊十二卷八，頁73。
〔註21〕郭紹虞《宋詩話輯佚》，同註4，頁318。

絡中發展。羅蘭巴特（Roland Barthes）曾說：「去尋找作品的『源頭』及受到之『影響』只是滿足一種家系神話。」〔註22〕對宋人來說，把自己納入某個譜系裡，是使自己成為前代詩人的後身，確保自己與前驅共享地位，他們成了一個統一體，誰也不能壓倒對方。

譬如我們之前所提過王禹偁的例子：他的長子讀杜詩時發現父親與老杜的兩首詩在字句和意義上甚為相似，王禹偁「喜而作詩，聊以自賀」云：「本與樂天為後進，敢期子美是前身。從今莫厭閑官職，主管風騷勝要津。」顯然他並不以發現自己的詩與杜甫相重為恥，為了得以在前人譜系中佔有一席之地，他竟宣稱杜甫是他的前身，還假設了與詩聖的傳承。又譬如黃庭堅自己曾為詩道：「祖述今百家，小紙弄姿態。」〔註 23〕這都是很典型的宋人將自己劃入前輩家系的例子。在家系關係中，後人自己的獨特性會隨之減弱，但前人的獨特性也相對被削弱，尤其當詩人的意義在他們自身比在詩歌上更大時（例如杜甫形象的存在意義就比其作品有更具體的象徵性），這種作用的效果就更為明顯了。

2. 倒果為因

在解構前人獨特性方面，宋代詩人還改寫歷史，強詞奪理地倒果為因，宣稱是前人模仿後人，將整個傳承關係作了大逆轉。例如劉攽《中山詩話》記載著：

> 僧惠崇詩云：「河分岡勢斷，春入燒痕青。」然唐人舊句。
> 而崇之弟子吟贈其師詩曰：「河分岡勢司空曙，春入燒痕劉長卿。不是師偷古人句，古人詩句似師兄。」

「不是師偷古人句，古人詩句似師兄」，顯然擔心被認為偷竊前人詩句，乾脆先下手為強，顛倒時空，硬說成是古人和惠崇相似。從歷史時間和

〔註22〕羅蘭巴特（Roland Barthes）言，見〈從作品到文本〉收入朱耀偉編《當代西方文學批評理論》（台北：駱駝出版社，1992 年），頁19。

〔註23〕黃庭堅〈再用前韻詠子舟所作竹〉見任淵、史容注《山谷詩內集注》卷三（台北：學海出版社，1970 年），頁 52。

兩詩的互文性來看，怎麼樣也不可能是前人模仿後人，惠崇弟子的這番
說辭難免有奉承之嫌，但也顯示出當時在創作上普遍的心理狀態。

南宋祝穆《古今事文類聚》也引《文酒詩話》中一個「倒因為果」
的例子：

> 魏周輔有詩上陳亞，犯古人一聯，亞不為禮。周輔復上一絕
> 句：「無所用心惟飽食，爭如窗下作新詞。文章大抵多相犯，
> 剛被人言愛竊詩。」亞次韻曰：「昔賢自是堪加罪，非敢言
> 君愛竊詩。叵耐古人多意智，預先偷子一聯詩。」〔註24〕

在彼此的詩歌往返中，感覺得出當中略具戲謔成分，但從魏周輔「剛被
人言愛竊詩」的句子，可知他對別人看待自己「犯古人一聯」的反應是
很在意的，這相當符合宋代一般知識份子追求自我認同的價值觀。但是
陳亞次韻的詩中末句「預先偷子一聯詩」的說法，就很值得玩味了，他
不但消除前人的獨創性，還將此獨創權直接給了後來者，使後人站在比
前人還高的地位上，藉此否定前人，彷彿前人是因為後人才存在。在此
關係的推演上，亦是採混淆邏輯先後，抹滅歷史事實的倒果為因法。

這個方法看似不可思議，但由當時的一些記載資料發現，他們還
蠻常使用此法。會產生這樣一種想法，就表示宋人他們本身確實帶有
強烈消除前人痕跡的企圖，即使前人的存在是客觀的事實，只要堅信
後來者的獨創地位，也能達到去除影響焦慮的目的，在此企圖之下，
就連這樣類似精神勝利法的說辭，他們都是可以接受的，至少在此論
點之下，前驅詩人們不會再因歷史時間而佔盡優勢。

而且這還只是屬於理論層面的說法，一旦落實至創作實踐上，藉
由改寫或補充前人，將古人解釋為自己不成熟的前驅，甚至使得前人
融為後來者的一部份時，更可以反轉成為支持此論點的具體表現。

綜言之，宋代詩人在解構前代作者獨特性這一目的上，顯然與布
魯姆的修正比中「魔鬼化」的過程相當，雖然實際方法上有出入，但

〔註24〕《文酒詩話》中〈作詩譏剽竊〉條，引自祝穆《古今事文類聚》（北
　　　京：書目文獻，1991年）

後繼者皆相信有超越前驅詩人的力量（前人還有前人），使前人不再顯得特別崇高，便得以抹煞前驅的獨特性。

二、修正策略

在上述完整的心理建構後與強硬的立論基礎之下，宋代詩人經常採取一些書寫上的技巧，這些技巧巧妙地使宋代詩人的作品在前代重重的影響壓力下，突圍而出，呈現了獨屬宋代特有的詩歌風貌，假使我們再將這些創作上運用到的技巧分析於詩人們的創作意圖上，便可發現：這些技巧雖然在宋代之前即有被廣泛運用過，但到了宋人手裡，這些技巧的使用，不再只是純粹為了詩句意境更臻完美，而是放置了更大的注意力在與前輩詩人作區隔和競爭上，所以，我們可以將之視為對「影響的焦慮」的修正策略。而且這些策略幾乎都是在宋代才給予明確的定義、詮解與發揮，因此，這些修正策略可說是專屬宋代詩人的實際防禦手段。

（一）化　用

所謂的「化用」，是指將前人的作品轉化後為己所用，包括了「以故為新」、「點鐵成金」和「奪胎換骨」等手法，正如前文敘述的定義，黃庭堅言下的這些策略均是以前人的創作為基點，進行內在詩意的變異或表面文字的置換，也就是利用前人的某些字句語言加以轉換及挪用，並把它們發展到新的高度。

這樣情況下所稱說的化用，實際上就是一種拼貼的技巧，而此處所說的「拼貼」，是指葛瑞格里・阿默（Gregory L. Ulmer）所說的「文義格局的轉移」：

> ……最近的文學批評：『從作品、物品、事先存在的訊息取得某些要素，將它們整合成新的創作，為的是產生一個顯示種種決裂的原創性總體。』這種作法，或可稱之為一種『就地取材』。包含四個特徵：裁剪（decoupage）；展示的或現存的訊息或材料；組合（蒙太奇）；不連續性或異質性。

　　　　『拼貼』是材料從一個文義格局到另一個文義格局的轉移
　　　　（transfer），『蒙太奇』則是這些挪取物透過新背景的『播
　　　　散（dissemination）』〔註25〕

簡言之，拼貼是把不同來源的詞語在新語境下拼湊起來，即是一個語
彙分解與重構的過程，然而要將語言材料從一個文義格局轉移到另一
個文義格局，勢必預設了語言角度下的言意分離，因為語彙要從原語
境轉移至新語境，且鎔鑄為適用於新語境的意義，其間語言在原語境
的意義必然被淘空。而在拼貼的過程中，詩歌往往就因此成了可以任
意拆卸的斷片，不再是統一的有機整體。語言的偏離和轉移，使得文
字成為漂流的符號，文意也充滿著轉換和跳躍，均不再有穩定確知的
意義，而是隨著拼貼的過程而改變。在此同時，言意分離所造成的不
連續性也就中斷了先驅作者原本的創意。從這個角度看，宋人便達到
了重新控制文本，役使古人的用意。

　　宋代優秀的詩人們，從王安石、蘇軾至直接標舉「奪胎換骨」詩
法的黃庭堅，以及信服江西詩派而能走出自己風格的陸游、楊萬里，
多半是有意識地在創作實踐中把前人陳詞寫進新詩，利用化用的手法
發揮拼貼技巧的作用。而宋人引前代陳詞時的心態則可從王洙《王氏
談錄》中的這段文字約略看出端倪：

　　　　晏丞相自云：「觀書遇事，有可用者，必準度所宜使處，然
　　　　後默記。如未獲用者，心常恨之，他日臨文，遠不廢忘。」
　　　　〔註26〕

楊玉成便認為「宋人將出處材料看做可資蒐集、轉用的資本，與商業
的意識型態相似。」〔註27〕這是相當貼切而蘊含深意的理解，商業行
為向來以利益的獲得為主要目標，以策略為必然手段，從第三章中我

〔註25〕〈後批評的客體〉，收入賀爾‧福斯特（Hal Foster）編、呂健忠譯《反
　　　　美學：後現代文化論集》（台北：立緒文化，1998 年），頁 104。
〔註26〕王洙《王氏談錄》（台北：藝文印書館，1965 年）
〔註27〕楊玉成〈文本、誤讀、影響的焦慮——論江西詩派的閱讀與書寫策
　　　　略〉，同註8，頁 354～355。

們對宋人的傳統觀的認識，幾乎可以確定宋人在崇慕前人之際，有更大的成分將前驅視爲競爭的對手，故產生的許多創作技法均以擺落前人爲前提，在過程當中，他們的利益目的確與商業行爲一樣顯著。

而「化用」之爲用，除了可以重新安排語言文字的意義價值，更能利用前人創意。按符號學的概念，陳言之入詩，除了帶入了陳言原有的所指，還加上後來者新的所指，讀者閱讀時經歷的感受便會有雙層，若能再如葛立方《韻語陽秋》引葉少蘊所說：「詩人點化前作，正如李光弼將郭子儀之軍，重經號令，精彩數倍。」或如嚴有翼《藝苑雌黃》中言及此法時所謂：「其親切過於本詩，茲不謂之奪胎可乎？不然，則徒用前人之語，殊不足貴。」那就更好了。所以，宋人從前代詩人那裡借得詞句、情境和主題，把他們當作一首新詩的基點，必須再予以發揮，使得重建語境之後具有「親切過於本詩」、「精彩數倍」的效果，才算達到陳善〈捫蝨新話〉中引黃庭堅定義下「靈丹一粒，點鐵成金」的標準。

因爲宋代強者詩人心中明白，自己是無法完全避開唐人的，與其想辦法跳脫，不如把唐人納入自己的詩歌。把前人納入自己等於將先驅的完整性消融掉，再重建自我形象，故化用前人正是爲了超過前人，這也就是宋人之所以將之引以爲與前人爭勝的一種基本手段的原因。況且，如我們之前曾說過的，在某些強者詩人（如陸游）的想法裡，「化用」遵循的是權力原則，只要在新語境下呈現的成果，優於或有別於前人，那就不稱爲剽竊。這種只問結果不計過程的修正策略，都是宋人抵禦唐詩的洪流、謹防被沖走的方法。

在所有宋人的創作中，「集句」可說是把「化用」策略發揮到最極致的表現，它不僅是單一的拼貼過程，且是一個大規模的轉移製作：分解拆卸→取得佳句→將不同斷片在新語境中重新組合→相互補充配合→新的詩意與詩境。因爲它不是只將前人片段融入自己，也並非僅取用單一前驅之作，所以較之一般的「化用」更爲複雜。它表面上似乎完全將前人之作重新抄寫，並將採自各前驅的詩句作一結合，

容納了多重起源，而且即使其所依靠的拼貼技藝，亟求渾然天成，但畢竟仍是各家之集，所以黃庭堅稱之爲「百家衣體」。又由於沒有添加自己的字句，卻要能利用不同前驅之作（或同一前驅的不同作品），拼貼出自己所要表達的詩意，造成宛如己作的效果，這實際上更隱含了兼併古人（集眾之善）、佔爲己有的慾望，也成爲宋人創新的一種策略。

張高評就以爲宋代自王安石以下，集句詩之作者頗不乏人，亦可謂宋人對前代文學所作的「奇特解會」，他引沈括所云：

> 荊公始爲集句詩，多者至百韻，皆集合前人之句，語意對偶，往往親切過於本詩。〔註28〕

又引述袁文《甕牖閒評》道：

> 黃太史〈西江月〉詞云：「斷送一生惟有，破除萬事無過」，此皆韓退之之詩也，太史集之，乃天成一聯，陳無己以爲切對而語益峻，蓋其服膺如此。〔註29〕

因而張高評就認爲：「宋人的集句詩，也是宋人求廣、求深、求通、求變的一種努力表現。」因爲集句「既傳承優良之詩篇，又可磨練美妙的技巧，所謂意新而語工，奪胎以換骨，在集句詩方面，似乎可以實踐若干成效。所以宋人甘冒『遊戲』、『寒酸』、『百家衣』之譏誚，而仍勇於嘗試，這其中有宋詩傳承與開拓的精神在。」〔註30〕可見「化用」的確是遲來者很重要的出路。

「化用」在某個層次上就與布魯姆的「苔瑟拉」修正比很相似：後繼者保存了前人的用詞，但轉換其意義，企圖呈現新舊詩之間程度的不同，可是通常這樣的過程中都含有較爲混雜的情緒在內，除了表現新舊詩的差異外，也充滿了宋代詩人競才逞能、突顯自我的期許。

〔註28〕沈括著，胡道靜新校正《夢溪筆談》卷十四（香港：中華書局，1975年），頁157。
〔註29〕袁文《甕牖閒評》卷五（上海：上海古籍出版社，1985年），頁51。
〔註30〕張高評《宋詩之傳承與開拓》（台北：文史哲出版社，1990年），頁126、127、129。

（二）翻　案

　　「翻案」的手法，原本也已普遍存在於詩歌與古文的創作之中。中晚唐後詩歌開始流行「翻案」，於詩歌之立意、謀篇、佈局、鍛句多見運用翻案之法；及至宋人更變本加厲。根據張高評的分析，宋人就是因為居於唐人之後，為了別闢一境，故刻意「淺意深一層說，直意曲一層說，正意反一層、側一層說，不蹈襲唐人舊調；苦心思索，極力發揮，用筆常加一倍，用意則深一層。」〔註31〕企圖在唐詩登峰造極之後，保有個人創作的空間與成就。正如同王楙《野客叢書》所言：「則知好處前人皆已道過，後人但翻而用之耳。」〔註32〕因此，宋詩之所以特別多翻案，跟詩體的這種自然發展的需求是有關係的，故實際上「翻案」也成了宋人與古人競爭的一種互文現象，且這種運用詩法的動機儼然較前代有更強的目的性。

　　再者，從王荊公主張「自出己意，借事發明」；蘇東坡主張「以故為新」、「讀書萬卷詩愈美」；黃山谷強調「奪胎換骨」、「點鐵成金」，這些理論幾乎都在強調藉由博學宏詞以儲備語匯，方能陶冶萬物，化腐朽為神奇。以此反思「翻案」詩法在宋代的大行其道，可以推想該法本身既然著眼於推翻前言往行，故其先決要件必得博覽羣書，有廣博的學識背景（才知道有哪些材料可資反駁推翻），顯然與上述宋代「以才學為詩」之思想風氣密切相關。有了一定的學識素養，還必須具有獨立明確的思辯能力，才能巧妙的運用「翻案」，特出自己以別於前賢定見之說，這又與宋代詩人冷靜好理，以議論為詩的習慣相關。總之，「翻案」手法在宋代詩歌的廣泛運用，也是由其時代背景和特定的社會風氣所形成。

　　「翻案」之基本手法主要為「反其意而用之」或「反其語而用之」，更精確一點來說，「翻案」的書寫或著眼於「事」，或著眼於「語」。

〔註31〕張高評〈宋詩與翻案〉，引自國立台灣大學中國文學研究所主編《宋代文學與思想》（台北：台灣學生書局，1989 年），頁 240。

〔註32〕王楙《野客叢書》卷二十（台北：新文豐出版社，1984 年），頁 298。

前者可能是歷史及典故，也可能是「將前人的舊事反過來用」，甚或根本假設推翻之，例如前一章裡我們提過的王安石絕句〈鍾山即事〉，其末句用了前代詩人王籍的詩句：「鳥鳴山更幽」，但他將之改為「一鳥不鳴山更幽」。在王籍的詩中，呈現在我們眼前的境界是：當萬籟俱寂時，一聲鳥鳴的出現，更凸顯寂靜的深沈。而王安石的詩如果只是對自然的直接觀察，相較之下就顯得太過淺露、毫無意境可說了，所以他所用以超越王籍的方法便是取其事又否定之。簡單來說，那不鳴的鳥是王籍詩中的鳥；王安石覺得「更幽」的山也是專指王籍詩中的山，而非一般普泛的鳥、山。〈鍾山即事〉完全是針對王籍詩而否定成篇，王安石並非另外自闢一個境界。可見即使只有修改前人詩之意境，借他翻轉說，也能生面別開。

　　而後一種則是翻轉字面，將前人舊語倒裝變形，宋人稱作「倒用」、「斡旋而用」，例如第四章中所舉的王安石反用王駕之詩語的詩：

　　　雨前未見花間蕊，雨後全無葉底花。蛺蝶紛紛過墙去，卻
　　　疑春色在鄰家。（王安石詩）

　　　雨前初見花間蕊，雨後兼無葉底花。蛺蝶飛來過墙去，卻
　　　疑春色在鄰家。（王駕詩）

兩詩的互文性極高，但王安石以否定和誇張來反用前詩之語，進而將全詩的意思也作了變化。胡仔甚至認為是王安石「改正」了前詩，可見連文評者覺得王安石的「反其語而用之」，更能表現詩境的邏輯。

　　此外，尚有「反其詩情而用之」者。吉川幸次郎論宋代的整個時代氛圍，特別強調宋人化解悲哀、掙脫煩惱，呈露出樂觀奮鬥之信念與前朝極為不同。而他們在人生觀上的改弦易轍，也明確地表現在詩歌的翻案上。例如在中國文人的創作中，向來不乏傷春悲秋的主題，枯黃的殘葉與蕭颯的秋風，最易引人傷懷，但是宋人卻另做一番樂觀曠達的詮釋，比如范成大的「詩人多事惹閒情，閉門自造愁如許」；〔註33〕或如

〔註33〕范成大〈陸務觀作，悲甚，作詩反之〉：「東風本是繁華主，天地元無著愁處。詩人多事惹閒情，閉門自造愁如許！病翁老矣癡復頑，

李覯的「休翻雨滴寒鳴夜，曾抱花枝暖過春」，﹝註34﹞都是從樂觀的態度來看待。又譬如貶謫之慨，往往令人悲傷幽憤，宋代文人尤其最常經歷此苦，但他們卻能將之轉為自我慰藉與自我勸勉，如黃庭堅的「鬼門關外莫言遠，四海一家皆弟兄」﹝註35﹞、「渭城柳色關何事？自是離人作許悲」；﹝註36﹞及蘇軾的「為君翻作歸來引，不學陽關空斷腸」﹝註37﹞、「九死南荒吾不恨，茲游奇絕冠平生」。﹝註38﹞字裡行間流露出的開朗豁達，非前代窮愁牢騷或愁雲慘霧之作所能比擬。其實，宋代文人所面對的政局黨爭之坎坷險惡、詭譎多變，不亞於前代任何一朝，甚至更嚴重，但這些文人們在詩歌中所呈現的雄心與熱情，與古來逐客大相逕庭，這使得他們在大翻前人舊案之際，也巧立了新意。

　　宋人詩歌使用翻案多錯綜變化，不一定獨用一法，而且作品豐富，特徵鮮明，各體詩歌運用翻案手法者亦多，然以應用的多寡而言，張高評於其〈宋詩與翻案〉一文中做了清楚的剖析：

> ……以運用的多寡言，依序為詠史、詠物、諷喻、詠懷、拈古、頌古、理趣。其所以然者，宋人生唐後，詠史、詠物之命意、題材、句法、語彙前人已運用熟爛成為習套，宋人欲求勝古，只有努力於「賦古典以新貌」、「化腐臭為神奇」，用心於「死蛇活弄」之翻案手法。諷喻詩之作，或

風前一笑春無邊。糟床夜鳴如落泉，一杯正與人相關。」（《范石湖集》卷十七）

﹝註34﹞李覯〈殘葉〉：「一樹摧殘幾片存，欄邊為汝最傷神。休翻雨滴寒鳴夜，曾抱花枝暖過春。與影有情唯日月，遇紅無理是泥塵。上陽宮女多詩意，莫寄人間取次人。」（《李覯集》卷三十七）

﹝註35﹞黃庭堅〈竹枝詞二首〉其二：「浮雲一百八盤縈，落日四十八渡明。鬼門關外莫言遠，四海一家皆弟兄。」（《山谷詩內集注》卷十二）

﹝註36﹞黃庭堅〈題陽關圖〉，《山谷詩外集注》卷十五。

﹝註37﹞蘇軾〈書林次中所得李伯時歸去來、陽關二圖後〉：「兩本新圖寶墨香，樽前獨唱小秦王。為君翻作歸來引，不學陽關空斷腸。」（《蘇軾詩集》卷三十）

﹝註38﹞蘇軾〈六月二十日夜渡海〉：「參橫斗轉欲三更，苦雨終風也解晴。雲散月明誰點綴？天容海色本澄清。空餘魯叟乘桴意，粗識軒轅奏樂聲。九死南荒吾不恨，茲游奇絕冠平生。」（《蘇軾詩集》卷四十三）

託物陳詞，或指桑罵槐，其法多藉對比烘托，以推倒扶起，
翻轉變異，期能使反諷嘲弄…故翻案之法亦在所多用。詠
懷詩之作，所以多用翻案之手法者，蓋身外之現象與自身
之遭遇，或與吾心之受想行識相抵觸，為排遣其中的苦悶
衝突，於是詩人常常以礙而實通，化無作有的翻案法。……

從這段分析看來，不管是針對何種題材進行翻案，也不管應用此法的
方式如何隨題材的不同而變異，總之，宋人採取「翻案」之法，提供
讀者多種思考問題的角度，掌握翻案對象相反相成的特徵，加以強調
點染，最終目的皆在於從與前人熟爛習套中翻出自己的表現，以期「勝
古」。所以翻案貴在別出心裁，獨具隻眼，最好能抒寫個性，展現自
我的特出。而且藉由翻案改竄前人之作，也意味著後來者自覺有勝過
前人的能力，故更能展現後來者的自信。

　　但由於翻案的效果「可使一句之內，包容著原意與新意，這兩層
意思回環重疊，非但情致清新，含意也層折有味。」〔註39〕換言之，
「翻案」是在原意的基礎上進行否定，以帶出新意，故經常會有所謂
複疊的關係，因此，就有人從這個觀點論定「翻案」實際上也是模仿
的一種。像錢鍾書就曾說明之：

模仿有正反兩種，效西施之顰，學邯鄲之行，此正仿也。
若東則北，猶《酉陽雜俎》載渾子之「違父語」，此反仿
也。……蓋翻案亦即反仿之屬。〔註40〕

又譬如梁啟超《王荊公》一書中所言：

王荊公詩，…擅長模襲前人詩句，喜愛翻案以出奇意，詠
史絕句多用翻案法。〔註41〕

按梁啟超的敘述，王安石的翻案手法似乎也是屬於模襲前人詩句的一
環。然而若將「翻案」此一手法置於「影響的焦慮」修正策略上來看，
其運用的目的與性質均與單純模仿（不管正仿或反仿）截然不同，甚

〔註39〕引黃永武《中國詩學設計篇》（台北：巨流出版公司，1976年），頁102
〔註40〕錢鍾書《談藝錄》（香港：三聯書局，1993年），頁562。
〔註41〕梁啟超《王荊公》（台北：中華書局，1978年），頁203。

至相對立。

「翻案」法既然是宋人對前人的詩句作立意相反的修改，或故意將前代詩人的作品反其意而用之，以此來凸出自己的作品，可知「翻案」根本就是採取一種逆反的姿態來戰勝古人，是藉由否定前人來達到貶抑與清除前人地位的目的。因此嚴有翼曾清楚表示道：「文人用故事，有直用其事者，有反其意而用之者。直用其事，人皆能之，反其意而用之者，非識學素高，超越尋常拘攣之見，不規規然蹈襲前人陳述者，何以臻至？」〔註42〕薩進德也直言：「對前人詩句作誇張式的否定，總帶有後來者居上的意圖。」〔註43〕周裕鍇更明說：「『反用詩句法』，不僅是為了使構思新穎，而且是有意識立異於前人或他人……『反用詩句法』則是把前人或他人當作競賽的對手、超越的對象。」〔註44〕這些說法均把「翻案」作為一種特殊的書寫策略獨立出來。

正因為翻案是這樣一種性質的創作技巧，故楊萬里《誠齋詩話》才說：「翻盡古人公案，最為妙法。」而劉克莊《後村詩話》也認為：「後人取前作，翻騰勘辨，有工於前作者。」〔註45〕不但特出己作，而且更勝於前。將此再一次印證於布魯姆的修正比，「翻案」藉由否定前驅詩人之意來終結前輩的影響，這樣的手法則頗接近「克里納門」，皆採用類似「違背」的方式，以先驅的缺失來否定之，而這否定又是存在於後繼者的作品內。

（三）諧　趣

諧趣當然有開玩笑，以文為戲的性質，按照龔鵬程的說法，這種創作的手法唐朝詩人亦嘗為之，相傳李白〈飯顆山頭逢杜甫〉一絕即是。但當時所作不多，中晚唐期間則幾乎沒有這類作品。直至

〔註42〕周裕鍇《文字禪與宋代詩學》（北京：高等教育，1998 年），頁 202。
〔註43〕斯圖爾特‧薩進德〈後來者能居上嗎：宋人與唐詩〉，同註9，頁 87。
〔註44〕同註 42。
〔註45〕劉克莊《後村詩話》前集卷二（台北：藝文印書館，1970 年），頁 713。

義山戲謔成篇，肇引風氣，宋代詩家遂多此體。〔註46〕而至南宋魏慶之《詩人玉屑》卷十中有「詩趣」之目，下列數條不同之趣，可見宋人已經自覺地將「趣」置於詩歌的審美範疇之內了。但其實「趣」的概念在中國文學批評中出現甚早，《文心雕龍》即已從創作主體的審美情趣及作品的情味兩方面提出說明。只是到了宋代，「趣」的指向上有了本質的差別，除了《詩人玉屑》分列「趣」目外，蘇軾也曾定義之曰：「以奇趣爲宗，反常合道爲趣。」〔註47〕這不但爲宋詩之「趣」做了明確的解釋，且和創作方法作一聯繫，演繹出宋人論趣的主要方向。

蘇軾所謂的「反常合道」是指利用超越常情的認知所產生合於義理的藝術趣味。重點是，正與反的乖謬和對立所引起的幽默感，必須符合於道的原則才行。可知宋人即使是「趣」的追求，也仍具有理性的特徵。換言之，在詩意的顯現上，是將「理」的內容化爲「趣」的形態。這種宋人獨特的論趣方式，一般就稱之爲「諧趣」。

因爲「反常」，故能戛戛獨創，「合道」則能說服人心，因此在探究如何使用「反」與「合」對立統一的辯證法來達到幽默新穎的美學效果時，宋人在其中所展現的機智巧慧就顯得十分重要。在第四章中我們曾提及蘇軾盛讚黃庭堅的「三反」，就是此「反常合道」的表現。

除了蘇軾詮釋下的「趣」，黃庭堅還用了更貼近宋代幽默的方式來說明：「作詩正如作雜劇，初時布置，臨了須打諢，方是出場。」〔註48〕呂本中《童蒙詩訓》也曾指出：「東坡長句，波瀾浩大，變化不測，如作雜劇，打猛諢入，卻打猛諢出也。」兩人均採雜劇的特殊方式做喻，將原本是戲劇角色故意以莫名其妙的語言與出人意料的解釋造成一種幽默詼諧效果的「打諢」，當成是獲得詩中諧趣的主要方

〔註46〕龔鵬程〈論李商隱的櫻桃詩——假擬、代言、戲謔詩體與抒情傳統間的糾葛〉，引自《文學批評的視野》（台北：大安出版社，1998年），頁205。
〔註47〕魏慶之《詩人玉屑》引蘇軾語。出自《苕溪漁隱叢話》，同註15。
〔註48〕《王直方詩話》引黃庭堅語。出自《苕溪漁隱叢話》，同註15。

法。在詩歌中，所謂「打猛諢入」是指詩的開頭部分令人無從領會，似乎與詩題無關；「打猛諢出」則表示在結尾繼之以出乎意料的話題，可使人在對比前者後有恍然大悟的驚喜。根據宋人總結此「諢入諢出」的功能就在於：切題可笑，緊扣題目而充滿諧趣；另外則為退思有味，在完全背離的語境中，能獲得苦過味方永的快感。〔註49〕尤其「打諢出場」，更以其語境的大幅度跳躍和邏輯關係的超乎常規，而獲得一種「反常」的趣味。例如黃庭堅的〈題伯時畫頓塵馬〉：

> 竹頭搶地風不舉，文書堆案睡自語。忽看高馬頓風塵，亦思歸家洗袍褲。（內集卷九）

或如《春渚紀聞》中記蘇軾書與歌妓李琪之詩：

> 東坡七歲黃州住，何事無言及李琪。恰似西川杜工部，海棠雖好不留詩。〔註50〕

這些詩句通常在前兩句都與題旨看似無關，或者顯得平庸平凡；而末兩句卻都能轉折奇出，將原本平淡敘寫的詩句一變而充滿意義，且合於邏輯。譬如黃庭堅這首名為題畫馬的詩，起頭卻完全與之無關，後兩句轉入正題後，甚至能由馬抖落塵土的畫面，聯想到官場的風塵，並以實際洗衣褲的舉動暗示抽象的心靈洗滌。而像蘇軾在典故中近似開玩笑的贈墨，似乎只是單純的應酬，還以「幾忘出場」的逗趣口吻仿戲劇行話，但末兩句續書一出，非但是以杜甫自比，還在其中隱喻暗讚對方。

〔註49〕上述說明見諸周裕鍇《宋代詩學通論》（成都：巴蜀書社，1997年），頁324。

〔註50〕何薳《春渚紀聞》卷六〈東城事實〉記載道：「先生（蘇軾）在黃日，每有燕集，醉墨淋漓。……有李琪者，小慧而頗知書禮，坡亦每顧之喜，終未嘗獲公之賜。至公移汝郡，將祖行，酒酣奉觴再拜，取領巾乞書，公顧視久之，令琪磨硯，墨濃取筆大書云：『東坡七歲黃州住，何事無言及李琪。』即擲筆袖手與客笑談，坐客相謂：『語似凡易，又不終篇，何也？』至撤具，琪復拜請，坡大笑曰：『幾忘出場。』繼書云：『恰似西川杜工部，海棠雖好不留詩。』一座擊節，盡醉而散。」過去蜀中以海棠著稱，但杜甫詩中無一提及海棠，在此詩中蘇軾即以杜甫自比，以海棠喻李琪。（北京：中華書局，1983年）

　　宋詩到南宋楊萬里，諧趣更傾向於文字淺白的風趣，《宋詩鈔》
評誠齋體云：「不笑不足以爲誠齋之詩。」〔註51〕楊萬里自己解釋道：
「從來天分低拙之人，好談格調而不解風趣，何也？格調是空架子，
有腔口易描；風趣專寫性靈，非天才不辦。」〔註52〕楊萬里所稱之性
靈，自然與袁枚等人有別，主要是指透脫靈動的智者巧慧與活潑詼諧
的生活情趣，並藉由日常無聊的生活瑣事，發掘出諧謔幽默的詩材，
從而超越人生存在的一些困境。因此諧趣還可以昇華爲「理趣」，從
打諢戲謔中，進入道德、審美相融合的人生境界。這是在宋人重思辨
的時代背景下特別發展出來的。例如黃庭堅的〈戲答陳季常寄黃州山
中連理松枝二首〉之二：

　　　　老松連枝亦偶然，紅紫事退獨參天。金沙灘頭鎖子骨，不
　　　妨隨俗暫嬋娟。（內集卷九）

這是黃庭堅因感念陳季常從黃州寄來一樹連理松枝而作，但由詩題就
可看出其戲作之意味，其妙則在於從反常現象（老松連枝），透過機
智幽默的曲喻，象徵了他人格剛強與情感理性的融合，表現其以俗絕
俗的主張，也見及他了悟人生的透徹。

　　然而此以「趣」的本質運用在文學書寫方面的發揮，如前所述，
唐代亦有類似的創作，當時多以「俳諧」稱之，但在許多方面依舊看
得出與宋人強調追求的諧趣不同。例如杜甫自稱詩作爲〈戲作俳諧體
遣悶〉，〔註53〕從詩題上點明戲作的心態與遣悶的動機。又若李商隱
的〈俳諧〉〔註54〕一詩，表現上卻是細膩溫婉的詩情，完全沒有「俳」

〔註51〕呂留良等編《宋詩鈔》（台北：世界書局，1983年）
〔註52〕袁枚《隨園詩話》卷一（台北：宏業書局，1987年）
〔註53〕杜甫〈戲作俳諧體遣悶〉有兩首，分別爲：「異俗吁可怪，斯人難並居。
　　　　家家養烏鬼，頓頓食黃魚。舊識難爲態，新知已暗疏。治生且耕鑿，
　　　　只有不關渠。」「西歷青羌板，南留白帝城。於菟侵客恨，粔籹作人情。
　　　　瓦卜傳神語，畬田費火耕。是非何處定，高枕笑浮生。」但宋人的諧
　　　　趣並非只是戲作或爲了遣悶，而是在特定認知下的書寫策略。
〔註54〕李商隱〈俳諧〉：「短顧何由遂，遲光且莫驚。鶯能歌子夜，蝶解舞
　　　　宮城。柳訝眉雙淺，桃猜粉太輕。年華有情狀，吾豈怯平生。」

字諧語調笑的本質。或如白居易的〈戲贈李十三判官〉，〔註55〕或像劉禹錫〈答樂天戲贈〉〔註56〕等作，幾乎都只是在酬唱間取得趣味。所以大致而言，唐宋詩作中的諧趣認定約有三個明顯的歧異：一來唐詩裡呈現的風趣幽默仍舊在書寫的嚴肅傳統當中，情感以溫情為主；二來其創作心態與動機仍不脫儒家立場的諷喻或抒懷目的；三來唐代作品言「戲」言「諧」，多是附會宴集，維繫友誼氣氛，甚少主動取謔。故張蜀蕙〈蘇軾諧謔書寫與唐宋戲題文學〉一文分析道：

> 杜甫以降唐人題詩以「戲」為題，嘲謔的對象通常是自己，執守自我心情的發露，即使取笑友人亦是以不傷大雅的方式維持和諧的氣氛。〔註57〕

惟韓愈的諧謔書寫與後來宋人的創作精神較為相近，他言自己的創作「所以為戲耳」，還將之比於酒色：「比之酒色不有間乎？吾子譏之，似同浴而譏裸裎也。」〔註58〕故在韓愈的「戲作」中，大量出現嘲謔的語調，譬如〈嘲鼾睡〉、〈落齒〉之作。可見他的這類創作並非基於人情的酬樂，而是偏向純個人的書寫興趣了。歐陽脩稱讚韓愈詩「資談笑、助諧謔，敘人情，狀物態，一寓於詩，而曲盡其妙」，他能如此領會韓愈作品中的諧謔表現，顯見韓愈的此類創作與宋人生命樣態及創作理念確有相合之處。

　　不過若將韓愈與我們之前提及的蘇黃認定下的諧趣創作相較，還是有些差別，最大的殊同應在於作家性格反映出的本質差異與時代需

〔註55〕白居易的〈戲贈李十三判官〉：「垂鞭相送醉醺醺，遙見廬山指似君。想君初覺從君樂，未愛香爐峰上雲。」

〔註56〕劉禹錫〈答樂天戲贈〉：「才子聲名白侍郎，風流雖老尚難當。詩情逸似陶彭澤，齋日多如周太常。矻矻將心求淨法，時時偷眼看春光。知君技癢思歡讌，欲倩天魔破道場。」

〔註57〕張蜀蕙〈蘇軾諧謔書寫與唐宋戲題文學〉，出自彰師大國文學系主編《第五屆中國詩學會議論文集──宋代詩學》（彰化：復文書局，2000年）

〔註58〕見韓愈〈答張籍書〉。此為當時他寫〈毛穎傳〉時遭世人非議，張籍亦來信規勸，韓愈於是回此信言：「此吾所以為戲耳，比之酒色不有間乎？吾子譏之，似同浴而譏裸裎也。」

求的目標差異，因此，同樣是表現個人幽默機智的諧趣創作，同樣是
經由語言的所指與能指之落差造成意外錯愕的突梯效果，〔註 59〕但韓
愈的詩卻顯現一種鬥勝的緊迫之意，屬於競技之趣；不像蘇軾等宋代
詩人，以巧智和理性將書寫本身當作趣味的追尋，記錄發現生活的樂
趣，〔註 60〕所以宋代詩人的諧趣書寫，通常也是他們生命歷程的展
現。關於這一點，我們甚至可以注意到：宋代詩人還往往將撰作本意
付諸詩序，在序中詳盡記述諧謔本事，再與詩作結合成一緊密組織，
頗具有傳記的向度。例如蘇軾的〈劉監倉家煎米粉作餅子，余云爲甚
酥。潘邠老家造逡巡酒，余飲之，云，莫作醋，錯著水來否？後數日，
攜家飲郊外，因作小詩戲劉公，求之〉一詩：

> 野飲花間百物無，杖頭惟掛一葫蘆。已傾潘子錯著水，更
> 覓君家爲甚酥。

這麼長的詩題就已經將戲詩之緣由交代清楚。又例如黃庭堅〈子瞻詩
句妙一世，乃云「效庭堅體」，蓋退之戲效孟郊、樊宗師之比，以文
滑稽耳，恐後生不解，故次韻道之〉一詩，這是黃庭堅與蘇軾互通的
一首詩，內容滑稽好笑，當中嘗云：

> ……小兒未可知，客或許敦厖。誠堪婿阿巽，買紅纏酒缸。

（內集卷一）

蘇軾自稱學黃庭堅，但黃庭堅卻戲謔地表示自己的兒子只能配得上蘇
軾的孫女。在輩份關係的反常謙虛中，表面上雖是戲謔地屈服於前輩
之下，實際的作品卻具有強烈的實驗性，更寫出了自己的風格。

　　可知宋人的諧趣書寫並非僅僅是爲遊戲而作的純粹筆墨功夫，從
其呈現的意義來看，他們甚至企圖在遊戲間將詩人諧謔的思考變成一

〔註 59〕借梅家玲語，見《世說新語的語言藝術》，國立台灣大學中文所 1991
　　　年博士論文。
〔註 60〕潘德輿《養一齋詩話》卷二曾比較韓愈、蘇軾之詩曰：「昌黎詩有鬥
　　　勝之意，東坡詩有遊戲之意，……鬥勝之意迫，遊戲之意閒。」轉
　　　引自四川大學中文系唐宋文學研究室編《蘇軾資料彙編》（北京：中
　　　華書局，1994 年）。

種特別的書寫策略，以追求廣度更大的書寫自由。宋人藉此型態的書寫方式，得以跨越前人所未達之創作空間；而且在嬉笑怒罵間，彷彿對一切皆輕忽或不在乎，放下牽執其實是要面對牽執，因為創作者表面上放下了對前人存在的注重，所以讀者（在此亦包含宋代的創作者本身）也就不再那麼聚焦，無論是對陳詞套語的束縛，抑或對前人影響的壓迫焦慮，便在這種看似遊戲的文筆中瓦解，進而轉變出屬於自己的創作風格之妙法，成為宋代一種獨特的創作邏輯。

宋代的諧趣書寫，出自宋人藝術心理中幽默機智的內在機制，而這種內在機制又是基於儒道佛三者合一的思想薰陶，從而使真與俗均融入生活態度和創作思想中，並以此俗真交互存在的弔詭，創造出宋詩特有的機智諧趣。而且這種諧趣的藝術心態不只發揮於一、二人的詩歌創作上，王灼《碧雞漫志》就曾記載道：

> 長短句作滑稽無賴語，起於至和、嘉祐之前，猶未盛也、
> 熙、豐、元祐間，兗州張山人（注：張天驥也，自號雲龍
> 山人）以詼諧獨步京師。

以詼諧而能獨步京師，足以說明當時社會普遍的偏好與重視，文人學士喜歡以此幽默的方式笑談真理。因此宋人常於瑣碎俗濫的題目中翻出新意，以遊戲的態度，把人事和物態的各種面貌別作一番有趣的意象去欣賞。它整個書寫結構呈現出的遊戲性、解構性，和斷裂式的想像，以及宋人特有的尚理精神，共同形成了宋調最突出的特徵之一。楊玉成便從此處推斷：「宋人的嬉笑，改變了《楚辭》以來哀怨的文學傳統，代表古代心態史上一個大變化。」〔註61〕

作為一種清除前人影響壓力的書寫策略，「諧趣」手法的運用，倒是在布魯姆的相關修正比中找不到十分契合的說法，但這種以輕鬆的態度來壓抑詩人自身的焦慮，進而戰勝前人的策略，將後人的創作相應成為一場防禦戰，更明白揭露後人與前驅之間的影響競爭。

〔註61〕楊玉成〈文本、誤讀、影響的焦慮——論江西詩派的閱讀與書寫策略〉，同註8，頁425。

（四）補　充

　　在「拾得」與「失憶」的陳述下，宋人還經常進行一種類似「化用」，但目的不同的書寫策略，即是所謂的「補充」（supplement）。在中國古典詩歌當中原本就有「補亡詩」或「以補其悲」〔註62〕的傳統，宋代這樣以修補的觀念來比喻鍊字爲文的觀念更爲頻繁，例如黃庭堅〈次韻雨絲雲鶴〉中即云：「風光錯綜天經緯，草木文章帝杼機。願染朝霞成五色，爲君王補座朝衣。」或如陳師道〈隱者郊居〉中曰：「招攜好客供談笑，拆補新詩擬獻酬。」在論詩上也有直接的例子，如龔相的〈學詩詩〉就言說：「會意即超聲律界，不需鍊石補青天。」就是以補天石來比喻詞語，而將創作者當作修補匠。除了比擬關係的提及，宋人在創作上也實際有此方法的運用，譬諸黃徹在《䂬溪詩話》中的舉例：

> 介甫〈梅〉詩云「少陵爲爾牽詩興，可是無心賦海棠」，杜默云「倚風莫怨唐工部，後裔誰知不解詩」？曾不若東坡〈柯邱海棠〉長篇，冠古絕今，雖不指明老杜，而補亡之意，蓋使來世自曉也。〔註63〕

或者像蘇軾自己也曾在〈戲足唐文宗柳公權聯句〉序中言：

> 宋玉對楚王曰：「此獨大王之雄風也，庶人安得而共之？」譏楚王知己而不知人，柳公權小子與文宗聯句，有美而無箴，故足成其篇云。

可知蘇軾續足其篇之意。且因上述聯句，又在其〈讀文宗詩句〉中表示：

> 「人皆苦炎熱，我愛夏日長。（文宗句）薰風自南來，殿閣生微涼。（柳公權句）」世未有續之者。予亦有詩云：「臥聞疏響梧桐雨，獨詠微涼殿閣風。」（出自〈次韻朱光庭初夏〉）
>
> （卷六十八）

〔註62〕譬如李賀〈還自會稽詩序〉云：「庾肩吾於梁時嘗作宮體雜謠引以應和皇子。及國勢淪敗，肩吾先潛難會稽，後始還家。僕意其必有遺文，今無得焉。故作〈還自會稽歌〉以補其悲。」可知這樣的方式純粹出自後人情感的臆測，但當時並未利用來作爲抵抗影響的焦慮反應。

〔註63〕黃徹《䂬溪詩話》卷八，同註19，頁132。

王若虛認爲這是蘇軾續成的表現，由蘇軾這段文字推測，也的確有接續原作之意，而且從「世未有續之者」到「予亦有詩」，語氣間即能感覺得出蘇軾對自己的續成功力頗爲得意。

不過，由蘇軾之例，可以發現宋人所謂「續成」、「補充」，並非只有直接就原作接續或補入詞句而已，而是針對他們所認定的前人不足處，與前人缺失處加以增補，而且多以文意方面的認定爲主。上述的蘇軾續成之例，即屬於意境上的接續補充，蘇軾的這一聯，將原本僅寫到夏風涼爽的外在理由之文宗詩句，又再賦予高度的主體參與性，蘇詩與原詩在情境上得以緊密接續（殿閣生微涼→獨詠微涼殿閣風），且更富生動的情感關聯。顯然在蘇軾的認知上，張詩並未達到他完整收束的標準，在詩的情意上有所缺憾，因此才覺得應該有人補足之，但後世沒有人如此作，故他自己的續作便相對具有重要性了。

又例如王禹偁寫〈五哀詩〉，也是認爲杜甫的〈八哀詩〉有不足之處，所以才須予以補足，他在序中就寫道：

> 予讀杜工部〈八哀詩〉，唯鄭廣文、蘇司業名位僅不顯者，余多將相大臣，立功垂裕，無所哀矣。噫，子美之詩，蓋取「人之云亡，邦國殄瘁」而已，非哀乎時也，有未列于此者，待同志而嗣之云。

王禹偁認定杜甫沒有寫出他應該寫出的完整內容，尤其是在表現「哀乎時」的創作目的方面。基於這個理由，他便接著在詩中寫了宋初的五個小吏兼文人，當作是對杜甫之作的補充。但事實是王禹偁爲了自己的認定，而對杜甫本人所點明的題旨（有意或無意）視而不見，其實杜甫在其〈八哀詩〉詩序中即已明白言道：「傷時盜賊未息，興起王公、李公，嘆舊懷賢，終於張相國。」他之所以列出王思禮、李光弼、嚴武以至於張九齡等八公，並非廣泛地「哀乎時」而已，對這些將相大臣也非僅著眼於其功業上，故其原本的〈八哀詩〉應已完足地發揮杜甫所欲表達之哀情。王禹偁的認定顯然是將他自己對杜甫的誤讀放大所造成。

　　所以不管是蘇軾還是王禹偁，他們對前詩的補充或續成，其實都是基於個人一己的想法。明白說來，宋代詩人續補前人根本就是透過誤讀來完成創造性的改寫。而且很玄的是，宋人還經常在夢中實現補充前人的慾望。例如我們第四章中提到過的黃庭堅創作〈夢李白誦竹枝詞三疊〉，正是他自稱在夢中受到李白肯定，而得以補充李白失傳的三首〈竹枝詞〉。或如蘇軾夢見杜甫向他抱怨後人對其〈八陣圖〉一詩的錯誤理解，在蘇軾的〈記子美八陣圖詩〉中便藉杜甫（鬼魂）之口來詮釋「正確」的詩意。問題是，這些在夢中得到前輩首肯而得以補寫、潤色或重新解釋的部分，多半充滿了後來者主觀的意圖，甚至是後來者將自己的創作假託於古人的名義之上。他們透過作夢續補前人的策略（作夢只是續補者的託詞，真假與否不得而知，即使是真的，夢中呈現的潛意識心態亦有可議，一如之前「失憶」之處所論，故也視之為策略），確實得以滿足宋人追求「古人未嘗道」的慾望。

　　後現代理論學家德里達（Jacques Derrida，1930～2004）曾對「補充」的邏輯有過一番說明，他說：

> 替補觀念包含兩種意義，這兩種意義的並存是奇怪的，也是必然的。替補補充自身，它是剩餘物，是豐富另一種完整性的完整性，是徹頭徹尾的在場。它將在場堆積起來，積累起來。正因如此，藝術、技藝、摹寫、描述、習慣等，都是自然的替補並且具有一切積累功能。……但是替補進行補充，它僅僅對代替進行補充。它介入或潛入替代性；它在進行填補時彷彿在填補真空。它通過在場的原有欠缺進行描述和臨摹。〔註64〕

無論是使已經完整的更完整，或使欠缺的填補不足，甚至使新產生的詩比原詩更具有原作者的典型風格，都暗示了原先（先驅）之作是不夠完善、有修補空間的，而這不足、不完善之處，後人能夠加以補充，也就意味著後人的能力並不在前驅之下，反之，這正是後來的詩人所

〔註64〕引自雅克・德里達（又譯為德希達）著，汪堂家譯《論文字學》（上海：上海譯文，2005年），　　頁209。

以超過前人的地方。按照布魯姆的說法，使古人更完善，同時也就是暴露前人的缺陷，證實了自己的優越。後人便藉此修正改寫前人，讓原本只是附屬配角的「補充」，反而成為真正主角，也讓後來者一下躍升重要地位。

除了就前人詩句（無論在夢境或現世）進行續補外，還有一種書寫方式，基本論點與「補充」觀念極為接近，而其策略性更強，那就是黃庭堅所說的：「要當於古人不到處留意，乃能聲出眾上。」〔註65〕簡單來說，也就是從前驅的創作中找出可以發揮但前驅未盡其能的部分，努力去經營開發該區塊，使之成為自己的特色，甚至造成是自己獨創的錯覺。比方從韓愈處發揮「以文為詩」的創作手法；或如從杜甫處拓展拗句入詩的可能空間。這些後來都成了宋詩重要的特徵。如此，後輩詩人一旦覷定前人創作過程的縫隙，便一逕鑽取應用，表面上也算是補充前人未到者，但實際上更像是在為自己找創作的出口。

這種補充的策略其實就很接近布魯姆學說中「苔瑟拉」與「阿波弗里達斯」的修正比：他們指出先驅詩作的缺失，並將之改正，然後按自己的想法使前驅之作更完整，形成所謂「後來居上的續完」；或者從先驅處找尋隱藏材料，發揮先驅本有但不自知的部分。這些手段最重要的目的皆在展現後來者的能力。

（五）陌生化

形成陌生化的美感，是宋代詩人另一個創意策略。在姚斯論接受美學中，原本即以為文學語言應是對日常語言之「逆轉」或「疏遠」，〔註66〕俄國形式主義批評家什克洛夫斯基（Shklovsky Viktor Borisovich，1916～1985）也認為：

〔註65〕黃庭堅〈吳曾能改齋漫錄〉引自吳开《優古堂詩話》卷八：「黃魯直貶宜州，謂其兄元明曰：『庭堅筆老矣，始悟抉章摘句為難，要當於古人不到處留意，乃能聲出眾上。』」出自常振國、降雲編《歷代詩話論作家》（台北：黎明文化有限公司，1991年）

〔註66〕姚斯著，周寧、金元浦譯《接受美學與接受理論》（遼寧：人民出版社，1987年）

> 詩歌的目的，就是要顛倒習慣化的過程，……『創造性地
> 損壞』習以爲常的、標準的東西；以便把一種新的、童稚
> 的、生氣盎然的前景灌輸給我們！〔註67〕

宋人更加發揮文學語言的這種特質，對傳統規範進行破壞、改造，形
成反心理預期的認知，以對讀者進行「陌生化」的效果。在這一點上，
宋代詩人主要是從聲律句式之拗及「以俗爲雅」兩方面用力。

　　詩歌的格律自六朝萌生以來逐漸完善，至唐代，其規律的定型、
平仄的固定，繁榮周備的詩歌典範使讀者接受的過程省力而習慣；但
是長期音韻格局上的合律和諧，卻也會造成閱讀時單調疲乏、無甚出
奇之感。對此什克洛夫斯基說明道：

> 如果我們來研究感受的一般規律，就會發現，動作一旦成
> 爲習慣，就會自動完成。譬如，我們的一切熟巧都進入無
> 意識的自動化領域。〔註68〕

他認爲人們接觸事物的感受會隨著經驗次數的累積而逐漸消失；而要
恢復這樣的感受力，就要以「陌生化」（或稱「奇異化」）來進行。宋
人完全掌握到了這個心態上調整的訣竅，故其有意地造拗句、拗律，
目的即在於破壞讀者的預期心理，使接受者在審美過程中始終保持著
高亢的好奇心。宋代在這方面最具代表性的詩人就是黃庭堅了，他把
不拘平仄的古體句式置於律詩當中，有意創造出預期不中的驚異感。
心理預期不中往往會造成接受者的緊張，又由於陌生和緊張而消除了
原本因習慣所形成的審美惰性，於是，拗折的語音便會因此而顯得格
外突出有力。〔註69〕他還強調自己作品所秉持的原則是「寧律不協，
而不使句弱。」〔註70〕這樣的創作方式顯然是針對杜甫，採取由正而
變的一種自覺式嘗試。

〔註67〕特倫斯·霍克斯《結構主義與符號學》，轉引自葛兆光《漢字的魔力》
　　　　（香港：中華書局，1989年）頁63。
〔註68〕維·什克洛夫斯基著，劉宗次譯《散文理論》（南昌：百花洲文藝，
　　　　1997年），頁9。
〔註69〕周裕鍇《宋代詩學通論》，同註49，頁547。
〔註70〕黃庭堅〈題意可詩後〉。

　　所以雖然事實上唐代時已經出現了拗句的例證，但「拗句」、「拗字」的概念卻是宋人所總結出來的，杜甫拗體的意義與拗體律詩的美感也是在宋代才被真正發現、被真正認知。像陳巖肖《庚溪詩話》卷下即曾指出，山谷之詩「與唐世相抗」，其中就有一條「不拘聲律」的創發，這就可見宋人以拗捩之語對抗唐詩聲律的企圖。

　　除了拗折聲律外，次韻，甚至用險韻也是一種陌生化的發揮。唐人唱和詩至元白始創次韻，依他人所用之韻及其用韻的先後來和詩，這種創作型態的大規模出現，也是在宋代王安石、蘇軾、黃庭堅相繼主持詩壇時才形成風氣。尤其是蘇軾，即使是極難用於詩的韻腳，仍然自然天成，不見牽強。他最為人所注意的百餘篇「和陶詩」，不僅和陶詩之韻，更依陶潛韻字成篇，創造了次韻詩的奇蹟，宋代歐陽守道便曾論及此且盛讚蘇軾之和詩曰：

> 近世往往以和韻爭工，甚至有追和古作全帙無遺，如東坡之於靖節翁者，語意天成，一出自然，不似用他人韻也。……詩固難於正，而又甚難於奇，奇不失正，非胸次有縱橫出沒變化之妙，豈易得此！〔註71〕

蘇軾此舉可視為是個挑戰意味濃厚的作法，當然，他與陶潛生命意境的相知相合是其和詩的前提，但他選擇採用此種型態來和作，背後的心理動機尚有可探討之處。與前人運用相同的字為韻腳，但創作出自己的詩意詩境，在韻是舊有的，意是新造的情形下，可以營造出熟悉中的陌生感，所以當我們讀蘇軾的「和陶詩」時，常有似曾相識卻又別有情調之感。這便是蘇軾運用參與集體記憶的策略，成功將前驅與自己合而為一，造成開創力優勢的例子。此與布魯姆的"苔瑟拉"修正比說明中所謂「保存前人用詞，但轉變其義，呈現新舊詩之間某種程度的不同，使先驅成為後繼者自己作品的一部分」大致相合。

　　故嚴格看來，除了策略手法的使用外，次韻的書寫的確還帶有宋人的求勝意志在其中。因為像蘇轍便曾承認次韻詩的創作，意在追求

〔註71〕歐陽守道《巽齋文集》卷十二（台北：台灣商務印書館，1971 年）。

「更尋詩句鬥新尖」及「敢將詩律鬥深嚴」，等於是把競技逞才視為作詩的重要驅動力之一，而這競技又不只限於詩友之間，還包括對古人前驅的對抗爭勝。韻是他人的，詞是自己的，這在和前人之詩，次前人之韻的同時，展現的正是宋人對自身語言駕馭能力的挑戰，以及對自身創作價值的確認。

　　至於押險韻，從歐陽脩誇讚韓愈的說法中則足見說明：

　　　蓋其得韻寬，則波瀾橫溢，泛入旁韻，……得韻窄，則不

　　　復旁出，而因難見巧，愈險愈奇。〔註72〕

總之，這也是在音韻上，藉不合格律的手法來達到心理預期之外的效果。吳可《藏海詩話》曾云：「和平常韻要奇特押之，則不與眾人同。」可見押險韻的目的就在於「不與眾人同」。要與眾人區別，首先應避免前人運用之繁俗，所以姜夔《白石道人詩說》提供了這樣的方法：

　　　人所易言，我寡言之；人所難言，我易言之，自不俗。

這就是押險韻的目的與精神了。它也是屬於在中國詩歌格律的規範下特有的書寫策略，旨在於為詩的語言結構建立起一種全新的模式，及在語言層面上尋求以陌生化的手法為陳舊的詩歌形式注入活力，並企圖以不和諧的心理感受刺激美感效果。

　　除了製造音韻的「陌生化」效果，宋代詩人還有「以俗為雅」的遣辭鍊字手法，也有與上述諸策略相謀合的動機。黃庭堅等人試圖在詩歌慣常的典雅文字外，另尋俚俗散語入詩，打破原先唐詩所展現的圓渾雅麗的特色，並以理解的難度拉長審美感知的時間。陳裕美分析這種作法帶給讀者的衝擊在於：

　　　如此作法與讀者前見中詩歌應具其「當行本色」的概念相

　　　矛盾、相衝突，因此在讀者與詩作進行對話過程時，詩作

　　　對讀者的前理解造成了否定，如此一來，詩作在讀者心中

　　　引起的震驚之感便無法避免。這樣特殊的文字對讀者內心

　　　造成極大的衝擊，因此，也就達到「奇異化」引人側目的

────────────

〔註72〕歐陽脩《六一詩話》，引自《歷代詩話》，見註1。

效果。〔註73〕

這段文字很清楚地將宋人「以俗爲雅」的策略做了說解，這樣的策略之下，詩人極盡標新立異之能事，「出人意表，崛峭破空，不自人間來」〔註74〕的揣摩奇意，的確達到了陌生化之美感與新鮮感。

上述種種宋代詩人用來形成陌生化效果的書寫策略，其實都在顛覆前驅所設立的規範，直接呈顯向前驅挑戰的意圖。他們利用此相對的美學方式，從先驅的典範限制中脫離，積極展現自我作品的存在意義。最耐人尋味的是他們所採用的這些方式，多半仍與前驅緊密相關：或來自前驅創作經驗中未完整發揮之處，形成上述「補充」策略中所謂發明權的奪取，例如拗律的使用；或依循著先驅的創作軌跡而予以轉變，例如次韻或險韻的創作模式；甚或採取與前驅相反的創作原則，如「以俗爲雅」等，但這一切卻在在都顯示了與前驅的區隔。

然而在布魯姆的修正比中，我們並未找到完全相應的說法，〔註75〕但是這種利用和前驅若即若離的關係所刻意形成的陌生化策略，確實成功地將前驅的影響轉爲己用，讓後來的創作者順利開拓自己的存在空間。

必須再次重申的是，上述這五種宋代詩人經常採用的書寫手法，其實受到宋代當時社會風氣的影響頗大，也受到禪宗打破偶像、閃避權威、質疑真理等思想部分相當多，故表現在文學上才蔚成如此奇異的語言景觀。〔註76〕只是在布魯姆「影響的焦慮」理論之下，經由兩

〔註73〕陳裕美《宋代對黃庭堅詩法之接受研究》南華大學 92 年中文所碩士論文，頁 32。

〔註74〕方東樹《昭昧詹言》卷十（北京：人民出版社，1984 年）

〔註75〕布魯姆的修正比理論中並無實際相關者，除了「次韻」之法略符合苔瑟拉之說。但其實在布魯姆的另一本著作《西方正典》中，曾將「陌生化」（或稱「疏異性」，即 strangeness）與「原創性」作爲作品登上正典之階的準則。但其在此所謂的「陌生化」，是指透過修正比等誤讀策略之後，所形成的閱讀觀感，特別是針對與先驅的區別效果而言。跟我們在此將之當作一種誤讀的創作手法，定義上是有些不同的。

〔註76〕周裕鍇《文字禪與宋代詩學》，同註 42。

者之間相應相契之處，我們雖可見宋代詩人創作心態與手法上與布氏之說的諸多符合；可是，將之兩相比較後，更可顯現兩者實際的差別。因此，在影響焦慮的修正策略部分，並非只是簡單地把西方觀點予以套合而已，更不是僅爲了以衿新意而摘挪理論，我們所利用的不過是西方既成理論來呈現中國文學上的現象，而如果我們稍加觀察，便能發現：在屬於中國的「影響的焦慮」理論裡，也許沒有布氏的修正比那樣循環周全的體系，可是卻承載著更多的可能，在每一個概念底下，通常還涵攝了許多其他相近的策略技法。這些修正策略反而是布魯姆原先的修正比所不能盡述的。

　　當然，兩套不同的創作系統是無法論及優劣的，但在相同的文學心態上，同樣是面對先驅詩人的影響而產生焦慮，我們確實能歸結出「化用」、「翻案」及「補充」三種書寫策略與布氏「苔瑟拉」、「克里納門」和「阿波弗里達斯」，在動機目的與創作手法上幾近相似。然而，若更嚴謹地說，布魯姆的修正比應放在他的系統理論當中來見其意義，一破壞一重建，兩兩補足，又六個相互循環，所以並不能單獨以個別意義言之。反之，中國的三種策略，彼此之間雖也有相互關聯或重疊的部分（例如所謂的「翻案」手法在某些作品中呈現的是「化用」前人之句等等），但彼此之間並無強烈的補足性；而且，宋代詩人所運用的這些手法，是早在之前的中國文學創作史中就已經被使用過了，例如所謂語典、事典的採用，在傳統詩歌的創作中經常出現，這也是「化用」的一種方式，只是宋人在運用過程中心態上有更積極的目的性。所以，我們僅能就這些中西方相似的策略表象，來證明人類創作心理上的共相，凸顯創作者意識覺醒後，後起詩人在對抗前驅的過程中所通見的幾個手法。而這些修正策略幾乎都仍是依附在先驅的作品上，從先驅的作品中進行改造和變化，換言之，他們的創新多是建立在對前人的誤讀和修正之基礎上的。所以雖然以抗拒前驅、維護自身的創作空間爲目的，但卻都以「假對手制對手」爲主要方式。

　　在這樣的文學創作心態上所見及的共相，我們還可以發現，這些

擁有創作自覺的中西作者們，其實都陷在相同的個體／群體的焦慮中。這群體包括對過去所有前驅文化遺產的壓力，也包括了當代社會讀者們的期待視野，處於接受與被接受的中介，這些創作個體又要對抗既有存在的一切文本，因此影響焦慮成了他們審美原創性和文化傳承之間的矛盾。而在影響出自於前人的文本，焦慮來自於是否有能力否定前人已有的創作模式的定義下，創作者們便大半選擇此種藉助創造性誤讀以達到在借鑒基礎上創新的作法，這是最直接面對焦慮來源的手段。只是在西方的論述中強調的是個體性，但屬於中國的個體卻往往被群體所淹沒的常態現象來看，布魯姆的六大修正比已足夠在其體系中說明個體抵抗群體的情形；但中國宋代詩人顯然需要更多的可行策略，來避免被前驅所遮掩，同時又要使當代讀者於已經熟悉的文學模式裡轉而習慣新的創作。因此，我們注意到了他們另外特有的創作方式，像「諧趣」與「陌生化」。這是在西方的修正策略中較為闕如的，除了代表著中國文化下所獨有的智慧特質外，還可以發現這兩種方式是屬於創作者可以真正脫離先驅作品而又能表達對抗意識的手法，它幾乎不用再依附於舊作的修正改造，而是採取創作者獨立作業的理念。如此，便能實際拉開與前驅的距離，這對宋代詩人與傳統關係的斷裂而言，會有更明確的幫助。

另外，在第四章楊萬里的分析中，曾發現一個特別的現象：在克服影響焦慮的過程中，楊萬里以前驅詩人（此指江西詩派）所抗拒的另一股前驅影響力（此指江西詩派所反對的晚唐詩）來抵制，使「影響的焦慮」形成某種循環。就我們所提出的問題：「影響是否可以重複運用成為另一種修正手段？」看來，楊萬里做為一個企圖脫離江西影響的後輩，確實有可能帶著反叛的心理而採用晚唐詩派，就像在某些兒子與父親的抗爭中，兒子會故意以父親所憎惡之事物當作對抗的手段，這樣的情況則似乎又與布魯姆理論中引伊底帕斯情結作為說明基礎是相符的。但是這樣的可能必須排除楊萬里其他的考慮，譬如他個人創作學養的歷程，或者在轉變創作方向時特殊的參考作用等等。

其實所有的修正策略都可視爲誤讀。「誤讀」原本即是讀者取向的必然現象，因爲主觀式意向的讀者本來就是審美客體的隱匿性創造主體，只是由純讀者跨進至創作者角色後，隱匿性躍升爲主動者，與前驅的關係也隨之緊張。「影響的焦慮」中「能動」及「自主」功能，使後起創作者得以不同的方式誤讀，且刻意以後來者需要的角度來予以詮解，予以變化；然一切與前驅的關係不是爲了繼承，卻是表現對抗。所以利用這種誤讀，修正策略不只突出創作者意識，還特立出了讀者的身份，甚至由讀者跨至創作者之間的雙重角色。

第二節　宋代詩史的新論述

在布魯姆的「影響的焦慮」理論當中，把一切文本的生成置於後起者與前驅的對抗關係而非單一的繼承關係中去觀照，不再將影響與思想、意象的流傳與繼承等同起來。簡言之，布魯姆摒棄了「一個詩人促使另一個詩人成長」的傳統觀點，而是從相反的角度建構了文學史的發生模式。這樣的建構關係下，傳統不再純粹只是作者汲取靈感和力量的泉源，而是在創作歷程上，後起者爲了不使自己顯得貧乏與平庸，力圖掙脫的桎梏，因此必須想辦法與傳統決裂。如此，傳統便得以另外一個形式刺激新人的成長。畢竟根據我們第二章的分析，防禦刺激對生命來說，是一種比接受刺激更重要的功能。

其次，就布魯姆的說法，影響和焦慮總是作爲一個辯證的過程而交互存在的，既然防禦抵制的心理機制不會消失，那麼文學史的演變就應該是充滿競爭性的週期，誤讀的主體與誤讀的客體之間必得經過種種的修正性活動，而非一般平靜的順序發展。換言之，在此文學史觀中，沒有一個作品是所謂的源頭或是支流，它們都是個別獨立的完整段落。在不斷追求新穎性和獨創性的創作主體心態下，詩人們競爭的是才智的較量，這將會使得後起者愈負有創作的積極動力，而文學的進化也正有賴於此。其中誤讀更將作者的自我意識提高到一個絕對

的高度，從而爲影響——焦慮——誤讀的循環週期找到了立足點。因此，布魯姆才會說：「影響和焦慮可謂文學演變的動力機制，誤讀則提供了其內在的規律。」〔註77〕

關於布魯姆這種從創作主體的心理角度出發來探討的文學史，同樣身爲俄國形式主義研究者迪尼亞諾夫（Yury Tynjanov，1894～1943）有一段足以相闡發的說明：

> 當人們談到文學的傳統和文學的延續時，一般都想像著有一條直線，把某種文學分支的幼者和長者聯繫起來。可是實際情況卻要複雜得多。實際上，並非這條直線在延長，而是從人們看到被摒棄的某一點開始形成開端，……，文學上的一切延續，首先是一場鬥爭，也就是摧毀已經存在的一切，並且從舊的因素開始進行新的建設。〔註78〕

這個論點一樣在強調詩學研究不應只將注意力放在業已形成的文本結果上，還要放在文本形成的內在機制當中。

因此假若基於布魯姆這樣的文學史觀點，再回頭省視本文三、四章中宋代詩歌形成的背景與強者詩人的創作心態，我們不但可以突破過去傳統文學史的單線格局，更能重新建構更寬廣的宋代詩史的論述。至少，在此斷裂的宋詩史中看到的不只是覆蓋性的興衰起伏，而是宋詩全貌的完成。這個進程的推展正是仰賴我們設定的幾位強者詩人，以其獨特的方式架構屬於他們在宋詩區塊的位置，共同打造了宋詩完整的風貌。

一、宋詩的成就來自於對唐詩的反抗

歷來中國文學史的書寫，大多仍以通史的型式、斷代的敘述，加以各個朝代的分體說明爲主要的論述脈絡。在這樣的敘述模式下，文學史呈現的是各代文體的連續狀態，雖然表面上的興替，看

〔註77〕哈羅德・布魯姆著，徐文博譯《影響的焦慮》（台北：久大文化，1990年）

〔註78〕引自胡寶平〈論布魯姆詩學誤讀〉，國外文學季刊1999年第四期。

似對前代的反動，文學現象總是循環於一波波文學潮流之間。但實際上，一代與一代之間的文學關係還是以傳承影響為核心要素，甚至無法跳脫傳統風格源流的批評系統。不僅文學史的描述多採風格傳承的角度，而且就唐宋詩歌關係的認定上也多依循唐宋淵源一脈的說法，就連一些單篇的文學專論亦如是，譬諸袁桷〈書湯西樓詩後〉將宋詩分為三宗：

> 夫律正不拘，語腴意贍者，為臨川之宗；氣盛力夸，窮抉
> 變化，浩浩焉滄海之夾碣石也，為眉山之宗；神清骨爽，
> 聲振金石，有穿雲裂竹之勢，為江西之宗。〔註79〕

明顯可知也是屬於風格流派的區分法。另外，曾克耑的〈唐詩與宋詩〉，更直接舉眾家之說強調唐宋詩「骨子裡是一脈相承」。這種傳統視角的演繹，即是所謂單線縱向的傳遞史觀。

這種單線敘述的史觀，有很大的部分根源於中國早期鍾嶸《詩品》的品評思維。鍾嶸推源溯流的作法，成了後來文學史中架構詩歌譜系的重要關鍵，可是如此著重於淵源關係的表述方式，卻往往容易被賦以師承意義，自然形成直線銜接的歷史詮釋。但問題是，師承關係應該是一既定的歷史事實，不能僅以評論者主觀的價值判斷來承載，可是一般依照風格流派所推斷的關係，通常就是以評論者一己的看法來呈現。況且《詩品》當中以「風格判斷」做為「源出」於某典範影響的關聯證明，也可能因批評主體的審美邏輯欠缺嚴密性，導致文學作品汰擇分類的過程傾向於簡化。

故而在本文中對文學史寫作的反省，就是傾向於反對連續性的編年史觀，允許歷史中可以存在著斷層與空白，文學的代興絕非單線傳承遞嬗那樣簡單。尤其在創作者意識高度自覺的宋代，特別是被龔鵬程界定為以「知性的反省」做為基本風貌的宋詩，當這些所謂的強者詩人們，走在李、杜等唐代先輩之後，面對他們已然創造

〔註79〕袁桷〈書湯西樓詩後〉，引自陶秋英編選《宋金元文論選》（北京：人民文學出版社，1999 年）

的中國傳統最好的詩作，本身即可說是一種錯綜複雜的命運，因為原創性中所有最關鍵的要素本來就難以摹仿，更何況宋代詩人們並不滿足於只在前代文學成就的庇蔭下依樣畫葫蘆，此時一種必然與歷史傳承和「影響的焦慮」相結合的對抗思維便油然而生。這也就是我們在論述宋代詩史時，必須強調文學史脈絡顯示出來的斷裂性和不確定性的原因，因為這些斷裂與不確定正是宋代詩人表現其原創性的主要之處。所以當我們看待宋代詩歌的歷史時，它應該呈現的是叢聚狀結構，也就是類似蕃薯藤式的獨立生發樣態：藤蔓各自發展，根莖亦分別探觸，每個強者詩人具有各自的天地，而非單一線性的孤樹狀結構的詮釋，也絕非僅由特定先驅詩人（例如李白或杜甫）一脈傳承下來的進程。

畢竟，就如同布魯姆在其另一本著作《西方正典》中所說的：

> 傳統不僅僅是一脈相承，或是和樂融融的遞送過程而已，同時也是以前的天才與現在的野心之間的衝撞，而獎賞就是文學上的存續權或是進入正典。〔註80〕

所以文學史傳達出來的訊息，應該是「過去的成果」與「現在的創造」之間的對抗，強者創作家的追求不僅在於與前驅區隔，更在於文學史上受到肯定的地位。也就是說，他們的焦慮被轉化成一種盼望擠身正典，成為團體或時代記憶的努力。

當然任何作家都會受到前輩和經典的影響，這種影響正如弗洛依德所言，是那種「熟悉的，在腦子裡早就有的東西」，〔註81〕但這種影響也會使後人產生受到約束的焦慮，這種唯恐不及前輩的焦慮常常使後來者陷入前人文本的窠臼而不得出。所以，一個作者的原創性，就在於不斷突破前輩大師們的藝術模式，在與既有模式的競爭中創立自己獨特的藝術表現形式，從而克服影響的焦慮。如同一般史論所認定的宋詩方向大抵是依中唐所開啟的詩風而發展，譬如杜甫、韓愈所

〔註80〕布魯姆著，高志仁譯《西方正典》（新店：立緒文化，1999年），頁13。
〔註81〕同註80。

形成的詩風，以及他們作爲「變遷的典型」等，這些對宋代詩歌的創作都有極大的影響。〔註 82〕可是對宋代詩人來說，這些影響的更大意義是在於相互引用、對話、競爭的作用。

　　換言之，今天宋詩之所以能呈現與唐詩截然不同的美學風貌，讓後人在探討時可以「激烈」和「冷靜」；〔註 83〕或「華腴」與「勁拔」；〔註 84〕甚至「韻勝」及「意勝」等多種角度的區別來談論之；並以此獨特的成就，得以在明清時期與唐詩相提並論、分立爭高，成爲後代比較論議的對象，主要就在於宋代詩人爲了割裂前代沈重壓境的影響力，而努力發展出各種對抗前驅的書寫策略，並取得了一定的成效。所以當我們看到王安石、蘇軾、黃庭堅、陸游及楊萬里詩歌創作中與杜甫、李白、陶潛等人的互文性關係時，重點不再是他們承受了唐代前驅詩人多少的影響，有幾分的相似關聯；著重的焦點應該放在他們如何利用這些互文層次來變化出新的語境，如何扭曲這些互文邏輯而另生他意。也就是說，宋詩的論述過程不應只有流別之間的轉換取代，更應區別宋詩在獨創與模擬之間「變」的手法，以及其個別詩人的獨特風格成形、完成，甚至轉型的關鍵。所以在文本的互涉性中，文學史所要呈現的不僅僅是文本間的傳續與變異，更重要的是這種歷史的轉變是如何成爲可能。

　　其實正如龔鵬程所言，宋詩的創作型態，係由知性的自覺中逐漸省察而得。在此種自覺意識下，受前驅影響的主體於創作表現時會極力突出個體在文學流變中的地位，而刻意忽視或者反叛詩的傳統。同時透過自覺的反省，對傳統進行了批判與價值的選擇，以及詩風與創

〔註 82〕龔鵬程〈宋代文化在中國的地位〉，出自黎活仁等主編《宋代文學與文化研究》（台北：大安出版社，2001 年），頁 23。
〔註 83〕吉川幸次郎著，鄭清茂譯《宋詩概說》（台北：聯經圖書有限公司，1977 年），頁 41。他另又舉「緊湊」與「從容」的對比來突顯唐宋詩的差別。
〔註 84〕曾克耑〈唐詩與宋詩〉，引自《中國古典文學論文精選叢刊》（台北：幼獅文化出版社，1979 年），頁 250。他另外又以「博大」和「精深」等來分別評論唐宋詩。

作方向的建立。宋代詩人們與傳統先驅的關係就是一種動態的辯證連結，經由對傳統的重新解釋與選擇性接受，他們的創作充滿了異質的成素，因而可能更深入了傳統，也可能是以傳統來反傳統。這些都成了宋代詩人戰勝前驅的籌碼。

不過在提及宋代詩人與前驅競爭的論點時，最弔詭的情況在於宋代是個在文學上講求復古的時代，古文運動的成功讓我們在敘述宋詩創作對傳統的批判與對前驅的斷裂時，產生了價值論述上的矛盾。除了之前在第三章所陳述的，宋代的復古本質在於文、道之別外，若我們可以再清楚辨識宋代詩人自我創作的獨立姿態，便更能理解他們表面看似繼承，實際上，「宋人之復古，由於是透過對古的重新解釋而來的，所以充滿了詮釋學的趣味。其古，乃價值選取之古，而非歷史事實之古。」〔註85〕故宋代詩人努力的方向始終是偏離跟斷裂。然而，歷來對於宋詩的認知，往往只停留在學古的一面，這也就是導致偏差印象之因了。

當然，從宋代詩人作品中，我們可以感受到他們對前驅典範的尊崇，但仔細體味，後來者的讚辭卻經常形成一種防衛的姿態，譬如蘇軾對李白的「良由太白豪俊，語不甚擇，集中往往有臨時率然之句，故使妄庸輩敢爾。」或如蘇軾所謂李、杜詩集古今之大成，而不免造成古意衰謝等等之論調。在這些對前驅的稱許中，我們發現宋代強者詩人們同時也針對前驅的缺點予以抨擊。可知宋代詩人受惠於杜甫，受惠於陶潛，受惠於李白、白居易……，但同樣爲躲避這份恩惠而極盡可能地擺脫這些前驅典範。固然英雄惜英雄，但終究英雄還是英雄的陰影。〔註86〕因而，當我們在爲宋代詩史定位歷史的軸線時，不妨打破前後繼承的關係，強調宋詩的成就來自於對前驅的反抗，會更能凸顯宋詩之所以爲宋詩的本質。

〔註85〕 龔鵬程〈宋代文化在中國的地位〉，同註82，頁39～40。
〔註86〕 布魯姆著，高志仁譯《西方正典》同註80，頁15。

二、權力關係的重新配置

　　如果說寫作本身就是一種權力結構，將控制者（創作者）和受控者（閱讀者）之間的關係轉換爲純粹的文字系統，那麼，通常我們可以透過文本的支配狀況看到創作者與讀者的互動模式。如同之前曾提及的，在過去中國最初的作者觀仍屬於絕對權勢的時期，書寫是菁英階級（聖賢）權力運作的展現，閱讀因而成爲聆聽訓示的嚴肅朝聖，祭司（作者）透過儀式（閱讀）將教義（作品意涵）授予信徒（讀者），但讀者並不被允許逾越作者初始未形塑的範疇。〔註87〕加上在中國的文學史書寫中，由於受到古代紀傳體史書和傳統目錄學的深遠影響，大多採取作家本位的寫作模式：作家生平——作家思想——作家創作——作家影響。力圖通過作家在時間鏈條上的序列，展示文學的歷史進程，並重現作家的經歷與創作過程。〔註88〕因此，中國文學史論述向來是以創作者爲書寫中心。

　　然而實際上從宋代的整個文學批評系統，便可以發現其著重焦點已經有所轉移，此時文本、詮釋與書寫之間均發生了結構性的變化。書寫權力的解組，使讀者開始掌握閱讀的自由，地位也大爲提昇，而其中強烈的自主意識所產生的誤讀便是讀者權力的展現。在接受美學理論中原本即承認讀者與作者、文本間，擁有開放性的空白區塊，可供讀者進行創造性的詮釋，因爲讀者在接受之際，依照自己性格取向、才質特色，也就是期待視野的不同，會有不同的闡釋和接受的方式。宋人的「以意逆志」就是最典型的例子。他們主觀上意圖追求原意，但其主觀認知卻是建立在不同時空背景的期待視野下，自然會與作者或文本原意有所落差，產生所謂的無意的誤讀，使讀者自然成爲隱匿的創作者。這即是近代西方讀者反應理論所宣稱的：

　　　　審美經驗的期待視野，作爲閱讀的主體性，是「不斷打破

〔註87〕吳國瑋之語，文學咖啡屋網站，2000 年 11 月 10 日。
〔註88〕參見郭英德〈論文學史敘述的原則、對象和方法——以中國古代文學史的撰寫爲中心〉，引自《建構與反思》（上），同註 8，頁 44。

> 習慣的方式，調整自身視界結構，以開放的姿態接受作品
> 中與原有視界不一的、沒有的、甚至相反的東西。這便是
> 一種創新期待的傾向。」〔註89〕

可是最重要的是，當這些宋代的讀者們進入到創作者角色時，他們的誤讀已非「錯誤的閱讀」這樣單純的無意識行爲了，這些強者詩人們進行的是有意的誤讀，是涉及影響關係上創造性的差異、偏離和轉換，因而這樣的誤讀「不僅隱蔽地決定著閱讀行爲，還決定著創作活動」。〔註90〕他們對於唐詩所建立的若干詩學規範與詩學典範，一方面有意「打破」、「逆轉」或「疏遠」；一方面自身又作許多「調整」、「開放」和「創新」，正是其從閱讀主體到創作主體之間「創新期待」的具體表現。而這樣的創作方式，也必然是在整個宋代時空的讀者期待視野中被認可成形的，這也就是爲什麼宋代的評論者會對宋詩人們的書寫諸般維護的原因了。

所以可知他們不但取消了作者對於作品意義的所有權，完全把文本置放於理解的主觀隨意性中，甚至還使隱匿的創作主體（讀者）躍現了其主動性。因爲傳統與影響或許爲後來者的創新提供了憑藉，但至於從這些憑藉中擇取了什麼、揚棄了什麼、改造了什麼、如何改造……，這些仍必先經過讀者之手，有時甚至於以讀者深層的自我作爲作品終極的內在性。總之，「誤讀」使讀者得以參與創作，並強調了讀者的重要性，自然也使得「誤讀」理所當然成了讀者取向的理論。

再者，若文本的意義轉由讀者詮釋，那麼接受者的態度便會決定該作品對當世的影響，而相對的，時代風氣、當時的政治、社會背景、個人或文壇的審美趣味，也決定了接受者對該作品反應的強弱。所以文學作品的歷史定位往往取決於讀者，因爲作品意義的反映主要仍須透過讀者的閱讀行爲，連帶地，創作者的地位也須靠讀者認肯，故讀

〔註89〕援引自朱立元《接受美學》（上海：上海人民出版社，1989 年），頁142。
〔註90〕胡寶平〈論布魯姆詩學誤讀〉，同註78。

者便成爲閱讀結構變化趨勢下的最大潛藏力量。例如像杜甫與陶潛的文學史地位奠基於宋代，就是讀者的力量所促成；又或者如張戒《歲寒堂詩話》所謂「韓退之之文，得歐公而後發明；陸宣公之議論、陶淵明柳子厚之詩，得東坡而後發明；子美之詩，得山谷而後發明」〔註91〕之說，也足以證明文學價值決定於讀者的建構。值得再次強調的是，正如同第三章所提及，宋代詩人因此所認定的典範，表面上似乎確實能主導文風，並影響後來的創作潮流；但這種看似書寫霸權的壟斷，實際上的權力掌握者卻在於接受的讀者群，他們的解讀向度，使得符合當時文化氛圍的典範作者自然被拱上尊崇的地位。

　　基於上述種種，於是原本僅處於被動地位的讀者，一躍而變成決定作品歷史評價的主體，控制者與受控者之間的權力關係也就必須重新配置。因此當我們在看待宋代的詩史時，不管是王安石、蘇軾、黃庭堅還是陸游、楊萬里，他們在強調才學的時代背景下，讀者角色很容易就被覷定、提抉出來；但身爲一名讀者，閱讀不再只是單純的接受，不再只有聊以自慰或心有戚戚焉的生命呼應的功能，這時，理解他們在接受過程中所突出的創造性思維將更爲重要。例如黃庭堅藉由對杜甫的吸納轉生出拗句的發揮；還有像陸游從對楚騷的領略，發現「詩家三昧」，並確立自己的創作風格等等，都是顯著的例證。

　　也因此在此書寫權力的轉換關係中，最特殊的是，宋代詩史的論述不能僅停留在讀者的角色討論，因爲宋代的這些強者詩人們多半還兼具實際創作者的身份，他們把讀者所屬的隱匿性化爲表現性，並將其創作性思維實踐爲具體創作策略。因此，在論述宋詩時，根本是在一個縱橫交錯的權力系統中，文本（顯性存在）、主體（知性存在）和文化（隱性存在）三者結合在一起，而其主體部分既爲讀者又爲創作者，書寫權力由顯至隱再到顯的交替，讀者/作者的雙重身份，在傳統書寫的場域機制下展現新的權力運作。譬如蘇軾〈李君山房藏書

────────────

〔註91〕張戒《歲寒堂詩話》，引自丁福保編《歷代詩話續編》卷上，同註19，頁463。

記〉所云：

> 公擇既已，涉其流，探其源，采剝其華實，而咀嚼其膏味，
> 以爲己有，發於文辭，見於行事，以聞名於當世矣。(《蘇軾
> 文集》卷十一)

便清楚表現出蘇軾從接受到內化爲自我創作的過程，當其身爲讀者時
所獲得的資源完全轉爲創作者身份之所用，甚至可謂其讀者扮演是爲
下一階段的創作者角色作準備。又譬如黃庭堅所謂「得古人著意
處，……能轉古語爲我寫物。」他對前驅的接受，也正是爲了創作上
駕馭語言的需要。由此，便可見宋代書寫機制的轉變也是詩史論述中
很重要的一環。

三、群體價值和個體生命的拉扯

除了宋詩論述中心與論述方式的重新架構外，在談論宋代詩歌發
展時，還必須注意強者詩人個體與群體的關係。這個關係涉及詩人們
焦慮的出現，它能呈現詩人面對創作與影響的掙扎。另外，相對於強
調個體的西方文化，傳統中國的價值世界一直是群體極化的系統，處
於其間的個體，深深浸潤在群體的脈絡之中，故以群體價值取向爲主
的中國傳統文化，在表現影響焦慮理論時衝擊格外明顯。

這可以從兩層面相來關照：因爲回應於中國文化系統，個體一直
以來是隱沒於群體當中的，群體成員想要被群體所接納及認可的需
求，使得個體向來順從於群體。因此當宋代強者詩人因創作者意識的
自覺，而顯現的獨特性越強，表示他們對群體固有期待視野的抗拒也
越大。在此其所要克服的「群體」壓力，既爲先前文化（我們稱之爲
典範的前代文學成就），又爲周圍文化（包括其認可的程度與接受的
方式），故詩人們必得在一定程度上迎合強勢文化的審美趣味（或既
有的文學成果），譬如王安石對自己「青山捫虱坐，黃鳥挾書眠」之
句認爲不減杜語而以爲得意；或如黃庭堅自覺其「蜂房各自開戶牖，
蟻穴或夢封侯王」及「黃流不解浣明月，碧樹爲我生秋涼」等句絕類

工部，則沾沾自喜。諸此固然表現出對群體典範的追隨欽慕感，但自己堪與前驅並齊的優越感，勢必激發創作上不可避免的焦慮意識，他們會希冀保有自我的獨立創作性，和在一個文本之網中確定自我的存在意義。簡言之，後起詩人必須追隨那些成就已獲得承認且被納入正典中的先驅詩人，同時思考自己如何能夠面對那些被自己奉為典範的先驅詩人，建立可以相提並論甚或凌駕超越水準的詩名和成就？甚至於如何讓自己也能成為正典，進入族群記憶而永垂不朽？於是個體進入了影響之中，並在突顯自己與群體期望的碰撞下升級了焦慮。這樣的焦慮展現的正是個體生命與群體價值的拉扯，所以通常「影響的焦慮」會壓垮小才，但卻能激發出真正的正典大才。

另外，個體處於群體之間的焦慮還體現於創作背後與群體的關係。宋代詩人最常面對的創作情境是仕途不順或貶謫所造成的抑鬱，而此困境主要即來自於個體生命與群體價值難以統一的步調。此時，創作對個體而言，往往成為自我拯救的途徑，是其生命的出路，透露的是個體與群體價值的另一種拉扯，揭示著個體的有限與群體糾結阻隔的無限。但宋代詩人們將其個人的苦痛放置在客觀的局勢與人我關係中往復觀照之後，當他們以不同的視角來審視這樣的局勢時，反而提高自我的生命自覺。例如蘇軾遭遇政治挫折時的和陶之作，其中所展露個人與宿命的抗爭，充盈著蘇軾獨特而撼人的性格標記，並不因用陶韻而稍有消磨。又如王安石不得意於政治，退隱之際的「荊公體」小詩，展現其創作生涯的高峰。還有，陸游在理想不得實現時見悟了所謂的「詩家三昧」，建立屬於他個人特質的詩歌風格。由此，皆可見個體於群體價值中不能獲得滿足或認同時，掙扎著脫離群體並另覓個體存有意義的努力。換言之，個體成功地轉化焦慮為動力的時機，多半出現在和群體理念不合而又有所堅持之際，這樣的創作成就展現的正是強者詩人自我昂揚的生命樣態。

影響原本來自群體認同，焦慮則是個體對群體抗爭的具體過程，故在文學傳達生命的前提下，一個以「影響的焦慮」為基點的宋代詩

歌論述，是絕對不能遺漏這個群體與個體間的衝突面相。

四、宋代詩歌勾勒文學心態史的轉變

所謂的心態史，是屬於各種文學史書寫派別中的一種（年鑑學派），所呈現的是人類社會中某一特定群體在智識及情感的層面所確信、感覺的方式，包括其生活體驗、心靈狀態與行為模式。主要是因為歷史個體的心態通常顯現此個體和該時代的人所共有的面相，因此這樣的分析其實是一種集體性。可是這種集體性不僅反映出眾多個人呈現的共同想法、現象，而且這種共同思想還都以不同方式表現在眾人身上，成為一時的普遍印記，亦即所謂「集體無意識」的展現。〔註92〕

而屬於宋代詩歌史的集體性思維究竟為何？吉川幸次郎《宋詩概說》論及宋詩的獨特風格時，曾以「悲哀的揚棄」來概括之，這個說法即已相當精準地為強者詩人主導下的宋代詩歌心態史作了註腳。以更符合文學史的描述方式來說，宋代詩歌處於中國古典詩歌在創作心態和美感心理上的轉變階段，強者詩人們所割裂的不僅是與前代先驅在創作方式上的傳承關係，還包括自《詩經》以來的抒情傳統以及《楚辭》以來的哀怨美學。

中國古典文學向來以《詩》三百和《楚辭》為兩種不同的創作典型。其雖分屬於不同的生命情調，但都同樣呈現「怨」的基調，且均標誌著中國文學主流中的抒情特質。此「怨」固然生自不同的遭際境遇，但在中國傳統社會及政治結構下，已成為知識份子普遍的生命感悟：從詩可以怨、楚騷的不遇之怨、死亡焦慮的輓歌之怨、離愁別恨，到道家滄桑之感、……等等，這些潛入人生的底層深刻地觀照與體味後所生發湧出的一種無可奈何的哀感及憂生憂死的悲情，據說真正的起始者為《楚辭》中的宋玉，他自憐自艾式的抒情文風成了文學史上常見的情形，甚至成了中國古代文學創作中強固的通感意識。例如孟浩然的「不才明主棄，多病故人疏」；韋應物的「世事茫茫難自料，

〔註92〕保羅・韋納著，姚蒙編譯《概念化史學》（上海：上海譯文出版社）

春愁黯黯獨成眠」；又如孟郊的「老泣無涕洟，秋露爲滴瀝」；或如杜牧的「但將酩酊酬佳節，不用登臨怨落暉」等等。在這些作品中詩人們的情感往往是去盡激厲強烈之氣，而內斂爲一片溫婉深厚的哀怨之情，也就是我們所稱的抒情傳統；此種由個體生命的肯定，突破時間的限制，穿越歷史，表現的正是一種民族共同存在的集體心態。

　　然而在整體創作情境轉變的宋代，這樣哀怨抒情的通感心態也有了變化。從創作角度來看，宋代強者詩人們爲了突顯自身的創作者地位，努力與前驅劃清界線的過程中，各種書寫策略的運用，已經強調了創作者心態上的改變，他們不再以傳承或接受前驅的文學遺產爲滿足，反而將之視爲創作上的阻力而極盡所能地轉移。這一點我們前面已多有闡述，此屬於較直接的層次。另外，更爲複雜的情況是，在此創作心態的基礎上建立的戲謔書寫文化，或者是以議論爲詩的哲理性思維，在在顯示了宋代強者詩人們努力在傳統的抒情境界下，畫出自己別出一格的戲謔幽默版圖。

　　這樣的創作手法與風格，如前節所述，呈現在宋代詩人的詩題上，多以「聊發一笑」、「戲」、「謔」、「嘲」等字眼來表達；在創作文辭上，也多有如楊萬里的淺白俚俗風格的情況，更重要的，他們於風趣戲謔之中又常寓有深刻的哲理議論，使其詩作蘊含道理意義，不至流於膚淺陋露，但卻能完全扭轉詩歌抒情形象，顛覆詩歌向來用以感懷遣憂的目的性。如此的轉變固然可看作宋代強者詩人的書寫策略，同時也可見宋代詩人們逞才競能的創作心理。

　　而就作品內容來看，宋代詩人在其時代思潮的帶動下，原本就表現出較爲冷靜、理性而樂觀的生命態度，詩歌創作上自然一掃唐詩中的感傷色彩。唐詩雖然具有熱情積極的特質，不過仍在哀怨抒情的傳統籠罩下，不脫各種人生樣態的哀感情懷；而宋代的強者詩人，按照《宋詩概說》的說法，他們將「漢魏六朝以來，一般詩人，包括唐杜甫在內，一直無意或無法擺脫的悲哀」完全解放，因此，即使宋代強者詩人再有許多仿效前驅的痕跡，但根本態度與心境已是截然不同，

「悲哀傳統的隔絕」在中國詩史上正標誌著詩歌發展的新方向，故此集體心靈模式的反映亦應呈現在宋代詩歌的論述中，成為重構宋詩史的特殊重點。

總之，在一個以「影響的焦慮」為觀察的宋代詩歌論述中，與過去傳統的直線式文學史敘述是有所區別的。最大的差異應該就在於特別注重上文所提及的四個焦點。在這樣重新建構的宋詩史中，強調的是宋詩的文學地位正來自於與前代的抗爭，對抗的意念徹底跳脫了原本文學史傳承的單向概念，凸顯宋詩的「變」如何造就創作可能，追尋宋詩人與前驅關係的反省及實踐。此外，還要關注書寫權力核心的轉移所提掘出的讀者地位，同時理解宋代詩人在讀者與創作者雙重身份的運作下形成的書寫特質，而且還要深入體會宋代詩人處於群體價值和個體存在意識間的獨特生命情境，並由整個文學心態的改變，確認宋代詩人擺落哀感抒情傳統的努力。只要掌握此四大論述焦點，相信必能呈現完整而鮮明的宋詩全貌。

第六章　結　論

　　宋代詩歌是中國文學史上的「奇蹟」。之所以堪稱爲奇蹟，最主要的原因在於宋代的詩人居於唐代豐厚繁盛的詩歌成就之後，竟然還可以另闢蹊徑，得以與唐詩一較高下。本論文即由此文學現象切入，希冀瞭解宋代詩人何以能在如此沈重的創作困境中轉阻力爲助力，開創一片天地；同時企圖窺視宋代詩人們面對強大的前驅影響之際所承受的心理壓力、心態轉折和因應方式。

　　在探討過程中，我們借用了美國批評學者哈羅德・布魯姆的詩學理論「影響的焦慮」，作爲本文的立論依據。該理論的提出，說明了創作者意識抬頭後獨立創作的自覺，強調在此前提下必然產生的「影響性」與「焦慮感」。然而，在這個理論當中所謂的焦慮，並非僅是情緒狀態的呈現，而是一種積極動態的防禦機制。透過這樣一層防禦機制，後來者便以「有意的誤讀」爲手段來利用前驅資產、來調整自我心態，布魯姆則將之歸納出六大修正法，有系統的揭示了詩人突破前驅所慣常使用的策略。

　　我們將此理論置諸於宋代詩歌的整體觀察上，在多方角度的探討後，發現兩者確有相符之處，所以可以藉此西方詩論體系來加以闡發宋代文學現象背後的脈絡。只是布魯姆的影響焦慮理論固然有其「人同此心，心同此理」的人性基礎，不過，在引證不同時空的理論與文

學現象時，爲避免西方理論在中國傳統文學上生搬硬套的弊端，有些背景元素的考量是不可或缺的，例如宋代與該理論提出的時代背景間，是否有相當之處？或者，宋代詩人所具備的心理條件，是否與該理論下的詩人們有相似的情況？這其中最主要的關鍵更在於宋代詩人們的創作者意識是否已經明確出現？這些問題若已經過思考與證明，那麼，以「影響的焦慮」來檢驗宋代詩人的創作成果會是個很有意思、也頗爲新穎的解讀視角，因爲這樣的理論概念直接導出異於傳統的獨立創作觀及反抗文學史觀，是目前研究宋代文學較少觸及的區塊，而本文特出於一般宋詩論述之處亦在此顯現。

因此，在本論文的研究之初，爲了要確認宋代詩人在創作心態上與前代的區隔，證明宋代已然明確出現的創作自覺，首先便以宋代之前的「影響」相關現象作探討，包括兩漢魏晉的模擬行爲，一直到唐代詩家所表現出類影響焦慮的跡象，都是從中國傳統文學史上普遍的創作觀著手，解釋宋代之前的詩人們在創作心態上之所以不覺得有影響的焦慮之負荷的原因：或許由於崇古追慕的心態；或許是當時的創作規則皆然；也或許是詩人們尚有極大的空間揮灑，無須在乎前驅的影響；……總之，宋代之前，「影響」確實並未成爲一種清晰的創作困境，也不曾造成創作者有意識的壓力。

若要依定義給予界說，中晚唐的韓愈、賈島等人，已經感受到前人存在的壓力，他們的一些論述與創作過程亦隱微地透露了影響的焦慮感，直可視爲宋代詩人該心態的濫觴。然而這樣的創作思維與實際開展，還是在宋代才得以眞正明確澄清地展現。只是何以文學觀念到宋代會有這麼大的轉變？當然唐代的一些跡象是其源頭，但是宋代本身的一些時代特質亦有利於促使這樣的文學心理水到渠成。

於是我們針對宋代詩人影響焦慮的徵狀，從外緣到裡層作了整體架構的觀察：先以宋代詩人面對典範所展現的傳統觀與詩學觀爲其「影響的焦慮」形成的外緣條件。在宋代詩壇最高典範的擇取經過中，我們清楚看到了宋代的文化性格與美感向度，也同時掌握了宋代

詩人誤讀的關鍵。宋代詩人以他們自覺的選擇典範，來凝塑不同於唐詩風格的創作；以「平淡」與「道」為基本的美學核心，來評論前代創作的所長所失，並釐清自己承受的影響淵源。此皆對其創作主體的自覺提供了支撐的底蘊。另外，宋代詩人面對前驅的態度，雖然在表象上似乎欠缺一致性，分別呈現出「歸附傳承」與「力求創新」兩種論調，但究其根本，這些均只是他們創作思辨的一環，當中強烈的超越企圖和自成一家的積極理想，在在都指向其背後更高的目的。除此之外，我們還可以透過當時社會的階層組織、思想風氣及詩學理念等因素來強化上述說明，這些也都是導致宋代詩人自我存在意識的重要啟發，使其開始正視創作時獨立開創的部分。而這亦是我們印證宋代強者詩人有別於前代、而形成「影響的焦慮」的主要基礎。

其次，本論文將宋代五位強者詩人（王安石、蘇軾、黃庭堅、陸游、楊萬里）的創作與前驅作品的實際互動，以及他們處於「影響的焦慮」下的創作心態與矛盾情結做為主軸，勾勒出宋代詩人突破焦慮的種種面貌。在這些強者詩人們與前代文本的互文性關係中，我們見及各個詩人面對不同的影響壓力，躍動著不同的生命樣貌，卻一樣處於自我認同的漂泊狀態，在對前驅的接受與抗拒、妥協與競爭之間，為化解衝突而盡力鋪設各種創作技巧，這些共相皆刻劃著強者詩人自重壓蓋頂中突圍的創作歷程，也同時成為確認他們「影響的焦慮」的具體線索。

在本論文中我們雖然是以探索傳統文人的創作心態為主軸，但這些強者詩人們除了表現出在美學中心和期待視野間的掙扎外，另外最大的焦點應該還是放在他們為何與如何成就自身的文學生命。畢竟大部分的強者詩人通常是在其政治存有意義上受到質疑時，才會轉而透過寫作來彌補個人的價值肯定，書寫對宋人而言，遂成了一件相對重要的事功。而當文學上升至「存在」的高度，成為詩人安頓自身的立基點時，我們看到宋代詩人處心積慮地為自己的創作言說，強調種種的創作技法，又為這些創作上的手法說明作解，因此文學本身所涵有

的可能性豐富了起來，這些創作手法（或可逕稱爲書寫策略者）就如同布魯姆的修正比，成爲實際展示宋代詩人「影響的焦慮」的重要證據，因此這些書寫策略所賦予的意義也同時成了本文探討的主要對象。

所以本論文最後根據上述強者詩人的實際創作，整理歸納出屬於中國詩人「影響的焦慮」下的修正理論。經由這些書寫策略的層層分析，從心理層面和實際運用兩部分，探討宋代強者詩人解構前驅、確立自我地位的步驟。不管是創作心態上消解前驅文本的所有權，或者是在創作過程中實際的防禦手段，譬如化用、翻案、諧趣、補充、和陌生化等等，都顯示宋代詩人的焦慮，與創作者意識抬頭下宋代詩人與前驅切割的決心；還展現著中國文化下獨有的智慧特質，且涵括了民族所秉有的殊性。宋代詩歌之所以成就其獨特地位，而值得我們喝采注目的地方就在這裡了。

如此個體獨立意識的萌生，在中國傳統文學史上是極其重要的轉捩點，代表著文學創作的動力增加了競爭的機制，不再僅是傳承的連續狀態。因此，整個宋代詩史便可以嘗試換個敘述模式來建構，將論述焦點放在對前驅的反抗上，強調反制心態形成的競爭思維，以此角度來看待宋代詩歌創作的一切現象，不但更能突顯宋詩本質，還能發現在「影響的焦慮」下的宋代書寫，具有讀者地位躍升、讀者／創作者權力場域的交替重疊等現象；以及創作者對於個體生命和群體價值認定間的衝突面相；甚至亦涉及傳統文學心態轉變的可能性。這些都徹底瓦解了傳統文學史單向詮釋的概念，成爲重新建立宋代詩史的契機。

除了將此文學現象銜接至歷史意義上作觀照，規劃不同於傳統史學的論述角度外，其實我們還可以藉由宋代詩人在創作上產生及消弭影響焦慮的這個過程，進一步來思索中國傳統文學的相關論題，以延伸本論文的接續意義。例如文學批評範疇中的風格描述系統之探討。自從鍾嶸《詩品》論文學之源流及風格影響的關係以來，風格源流史

便佔據著傳統文學批評中支配性的論述地位，風格類型的分析雖有助於特徵群集或結構的研究，但在創作者意識獨立之後，這樣的評論方式是否會在「影響的焦慮」的關係中產生排擠，出現其他的互動變數？在宋代詩人創作者意識的防禦策略下，以「復古」稱號為代表的宋代文壇，傳遞了不同於一般定義的論古訊息，這樣的情形對於宋代之後的擬古與復古現象又產生了怎樣的影響？是否會造成某些質變的事實？甚且，以此詩學理論為基礎，宋代之後對於文學創作本質的認知，必定會有異於過去的想法，以至於對整個傳統文學史中作者觀的衍展能有廓清之效。這些都是在本論題的探討上可以觸類旁及，繼續再深究的範圍。

　　總之，「影響的焦慮」理論雖已不算是最新的詩學理論，但它有其依據基礎存在，由此來觀察外緣條件接近、內在因素相符的中國文學現象時，確實可以提供新的思考向度，拓展新的研究視野，獲致不同的文學理解。同時，對於我們這些在探討傳統文學時，處於前驅已然擁有豐厚的研究成果的後輩而言，經常也會出現「影響」的困局，此時，這樣的探討角度亦不失為尋索多元研究途徑，做為一種「焦慮」手段的好方法。

參考書目舉要

一、宋代五大家相關詩文專著

1. 《全宋詩》，北京大學古文獻研究所編，北京：北京大學。
2. 《王文公文集》，王安石，北京：中華書局影龍舒本。
3. 《王荊文公詩》，王安石著，李壁注，上海：上海古籍。
4. 《王荊公文鈔》，王安石著，茅坤選，台北：台灣中華書局。
5. 《王安石詩選》，王安石著，周錫，選註，台北：遠流出版事業股份有限公司。
6. 《東坡集》，蘇軾，北京：北京圖書館出版社。
7. 《東坡題跋》，蘇軾著，屠友祥校注，上海：上海遠東。
8. 《蘇文忠公詩編注集成》，蘇軾著，王文誥編注，台北：學海出版社。
9. 《蘇軾文集》，蘇軾著，孔凡禮點校，北京：中華書局。
10. 《蘇軾詩集》，蘇軾著，王文誥編注，台北：學海出版社。
11. 《蘇軾詩文詞選譯》，蘇軾著，曾棗莊譯註，成都：巴蜀出版社。
12. 《山谷詩內外集》，黃庭堅著、任淵注，台北：學海出版社。
13. 《豫章黃先生文集》，黃庭堅，台北：台灣商務印書館。
14. 《誠齋集》，楊萬里，台北：台灣商務印書館。
15. 《楊萬里詩選》，楊萬里著，劉斯翰編選，台北：遠流出版事業股份有限公司。
16. 《老學菴筆記》，陸游，台北：木鐸出版社。

17. 《劍南詩稿》，陸游，台北：，台灣中華書局。

18. 《箋注劍南詩鈔》，陸游著，楊大鶴選，台北：廣文書局。

19. 《渭南文集》，陸游，台北：世界書局。

二、其他詩文相關論著

（一）史料、年譜

1. 《二十五史》，上海書店編，上海：上海古籍出版社。

2. 《王荊公年譜考略》，蔡上翔，台北：洪氏。

3. 《宋人傳記資料索引》，昌彼得等編，台北：鼎文出版社。

4. 《宋文鑑》，呂祖謙編，齊治平點校，北京：中華書局。

5. 《宋史》，王雲五編，台北：台灣商務印書館。

6. 《宋史新編》，柯維琪，台北：新文豐。

7. 《杜甫傳記唐宋資料考辨》，陳文華，台北：文史哲出版社。

8. 《陸游資料彙編》，孔凡禮、齊治平編，北京：中華書局。

9. 《陸游年譜》，於北山，上海：上海古籍出版社。

10. 《黃庭堅年譜新編》，鄭永曉編，北京：社會科學文獻出版社。

11. 《新唐書》，歐陽脩，台北：鼎文出版社。

12. 《增補蘇東坡年譜會證》，王保珍，台北：台大文史叢刊齒。

13. 《歐陽脩年譜》，林逸，台北：台灣商務印書館。

14. 《歷代名賢確論》，王雲五編，台北：台灣商務印書館。

15. 《韓愈資料彙編》，吳文治編，北京：中華書局。

16. 《雞肋編》，莊綽著，蕭魯陽點注，北京：中華書局。

17. 《蘇軾年譜》，孔凡禮，北京：中華書局。

18. 《蘇軾資料彙編》，四川大學中文系唐宋文學研究室編，北京：中華書局。

（二）詩　話

1. 《升庵詩話》，楊慎，台北：台灣商務印書館。

2. 《古今詩話續編》，佚名，台北：廣文書局。

3. 《石遺室詩話》，陳衍，上海：商務印書館。

4. 《全唐詩話》，尤袤，北京：中華書局。

5. 《西江詩話》，裘君弘輯，台北：廣文書局。

6. 《冷齋夜話》，惠洪，北京：中華書局。

7. 《宋詩話全編》，吳文治主編，南京：江蘇古籍出版社。

8. 《宋詩話輯佚》，郭紹虞，台北：華正書局。

9. 《杜詩話校注五種》，張忠綱校注，北京：書目文獻出版社。

10. 《後村詩話》，劉克莊，台北：藝文印書館。

11. 《風月堂詩話》，朱弁，台北：廣文書局。

12. 《苕溪漁隱叢話》，胡仔，台北：台灣中華書局。

13. 《捫蝨新話》，陳善，北京：中華書局。

14. 《清詩話》，明倫，北京：人民文學出版社。

15. 《瓶水齋詩話》，舒位，上海：上海商務印書館。

16. 《道山清話》，失名，北京：中國書店。

17. 《滹南詩話》，王若虛，台北：新文豐。

18. 《歷代詩話》，何文煥編，台北：藝文印書館。

19. 《歷代詩話論作家》，常振國、降雲編，台北：黎明文化事業公司。

20. 《歷代詩話續編》，丁福保編，北京：中華書局。

21. 《甌北詩話》，趙翼，台北：廣文書局。

22. 《隨園詩話》，袁枚，台北：宏業書局。

23. 《懷麓堂詩話》，李東陽，台北：台灣學生書局。

（三）詩文集

1. 《二李唱和集》，李昉,李至，清末民初貴陽陳氏影宋刊本。

2. 《二程集》，程顥、程頤著，台北縣：漢京出版社。

3. 《十八家詩鈔》，曾國藩著、王有宗評註，台北：台灣商務印書館。

4. 《小畜集》，王禹偁，上海：商務印書館。

5. 《中州集》，周昂，台北：台灣商務印書館。

6. 《五百家註昌黎集》，韓愈著，魏仲舉編，台北：世界書局。

7. 《元氏長慶集》，元稹，台北：台灣中華書局。

8. 《分類補註李太白詩》，李白，台北：台灣商務印書館。

9. 《永嘉四靈詩集》，葉適編，浙江：浙江古籍出版社。

10. 《白氏長慶集》，白居易著，台北：藝文印書館。

11. 《白石道人詩集》，姜夔，台北：台灣商務印書館。

12. 《石屏詩集》，戴復古，台北：台灣商務印書館。

13. 《全唐詩》，清聖祖御定，台北：文史哲出版社。

14. 《朱子語類》，朱熹著，黎靖德輯訂，台北：正中書局。

15. 《宋人題跋》，曾鞏等著，楊家駱編，台北：世界書局。

16. 《宋十五家詩選》，台南：莊嚴文化。

17. 《宋五家詩鈔》，朱自清，台北：宏業書局。

18. 《宋代蜀文輯存》，傅增湘輯，台北：新文豐出版社。

19. 《宋詩鈔》，呂留良等編，台北：世界書局。

20. 《杜工部集》，杜甫著，王洙編，台北：台灣學生書局。

21. 《杜詩趙次公先後解輯校》，林繼中輯校，上海：上海古籍出版社。

22. 《姑溪居士文集》，李之儀，台北：藝文印書館。

23. 《明復小集》，孫復，四庫全書本。

24. 《河東先生集》，柳開，上海：上海商務印書館。

25. 《河嶽英靈集注》，殷璠著，王克讓注，成都：巴蜀書社。

26. 《南湖集》，張鎡，台北：台灣商務印書館。

27. 《昭明文選》，蕭統著，李善注，台北：文化出版社。

28. 《柯山集拾遺》，張耒，台北：廣文書局。

29. 《胡澹庵先生文集》，胡銓，台北：新文豐出版社。

30. 《珂雪齋前集》，袁中道，上海：上海古籍出版社。

31. 《唐文粹》，姚鉉編、張宏生釋注，台北：錦繡出版社。

32. 《唐宋律詩選釋》，劉樹勳，武漢：長江文藝出版社。

33. 《唐宋詩醇》，清高宗御選，張照等輯評，台北：世界書局。

34. 《唐宋詩舉要》，高步瀛選註，台北：學海出版社。

35. 《徐公集》，徐鉉，台北：中華書局。

36. 《柴辟亭詩集》，沈濤，板橋：藝文印書館。

37. 《茶山集》，曾幾，台北：新文豐出版社。

38. 《晦庵先生朱文公文集》，朱熹，台北：台灣商務印書館。

39. 《梅堯臣詩選》，梅堯臣著，朱東潤選注，北京：：人民文學出版社。

40. 《淮海集》，秦觀，台北：台灣商務印書館。

41. 《巽齋文集》，歐陽守道，台北：台灣商務印書館。

42. 《須溪集》，劉辰翁，台北：新文豐出版社。

43. 《楚辭章句》，王逸，板橋：藝文印書館。

44. 《溫國文正司馬公文集》，司馬光，台北：台灣商務印書館。

45. 《節孝集》，徐積，四庫全書珍本。

46. 《樂軒集》，陳藻，台北：台灣商務印書館。

47. 《歐陽文忠公集》，歐陽脩，台北：台灣商務印書館。

48. 《潏水集》，李復，台北：台灣商務印書館。

49. 《橫浦集》，張九成，台北：台灣商務印書館。

50. 《頤庵居士集》，劉應時，上海：上海商務印書館。

51. 《蘇舜欽集》，蘇舜欽，台北：河洛出版社。

52. 《欒城集》，蘇轍，北京：中華書局。

53. 《鮚埼亭集》，全祖望，台北：台灣商務印書館。

（四）論　集

1. 《文章精義》，李耆卿，台北：台灣商務印書館。

2. 《文體明辯》，徐師曾，北京：人民文學出版社。

3. 《方東樹評今體詩鈔》，汪中編，台北：聯經出版事業公司。

4. 《日知錄》，顧炎武著，黃汝成集釋，花山文藝出版社。

5. 《王氏談錄》，王洙，台北：藝文印書館。

6. 《北宋文學批評資料彙編》，黃啓方，台北：成文出版社。

7. 《北窗炙輠錄》，施德操，台北：藝文印書館。

8. 《古今事文類聚》，祝穆，北京：書目文獻。

9. 《冰川詩式》，梁橋，台北：廣文書局。

10. 《困學紀聞》，王應麟，台北：台灣中華書局。

11. 《和陶合箋》，溫汝能，台北：新文豐出版社。

12. 《林下偶談》，吳氏，台北：台灣商務印書館。

13. 《芥隱筆記》，龔頤正，上海：上海商務印書館。

14. 《青箱雜記》，吳處厚，台北：藝文印書館。

15. 《侯鯖錄》，趙令畤，北京：中華書局。

16. 《南宋文學批評資料彙編》，張健，台北：成文出版社。

17. 《南窗紀談》，無名氏，北京：中華書局。

18. 《後村先生大全集》，劉克莊，台北：台灣商務印書館。

19. 《春渚紀聞》，何薳，北京：中華書局。

20. 《昭昧詹言》，方東樹，北京：人民出版社。

21. 《原詩》，葉燮著、霍松林校注，北京：人民文學出版社。

22. 《容齋隨筆》，洪邁，台北：台灣商務印書館。

23. 《桐江集》，方回，台北：台灣商務印書館。

24. 《梁溪漫志》，費袞著，駱守中注，西安：三秦出版。

25. 《梅山續稿》，姜特立，台北：台灣商務印書館。

26. 《清江三孔集》，孔文仲等人著，孫永選校點，濟南：齊魯書社。

27. 《野客叢書》，王楙，台北：新文豐出版社。

28. 《陳石遺先生談藝錄》，陳衍，上海：上海中華書局。

29. 《陸游詩研究》，李致洙，台北：文史哲出版社。

30. 《陶潛詩箋註校證論評》，方祖燊，台北：台灣書店。

31. 《鈍吟雜錄》，馮班，台北：台灣商務印書館。

32. 《隋唐五代文學批評資料彙編》，羅聯添，台北：成文出版社。

33. 《新校夢溪筆談》，沈括著，胡道靜校注，香港：中華書局。

34. 《詩林廣記》，蔡正孫，台北：新宇出版社。

35. 《詩法家數》，楊載，北京：北京圖書館出版社。

36. 《詩品》，鍾嶸著，徐達譯，台北：中華書局。

37. 《詩經原始》，方玉潤，上海：上海古籍出版社。

38. 《詩藪》，胡應麟，台北：廣文書局。

39. 《演山集》，黃裳，台北：台灣商務印書館。

40. 《聞見後錄》，邵博，台北：中華書局。

41. 《說詩晬語》，沈德潛，台北：台灣中華書局。

42. 《履齋示兒編》，孫奕，台北：新文豐出版社。

43. 《諸家老杜詩評》，方深道，台南縣：莊嚴文化。

44. 《養一齋劄記》，潘德輿，上海：上海古籍出版社。

45. 《螢雪軒叢書》，近藤元粹編，日本大阪：青山嵩山堂。

46. 《避暑錄話》，葉夢得，台北：新興書局。

47. 《甕牖閒評》，袁文，上海：上海古籍出版社。

48. 《曝書亭集》，朱彝尊，台北：台灣商務印書館。

49. 《瀛奎律髓》，方回，上海：上海古籍出版社。

50. 《藝苑卮言》，王世貞，濟南：齊魯書社。

51. 《藝概》，劉熙載，台北：漢京文化。

三、現代文史論著

1. 《千古風流——東坡逝世九百年紀念學術研討會論文》，輔仁大學中國文學系。

2. 《山居筆記》，余秋雨，台北：爾雅出版社。

3. 《中古文學論叢》，林文月，台北：大安出版社。

4. 《中古文學史論》，王瑤，台北：長安出版社。

5. 《中國文人階層史論》，龔鵬程，蘭州：蘭州大學出版社。

6. 《中國文學史》，孟瑤，台北：大中國圖書。

7. 《中國文學史》，葉慶炳，台北：台灣學生書局。

8. 《中國文學批評史》，郭紹虞，台北：文史哲出版社。

9. 《中國文學批評論集》，張健，台北：天華出版事業。

10. 《中國文學欣賞舉隅》，傅庚生，台北：鼎文出版社。

11. 《中國文學的美感》，柯慶明，台北：麥田出版社。

12. 《中國文學理論批評發展史》，張少康、劉三富，北京：北京大學出版社。

13. 《中國文學發展史》，劉大杰，台北：莊嚴出版社。

14. 《中國文學論集》，朱東潤，北京：中華書局。

15. 《中國文學論集續篇》，徐復觀，台北：台灣學生書局。

16. 《中國古代思想史論》，李澤厚，台北：華京。

17. 《中國古代文學創作論》，張少康，台北：文史哲出版社。

18. 《中國古代詩學心理透視》，童慶炳編，天津：百花文藝出版社。

19. 《中國古典文學論文精選叢刊》，台北：幼獅文化事業公司。

20. 《中國古典詩歌接受史》，陳文忠，安徽大學出版社。

21. 《中國古典詩論中「語言」與「意義」的論題》，蔡英俊，台北：台灣學生書局。

22. 《中國古典詩學原型研究》，劉懷榮，台北：文津出版社。

23. 《中國李白研究》，中國李白研究會，江蘇：江蘇古籍出版社。

24. 《中國風格學源流》，李伯超，湖南：岳麓書社。

25. 《中國詠物詩「託物言志」析論》，林淑貞，台北：萬卷樓圖書公司。

26. 《中國詩歌流變史》，李曰剛，台北：文津出版社。

27. 《中國詩學》，劉若愚著、杜國清譯，台北：幼獅文化事業公司。

28. 《中國詩學史》，黃寶華、文師華，廈門：鷺江出版社。

29. 《中國詩學思想史》，蕭榮華，上海：華東師範大學出版。

30. 《中國詩學‧設計篇》，黃永武，台北：巨流圖書公司。

31. 《中國詩學‧鑑賞篇》，黃永武，台北：巨流圖書公司。

32. 《文化、文學與美學》，龔鵬程，台北：時報出版社。

33. 《文化符號學》，龔鵬程，台北：台灣學生書局。

34. 《文字禪與宋代詩學》，周裕鍇，北京：高等教育。

35. 《文學史新方法論》，王鍾陵，江蘇：蘇州大學出版社。

36. 《文學批評的視野》，龔鵬程，台北：大安出版社。

37. 《文選詩研究》，胡大雷，桂林：廣西師範大學。

38. 《比興物色與情景交融》，蔡英俊，台北：大安出版社。

39. 《王安石評傳》，梁啓超，香港：廣智書局。

40. 《王安石論稿》，王晉光，台北：大安出版社。

41. 《王禹偁研究》，黃啓方，台北：學海出版社。

42. 《王荊公》，梁啓超，台北：中華書局。

43. 《王荊公詩探究》，李燕新，台北：文津出版社。

44. 《北宋詩文革新研究》，程杰，台北：文津出版社。

45. 《古典詩的形式結構》，張夢機等著，台北：尚友出版社。

46. 《白居易研究》，朱金城，台北：文史哲出版社。

47. 《字句鍛鍊法》，黃永武，台北：洪範書店。

48. 《朱自清古典文學專集續編》，朱自清，台北：源流書局。

49. 《江西詩社宗派研究》，龔鵬程，台北：文史哲出版社。

50. 《江西詩派研究》，莫礪鋒，濟南：齊魯書社。

51. 《宋人傳記資料索引》，昌彼得，台北：鼎文書局。

52. 《宋代文化史》，姚瀛艇主編，河南：河南大學出版社。

53. 《宋代文學研究叢刊》，張高評編，高雄：麗文文化事業公司。

54. 《宋代文學與文化研究》，黎活仁等主編，台北：大安出版社。

55. 《宋代文學與思想》，台大中研所編，台北：台灣學生書局。

56. 《宋代詩歌史論》，韓經太，吉林：吉林教育出版社。

57. 《宋代詩學中的晚唐觀》，黃奕珍，台北：文津出版社。

58. 《宋代詩學通論》，周裕鍇，成都：巴蜀書社。

59. 《宋金元文論選》，陶秋英編選，北京：人民文學出版社。

60. 《宋詞與唐詩之對應研究》，王偉勇，台北：文史哲出版社。

61. 《宋詩：以新變再造輝煌》，許總，桂林：廣西師範大學出版

62. 《宋詩派別論》，梁昆，台北：東昇出版社。

63. 《宋詩之傳承與開拓》，張高評，台北：文史哲出版社。

64. 《宋詩之新變與代雄》，張高評，台北：洪葉文化。

65. 《宋詩史》，許總，四川：重慶出版社。

66. 《宋詩研究》，胡雲翼，台北：宏業書局。

67. 《宋詩概說》，吉川幸次郎著、鄭清茂譯，台北：聯經文化。

68. 《宋詩綜論叢編》，張高評編，高雄：麗文文化公司。

69. 《宋詩論文選輯》，黃永武、張高評編，高雄：復文圖書出版社。

70. 《宋詩選註》，錢鍾書，台北：書林出版有限公司。

71. 《抒情傳統的省思與探索》，張淑香，台北：大安出版社。

72. 《李白詩歌接受史》，楊文雄，台北：五南圖書出版公司。

73. 《杜詩唐宋接受史》，蔡振念，台北：五南出版社。

74. 《兩宋文學史》，程千帆、吳雷發，上海：上海古籍出版社。

75. 《初月樓古文緒論》，吳德旋，台北：藝文印書館。

76. 《金明館叢稿》，陳寅恪，上海：上海古籍出版社。

77. 《南宋詩人論》，胡明，台北：台灣學生書局。

78. 《建構與反思——中國文學史的探索學術研討會論文集》，台北：台灣學生書局。

79. 《紀念蘇軾貶儋八百九十週年學術討論集》，蘇軾研究學會，四川大學出版社。

80. 《唐宋文學研究》，曾棗莊，成都：巴蜀書社。

81. 《唐宋詩風——詩歌的傳統與新變》，鄧仕樑，台北：台灣書店。

82. 《唐詩的美學詮釋》，李浩，台北：文津出版社。

83. 《神女之探尋——英美學者論中國古典詩歌》，莫礪鋒編，上海：上海古籍出版社。

84. 《國史大綱》，錢穆，台北：台灣商務印書館。

85. 《推陳出新的宋詩》，莫礪鋒，遼寧：遼寧古籍出版社。

86. 《梅堯臣詩之研究及其年譜》，劉守宜，台北：文史哲出版社。

87. 《第一屆宋代文學研討會論文集》，成大中文所主編，高雄：麗文

文化事業公司。

88. 《第五屆中國詩學會議論文集——宋代詩學》，彰師大國文學系主編，彰化：復文書局。

89. 《陸游年譜》，歐小牧，北京：人民文學出版社。

90. 《陸游傳》，朱東潤，台北：華世書局。

91. 《陸游傳論》，齊治平，長沙：岳麓書社。

92. 《陶詩新論》，高大鵬，台北：時報出版社。

93. 《無懷小集》，葛天民，台北：新文豐。

94. 《黃庭堅詩歌創作論》，吳晟，南昌：江西人民出版社。

95. 《詩話論風格》，林淑貞，台北：文津出版社。

96. 《漢字的魔力》，葛兆光，香港：中華書局。

97. 《漢賦史論》，簡宗梧，台北：東大圖書公司。

98. 《漢魏六朝文學新論：擬代與贈答篇》，梅家玲，台北：里仁出版社。

99. 《歐梅蘇與宋詩的形成》，黃美鈴，台北：文津出版社。

100. 《談藝錄》，錢鍾書，香港：三聯書店。

101. 《蘇軾論稿》，王水照，台北：萬卷樓圖書。

四、文學理論

1. 《反美學：後現代文化論集》，賀爾·福斯特（Hal，Foster）編、呂健忠譯，台北：立緒文化。

2. 《心理學與文學》，容格著，馮川、蘇克編譯，台北：久大文化公司。

3. 《文學批評術語》，Frank，Lentricchia，&，Thomas，Mclanghlin，編，張京媛譯，紐約：牛津大學出版社。

4. 《日常生活心理病理學》，弗洛依德著，鄭希付譯，台北：知書房出版社。

5. 《比較文學原理》，樂黛雲，湖南文藝出版社。

6. 《比較文學理論與實踐》，台北：東大圖書出版社。

7. 《比較文學影響論——誤讀圖示》，布魯姆著，朱立元、陳克明譯，台北：駱駝出版社。

8. 《西方正典》，布魯姆著，高志仁譯，新店：立緒文化。

9. 《批評、正典結構與預言》，布魯姆著，吳瓊譯，北京：中國社科。

10. 《真理與方法》，加達默爾著，洪漢鼎譯，上海：上海譯文出版社。

11. 《接受反應文論》，金元浦，濟南：山東教育出版社。

12. 《接受美學與接受理論》，姚斯著，周寧、金元浦譯，遼寧：人民出版社。

13. 《散文理論》，維·什克洛夫斯基著，劉宗次譯，南昌：百花洲文藝。

14. 《焦慮的意義》，羅洛·梅著，朱侃如譯，台北：立緒文化。

15. 《超越快樂原則》，弗洛依德著，楊韶剛等譯，台北：知書房出版社。

16. 《概念化史學》，保羅·韋納著，姚蒙編譯，上海：上海譯文出版社。

17. 《當代西方文學批評理論》，朱耀偉編，台北：駱駝出版社。

18. 《當代西方文藝理論》，朱立元，上海：華東師範大學。

19. 《圖騰與禁忌（Totem，and，Taboo）》，弗洛依德，台北：知書房出版社。

20. 《影響的焦慮：詩歌理論》，布魯姆著，徐文博譯，台北：久大文化。

21. 《憂懼之概念》，齊克果著，孟祥森譯，台北：台灣商務印書館。

22. 《論文字學》，雅克·德里達著，汪堂家譯，上海：上海譯文。

23. 《讀者反應理論批評》，伊麗莎白·弗洛恩德著，陳燕谷譯，台北：駱駝出版社。

五、期刊論文

1. 《中國文學模擬論初探》，王天麟，輔仁大學中文所碩士論文，民國 75 年。

2. 《王安石詩研究》，陳錚，東吳大學中文所博士論文，民國 81 年。

3. 《世說新語的語言藝術》，梅家玲，台灣大學中文所博士論文，民國 80 年。

4. 《北宋「以文為詩」詩風形成原因及其風格之研究》，戴麗霜，政治大學中文所碩士論文，民國 80 年。

5. 《北宋時期對韓愈接受之研究》，高光敏，台灣師大國研所博士論文，民國 92 年。

6. 《宋代唐詩學》，蔡瑜，台大中文所博士論文，民國 79 年。

7. 《宋代對黃庭堅詩法之接受研究》，陳裕美，南華大學中文所碩士

論文，民國 92 年。

8. 《黃山谷的詩與詩論》，李元貞，台大中文所博士論文，民國 60 年。

9. 《黃山谷詩研究》，徐裕源，政治大學中文所碩士論文，民國 74 年。

10. 《楊萬里及其詩學》，歐陽炯，東吳中文所碩士論文，民國 70 年。

11. 《蘇東坡和陶詩研究》，黃蕙心，輔仁大學中文所碩士論文，民國 90 年。

12. 《蘇軾詩學理論及其實踐》，江惜美，東吳大學中文所博士論文，民國 80 年。

13. 《書寫與文類》，張蜀蕙，政治大學中文所博士論文，民國 89 年。

14. 《文學觀的因襲與轉變》，張蜀蕙，政治大學中文所碩士論文，民國 82 年。

15. 《黃庭堅詩美學研究》)，張輝誠，台灣師範大學國研所碩士論文，民國 93 年。

16. 《北宋平淡文學觀之研究》，蕭淳華，政治大學中文所碩士論文，民國 80 年。

17. 《活法與宋詩》，鄭倖宜，成功大學中文所碩士論文，民國 89 年。

18. 《宋代詩話的格律論研究》，劉萬青，逢甲大學中文所碩士論文，民國 87 年。

19. 《元代詩學之「宗唐」「宗宋」問題研究》，郭玲姈，淡江大學中文所碩士論文，民國 89 年。

20. 《清初唐宋詩之爭研究》，廖淑慧，中正大學中文所博士論文，民國 91 文。

21. 《宋室南渡前後詩詞演變研究》，李淑芳，高師大國研所博士論文，民國 89 年。

22. 《魏晉六朝擬古詩研究》，馮秀娟，台灣大學中文所碩士論文，民國 91 年。

23. 〈中國古代神話仙話的演變軌跡〉鄭土，《民間文學論壇》1992 年第一期。

24. 〈誤讀與點化〉廖學新，《河池師專學報》1996 年第一期。

25. 〈布魯姆詩學誤讀理論與互文性的誤讀〉胡寶平，《外語教學》2005 年第 26 卷第二期。

26. 〈論布魯姆詩學誤讀〉胡寶平，《國外文學季刊》1999 年第四期。

27. 〈是人在寫詩，是人在思考──布魯姆與德里達關於詩人自我之爭〉古克平、張躍軍，《四川外語學院學報》2003 年 11 月第 19 卷第六

期。

28. 〈論哈・布魯姆"詩學誤讀"〉胡寶平,《四川外語學院學報》1999
年7月。

29. 〈陸游何年從師曾幾〉馬健,《牡丹江師院學報》1988年第十期。

30. 〈陸游的文學理論研究〉張健,《國立編譯館館刊》第8卷第一期。

31. 〈杜甫對陸游之影響〉胡傳安,《淡江學報》第十一期。

32. 〈陸游對屈原愛國主義思想的繼承與發展〉王坤,《濱州師專學報》
2000年3月第16卷第一期。

33. 〈黃庭堅的詩論與書論〉簡月娟,《興大中文學報》第十五期2003
年6月。

34. 〈從杜甫、韓愈到宋詩的形成〉龔鵬程,《宋代文學研究叢刊》第
三期1997年9月。

35. 〈從黃庭堅詩看北宋後期知識份子文化心態及其影響〉劉瑤峰,《山
東教育學院學報》2000年一期。

36. 〈楊萬里誠齋體詩的藝術淵源〉朱炯遠、張立,《瀋陽師範學院學
報》1992年第一期。

37. 〈楊萬里詩歌的發展歷程〉張瑞君,《太原師範學院學報》2003年
第2卷第三期。

38. 〈誠齋詩的繼承性與創新〉張瑞君,《晉陽學刊》1999年第六期。

39. 〈誠齋詩的詼諧藝術〉張福勛,《陰山學刊》1996年第一期。

40. 〈楊萬里對江西詩派的繼承與變革〉傅義,《中國文學研究》1990
年第三期。

41. 〈楊誠齋詩研究〉歐陽炯,《國立編譯館館刊》第12卷第一期。

42. 〈超越李白：論北宋詩壇的文藝氣象〉黃坤堯,《香港中國文化研
究所學報》2002年11：42。

43. 〈宋初詩壇及三體〉白敦仁,《文學遺產》1986年第三期。

44. 〈論北宋慶曆詩人對杜詩的發現與繼承〉劉松來,《江西師範大學
學報》2001年二期。

45. 〈論謝靈運擬魏太子鄴中集詩〉鄧仕樑,《國家科學委員會》1994
年第4卷一期。

46. 〈宋代詩學批評中的唐宋之爭〉胡建次、邱美瓊,《南昌大學學報》
2000年四期。

47. 〈宋詩平淡美的理論與實踐〉程杰,《學術研究》1995年六期。

48. 〈試論杜甫絕句的得失〉陳邦炎,《草堂》1982年4月。

49. 〈試論積澱說與突破說〉陳炎,《學術月刊》1993 年第五期。

50. 〈模擬與經典之形成、詮釋——以陸機擬古詩爲對象的探討〉何寄澎、許銘全,《成大中文學報》第十一期。

51. 〈「擬古」與「用事」:試論六朝文學現象中「經驗」的借代與解釋〉蔡英俊,《中研院第三屆國際漢學會議論文》,2000 年 6 月 29 日。

52. 〈李白事蹟三個問題探討〉羅聯添,《臺大中文學報》1989 年 12 月第三期。

53. 〈談藝錄論宋詩〉張福勳,《陰山學刊》2001 年二期。

54. 〈以「體」論「源」:詩品品評詩歌的方法論思維〉黃偉倫,《中國古典文學研究》2003 年 6 月第九期。

55. 〈文學三律〉楊昌年,《聯合副刊》2001 年 12 月 24 日。